서울시민

平田オリザ 戯曲集 第3巻
ソウル市民 | ソウル市民1919 | ソウル市民ー昭和望郷編 | ソウル市民1939

by Hirata Oriza

*이 책은 일본국제교류기금의 번역·출판 조성 프로그램의 도움을 받아 만들었습니다.

히라타 오리자 희곡집 3

서울시민

히라타 오리자 지음 | 성기웅 옮김

현암사

히라타 오리자 희곡집 3

서울시민

초판 1쇄 발행 | 2015년 2월 28일

지은이 | 히라타 오리자
옮긴이 | 성기웅
펴낸이 | 조미현

편집주간 | 김현림
편집장 | 박은희
책임편집 | 문정민
디자인 | 디자인포름

펴낸곳 | (주)현암사
등록 | 1951년 12월 24일 · 제10-126호
주소 | 121-839 서울시 마포구 동교로12안길 35
전화 | 365-5051 · 팩스 | 313-2729
전자우편 | editor@hyeonamsa.com
홈페이지 | www.hyeonamsa.com

ISBN 978-89-323-1733-5 03830

이 도서의 국립중앙도서관 출판시도서목록(CIP)은
e-CIP 홈페이지(http:www.nl.go.kr/ecip)에서 이용할 수 있습니다.
(CIP제어번호: CIP2015005219)

* 책값은 뒤표지에 있습니다. 잘못된 책은 바꾸어 드립니다.

지은이 서문

'서울시민' 시리즈를 읽는 한국 독자 여러분께

한국에서 번역되어 나오는 히라타 오리자 희곡집 제3권은 드디어 '서울시민' 시리즈입니다.

오래전 이 시리즈의 첫 작품을 들고 청년단 단원들과 함께 한국 공연을 감행한 적도 있었고, 두 번째 희곡인 「서울시민 1919」가 이윤택 씨에 의해 한국어로 공연된 적도 있었지만, 20년이 넘는 세월을 거쳐 완결을 본 이 '서울시민' 연작이 서울에서 한국어 희곡집으로 묶여 나오는 것은 작가로서 특별히 감회 깊은 일입니다.

물론 이 일련의 희곡들이 한국의 독자 여러분들에게 오해나 반감을 살 수 있으리란 걱정도 하지 않을 수 없습니다.

먼저 이 연작의 집필 의도 등에 관해서는 이 책의 끝에 덧붙인 제 글들을 참고해주시기 바랍니다. 일본인 관객을 위해 쓴 것이지만, 어쩌면 한국인 관객들이 먼저 그 글들을 읽으신 후에 희곡들을 읽는 것이 불필요한 오해를 피해 갈 수 있는 길이 될지도 모르겠습니다.

사실 '서울시민' 시리즈는 어느 누구에게든 무척 오해받기 쉬운 작품이라고 저 스스로도 생각하고 있습니다. 그러나 오해받을 여지가 적은 무대란 재미도 없는 법이지요.

이 '서울시민' 시리즈에는 잔인무도한 군인도 극악한 상인도 등장하지 않습니다. 여기에서 그리고 있는 것은 지극히 평범한 '시민'의 모습입니다. 그 시민들의 무의식이 식민지 지배의 원동력이 되었다는 것을 되풀이해서 되풀이해서 그려가고 있습니다.

그것은, 말하자면 '대(大)문자'의 전쟁 범죄를 은폐할 가능성을 품고 있습니다. '모두가 나빴다'는 논리란 '아무도 나쁘지 않았다'는 논리로 쉽사리 탈바꿈될 수 있기 때문이지요. '서울시민' 연작을 써가는 일은 그런 아슬아슬한 줄타기를 이어가야 하는 작업이었습니다.

그리고 그 줄타기는 특히 2015년 오늘날의 시점에 더욱 강한 의미를 띠게 되었다고 느낍니다.

종군위안부 문제의 핵심도, 모든 시민의 무의식이 식민지 지배의 근저에 흐르고 있었던 이상 '국가의 조직적 관여는 없었다'는 주장은 허언에 불과하다는 점에 있다고 나는 생각합니다. 혹은 '국가의 조직적 관여'가 아니라 '국가 정신 자체가 관여하고 있었다'고 바꾸어 말해도 좋을 겁니다.

우리 일본인들은 그 반성에서 출발할 수밖에 없습니다. 그 현실을 직시하는 일이야말로 이 '서울시민' 연작을 이어나갈 수 있었던 중요한 동기이기도 했습니다.

언젠가 이 '서울시민' 시리즈 모두가 한국에서 공연되는 날이 오기를 바랍니다.

2015년 2월

히라타 오리자

'서울시민' 4부작을 엮으며

이렇게 『히라타 오리자 희곡집 3-서울시민』을 엮어내며 느끼는 설렘과 긴장은 지난 제1, 2권 때보다도 더한 데가 있다. 이 책이 한국 독자들에게 가장 문제적일 수밖에 없는 일련의 희곡들을 담고 있기 때문이다.

'서울시민'이란 제목에서 '외국의 작가가 그리는 한국 사람들 이야기' 같은 걸 예상할 수 있겠지만, 알고 보면 그렇지 않다. '서울시민'이란 바로 일본 제국주의가 한국을 지배했던 역사 속에서 식민지 수도 서울에 살았던 일본 사람들을 가리키는 말이다. 그 이방으로부터 온 서울 주민들의 세계 속에서 한국 사람들은 가정부나 점원 같은 신분으로 나올 뿐이다. 그러면서 이 네 편의 희곡들은 일본의 한국 강제 병합이 일어나기 직전인 1909년부터 시작해서 일제 말 1939년까지의 세월을 훑으며 우리 한국인들에게 가장 뼈아픈 역사인 이른바 '일제 36년'의 세월을 관통해 나간다.

이 '서울시민' 시리즈는 내가 만난 히라타 오리자의 첫 연극이기도 하다.

도쿄에서 교환학생 생활을 하던 2000년 봄, 우연히 얻은 재일 한국인을 위한 생활정보지에서 삼일절을 소재로 한 일본 연극이 있다는 안내를 보고 별 기대 없이 〈서울시민 1919〉의 공연장을 찾아갔던 것이다.

그 연극은 약간 충격적이었다. 그때까지 거의 앙그라 연극('언더그라운드 연극'의 일본식 약어)류의 요란한 일본 연극을 보아왔던 내 눈과 귀에 그렇게 수줍고 나긋나긋하게 말하는 연극이란 무척 낯설고 신기했다. 아니, 마치 무대의 태반을 고요와 침묵이 차지하고 있는 듯한 인상이었다. 지금 다시 그 희곡을 읽어보면 떠들썩하고 다이내믹한 희극인 것을, 어째서 그 공연을 그런 식으로 기억하고 있는지 모르겠다.

아무튼 이 '서울시민' 연작은 「도쿄노트」와 더불어 히라타 오리자의 대표작으로 꼽히는 중요한 작품이다. 특히 이 연작은 그의 작품으로서는 드물게 거대 담론을 직접적이고 적나라하게 다룬다고 할 수 있다. 히라타 오리자의 연극이 늘 담고 있는 고독한 개인, 소심한 일본인의 문제가 현대 일본의 원죄라 해야 할 제국주의 침략의 역사 문제로 직결되는 것이다. 지배자 나라의 극작가가 다루는 식민주의에 관한 연극이란 점에서 이 연작은 일찍부터 프랑스 등 유럽 연극계로부터 주목을 받기도 했다. 프랑스 역시 식민 지배의 역사가 아직까지 그 사회의 발목을 붙잡고 있기 때문일 것이다.

또한 30년 세월의 가족사를 일련의 연작 희곡으로 그려나간다는 건 선례를 찾기 어려운 진귀한 시도일 것이다. 희곡 읽기라는 낯설고 까다로운 독서를 잘 해낼 수만 있다면 이 책은 마치 장편소설과도 같은 하나의 긴 읽을거리가 될 수도 있겠다. 지난 제2권에서도 '과학하는 마음' 시리즈를 엮어낸 바 있었지만, 이 '서울시민' 시리즈는 그보다 좀 더 연속성이

강하다. 이 연작 희곡이 이렇게 한 권의 책으로 묶이는 것은 '원산지' 일본에서도 아직 이루어지지 않은 일인 것으로 안다.

3대에 걸친 30년 동안의 가족사를 담고 있는 이 '서울시민' 연작은 20년이 넘는 시간이 걸려 5부작으로 완결되었다.

1909년을 배경으로 한 첫 작품 「서울시민」은 1989년에 태어났다. 그리고 두 번째 작품인 「서울시민 1919」가 2000년에, 세 번째 「서울시민·쇼와 망향 편」은 2006년에 초연되었다. 그리고 그때마다 전편들과 함께 '연속 상연' 형태로 무대에 올려지며 연작의 수를 늘려갔다. 마지막으로 2011년에 「서울시민 1939·연애의 2중주」와 「상파울루 시민」이 새로 더해져 '서울시민 5부작 연속 상연'이 이루어짐으로써 이 대망의 시리즈는 완결을 보게 된다.

이 책은 그중에서 마지막 「상파울루 시민」을 제외한 네 편의 희곡을 담고 있다. 앞선 네 편을 변주하는 '번외 편' 같은 작품인 「상파울루 시민」을 빼두고 특히 한국 독자들에게 흥미 깊을 서울 이야기 네 편만을 싣게 된 것이다. 그래서 이 책은 말하자면 '서울시민 4부작'의 번역 희곡집이 되었다.

오랜 시간 간격을 두고 이어나간 연작이다 보니 이 네 편의 희곡들에서 우리는 지난 20여 년 동안 히라타 오리자 연극의 스타일에 어떤 변화가 있었는지를 추적해볼 수도 있겠다. 내가 보기에, 첫 희곡 「서울시민」이 희미한 간접화법의 톤을 띠고 있다면 뒤로 갈수록 조금씩 더 직설적으로 부조리함을 드러내고 희화화의 강도를 더해간다.

그런 변화가 조금씩 감지된다 치더라도, 히라타의 많은 희곡들이 그렇듯 이 '서울시민 4부작'은 마치 현실 세계를 무대에서 재현하는 듯한 세밀한 일상 묘사가 희곡 쓰기의 기본 바탕을 이룬다. 세계의 편린을 통해 전체의 세계상을 제유(提喩)적으로 드러내는 그 특유의 방법론에 의해 그 미시적 묘파는 경성(서울)이란 도시 공간 전체를 드러내는 것으로, 또 일본의 조선 지배 및 제국주의적 팽창에 관한 역사적 변천을 기술해나가는 것으로 이어진다.

남의 나라 땅의 수도에 와서 너무나도 자연스레 일본인다운 일상생활을 영위해나가는 이 이방인들의 모습은 한국 독자들에게 이질감과 당혹감을 불러일으킬 수 있다. 하지만 나는 이 이야기의 개연성이 퍽 높다고 여기고 있다.

이를테면 1930년의 시점에 경성 인구 약 40만 명 중 일본인 인구가 10만 명 이상을 차지했다는 통계가 있다. 그만큼 그 시절 서울 땅에는 많은 일본 사람들이 살고 있었다. 개화기 때부터 조금씩 건너온 일본 사람들은 남산의 북쪽 언덕부터 시작하여 당시 서울의 남쪽, 이른바 남촌(南村) 일대로 주거 및 상업 지역을 넓혀나갔다. 이 연작 희곡의 중심을 이루는 시노자키 일가의 집과 점포 역시 현재 서울의 퇴계로나 충무로, 혹은 명동 어디쯤에 자리잡고 있었을 것으로 생각해볼 수 있다.

그런 시노자키 일가를 통해 그려나가는 30년의 세월은 실제 역사적 사건과 변천을 긴밀하게 반영해나가며 근대 일본사에 대한 하나의 '외전(外傳)'을 이룬다. 우리가 잘 알지 못하는 일본 역사의 세부가 자주 거론되기 때문에 번역 과정에서 많은 주석을 붙여나가야 했다. 그러다 보니 희곡을 번역하는 것이 아니라 마치 역사책을 다루고 있는 것 같은 착각이 들 정도였다.

아무튼지 이 희곡의 검은 활자들을 읽어나가는 일은 우리에게 저으기 마음 불편한 일이 아닐 수 없다. 더구나 이 '서울시민' 연작은 제국주의나 자본주의가 야기하는 자명한 폭력과 모순을 폭로해가는 것이 아니라, 선과 악이 불분명한 애매모호함 속에서 은근한 폭력과 잠재되어 있는 모순을 드러내가는 방식으로 쓰여 있다. 그런 가운데 한국 사람에게 불편하거나 불쾌할 수 있는 대사들이 쏟아진다.

"조선 사람들이 스스로 원해서 일본의 식민지가 된 것 아니었냐"라거나 "이제는 일본과 조선이 마음까지 하나가 됐다"라고 말하는 건 차라리 실소(失笑)하고 넘어갈 수 있을 정도다. 이 시노자키 집안에서 일하는 조선 사람들은 온갖 인종적 편견과 무시에 시달리면서도 자신들의 고용인인 일본 사람들에게 웃음을 보이며 순종한다. 그런 끝에 4부작의 맨 마지막에서 어떤 조선 청년은 스스로 일본 군인이 되어 전쟁터로 떠나간다.

많은 독자들은 잘못된 역사에 대한 '소시민의 죄'에 초점을 맞춘 채 식민주의와 파시즘이 야기하는 '소프트한 폭력'의 양상을 드러내려는 작가의 주제 의식을, 또 그것을 반어적으로 그려나가는 독특한 어법을 이내 간파해줄 것이라고 기대한다. 그렇지만 아무리 지한파(知韓派)라 한들 일본인 작가와 한국의 독자들 사이에는 역사 인식의 오차가 있게 마련이다. 특히 일제강점기에 대한 인식은 그 기본적인 지식과 정보에서부터 차이가 나곤 한다. 이 책에도 그 때문에 빚어질 시비와 논란의 여지가 있다고 느낀다.

희곡 읽기에 도움이 되기를 바라며 작가가 스스로 작의(作意)를 설명하는 글들을 책 끄트머리에 싣는다. 역사 인식의 그런 간극을 신경 쓰며 번역자 나름의 해제도 곁들였다. 하지만 판단과 감상의 권한은 결국 독자에게 있을 것이다.

만약 이 '서울시민' 연작의 행간에서 일본인 작가가 품고 있는 한계나 어떤 불순한 무의식 같은 걸 발견한다면 그걸 드러내놓고 비판해주기를 바란다. 일본인 극작가의 글쓰기와 한국인 독자의 희곡 읽기 사이에서 대화와 토론의 관계가 형성되길 바라기 때문이다. 과거사에 대한 냉정한 반성과 성찰은커녕 요사이 일본의 일부 권력자들은 그릇된 역사수정주의의 경향마저 보이고 있다. 이런 때일수록 우리는 양심적이고 지성적인 일본의 '시민'들과 대화를 시도해야 한다.

지난 히라타 오리자 희곡집 제1, 2권에 이어 이번에도 현암사 편집진들의 인내와 노고, 일본국제교류기금의 지원 덕분에 오래 끌었던 이 제3권을 무사히 펴낼 수 있게 되었다. 작가 히라타 오리자 씨가 오랜 시간을 들여 연작 희곡을 완성해내곤 하듯이 앞으로 이 번역 희곡집 시리즈도 한두 권을 더 이어나가 일정한 완결을 이룰 수 있기를 바란다. 이번 제3권으로 벌써 목표의 절반 이상을 이뤘다.

공연 사진을 싣도록 허락해주고 이런저런 자료를 제공해주는 등 호의를 베풀어준 극단 세이넨단의 오타 유코 씨, 그리고 사진작가 아오키 쓰카사 씨에게도 변함 없이 감사드린다. 일본어 해석에 도움을 준 동료 번역가 이시카와 주리 씨와 배우 강유미 씨 외 여러분, 그 시절의 서울에 관한 주석을 다는 데 조언을 해준 근대 건축 및 도시 연구자 이연경 선생께도 다시 한 번 고마움을 전한다. 특별히 격려해주신 연출가 이윤택 선생, 김광보 선배, 양정웅 선배에게도 감사드린다.

이 책을 펴내는 2015년 올해는 바로 2차대전이 끝난 지, 동시에 우리가 일본의 식민 지배로부터 해방을 맞은 지 딱 70년이 되는 해다. 또한 1965년에 이루어진 이른바 '한일 국교 정상화' 50주년이 되는 해이기도 하다. 하지만 이 기념할 만한 숫자에 비해 지금 한국과 일본 두 나라의 관계는 얼어붙어 있다. 나는 그래서 더더욱 이 책을 내는 일에 의미를 부여하고 싶다. 새로운 미래를 꿈꾸기 이전에 불행했던 과거의 역사가 되풀이되지 않기를 소원하며 그로부터 다시 절실한 교훈들을 얻어내야 할 때이기 때문이다.

2015년 2월

성기웅

차례

희곡을 읽기 전에 -이 책의 번역 및 표기에 관한 일러두기

1. 일본어의 한글 표기는 국립국어원의 외래어표기법을 다 따르지 않고, 일본어 원어의 발음을 구분하여 밝힐 수 있는 방식을 택했다. 다만 장모음의 경우는 대개의 경우 따로 살려 표기하지 않았다. 또 도쿄(東京)', '도호쿠(東北) 지방'처럼 이미 표기가 굳어진 고유명사의 경우는 관례를 따랐다.
   *高井孝夫 : 다카이 다카오 → 타카이 타카오
   *呉竹菊之丞 : 구레타케 기쿠노조, 구레타케 기쿠노조우 → 쿠레타케 키쿠노죠
   *宗一郎 : 소우이치로우, 소우이치로 → 소이치로
   *丁子屋 : 조지야, 죠우지야 → 쵸지야
   *幸平 : 고헤, 고우헤이 → 코헤이

2. 일상적인 구어체로 되어 있는 원문의 특징을 살리기 위해 맞춤법에 어긋나는 입말체, 사투리, 속어 표기를 쓴 경우도 있다.
   *그리고 → 그리구 / 하나도요 → 하나두요 / 네 → 니 / 너희 → 늬 / 한심하게 시리 / 그런 것 같아 → 그런 거 같애

3. 이 번역 희곡 그대로 상연 대본이 될 것을 상정하기보다는, 원작 희곡의 뉘앙스를 알아볼 수 있도록 하는 것을 우선시하여 번역했다. 필요한 경우 주석을 통해 보충 설명을 해두었다.

4. 이른바 '현대구어 연극'을 추구하는 히라타 오리자의 대사들은 구어체의 짧은 말들로 이루어지며, 말의 앞뒤가 바뀌거나 어법상 정연하지 않은 대사, 끝이 분명치 않은 대사도 많다. 특히 대사의 끝이 마침표(。)가 아닌 쉼표(、)로 끝나는 경우가 대단히 많은데, 한국어에서 대사 끝에 쉼표(,)를 붙이는 것은 여러 가지 이유로 적절하지 않기에 이 경우 대개는 아무 종결부호도 붙이지 않는 것으로 번역했다. 다만 너무 어색해 보이거나 뉘앙스가 달라지는 경우에는 마침표 2개(..)를 붙여두었다. 이 표시는 기본적으로 말줄임표와는 다르다.

5. 히라타 오리자의 희곡에는 일본인 특유의 의례적인 말, 관용적인 표현 등이 대단히 많다. 일일이 직역했을 때 대화의 흐름이 어색해지는 경우에는 그때그때 상황에 자연스러운 말로 의역했다.

   *すみません。→ 미안해요. / 고맙습니다. / 실례 좀 할게요. / 좀 미안한데. / 그래 줄래요? ……

   *お待たせしました。→ 오래 기다리셨습니다. / 좀 늦었습니다. / 저 왔어요. / 차 드세요. ……

6. 일본어 특유의 감탄사 같은 독립어는 기본적으로 다음과 같이 옮겼는데, 어떤 경우에는 흐름상 적절한 다른 말로 바꾸기도 했다.

   *はぁ(반신반의) → 네.. / 아.. / 네에? *え → 예 / 어 / 아

   *へー(놀람) → 아- / 와- / 뭐-? / 어머 / 그으래? *はい → 네

   *ほ-(감탄) → 허- / 호- / 흐- *えぇ → 예 / 어

7. 호칭어의 경우는 일본어에서 매우 폭넓게 쓰이는 '-さん'을 대개 '-씨(氏)'로 직역했다. 하지만 너무 어색한 경우에는 상황에 맞는 호칭어로 바꾸어두었다. 번역 상연을 할 때에는 보다 더 자연스러운 호칭어로 바꿀 필요가 있을 것이다.

   *幸子さん → 유키코 씨(유키코 양, 유키코 아가씨, 유키코 누이, 언니)

8. '상수(上手)'란 객석에서 바라봤을 때 무대의 오른편을 말한다. '하수(下手)'는 반대로 왼편을 말한다. 일본식 무대용어이지만 한국의 연극계에도 통용되고 있는 말이므로 그대로 옮겼다.

9. 단어의 뜻을 분명히 하기 위해 한자를 병기하거나 일본어가 아닌 고유명사의 한자를 밝힐 때는 한국식 한자로, 일본어 고유명사를 밝히는 경우에는 일본식 한자로 표기했다.

   *국주회(國柱會), 국체(國體)

   *장제스(蔣介石), 신고철(申高鐵)

   *국주회(国柱会), 쓰가루(津軽), 미야자와 켄지(宮沢賢治)

'서울시민' 4부작의 가계도◆

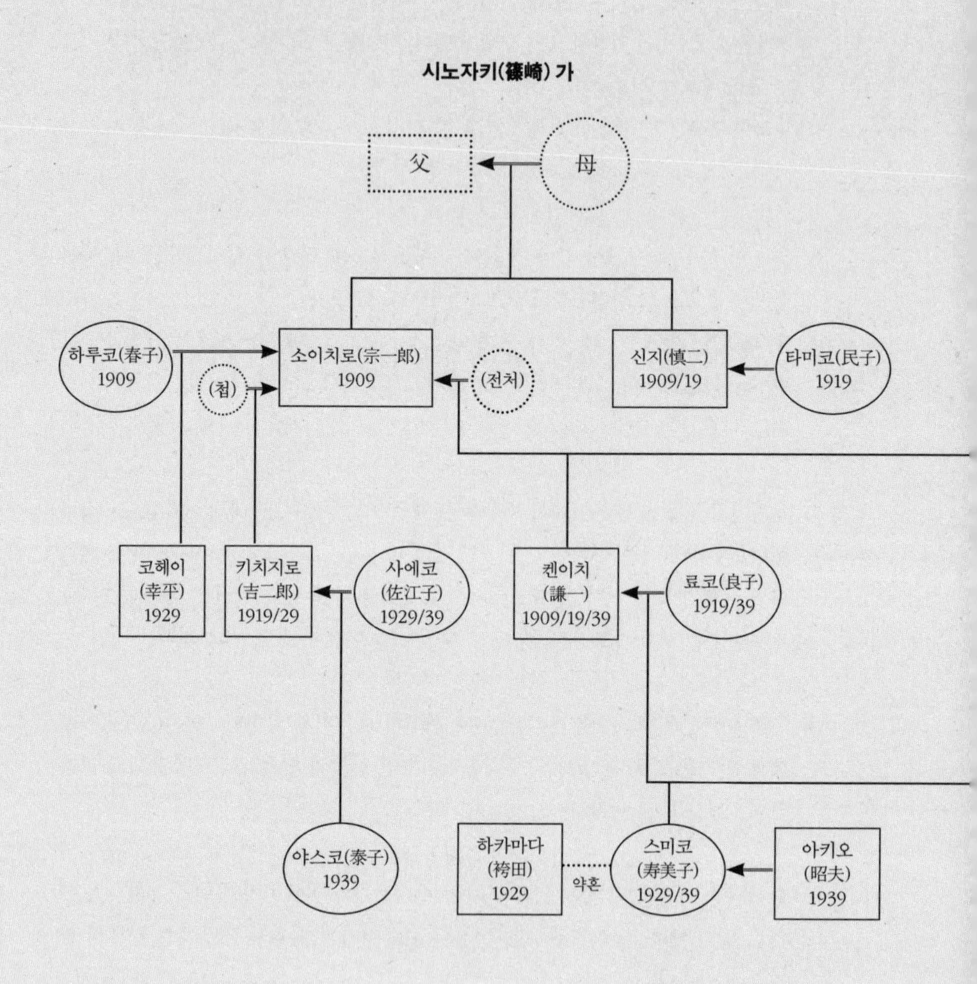

◆이 가계도는 세이넨단 제64회 공연 '서울시민 5부작 연속 공연' 중 〈서울시민 1939 · 연애의 2중주〉의 관객용 팸플릿에 실린 가계도를 번역자가 보완한 것이다. 네모 표시(□)는 남성, 동그라미 표시(○)는 여성을 가리킨다.

이웃의 홋타(堀田) 가

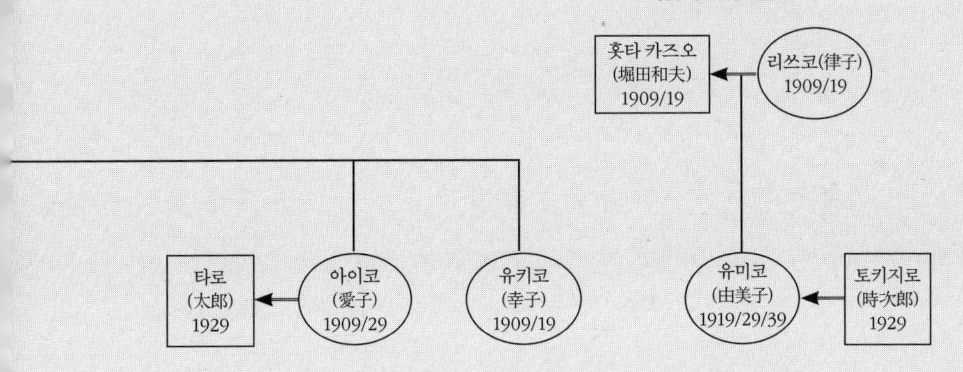
홋타 카즈오
(堀田和夫)
1909/19
리쓰코(律子)
1909/19
타로
(太郎)
1929
아이코
(愛子)
1909/29
유키코
(幸子)
1909/19
유미코
(由美子)
1919/29/39
토키지로
(時次郎)
1929

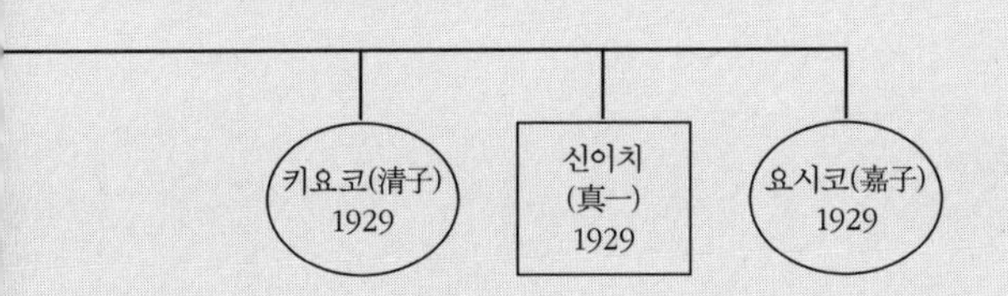
키요코(清子)
1929
신이치
(真一)
1929
요시코(嘉子)
1929

서울시민

ソウル市民

◆「서울시민」은 작가 히라타 오리자 자신이 연출하여 1989년 7월 극단 세이넨단(青年団)의 제16회 정기공연으로 초연되었다.

◆이 희곡 「서울시민」 이후 2000년에 「서울시민 1919」, 2006년에 「서울시민·쇼와 망향 편」, 2011년에 「서울시민 1939·연애의 이중주 편」과 「상파울로 시민」이 잇달아 발표되었고, 이 다섯 편의 희곡은 이른바 '서울시민 5부작'을 이루게 된다.

◆이 번역 희곡은 2006년 12월 도쿄 키치죠지씨어터에서 상연된 세이넨단 제52회 공연 '서울시민 3부작 연속 상연' 중 〈서울시민〉의 상연 대본을 바탕으로 옮긴 것이다. 함께 실은 무대사진 역시 이 공연의 기록사진으로, 아오키 쓰카사가 촬영하였다.

◆번역 과정에서 1998년에 11월에 공연된 세이넨단 제35회 공연 〈서울시민〉의 공연 실황 DVD(《히라타 오리자의 현장 21-서울시민》, 기노쿠니야서점 발매)를 참고하여 대사와 지문을 보완한 부분이 있다.

등장인물

아버지　시노자키 소이치로(篠崎宗一郎)

어머니　시노자키 하루코(篠崎春子)

숙부　시노자키 신지(篠崎慎二)

장남　시노자키 켄이치(篠崎謙一)

장녀　시노자키 아이코(篠崎愛子)

차녀　시노자키 유키코(篠崎幸子)

서생　타카이 타카오(高井孝夫)

가정부　스즈키 미쓰(鈴木みつ)

후쿠시마 토메(福島とめ)

한국인 가정부　이숙자(李淑子, 토시코)

김미옥(金美玉)

이웃　홋타 카즈오(堀田和夫)

홋타 리쓰코(堀田律子)

목수　고토 하지메(後藤一)

여자　오쿠데라 미치요(奥寺美千代)

마술사　야나기하라 타케하치로(柳原竹八郎)

조수　타니구치 미야코(谷口美弥子)

홋타가(家)의 가정부　이노우에 스가코(井上すが子)

보기

☆ 가까이 있는 같은 개수의 ☆ 표시 대사와 거의 동시에 말한다.

★ 앞의 대사와 겹쳐서 말한다.

○ 대사 앞에 약간 사이가 뜬다.

・・・ ○보다 긴 공백.

▲ 퇴장하면서 말한다.

△ 등장하면서 말한다.

@ 동시 진행 대사, 혹은 삽입 부분.

장면 번호는 공연 연습의 편의를 위한 것으로 특별한 의미는 없다.

❖무대 가운데에 큰 탁자.

탁자 주위로 의자가 여섯 개 놓일 만한 곳에 의자 일곱 개가 놓여 있어 조금 비좁아 보인다.

무대 뒤쪽과 하수(下手) 쪽에 큰 식기장과 또 하나의 찬장.
식기장에는 다음과 같이 표어가 쓰인 종이가 붙어 있다.
"대지란 무릇 넓은 것. 사람의 마음이 그것을 좁게 할 뿐."
상수(上手) 앞쪽에는 2층으로 올라가는 계단이 있다.
하수 쪽 출입구로 나가면 현관인 것으로 보인다.
상수 뒤쪽 출입구로 나가면 부엌이 있고, 더 가면 점포가 있는 것으로 여겨진다.
편의상 의자의 위치를 아래와 같이 표기한다.

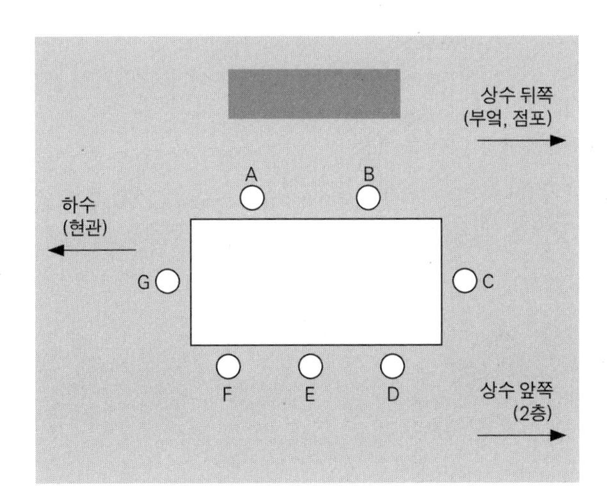

저녁. 외출했던 식구들이 돌아올 무렵.

타카이 타카오가 의자 D에 앉아 있다.
관객 입장.

0.1.1

3분 후, 타카이, 상수로 퇴장.

5분 후, 김미옥, 하수에서 상수로 무대를 가로지른다.

4분 후, 하수 입구에서 시노자키 하루코가 등장한다.
뒤이어 목수 고토 하지메, 등장.

하루코 들어오세요, 이쪽으로
목수 네, 실례하겠습니다.
하루코 그럼 여기서 기다려주세요.
목수 네. 고맙습니다.
• • •
하루코 앉아 계셔도 돼요, 거기.
목수 네. 그럼.

❖하루코, 상수 뒤쪽으로 퇴장.
목수, F에 앉는다.

목수, 잠시 후에 의자 위에 책상다리를 하고 앉는다.
탁자 위의 신문이 눈에 들어오지만, 영자신문이기에 읽지 않는다.
3분 경과.

스즈키 미쓰, 상수에서 차를 가지고 온다.

스즈키　드세요

목수　아 고맙습니다.

스즈키　그럼

목수　예

❖스즈키, 상수로 퇴장.

목수, 차를 마신다.

1분 경과.

스즈키, 상수에서 과자를 들고 등장.

스즈키　이거

목수　아 네

스즈키　그럼

❖스즈키, 상수로 퇴장.

5분 경과.

시노자키 신지, 하수에서 등장.

목수 쪽을 흘끗 본다.

목수, 가볍게 고개 숙인다.

신지　뜨거운 차 좀 한잔 주지.

하고 큰 목소리로 말하며 상수로 퇴장.

2분 경과.

상수에서 스즈키, 차를 가지고 등장.
탁자 위에 놓고 퇴장하려 할 때 신지가 상수에서 등장한다.

신지 고마워
스즈키 아니에요

❖스즈키, 상수로 퇴장.
1.1.1

목수 실례가 좀 많습니다.
신지 아, 수고 많아요
• • •
신지 문은 고칠 수 있겠나?
목수 예, 뭐
신지 아 그래?
목수 뭐 시간이 좀 걸리겠지만요
신지 아, 그래?
• • •
목수 헌데 너무 심하게 망가졌던데요? 그거
신지 기가 막히지
• • • • •
신지 이봐, 조선 사람들도 문어를 먹을까?
목수 예?
신지 문어
목수 먹지 않을까요?
신지 그래?

목수 예, 먹는 걸 본 적이 있는 것 같아요.

신지 자넨 이리로 온 지 몇 년 됐지?

목수 3년 됐네요

신지 아, 그럼 전쟁 끝나고서 왔구나.

목수 예

신지 난 조선에서 태어났는데 말야, 조선인[1]이 문어 먹는 거를 본 적이 없거든.

목수 아

신지 물론 우리집에서 부리는 조선 사람이야 먹는데, 근데 그건 우리가 먹으니까 같이 먹는 거지 속으론 '이런 걸 먹이다니' 이럴지도 모르는 일이잖아?

목수 아뇨, 먹는 것 같아요, 조선 사람도

신지 아, 그래 • • • 그러려나?

• • •

목수 그런데 그건 왜요?

신지 어?

목수 문어..

신지 아니 그냥

목수 ○어? 혹시 문어가 망가뜨린 거예요, 문을?

신지 뭐?

목수 아..

신지 농담한 건가?

목수 아뇨..

신지 • • • 헌데 말야, 문어를 어떻게 잡는지 알아?

❖타카이 타카오, 상수에서 등장. G에 앉는다.

---

1 '朝鮮人(조센진)'이란 일본 말이 애초부터 한국인을 비하하는 의도의 단어인 것은 아니었다. 자연스럽게 번역하기 위해 원문의 '朝鮮人'을 그때 그때 적절하게 "조선인"으로도 "조선 사람"으로도 번역했다.

1.1.2

목수 글쎄요, 막대기 같은 걸 찔러서 잡나요?

신지 그, 문어단지라고 몰라?

목수 아, 들어본 적 있어요.

신지 그걸로 잡아. 그걸 바다에 가라앉혀두면 말야, 문어가 알아서 그리로 들어온대요, 단지 속으로.

목수 그게 왜 그렇죠?

신지 문어란 놈들은 좁은 곳을 좋아하거든.

목수 아

신지 그래서 문어가 들어왔겠다 싶을 때 끌어 올리는 거지.

목수 그렇군요

• • • • •

타카이 오셨어요?

신지 아

타카이 어떠셨어요?

신지 아주 글렀어

타카이 역시

신지 얘기가 아예 안 통해.

타카이 거 봐요

목수 잘 마셨습니다.

신지 아, 수고했어요

목수 실례했습니다.

❖목수, 하수로 퇴장.

신지, 일어나서 식기대에서 브랜디 병과 잔을 꺼낸다.

1.1.3

신지　음..

타카이　고칠 수 있대요?

신지　어?

타카이　문요.

신지　아, 뭐 못 고치지는 않겠지.

타카이　새로 만드는 게 빠른 거 아닌가

신지　★어? 현관 쪽에 변소 만든 그 목수던가?

타카이　예, 그 사람이죠.

신지　그렇군

❖타카이, 신문을 손에 들고 읽기 시작한다.

신지　마실래?

타카이　그러다 들켜요.

신지　괜찮아요, 물을 타둘 거니까

타카이　예?

신지　이거 손님용이거든

타카이　아

신지　형님은 안 마시거든. (앉는다.)

타카이　예

신지　손님은 술이 싱겁네 어쩌네 못 그럴 거 아냐, 물 좀 타놔도

타카이　하긴요

신지　그치? (잔에 브랜디를 따른다.)

• • •

타카이　저, 아까 그 문어 말인데요

신지　응

타카이　그게 끌어 올릴 때 문어가 도망가지 않겠어요?

신지　안 그래요, 그게.

타카이 아니, 낚싯바늘 같은 것도 없잖아요

신지 그게 말야, 문어란 놈들은 밖에서 자극을 가하면 좁다란 곳으로 막 들어간다는 거야.

타카이 아

신지 바위 틈에 있는 문어를 잡으려고 하면 목이 잘려도 나오려고 안 한대요.

타카이 아-

신지 ○뭐, 문어가 다리가 잘 빠져서 그런 것도 있겠지만

타카이 ★어라?

신지 ?

타카이 흐아

신지 왜 그래?

타카이 이 친구, 아는 애예요.

신지 어디?

타카이 여기요, 여기

신지 이거?

타카이 소학교 같이 다닌 앤데요

신지 오-

타카이 세상에, 이 녀석도 조선에 와 있었네?

신지 근데 이름만 보고도 알아?

타카이 이름이 별나니까요, 타케하치로라고.

신지 뭐?

타카이 보세요

신지 정말이네. "타케하치로, 야나기하라. 삼십삼.. 이어즈 올드"[2]

❖시노자키 유키코, 하수에서 등장.

2 영자신문의 내용을 읽고 있다.

학교에서 돌아온 듯하다.

1.1.4

유키코 저 왔어요 (상수를 향해 걸어간다.)

신지 오

유키코 학교 다녀왔습니다.

신지 오늘 손님, 몇 시에 오지?

유키코 글쎄요, 잘 모르겠어요

신지 아 그래?

유키코 저녁에 도착한다고 했는데요

신지 오- 다섯 시 기차로 오나?

유키코 (멈춰 서서) 아

신지 그럼 곧 오겠는데

• • • • (타카이에게) 유키코 남자친구가 오사카에서 오거든.

타카이 ☆예, 들었습니다.

유키코 ☆그런 거 아네요.

신지 아니라구?

유키코 그냥 펜팔하는 것뿐이라구요.

신지 웅 웅

유키코 그러지 좀 마세요, 자꾸 이상하게.

신지 형님께선 화가 좀 풀리셨나?

유키코 그러니까 자꾸 이상한 말씀 하지 말아주세요.

신지 비밀로 펜팔을 하다가 들켜버려서 난리가 났지.

타카이 ☆☆아

유키코 ☆☆비밀이랄 것도 없어요.

신지 너, 귀도 밝다.

유키코 아니..

신지 그런데 용케도 허락하셨네, 집에 오는 걸.

유키코　그러니까요, 조선에 놀러오는 김에 들르는 것뿐이거든요.

신지　아 그래?

유키코　당연하죠.

❖유키코, 상수 앞쪽의 계단으로 퇴장.

신지　한 번도 만난 적이 없다는데 어떤 녀석일까?

타카이　그런데 역시 자꾸만 놀리고 싶어지네요.

신지　어? 유키코를?

타카이　예

신지　그치

타카이　예

신지　• • • 이봐, 이.. '매지션'이란 게 뭐야?

타카이　아.

신지　마술사야? 친구가?

타카이　그런가 보네요.

신지　대단한데.

타카이　○손재주는 참 좋았으니까

신지　어?

타카이　뭐든지 참 잘 만들었어요, 궁리를 막 해서.

신지　꼭 하나씩 있지, 그런 친구

타카이　이 녀석이 한번은요, 학교에 춘화를 갖고 왔었어요.

신지　춘와?

타카이　예?

신지　춘와란 게 뭐야?

타카이　춘화요, 춘화. 야릇한 그림요.

신지　아, 춘화. 난 또 무슨 개구리를 갖고 왔다는 줄 알았네.

타카이　어째서요?

신지　‘봄 춘’ 자에 ‘개구리 와’ 자.[3]

타카이　○확실히 귀가 좀 어두워졌나 봐.

신지　어째서? 귀 문제가 아니잖아. 소리는 제대로 알아들었으니까.

타카이　귀가 어두우니까 목소리가 그렇게 큰 거예요.

신지　목소리는 태어날 때부터 크다구.

타카이　아 왔나 보다.

신지　어?

❖신지, 서둘러 브랜디를 치우려고 한다.
후쿠시마 토메, 장바구니를 들고 하수에서 등장.

1.2.1

타카이　난 또.

후쿠시마　왜요?

타카이　아냐, 아냐

후쿠시마　뭔데요?

타카이　☆알 거 없어

신지　☆형님 오신 줄 알고

후쿠시마　아, 어르신도 돌아오셨어요

신지　정말?

후쿠시마　지금 현관에

신지　어 그래?

❖엉거주춤 서 있던 신지, 몸을 움직여 브랜디 병과 잔을 들고 상수로 퇴장.

---

3 원문의 대화는 ‘春画を’(춘화를)란 말을 발음이 같은 다른 뜻의 말(‘春顔’, 봄의 얼굴)로 잘못 알아듣는 것이다. 이것을 ‘춘화’를 ‘춘와(春蛙)’로 잘못 알아듣는 걸로 의역했다.

후쿠시마 손님도요.. 홋타 씨 (상수로)

타카이 아. • • • 참, 오늘 반찬 뭐지?

후쿠시마 돈가스요

타카이 와우

❖후쿠시마, 상수로 퇴장하려 할 때 신지가 돌아온다. 두 사람, 서로 스쳐 지난다.

후쿠시마 실례합니다.

신지 아니 뭘

❖후쿠시마, 상수로 퇴장.
신지, 식기대에 브랜디를 도로 넣는다.

• • • • •

신지 안 오는데.

타카이 참, 손님이 왔다는데요.

신지 어 그래?

타카이 홋타 씨.

신지 아

타카이 저기, 아까 그 문어 얘긴데요

신지 어?

타카이 문어단지

신지 그게 또 뭐?

타카이 그러니까요, 문어가 그렇게 좁은 데를 좋아하는 거면 나중에 문어단지에서 꺼내기가 어렵지 않아요?

@신지 ☆☆응, 그건 말이지, 그 문어단지 바깥을 박박 긁으면 된다는데.

@타카이　예?

@신지　정말이야

(두 사람, 하수에서 나는 소리를 듣고 일어선다.)

@타카이　왜 그렇죠?

@신지　문어가 몸이 가려워져서 밖으로 나온내요.

❖하수에서 시노자키 소이치로, 홋타 카즈오, 홋타 리쓰코가 등장.

1.2.2

소이치로　☆☆△그게요, 스님이 비탈길을 막 내려오는 거예요.

홋타 카즈오　하지만 빨갛다는 게 건강하단 말이겠죠.

소이치로　아무리 빨개도 그렇지 한도가 있는 거죠.

홋타 카즈오　그야 뭐, 하긴..

홋타 리쓰코　이 사람은 한도란 걸 모르는 사람이라서요

홋타 카즈오　☆☆☆무슨 소리야?

소이치로　☆☆☆뭐, 그게 홋타 씨 매력이니까요

• • • 좀 앉으시죠

홋타 카즈오　네, 실례 좀 하겠습니다.

신지　오랜만에 뵙습니다.

타카이　★어서오십시오.

❖세 사람, 의자에 앉는다.

신지　형수님 불러올까요?

소이치로　아, 후쿠시마한테 말해놨어.

신지　아

@소이치로　☆좀 앉지

@신지　예 (의자에 앉는다.)

홋타 카즈오 ☆잘 쓰고 있나요?

타카이 예, 뭐, 그럭저럭요

소이치로 홋타 씨 쪽에선 기계 돌릴 준비 다 해놓고 기다리고 있다는데.

홋타 카즈오 ☆☆아뇨, 그게 그 정도는 아니구요

타카이 ☆☆면목 없습니다.

홋타 카즈오 표지를 어떻게 할까도 생각 중이지요.

타카이 ☆☆☆감사합니다.

❖스즈키와 한복을 입은 김미옥이 상수에서 등장.

스즈키 ☆☆☆어서 오세요

미옥 ☆☆☆어서 오세요.

소이치로 하루코는 없나?

스즈키 곧 나올 거예요.

소이치로 아 그래?

스즈키 (멈춰 서 있는 김미옥에게) 괜찮아, 가봐

@미옥 ☆네. 다녀오겠습니다.

@소이치로 그래. 다녀와.

❖김미옥, 하수로 퇴장.

신지, 신문지를 접고 있다.

홋타 리쓰코 ☆재미있는 일이 뭐 있었나요, 외국에서?

신지 아뇨, 딱히.

홋타 카즈오 우리집도 영자신문 받아 볼까?

홋타 리쓰코 아

홋타 카즈오 읽을 사람이 있지 않겠어?

홋타 리쓰코 ☆☆예

❖하루코가 상수에서 등장. 대화를 들으면서 의자에 앉는다.

1.2.3

스즈키 ☆☆실례합니다.

홋타 리쓰코 고마워요.

하루코 안녕하세요

홋타 리쓰코 안녕하세요

홋타 카즈오 ★안녕하세요

@신지 ☆☆☆저.. 내지(內地)[4] 신문도 하나 더 받아 보고 싶은데요

@소이치로 응, 그렇게 하지그래.

@신지 이 친구가요, 소설이 읽고 싶다네요. 나쓰메 소세키 거요, 아사히신문.

@소이치로 ☆☆☆아

타카이 ☆☆☆그게..

신지 그러고 나서

소이치로 뭐?

신지 그러고 나서

소이치로 그리고 또 뭐?

신지 아뇨, 그러니까 '그러고 나서'라는 제목이에요.[5]

하루코 아

홋타 리쓰코 별나네요

하루코 그쵸

홋타 리쓰코 그러고 나서 어쨌다는 거예요?

---

4 '내지(內地)'란 일본 지역을 말한다. 당시에 일본 사람들은 일본을 '내지'로, 조선과 만주, 타이완 등은 '외지(外地)'라고 불렀다.

5 "그러고 나서" 혹은 "그 후"로 번역되는 나쓰메 소세키(夏目漱石)의 장편소설 『それから』는 1909년 6월부터 10월까지 《도쿄 아사히신문》과 《오사카 아사히신문》에 연재되었다.

타카이 글쎄요, 읽어봐야 알겠네요.

하루코 읽게 되면 알려줘요.

타카이 네.

소이치로 ○그럼 받아 보지, 그거

타카이 네, 감사합니다.

©青木司

@하루코 ☆어? 차가 한 잔 모자라는 건가?

@스즈키 아 죄송합니다.

@신지 아 난 안 마셔도 돼요.

@하루코 차 한 잔 더

@스즈키 네.

❖스즈키, 상수로 퇴장.

1.2.4

소이치로 ☆음, 그 얘기.. 좀 해도 될까요?

홋타 카즈오 네 네, 그럼요

소이치로 우선은, 아무튼지 우리가.. 조선 합병이 정해지기 전까지는 책을 내고 싶거든요.

홋타 카즈오 그래서 그 책 제목은 그대로 '대(大)시노자키상점 영광의 역사'로 하시구요?

소이치로 아뇨 그게, 아버지는 그걸 원하시는데

신지 '대(大)시노자키상점'이란 표현은 빼는 게 낫지 않아요?

소이치로 ☆☆음.

하루코 ☆☆그건 좀 너무해요

홋타 카즈오 예, 뭐

홋타 리쓰코 괜찮지 않을까요, 좀 멋있게 붙여도?

@신지 ☆☆☆아뇨 그게요, 멋있게는 들려도 거짓말이잖아요.

홋타 카즈오 ☆☆☆그럼 내년 봄쯤에는..

소이치로 예, 내년 2월이면 아버지가 부산에 상점을 낸 지 딱 30년이 되거든요.

홋타 카즈오 아

소이치로 ☆그러니까 거기에 맞췄으면 좋겠다는 건데

홋타 카즈오 예

@홋타 리쓰코 ☆그 정도 과장이 뭐 어때요?

@신지 • • • ?

소이치로 역시 이런 유의 책은 외국에서의 고생담이 중심이 되게 마련이잖아요?

홋타 카즈오 ☆☆그야 그렇겠죠.

@하루코 ☆☆단팥묵 있는데 드실래요?

@홋타 리쓰코 아뇨, 전..

@하루코 단팥묵

@신지 아뇨 아뇨

소이치로 그러니까요, 그게 조선도 같은 일본이 돼버리면 재미가 없어져버릴

테죠

키즈오　☆☆☆그러게요

소이치로　참, 그건 언제였더라?

하루코　예?

❖시노자키 켄이치, 하수에서 등장.

1.3.1

@켄이치　☆☆☆다녀왔습니다.

@신지　이제 오니?

@켄이치　안녕하세요?

@홋타 카즈오　잘 지내지?

@켄이치　네

소이치로　너도 여기 좀 앉으렴.

켄이치　어 괜찮아요.

소이치로　잠깐만 앉아봐

켄이치　○네

하루코　★차 마실래?

@켄이치　☆그럼 밀크티

@하루코　저기, 밀크티 갖다 달라고 좀 말해줘요.

@타카이　네.

❖타카이, 상수로 퇴장.

소이치로　☆지난번에 물건 사러 갔던 게 언제였지?

신지　아, 지난 주 금요일이죠. 비가 왔었으니까

소이치로　아, 그런가?

신지　왜요?

소이치로 삼신백화점 앞에 식당이 있잖아요.

홋타 카즈오 아, 예, 식당 이름이 뭐였더라?

소이치로 그.. 이름은 잘 모르겠지만

신지 잇페이(一平)식당

소이치로 ☆☆아

홋타 카즈오 맞아요

소이치로 그 식당에 러시아 사람이 왔는데요, 거긴 그냥 일식 식당이라.. 그 러시아 사람이 젓가락질을 잘 못하는 거예요.

홋타 카즈오 아

소이치로 그걸 보고 있으니까 불쌍하더라구.

@홋타 리쓰코 ☆☆화장실이 저쪽이던가요? (일어선다.)

@하루코 예, 현관 쪽에도 있는데요

@홋타 리쓰코 • • • • •

@하루코 저쪽이 더..

@홋타 리쓰코 아 알겠어요

하루코 리쓰코 씨, 그 옷은 어디서..?

홋타 리쓰코 한 벌 맞췄어요, 대련(大蓮) 쪽에서

하루코 아

홋타 리쓰코 너무 요란한가요?

하루코 아뇨, 괜찮아요

• • •

홋타 리쓰코 그럼 좀

하루코 어? 리쓰코 씨, 슬리퍼는요?

홋타 리쓰코 전 슬리퍼 싫어해요.

하루코 ☆☆☆아

홋타 리쓰코 그럼.

❖홋타 리쓰코, 하수로 퇴장.

1.3.2

@소이치로 ☆☆☆뭐, 전쟁이란 이기고 볼 일인가 봐요.

@홋타 카즈오 뭐, 그게 졌더라면 우리가 그렇게 됐을 거 아닙니까. 흑빵 같은 거 먹는 신세가..

@소이치로 예

켄이치 보르스치

신지 피로시키

켄이치 이름들이 다 이상해, 러시아 요리는

홋타 카즈오 그런데 러시아인들이 다시 늘고 있죠, 요새?

소이치로 역시 그렇게 느끼시나요?

홋타 카즈오 예

켄이치 ★이토 히로부미(伊藤博文)가 다시 돌아온다는 건 정말인가요?

홋타 카즈오 응. 그렇다는데.

소이치로 이토 공은 추밀원으로 돌아가지 않았나?

홋타 카즈오 ☆그게 러시아에서 자꾸 시끄럽게 굴어서요, 일부러 하얼빈까지 가서 코콥초프를 만난답니다.[6]

켄이치 코콥초프

@하루코 ☆6월이었죠, 그게

@켄이치 예.

신지 ☆☆뭐, 이번엔 러시아 뒤에 미국이 있으니까요

홋타 카즈오 맞아요

하루코 어떻게 해도 미국은 좋아지지가 않는단 말야

❖스즈키, 차를 가지고 상수에서 등장.

---

6 이토 히로부미는 1909년 6월, 조선통감부의 초대 통감직을 사퇴하고 일본으로 돌아가 추밀원 의장으로 취임한다. 그리고 뒤이어 10월에 러시아의 재무대신 블라디미르 코콥초프와 회담하기 위해 한반도를 거쳐 하얼빈을 방문했다가 안중근에게 저격당한다.

@스즈키 ☆☆밀크티도 곧 가져오겠습니다.

@켄이치 고마워요.

@스즈키 실례하겠습니다.

❖스즈키, 상수로 퇴장.

1.3.3

소이치로 3국간섭[7] 같은 일이 또다시 일어나면 곤란한데

홋타 카즈오 예

하루코 3국이란 게 이번엔 어느 나라가 되죠?

소이치로 그건 모르겠는데

신지 뭐, 그런 거에 대해서 내지 관리들은 상상이 안 되는 걸 테죠.

홋타 카즈오 ○켄이치 군, 내년에 도쿄로 간다면서?

켄이치 예, 뭐

홋타 카즈오 가서 일을 한다고?

켄이치 예, 그게 무역 관계인가 본데요

소이치로 수행(修行)을 좀 시킬까 해서요

홋타 카즈오 아, 그건..

소이치로 도쿄의 차가운 바람도 조금은 맞아봐야죠

홋타 카즈오 그렇지만 제 입장에서 보면 이쪽에서 생활하는 게 더 힘든 일이에요.

소이치로 그야 내지에서 자란 사람한테야 그렇겠지만요, 이쪽엔 경쟁이란 게 없잖아요, 장사를 하든 뭘 하든

홋타 카즈오 뭐, 조선인 상대로야 대수로울 게 없는 법이니까

신지 예

7 청일전쟁에서 승리한 일본이 1895년 4월, 청나라와 시모노세키조약을 맺어 랴오둥반도를 영유하자 이에 불안을 느낀 러시아, 독일, 프랑스 세 나라가 일본에 대해 압력을 가해 랴오둥반도를 청나라에게 되돌려주도록 한 일.

소이치로 ★그래서 자꾸 느슨해진단 말이죠

홋타 카즈오 ☆☆☆그러게요.

소이치로 실은 중학교 때부터 내지로 보내려고 했어요. 전처가 죽고 그러는 바람에 경황이 없어서

홋타 카즈오 기다려지겠네

켄이치 예, 뭐, 가보지 않고서야 알 수 없지만요.

홋타 카즈오 응.

❖한복 차림의 이숙자(토시코), 밀크티를 가지고 상수에서 등장.

@숙자 ☆☆☆여기 있습니다.

@켄이치 고마워

@숙자 (홋타 부부에게) 오셨습니까?

@하루코 스즈키는?

@숙자 부엌에 있는데요

켄이치 밀크티는 토시코가 맛있게 타요

하루코 아 그래?

숙자 실례했습니다.

❖숙자, 상수로 퇴장.

1.3.4

홋타 카즈오 일본어 잘하네요, 저 아이

소이치로 예

신지 이 집에서 자랐으니까요

홋타 카즈오 아 그래요?

신지 점포에 리사이준(李齊潤)[8]이란 사람 있잖아요

홋타 카즈오 아, 그 싹싹한 조선 사람

신지 그 딸이에요.

홋타 카즈오 아, 그랬나?

소이치로 토시코(淑子)란 이름도 내가 붙였지요.

홋타 카즈오 그렇습니까?

@소이치로 ☆조선어로도 읽을 수 있는 이름이잖아요.

@홋타 카즈오 아

❖홋타 리쓰코, 하수에서 돌아온다.

홋타 리쓰코 ☆무슨 얘기예요?

하루코 고용인 얘기요

홋타 리쓰코 ☆☆아

홋타 카즈오 ☆☆일본어를 아주 잘하는 조선인이 있어.

홋타 리쓰코 아, 그 아이요? 옛날부터 있었잖아요

하루코 예, 뭐

소이치로 뭐, 이제는 같은 나라가 되는 거니까 조선 사람들도 생각해줘야 할 점이 많겠지

홋타 카즈오 하루코 씬 이리로 오신 지 몇 년 됐죠?

하루코 4년요, 올 가을로

소이치로 전쟁 때문에 1년 늦게 오게 됐었으니까

홋타 카즈오 이쪽 말 하세요?

하루코 아니요, 전혀요.

홋타 카즈오 나도 12년째 되는데요, 전혀 못해요

하루코 그럴 리가요.

홋타 카즈오 이 사람이 통역을 해주니까요, 필요가 없거든.

하루코 아

---

8 '이제윤'이란 이름의 한자를 일본어식으로 부르는 것이다.

소이치로 댁에서 출판하신 회화집(會話集) 샀습니다, 이 사람을 위해서.

홋타 카즈오 오, 오, 감사합니다

하루코 일한포켓회화수첩

홋타 카즈오 ☆☆☆감사합니다

홋타 리쓰코 ☆☆☆그거 편리하죠

하루코 예, 뭐

홋타 카즈오 참, 그 모리와키(森脇) 씨 댁 고용인도 참 대단합니다.

소이치로 일본어를 잘해서요?

홋타 카즈오 아뇨.. 그런 모리와키 씨 밑에 있다는 게요

켄이치 ★저기, 전 좀 실례할게요. (일어선다.)

소이치로 아니 왜?

홋타 리쓰코 ★여보, 우리도 슬슬 가봐야죠

홋타 카즈오 어 아

켄이치 ☆실례하겠습니다.

홋타 리쓰코 네.

@하루코 ☆(홋타 부부에게) 더 있다 가셔도 되잖아요?

@홋타 카즈오 그게 좀 볼일이..

소이치로 ☆☆그럼 물건은 나중에 보내드릴 테니까요

홋타 카즈오 아 제가 받으러 오겠습니다. (일어선다.)

소이치로 아뇨..

홋타 카즈오 들어가는 길에

소이치로 아

홋타 카즈오 지금은 없는 거죠?

소이치로 그게 창고에서 물건을 꺼내야 해서

홋타 카즈오 그럼 다시 들를게요, 곧 (움직이기 시작한다.)

소이치로 예 (일어선다.)

홋타 카즈오 그럼

@홋타 리쓰코 ☆☆좀 만날 사람이 있어서 (일어나 걸음을 뗀다.)

@하루코　바쁘신가 봐요 (일어나 걸음을 뗀다.)

@홋타 리쓰코　바쁘게 막 돌아다녀야 돼요

@하루코　왜요?

@홋타 리쓰코　바쁘게 나다니질 않으면 몸살 걸려요, 이 사람

@하루코　아

@홋타 리쓰코　켄이치 군, 또 봐

@켄이치　네

@홋타 리쓰코　한여름에도 감기 걸린다니까요. 거짓말 같죠?

@@켄이치　☆☆☆그 일은 어떻게 됐어요?

@@신지　글렀어, 아예 얘기가 안 먹혀.

@@켄이치　역시

홋타 리쓰코　당신, 이 집 새 화장실 가봤어요?

홋타 카즈오　어?

홋타 리쓰코　아주 넓어요.

소이치로　예, 거긴 돈 좀 들였답니다.

홋타 리쓰코　▲아

소이치로　▲문이 안으로 열리죠.

홋타 리쓰코　▲아

소이치로　▲아까 그 모리와키 씨 얘긴 뭐죠? (걸음을 뗀다.)

홋타 카즈오　▲아, 그게요, 옆집 쿠마자와 씨하고 싸움이 나서 울타리를 담장으로 바꿨잖아요

소이치로　▲아

홋타 카즈오　▲그때요, 조선인 고용인이요, 울타리를 넘어뜨렸다는데요

소이치로　▲아니, 그게 담장을 울타리로 바꾼 게 아니었구요?

❖네 사람, 각기 대화를 하면서 하수로 퇴장.

켄이치, 계단을 향한다.

1.4.1

신지　• • • 도쿄에 가면 뭐 할 거야?

켄이치　뭐, 일을 하게 될걸요, 회사에서.

신지　그런 거 말고, 가보고 싶은 데가 있을 거 아냐.

켄이치　아는 데가 별로 없는데

신지　아사쿠사,[9] 역시?

켄이치　활동사진관?

신지　응

켄이치　스모는 어떨까

신지　아

켄이치　새로 지은 국기관(國技館)이 엄청 크다던데.

신지　응.

켄이치　삼촌은 어디 갔었는데?

신지　아니 난 뭐 그냥 놀러 갔던 거라서.

켄이치　아니 그러니까 어디 갔었냐구.

신지　여기저기 갔지, 죄다

켄이치　도쿄는 어떤 델까요?

신지　아, 사람이 무척 많더이다

켄이치　그래서 놀랐어?

신지　무-척 놀랐지요[10]

❖소이치로, 하수에서 돌아온다. C에 앉는다.

소이치로　참, 가게 쪽 가서 스즈키한테 색연필 세 다스 꺼내두라고 말해줘

켄이치　네.

소이치로　응

9 도쿄 도심으로부터 약간 북동쪽에 있는 아사쿠사(浅草) 지역은 당시 유명한 번화가로서 특히 영화관과 극장 등이 몰려 있는 곳이었다.

10 신지는 연거푸 장난스러운 말투로 말하고 있다.

❖하루코, 하수에서 등장.

소이치로 아

하루코 저 좀 들어가 있을게요

신지 아 그래?

켄이치 갔다 올게요.

소이치로 응

❖켄이치, 상수로 퇴장.

1.4.2

소이치로 좀 앉지.

하루코 들어가서 좀 쉴게요.

소이치로 왜 또, 몸이 안 좋아?

하루코 아니, 괜찮아요.

소이치로 아 그래?

하루코 차를 새로 가져오라 할까요?

소이치로 아냐, 아직 있는걸.

하루코 네. 여기 좀 치우라고 할게요.

소이치로 응

하루코 그럼

❖하루코, 하수로 퇴장.

신지 아직도 몸이 안 좋아요?

소이치로 어?

신지 형수.

소이치로 음, 나도 잘 모르겠어

신지　역시 안 맞는 거 아닌가요, 조선이?

소이치로　네 경우는 어떤데?

신지　응?

소이치로　어떻게 하려구?

신지　아무래도 만주로 보내주셨으면 하는데

소이치로　아 그래?

신지　여기에 있어봤자 별수가 없으니까

소이치로　음, 별수 없을 것까진 없을 텐데

신지　중학교 선배가요, 그쪽에서 장사를 한다고 도와달라고 하네요

소이치로　그으래? 누가?

신지　그.. 형은 모르는 사람.

소이치로　어 그래?

신지　갑자기 지난번에 얘길 하더라구요, 편지로.

소이치로　음. 부산 점포 쪽 해볼 마음은 없는 거냐, 정말로?

신지　아니 뭐, 그쪽이야 소노다(園田)가 잘하고 있잖아요.

❖스즈키, 상수에서 등장.

1.4.3

소이치로　왜?

스즈키　실례합니다. 그, 색연필은 스위스제인지 일본제인지 여쭙습니다만

소이치로　일본제면 될 거야.

스즈키　일본제는 두 다스밖에 없다고 하는데요

소이치로　어? • • • 그럼 내가 가지. (일어선다.)

스즈키　죄송합니다

신지　참 형, 도쿄에 갔을 때 어디 갔었어요?

소이치로　아니, 오사카에만 다녀왔는데, 나는.

신지　아, 그랬나

소이치로 ○ (간사이 방언을 어설프게 흉내 내어) 도쿄에는 잘 안 간데이.

신지 (역시 방언으로) 아, 참말입니꺼?

소이치로 ○뭐 필요한 게 있으면 말해.

신지 예, 그럴게요.

소이치로 응

❖소이치로, 상수로 퇴장.

스즈키, 탁자 위를 정리한다.

스즈키 치워도 될까요?

신지 아 잠깐만 • • • 할아버지 지금 뭘 하시지?

스즈키 방에서 얼굴에 먹칠하고 계세요.

신지 또야?

스즈키 네.

신지 스즈키는 도쿄에 가본 적 있댔나?

스즈키 아뇨, 없는데요

신지 음.. • • • 고래는 본 적 있어?

스즈키 예?

신지 고래

스즈키 아뇨, 그것도 본 적 없는데요

신지 고래가 동물이라는 건 알고 있지? 그러니까 물고기가 아니라는 거

스즈키 어, 그런 거예요?

신지 응, 뭐, 포유류라고.. 그 포유류란 말부터가 어미가 자식한테 젖을 준다는 뜻이거든. 헌데 고래는 손이 없으니까 자식을 안을 수가 없겠지?

스즈키 예

신지 그렇담 어떻게 젖을 준다고 생각해?

스즈키 바다 속에서죠?

신지 그야 그렇지

스즈키 소금물도 섞여들어 가겠네요

신지 응, 그게 말야, 지난번에 도감에서 봤는데, 어미 고래한테 아이 두 마리가 이렇게 매달리듯이 하고는 젖을 빨더라구.

스즈키 아..

❖타카이, 상수에서 등장.

1.4.4

타카이 돌아들 갔어요?

신지 응. (이어서 후쿠시마에게) 그게, 되려 바다 속이니까 가능한 거겠지.

스즈키 예

타카이 ☆무슨 얘기 중?

신지 비밀이야

타카이 아..

❖스즈키, 정리를 마치고 상수로 퇴장하려 한다.
켄이치, 상수에서 등장. 스즈키가 들고 있는 쟁반에 있던 홍차 잔을 집어 든다.

@스즈키 ☆새로 가져올까요?

@켄이치 아니, 됐어.

@스즈키 아

@켄이치 나 뜨거운 거 잘 못 먹잖아

❖스즈키, 퇴장.

신지 헌데 말야, 정말로 안 쓰고 있어?

타카이 예?

신지 원고.

타카이 예, 뭐

신지 그래도 되는 거야?

타카이 비밀로 해주세요.

신지 음

타카이 3분의 1 정도는 썼다고 말해놨거든요.

신지 뭐 이제 눈치를 채지 않을까?

타카이 그게 쓸 수가 없는 일이잖아요, 큰어르신께서 저러고 계시니.

신지 음..

타카이 저번에는요, 원고를 쓰려고 이야길 들으러 갔더니 한 시간 가까이 조선 사람 일본 사람 구별법 얘기만 하시는 거예요.

신지 그거 그냥 보면 아는 거 아냐?

타카이 목욕탕 같은 데서요, 옷 같은 거 안 입고 있을 때

신지 그런다고 모르나?

타카이 모르지 않아요?

신지 그렇지가 않지.

타카이 아니, 어떻게 아는데요?

신지 그야 그냥 딱 보면

타카이 알 수가 없죠.

신지 알지 않나?

타카이 모른다니까요

신지 그렇지가 않을걸.

타카이 하긴, 큰어르신께서도 안다고 그러던데

신지 어떻게?

타카이 그걸 아무리 들어도 모르겠더라구요.

신지 나 원 참

케이치　저기, 삼촌, 만주로 간다고 들었는데요.

신지　오우, 그렇지.

케이치　언제요?

신지　글쎄, 지내기 좋은 계절이 오면 갈까?

타카이　괜찮을까요?

@케이치　☆☆나만 몰랐나보네.

신지　☆☆뭐, 전쟁도 끝이 났잖아

타카이　그야 알 수 없죠.

@케이치　☆☆☆이런

신지　☆☆☆아니 왜?

타카이　큰어르신 말씀이요, 또 전쟁이 날 거라는데요, 그게

신지　아니 왜?

타카이　쇠 팽이가 유행을 하면 전쟁이 난다고 그러시데요, 그게

❖상수에서 스즈키와 후쿠시마가 들어온다.
뒤이어 숙자가 차를 들고 등장.
후쿠시마는 찬장 문을 열고 있다.

2.1.1

신지　쉬려구?

스즈키　네, 좀

신지　여기 앉아 (일어선다.)

스즈키　아 아니에요

신지　앉으라면 앉아

스즈키　죄송합니다

케이치　여기

스즈키　감사합니다.[11]

케이치　☆만주 어디로 가는데?

신지　추운 데

켄이치　▲거긴 다 춥지 않나?

신지　▲제일 추운 데.

켄이치　▲에이, 뭐예요.

타카이　(숙자에게) 이상한 친구들이랑 어울리면 못써요.[12]

❖신지, 타카이, 켄이치, 상수로 퇴장.
스즈키는 B에 앉는다.

@후쿠시마　☆찾았다.

@스즈키　어 그거 맞아.
어서 앉아.

@숙자　네.

❖숙자, 차를 내려놓고 의자 E에 앉는다.
뒤이어 후쿠시마도 G에 앉는다.

스즈키　그래서? 어떻게 됐는데?

후쿠시마　몰라, 사모님께서 알아서 할 테니까

스즈키　응. 와카야마[13]에 사는 농부랬지?

후쿠시마　그런데 물고기도 잡는다나 봐.

스즈키　괜찮겠어?

후쿠시마　뭐가?

스즈키　넌 야마나시[14] 사람이잖아

---

11 원문은 '죄송하다', '고맙다', '실례한다'는 뜻을 모두 담고 있는 관용적인 말인 "すいません"을 잇달아 말하는 것이다.

12 스즈키, 후쿠시마 등과 어울리지 말라며 가벼운 농담을 던지는 것이다.

13 和歌山. 일본 혼슈(本州)의 남서부, 키이반도(紀伊半島)의 남서단에 있는 지역. 태평양에 면해 있다.

14 山梨. 일본 혼슈의 가운데 내륙에 있는 지역. 후지산이 야마나시현에 속한다.

후쿠시마 응

스즈키 물고기 안 먹지 않아?

후쿠시마 뭐, 꼭 그렇지는 않은데

스즈키 어 그래?

후쿠시마 민물고기는 먹으니까

스즈키 아

숙자 아 찻줄기 떴다!

후쿠시마 아, 그러네.

스즈키 쥐치 같은 거?

후쿠시마 응? 쥐치가 물고기였어?

스즈키 물고기.. 맞잖아?

숙자 아, 물고기는 물고기겠죠.

스즈키 ★비린내 나잖아, 민물고기는

후쿠시마 아, 좀 그렇지

❖타카이, 상수에서 등장하여 하수를 향한다.

타카이 산책 좀 하고 올게.

후쿠시마 허구한 날 산책..

타카이 생각할 게 많아요.

후쿠시마 ☆☆생각은 무슨..

❖타카이, 하수로 퇴장.

2.1.2

숙자　☆☆타카이 씨랑.. 저번에 좀 이상했어요.

스즈키　저 사람이야 늘 이상한데 뭘.

숙자　그런 게 아니라요

스즈키　타카이가 말야, 여기 처음 왔을 때 중학생이었거든

후쿠시마　응.

스즈키　근데 그러고 얼마 안 있다가, 저 사람이 하도 맹하니까 어르신하고 예전 마님이 타카이가 정말로 바보냐 아니냐 한참을 얘기했었다, 아주.

후쿠시마　설마

스즈키　나한테까지 의견을 물으셨다구.

후쿠시마　그거 지어낸 얘기지?

스즈키　진짜라니까

숙자　★ 아, 근데 저도 들었어요, 그 얘기.

스즈키　그치?

숙자　어? 근데 그걸 내가 어떻게 알지?

스즈키　차 올리러 갔었던 거 아닐까?

숙자 아뇨, 그때 전 아직 소학교도 안 다닐 때 같은데요.

스즈키 아, 그런가?

후쿠시마 아버지하고 같이 들었던 거 아니고?

숙자 아, 그럴지도 모르겠네요.

스즈키 아

숙자 아, 나 생각난다.

스즈키 이 방에서였어?

숙자 아뇨, 저쪽 거실 있을 때 거기 같은데

스즈키 아, 그럼 정말 오래전 얘기네.

숙자 아마도요.

❖야나기하라 타케하치로, 큰 가방을 들고 하수에서 등장.

2.1.3

야나기하라 저..

스즈키 네.

야나기하라 현관에서 불렀는데 아무도 안 나오셔서 이렇게

스즈키 죄송합니다. 저, 유키코 아가씨 좀 불러오지.

숙자 ☆☆☆네.

❖숙자, 계단을 오른다.

야나기하라 ☆☆☆저, 여기 혹시 타카이 씨라고 계십니까?

후쿠시마 예

야나기하라 좀 불러주실 수 있나요?

후쿠시마 네.

스즈키 산책 나가지 않았어?

후쿠시마 참, 그렇지

스즈키 죄송한데, 지금 외출 중인데요.

야나기하라 아, 그럼 나중에 다시 찾아뵙죠.

스즈키 어, 저기 혹시 내지에서 오신 분인 게 맞나요?

야나기하라 예

스즈키 어라?

후쿠시마 다른 사람 아닐까?

야나기하라 그럼

스즈키 저기, 타카이는 곧 돌아올 거니까요, 여기서 좀 기다리시면 어떨까요?

야나기하라 아..

❖유키코, 계단을 내려온다.
그 뒤로 숙자도 내려온다.
후쿠시마는 야나기하라에게 의자 A에 앉도록 권한다.

2.1.4

@후쿠시마 ☆저.. 앉으세요.

@야나기하라 아, 네, 감사합니다.

유키코 ☆아, 안녕하세요

야나기하라 안녕하세요

유키코 ☆☆저..

스즈키 ☆☆저기요, 뭐가 좀 다른 것 같네요.

유키코 어?

숙자 어..

스즈키 다른 사람인가 봐요

유키코 어? • • • • 당신, 타노 쿠라(田野倉) 씨가 아닌가요?

야나기하라 ☆☆☆예

스즈키 ☆☆☆이분도 내지에서 오셨다는데..

유키코 아, 하지만 타노 쿠라 씨는 키가 아주 크고 이목구비가 반듯한 사람인데

스즈키 아

유키코 곧 도착할 테니까, 오면 불러주세요.

스즈키 네.

❖유키코, 계단을 올라 퇴장.

• • •

후쿠시마 좀.. 앉으시죠

야나기하라 감사합니다.

스즈키 신지 씨든 누구든 불러오는 게 낫겠지?

후쿠시마 아

스즈키 네가 좀 가봐 줄래?

숙자 ☆네.

스즈키 신지 씨..

숙자 네.

❖숙자, 상수로 퇴장.

@후쿠시마 ☆앉으세요

@야나기하라 실례합니다

@스즈키 곧 돌아올 거 같으니까요.

@야나기하라 네.

후쿠시마 차 가져올까?

스즈키 아

후쿠시마 내가 갔다 올게.

스즈키 어 그럼 나도 갈게.

후쿠시마 응

스즈키 잠깐 실례할게요.

야나기하라 네.

❖후쿠시마, 스즈키, 상수로 퇴장.
야나기하라, 의자 A를 끌어당겨 앉고는 탁자 위의 단팔묵을 본다.
잠시 후, 신지가 상수에서 등장. 뒤이어 숙사노 등장.

2.2.1

신지 안녕하세요

야나기하라 안녕하세요 (일어선다.)

신지 타카이를 찾으신다고..

야나기하라 예

신지 지금 좀 나갔다고 하더라구요

야나기하라 네.

신지 용무가 있으신가 보죠?

야나기하라 아뇨, 그냥 일 때문에 조선까지 좀 오게 돼서요

신지 어? 당신 혹시..

야나기하라 예?

신지 저기, 성함이?

야나기하라 야나기하라입니다만

신지 타케하치로!

야나기하라 예

신지 아, 죄송해요. 제가 좀 얘길 들었거든요, 타카이한테서.

야나기하라 아

신지 뭐, 좀 앉으시죠 (앉는다.)

야나기하라 네. (B에 앉는다.)

신지 마술을 하신다구요?

야나기하라 예, 그리고 요사인 천리안을 조금.

신지 천리안?

야나기하라 예

신지 아

숙자 (의자 E로 돌아가서) 천리안이란 게 뭐예요?

신지 어? 몰라? 내지에서 유행하는 거야.

숙자 아-

신지 그게 물건을 봐버리는 거죠?

야나기하라 뭐, 그렇죠.

숙자 물건을 봐버린다는 게 어떤 거예요?

야나기하라 정확히 말하면 보이지 않는 것을 보지요.

신지 음.. • • • • 나를 왜 불렀지?

숙자 그게 저.. 스즈키 언니[15]가 부르라고 해서.

신지 음 • • • 스즈키는?

숙자 글쎄요. (야나기하라에게) 저기, 여기 있던 사람 어디 갔죠?

야나기하라 ★아, 저쪽으로 갔습니다.

숙자 차 내오려고 간 걸까요?

야나기하라 못 만났나요?

숙자 예

야나기하라 어라?

신지 이 집이요, 저기서부터 미로처럼 돼 있거든요.

야나기하라 아

신지 해마다 증축을 하고 있어서요.

야나기하라 아

신지 이쪽 큰길하고 이쪽 길이 같은 집으로 이어져 있을 거란 생각들은 못 할걸요, 아무도.

---

15 숙자가 다른 가정부들을 부를 때 붙이는 '언니'라는 말은 원문("―さん")과는 달리 자연스러운 번역을 위해 붙인 것이다.

야나기하라 네..

신지 해마다 새로 온 가정부가 두세 명씩 미아가 돼서 미라로 발견된답니다. 헤헤헤.

야나기하라 아

신지 농담인데

야나기하라 예..

신지 나중에 타카이가 안내를 하겠지만요

야나기하라 예

신지 그럼, 편히 계세요.

야나기하라 ☆네.

숙자 ☆어?!

❖신지, 상수로 퇴장.
숙자는 갑자기 혼자 남겨져 불편해진다.

2.2.2

• • • • •

숙자 저.. 단팥묵 드시겠어요?

야나기하라 아뇨, 단 음식은..

숙자 아 • • •

야나기하라 저기요

숙자 네.

야나기하라 타카이는 이 집에서 무얼 하고 있는 거죠?

숙자 뭐, 그냥 서생인데요

야나기하라 하지만 서생이라기엔 나이가 많은데.

숙자 그런 식으로요, 별 의미 없는 사람을 집에 두는 게 어르신의 취미예요, 일종의.

야나기하라 아, 지금 저 사람처럼?

숙자 아뇨, 저 사람은 어르신의 아우신데요

야나기하라 아

숙자 옛날엔 대륙 낭인 같은 사람들이 꽤 드나들고 그랬거든요.

야나기하라 아, 그렇습니까?

숙자 이쪽에는 처음 와보세요?

야나기하라 예

숙자 좋은 곳이죠?

야나기하라 네.

숙자 어디 어디를 다니실 거예요?

야나기하라 의주까지 갑니다.

숙자 아, 기왕이면 만주까지 가보면 좋을 텐데.

야나기하라 그런데 그쪽은 위험하다고 들어서요

숙자 그런가요?

야나기하라 예

숙자 국경 쪽에 백두산이란 산이 있어요.

야나기하라 아

숙자 아주 멋진 곳인데요, 커다랗고

야나기하라 예

숙자 저는 아직 못 가봤지만요.

야나기하라 아, 그러세요?

숙자 산 위에 엄청 큰 호수가 있다고 해요.

❖스즈키와 후쿠시마, 상수에서 차를 들고 등장.
차를 대접한 후 자리에 앉는다.

2.2.3

스즈키 드세요

야나기하라 ☆아, 이거, 고맙습니다.

숙자　☆그, 마술하는 분이세요.

후쿠시마　어?

숙자　마술사.

후쿠시마　뭔데, 그게?

숙자　아, 그러니까..

후쿠시마　어?

스즈키　뭐라구?

후쿠시마　마술을 한다는데

스즈키　누가?

후쿠시마　이 사람이겠지

스즈키　취미?

숙자　글쎄, 취미가 아닐걸요.

스즈키　마술을 해요?

야나기하라　예, 뭐, 약간.

스즈키　아.

숙자　그, 타카이 씨의 친구 분이래요.

야나기하라　소학교 동창이거든요.

스즈키　아, 그러세요?

후쿠시마　아

야나기하라　예

@스즈키　☆☆좀 있으면 돌아올 거니까요

@야나기하라　네.

❖시노자키 아이코, 하수에서 등장.

2.2.4

아이코　☆☆저 왔어요

세 사람　이제 와요?

아이코 다녀왔습니다. 차들 마셔?

스즈키 예, 단팥묵 드실래요, 같이?

아이코 이분은?

야나기하라 안녕하세요.

스즈키 그, 타카이 씨 친구시라는데요

야나기하라 야나기하라입니다.

아이코 안녕하세요

스즈키 지금 그 사람이 산책을 나가서요

아이코 유키코하고 펜팔 하는 사람 아니구?

스즈키 예, 그게 좀 아닌가 봐요

아이코 그 사람은 아직 안 왔어?

스즈키 네

아이코 ☆☆☆타노 쿠라 씨

후쿠시마 ☆☆☆처음엔 저희들도 그렇게 생각했는데요

아이코 음

스즈키 좀 앉지 그래요?

아이코 짐 좀 두고 올게.

스즈키 아

아이코 (야나기하라에게) 좀 지나가겠습니다.

❖아이코, 계단을 올라 퇴장.

@스즈키 이댁 따님이에요.

@야나기하라 ☆아

@스즈키 아까는 둘째딸.

@야나기하라 아, 아

후쿠시마 ☆아까 무슨 얘기 했었더라?

숙자 예?

후쿠시마 저쪽에서 아까.

숙자 아, 음식 얘기 했었지 않아요?

스즈키 아, 맞다

후쿠시마 그러니까 말야, 이 집 요리는 조선 요리하곤 퍽 다른 거지?

숙자 예, 뭐 김치도 안 먹구요.

후쿠시마 아

스즈키 옛날엔 먹었었는데. (숙자에게) 그치

숙자 예

후쿠시마 어 그래?

스즈키 예전 마님 때는.

후쿠시마 마님은 김치를 아예 못 먹을까?

스즈키 지금 마님?

후쿠시마 ☆☆응

숙자 ☆☆냄새가 싫은가 봐요.

후쿠시마 낫토는 잘 먹으면서

스즈키 그러니까 조선 것은 전부 다 싫은 거지.

후쿠시마 ★먹어본 적은 있는데 그런 거야?

숙자 아

후쿠시마 안 그래? 맛있잖아, 먹어보면

숙자 ☆☆☆예

@스즈키 ☆☆☆김치 먹어봤나요?

@야나기하라 예, 어제.

@스즈키 어땠어요?

@야나기하라 맵던데요.

@스즈키 ☆그렇죠?

@야나기하라 네

@스즈키 단팥묵 드실래요?

@야나기하라 아뇨, 단 음식은..

@스즈키　아

후쿠시마　☆그런데, 너 그럼, 그러면은 어떡해?

숙자　예?

후쿠시마　시집 갔는데 조선 요리를 못하면 안 되잖아.

숙자　예, 그야

후쿠시마　시집살이가 심하다면서? 이쪽도

스즈키　그 정도가 아니지. 일본보다 더하대, 이쪽이

후쿠시마　응.

스즈키　그 왜, 여기는 일가끼리 몰려다니잖아.

후쿠시마　아, 그리구 또 죄다 김씨구.

스즈키　힘들겠다.

❖아이코, 계단을 내려온다.

2.3.1

숙자　오늘도 카즈코 씨한테서?

아이코　(C에 앉는다.) 응, 또 내지 책 빌려 왔어.

스즈키　어, 뭔데요?

아이코　《스바루》 최신호. 이쪽에선 안 팔거든.

스즈키　아-

아이코　볼래?

스즈키　아뇨, 전 별로

아이코　이시카와 타쿠보쿠[16]도 실렸어.

숙자　아.

후쿠시마　아니 너, 일본의 그런 거도 알아? (일어선다.)

숙자　아, 아뇨

16 石川啄木(1886~1912). '타쿠보쿠'라는 필명으로 잘 알려진 시인이자 평론가. 1909년 1월, 낭만주의적 경향의 문예잡지《스바루》를 창간했다.

아이코 꽤 좋아해, 얘 이런 거.

후쿠시마 아- (스즈키에게) 과자 좀 가져올게.

스즈키 아

후쿠시마 ☆☆단팥묵도 더 없으니까.

스즈키 응

❖후쿠시마, 상수로 퇴장.

아이코 ☆☆그런데 토시코는 이런 어두운 게 어디가 좋지?

숙자 아뇨, 그렇게 좋아하진 않아요.

아이코 아니 아니, 그러니까.. 봐봐, 이런 거. "요사이 나는, 절교장을 품 안에, 품고서 다니기에, 평안한 마음"[17]

숙자 우와

아이코 뭐야, 이게?

숙자 그거 최신작이에요?

아이코 응

숙자 좀 봐도 돼요?

아이코 자 (《스바루》를 건넨다.) 카즈코하고 한참 웃었네.

숙자 (읽고 있다.) 이건 좀 어둡네요, 아닌게 아니라.

아이코 그렇지? 그렇게 생각하지, 스즈키도?

스즈키 그러게요

아이코 그치

스즈키 그런데요, 그게 뭐 어떤 건지는 잘 모르겠네요

아이코 모르다니?

스즈키 지금 그게 노래예요, 시예요?

아이코 아

17 원문은 일본의 정형시인 단카(短歌) 형식으로 쓰인 것이다.

스즈키　도대체 난 잘..

아이코　그러니까, 요사이 나는 절교장을 품 안에 품고서

스즈키　그러니까, 그 의미랄까요? 뭘 말하고 싶은 건지

아이코　그렇게 말하면 할 말 없지

숙자　음, 절교장을 품에 품고 있으면 안심이 된다는 • • • 친구하고 늘..

스즈키　무슨 일이 있었길래?

• • • • •

숙자　아뇨, 딱히

스즈키　별 의미 없는 거죠?

아이코　음, 그러니까 의미가 없달까.. 리얼리즘이 없는 거지

스즈키　☆☆☆아

숙자　☆☆☆그게..

아이코　미안. 꼭 타쿠보쿠 씨가 어떻다는 건 아니었어.

숙자　아니에요

스즈키　어려운 얘기네요

❖후쿠시마, 상수에서 등장.

2.3.2

후쿠시마　한참을 찾았네, 이거

스즈키　아니, 그걸 찾았었어?

@아이코　★☆어려울 거 없어. 기본은 생활하고 리얼리즘이니까.

@스즈키　아

후쿠시마　☆이거 그만 먹어치워야 하잖아

아이코　그거, 오가와상점 거?

후쿠시마　예, 지난번에 타카하시 씨가 갖고 온 건데요

스즈키　근데 그거 싼 과자지?

아이코　어? 설마

스즈키 봐

아이코 어머

숙자 깨가 없나 봐요?

아이코 ☆☆없어, 전혀

숙자 음..

아이코 슬프다.

@스즈키 ☆☆너, 차는?

@후쿠시마 어?

@스즈키 아이코 아가씨 차

@후쿠시마 아, 맞다.

@스즈키 나 참.

숙자 아, 제가 갔다 올게요. (일어선다.)

후쿠시마 아, 미안하네.

숙자 아니에요

❖숙자, 상수로 퇴장.

후쿠시마 채소 장수, 안 오네.

스즈키 응

후쿠시마 무슨 얘기 하고 있었어?

스즈키 문학 얘기.

후쿠시마 그 얘긴 아이코 아가씨랑 토시코가 했을 거구

스즈키 나도 같이 했거든, 끼어서.

후쿠시마 아 그래?

스즈키 참, 너 내지에 문학 하는 아는 사람 있다고 하지 않았어?

후쿠시마 아

아이코 어 정말?

후쿠시마 그게, 직접 아는 사람이 아니라요

스즈키 어디더라? 야마나시였나, 역시?

아이코 어디, 어디? 말해줘.

후쿠시마 그, 야마나시 우리 동네 친구 중에요, 또 하나가 식모살이 하러 가 있는데요, 도쿄로

아이코 응

후쿠시마 그게 그, 뭐라고 했더라? 이름이 딸꾹질하는 것 같은 사람 집에 가 있거든요, 문학 하는

아이코 딸꾹질하는?

후쿠시마 그게 한 번밖에 못 들어서요, 잘 모르겠는데

아이코 '힉쿠'[18] 씨, 뭐 이런 거?

후쿠시마 그, 들었을 때는 그렇게 느꼈었는데요

아이코 누구야 그게?

후쿠시마 그, 그게..

아이코 그런 사람 없는데.

후쿠시마 아

아이코 이름이? 성이?

후쿠시마 예?

아이코 그 '힉쿠'라는 게 이름이야, 성이야?

후쿠시마 이름인 것 같은데요.

• • • • •

야나기하라 요사노 텟캉 아닐까요?[19]

• • • • •

텟캉.

(모두 다 입속으로 '텟캉' 하고 말해본다.)

• • • • •

---

18 딸꾹질(しゃっくり)을 연상시키는 소리일 수 있다.

19 与謝野 鉄幹(1873~1935). 요사노 텟캉(혹은 '요사노 뎃칸')은 실존했던 시인이다. 1885년의 을미사변(명성황후 시해 사건)에 연루되기도 했다.

아이코　☆☆☆아

후쿠시마　☆☆☆아닌데요

• • • • •

아이코　뭐, 아무튼지 내지 쪽으로 가야 돼, 문학은.

스즈키　그렇죠, 여기 있으면 뭐..

후쿠시마　아이코 아가씨도 도쿄의 학교로 가는 게 어때요?

아이코　나도 가고야 싶은데, 혼자 가게 해주질 않으니까.

❖숙자, 상수에서 차를 들고 등장.

2.3.3

후쿠시마　왜요? 가서 오빠하고 같이 살면..

아이코　싫어 그건. 안 그래?

숙자　아

아이코　얼른 같은 나라가 되면 좋겠다.

스즈키　아..

아이코　같은 나라가 되면 말야, 문학도 좀 형편이 나아지지 않을까?

스즈키　☆아

야나기하라　☆켁 켁 켁 (사레 들린 소리)

후쿠시마　괜찮으세요?

야나기하라　예, 괜찮습니다.

• • • •

후쿠시마　근데 그렇게 되면 토시코도 일본 사람이 되는 거잖아요, 일단.

아이코　아무렴. 그런 의미에선 '일단'이 아니라 그냥 같아지는 거야.

후쿠시마　같아지다뇨?

아이코　그러니까 인간으로서 말야.

후쿠시마　아

아이코　뭐, 인간으로서라고 하면 너무 문학적인 말일지 몰라도 스즈키 하지만 세상이 그렇게 쉽게는..

아이코 그렇기는 하지만, 일본에도 남자와 여자, 뭐 그런 건 있잖아.

• • • • •

아이코 또 부모와 자식도 그렇고

후쿠시마 예..

아이코 그러니까 그렇게 당신과 토시코의 관계는 변하지가 않는 거고.. 나이가 위라든가 그런 건 변하지 않은 채로 나머지가 같아지는 거야. 그런 베이식한 부분이.

후쿠시마 베이식이 뭔데요?

아이코 근본적인 토대 같은 걸 뜻하지.

후쿠시마 그런데 우리 시골에선 일본인하고 조선인이 같다고 그러면 다들 깜짝 놀랄걸요.

아이코 그런 말 하면 어떡해? 토시코 앞에서

후쿠시마 아, 미안.

숙자 아니에요.

후쿠시마 그게 내가 그렇게 생각한다는 게 아니라요, 아무래도 우린 시골이니까.

아이코 ☆☆음, 그야 뭐

스즈키 어려운 일이네요, 갑자기 같다고 그러는 것도

❖켄이치, 상수에서 등장.

2.3.4

켄이치 ☆☆안녕하세요

야나기하라 안녕하세요

켄이치 야나기하라 씨세요?

야나기하라 예

켄이치 타케하치로 씨..

야나기하라 예

켄이치 이거 반갑습니다. 이 집 장남 켄이치라고 합니다. (악수한다.)

야나기하라 야나기하라입니다.

켄이치 안에서 말씀을 좀 들었거든요

야나기하라 아

켄이치 자, 좀.. (앉으라고 권하면서 자기는 D에 앉는다.)

스즈키 여기 앉으세요

켄이치 아니, 됐어. • • • 마술 구경들 했어?

스즈키 아뇨, 아직

켄이치 ☆☆☆어 그래?

아이코 ☆☆☆마술?

숙자 ☆☆☆☆마술사라는데요.

켄이치 ☆☆☆☆(아이코를 보고) 오

아이코 나 왔어요

켄이치 응.

(야나기하라에게) 좀 보여주세요.

야나기하라 여기서는 좀..

켄이치 간단한 거라도 괜찮은데

야나기하라 아뇨, 그게 준비를 해야 하는 거라서요.

켄이치 ☆아

후쿠시마 ☆난 비둘기 나오는 게 좋더라

야나기하라 아뇨, 비둘기는 안 하는데요.

후쿠시마 ☆☆아

켄이치 ☆☆어-

야나기하라 죄송합니다

켄이치 그럼 천리안은?

야나기하라 어..

스즈키 천리안이 뭐예요?

켄이치 그러니까, 안 보이는 걸 본다는 거야.

스즈키 ☆☆☆예?

켄이치 그렇죠?

야나기하라 예, 뭐

@숙자 ☆☆☆그 천리안이란 것도 한다네요.

@아이코 프로 마술사야?

@숙자 전 잘 모르겠네요

켄이치 그거 좀 보여주세요.

야나기하라 안 되는데요.

켄이치 너무 빼지 마시구

야나기하라 • • • • •

후쿠시마 조금만요 • • • 조금만

야나기하라 그럼 정말 간단한 걸로 되겠습니까?

후쿠시마 ☆☆☆☆네 네

켄이치 ☆☆☆☆오 오

야나기하라 자, 예를 들어 여기에서, 당신이 지금 생각하고 있는 것을 맞힌다.

스즈키 예? 전 됐어요.

후쿠시마 아니 왜? 한번 맞혀보라고 해.

스즈키 싫어.

후쿠시마 왜 싫어? 자기가 무슨 생각 하는지 알면 좋잖아.

스즈키 그럼 그거 네가 하면 되잖아.

후쿠시마 ☆나는 내가 무슨 생각하는지 아니까 됐어.

켄이치 ☆다른 건 없나요?

야나기하라 음.. 그럼 런던의 지금 날씨를 맞힌다.

스즈키 아, 그럼 그걸로 하죠

야나기하라 ☆☆음..

• • • • •

@후쿠시마 ☆☆런던이라면..?

@아이코　영국에 있잖아.

@후쿠시마　아

• • • • •

야나기하라　음.. 안개가 꼈네요.

스즈키　우―와

후쿠시마　그걸 어떻게 알아요?

야나기하라　뭐, 이건 안다기보다 보이는 것이지요

후쿠시마　아

야나기하라　초능력이라고 들어보셨습니까?

후쿠시마　아뇨

야나기하라　인간에게는 아직 숨겨진 능력이 얼마든지 있습니다.
• • • 예를 들어 인도에는 원주율을 4만 3천 자리까지 기억하고 있는 사람이 있다고 하지요.

@스즈키　☆☆☆원주율이 뭐예요?

@아이코　3.14 어쩌구 하는 건데, 원의 넓이를 계산하는 거.

@스즈키　아

야나기하라　☆☆☆루마니아를 아십니까?

켄이치　네

야나기하라　그 지방에는 예로부터 불가사의한 능력을 지닌 사람이 많이 있답니다.

켄이치　그런가요?

야나기하라　유럽의 점쟁이는 대개가 그 지방 출신이라고 하네요.
(가방을 열어 책을 꺼내들고 켄이치에게 다가간다.)
자세한 얘긴 이 책 속에 쓰여 있답니다.

켄이치　어, 괜찮아요.

야나기하라　책값은 필요 없으니까요.

켄이치　아뇨, 그래도

야나기하라　아뇨, 정말로

켄이치　아니 (아이코에게) 이거..

아이코　• • • •

©青木司

야나기하라　가지세요

켄이치　그럼 돈을 이따가 갖다 드릴게요.

야나기하라　정말로 괜찮습니다.

켄이치　• • • 그럼 전 이만.

야나기하라　네

아이코　카즈코네 오라버니가 책 빨리 돌려달라고 그러던데.

켄이치　어? 아, 괜찮아 그건

아이코　어 그래?

❖켄이치, 계단을 올라 퇴장.

2.4.1

야나기하라　당신, 조선 사람이죠?

숙자 네.

후쿠시마 그런 것도 알 수 있나요?

야나기하라 ☆예

스즈키 ☆그야 보면 알잖아

야나기하라 그러게요.

후쿠시마 그런가

야나기하라 그 참, 조선 사람도 대단하던데요.

스즈키 초능력이요?

야나기하라 예 뭐, 이른바 제6감이라고 하던가요?

후쿠시마 그래, 토시코도 감이 좋잖아

아이코 내 잃어버렸던 장식깃도 찾아줬지

스즈키 대단하지 않아?

후쿠시마 제자로 들어가보지

야나기하라 저도 조선 사람들의 능력에 관해선 이쪽에 와서 알게 되었는데요

후쿠시마 일본에 있는 조선 사람하곤 전혀 다르죠?

야나기하라 예

스즈키 그래요?

야나기하라 예, 눈이 다릅니다.

후쿠시마 별로 무섭지 않죠?

야나기하라 예

후쿠시마 그냥 보통이죠?

야나기하라 네.

스즈키 그런데 그게, 우리집 경우는 좀 대우부터가 다르잖아

후쿠시마 아

스즈키 이 집에선요, 이렇게 다 같이 차도 마시고 그러니까요

야나기하라 아

후쿠시마 지난번에 나 하시모토 씨 댁 시노 씨하고 얘기했었는데,

스즈키 시노..

후쿠시마 우리 집에선 아가씨랑 조선인 고용인이랑 이렇게 차도 마시고 그런다 그랬더니 놀라더라.

아이코 우리 집은 그게 할아버지 때부터 그런 방침이었으니까

스즈키 ☆☆예

후쿠시마 ☆☆넌 정말 복 받은 거네

숙자 ☆☆☆네.

아이코 ☆☆☆리버럴리즘

스즈키 시노처럼 시골 사람이나 그렇게 말하지, 조선인이 더러우니 어쩌니

후쿠시마 맞아 맞아

스즈키 근데 그 시노 말야, 성(姓)이 뭐지?

후쿠시마 글쎄

숙자 이이다(飯田) 아니었나요?

스즈키 아, 그래?

후쿠시마 근데?

스즈키 아니, 그 사람 오키나와 출신인가 싶어서

후쿠시마 왜?

스즈키 피부도 검잖아.

후쿠시마 아

스즈키 그치

후쿠시마 오키나와에서도 요새 꽤 건너와 있지, 조선에.

숙자 아

스즈키 참, 지난번에 조선인이 맞는 걸 봤어

후쿠시마 어머

스즈키 군인한테, 역 플랫폼에서.

후쿠시마 아

아이코 근데 그런 편견이나 억압이 숭고한 문학을 낳는 경우도 있곤 하지.

스즈키 ☆아

❖상수에서 하루코가 등장.

2.4.2

하루코 ☆어서 오세요

야나기하라 네, 실례가 많습니다

스즈키 (일어선다.) 그.. 타카이 씨 친구분이시라는데요

야나기하라 야나기하라입니다.

하루코 안녕하세요

스즈키 타카이 씨가 산책 나가서요

하루코 아. (야나기하라에게) 산책을 좋아하거든요.

야나기하라 아.

하루코 죄송하네요

야나기하라 그러고 보면 옛날부터 산책을 좋아했었죠

하루코 정말요?

야나기하라 예, 아마

하루코 꼭 개 같지요

야나기하라 예?

하루코 앞에 좀 지나갈게요. (아이코에게) 왔네.

아이코 다녀왔습니다

하루코 뭐 좀 사러 갔다 오려고.

스즈키 아, 무슨..?

하루코 크림을 다 써서, 수정당(水晶堂)에

스즈키 그럼 제가 다녀올까요?

하루코 아니야. 가서 다른 물건도 좀 보려고

스즈키 네.

하루코 천천히들 쉬고 있어.

세 사람 감사합니다.

하루코 갔다 올게.

세 사람　다녀오세요.

❖하루코, 하수로 퇴장.

2.4.3

• • • • •

아이코　그러니까 조선에도 참다운 문학이라고 불릴 만한 것이 나올지도 모르지, 그런 의미에선. 안 그래?

스즈키　예, 아

아이코　그치? 그렇지만, 뭐 이건 토시코한테는 몇 번 말했던 건데, 내 생각에 조선어는 역시 좀 문학에는 안 맞는 것 같아.

후쿠시마　아니, 그야..

스즈키　★그 왜, 이쪽에는 옛날부터 『만요슈』 같은 것도 없었잖아요.[20]

후쿠시마　☆☆아

아이코　☆☆그러니까 역사적으로 봤을 때 지금까지 조선에 고유한 문학이 성립하지 않았던 것은 어쩔 수 없다 치자구. 내가 말하고 싶은 건 그뿐만 아니라.. 음, 그 언어의 문제가 한편으로 있지 않냐는 거야.

스즈키　☆☆☆아

@야나기하라　☆☆☆저.. 화장실이 어느 쪽이죠?

@후쿠시마　현관 옆에 있는데요

@야나기하라　좀 쓰겠습니다.

@후쿠시마　그러세요

❖야나기하라, 하수로 퇴장.

2.4.4

---

20 『만요슈(萬葉集)』는 7세기 후반에서 8세기 후반에 엮인 것으로 여겨지는 일본에서 가장 오래된 시가집이다.

아이코 뭐, 나야 조선어를 인사 정도밖에 모르지만 말야, 그래도 들을 때 느낌이 아무래도 저 소리는 문학에는 안 맞겠다 싶어지거든.

스즈키 소리요?

아이코 응, 사운드

후쿠시마 뭐?

스즈키 그러니까 조선어의 소리가 문학에는 안 맞는대

후쿠시마 아, 하긴 이쪽 사람들 말은 험악하니까요

스즈키 아

아이코 뭐, 간단히 말하자면 그런 얘긴데, 뭐랄까.. 이렇게 마음을 속속들이 표현하기에는 적절치 않다는 느낌인 거지

후쿠시마 ☆아

@스즈키 ☆마술하는 사람, 어디 갔어?

@후쿠시마 화장실 간댔어

@스즈키 아

아이코 역시 문학에는 그 나름의 아름다운 말의 울림이 필요하니까

후쿠시마 그, 저는 전혀 잘 모르지만요, 그건 역시 말이 문제가 아니라 조선 사람한테 문제가 있는 거 아닐까요?

아이코 그러니까 말야, 그건 잘못 생각하는 거야. 아니, 조선 사람도 일본 사람도 같은 인간인 바에야 문학에 안 맞는 인간이란 없을 리가 없다고.

숙자 어?

아이코 어?

숙자 문학에 안 맞는 인간은 없는 거잖아요.

아이코 그렇지. 아, 문학에 안 맞는 인간이란 있을 리가 없는 거가 맞겠네.

숙자 ☆☆예

후쿠시마 ☆☆아..

• • •

아이코 이런 걸 휴머니즘이라고 하는 거야.

후쿠시마　어떤 뜻이에요?

아이코　인간은 모두 같다는 의미지.

후쿠시마　아

아이코　그러니까 그런 전제를 세우면 말야, 조선인도 훌륭한 문학을 할 수 있다는 게 되지. 그래서, 그러니까 역시 언어란 게 문제가 되게 되겠지. 언어라는 건 문화니까.. 컬쳐잖아. 그런 컬쳐를 전해준다면 어떤 나라 사람이든지 문학은 가능한 거야. 비록 조선 사람일지라도

스즈키　그야 뭐, 이치로는 그렇겠지만요

후쿠시마　아무리 그래도 그렇지.

아이코　뭐가?

후쿠시마　그럼 남양(南洋)의 토인일지라도 와카[21]를 쓸 수 있다는 건가요? • • • "감을 먹으니" 같은..

아이코　물론이지.

후쿠시마　아니, 어떻게..

아이코　★"감을 먹으니"는 와카가 아니라 단카[22]야 근데

후쿠시마　아

스즈키　그래도 그건 어째 좀..

후쿠시마　무엇보다두 감 같은 게 없잖아, 남양에는.

스즈키　☆☆☆그러게

아이코　☆☆☆아, 하이쿠구나.[23]

후쿠시마　파인애플 같은 거밖에 없으니 원

스즈키　느낌이 안 나지

후쿠시마　파인애플을 먹으니, 종이 울리네

스즈키　종도 없겠다

---

21 和歌. 일본에서 발달한 고유 형식의 시가.

22 短歌. '단카'는 '와카'에 비해 근대 이후에 지어진 일정한 형식의 시가를 일컫는다.

23 俳句. '단카'가 5구 31음절로 이루어지는 데 비해 '하이쿠'는 17음절로 이루어지는 등, 단카와 하이쿠는 법칙이 서로 다른 별개의 장르다. "감을 먹으니/ 종이 울리네/ 호류지(柿食えば/鐘が鳴るなり/法隆寺)"는 시인 마사오카 시키(正岡子規, 1867~1902)의 유명한 하이쿠 작품이다.

후쿠시마 아이코 아가씨는 그러니까. 그게 뭐더라? 지난번에 가르쳐주신 거

스즈키 어, 뭐?

후쿠시마 뭐였었죠? 로-맨..?

숙자 아, 로맨티스트

후쿠시마 맞아

@스즈키 ☆맞아, 노맨, 노맨.

@후쿠시마 '로맨'이야

@아이코 아니야, 오늘 같아선 휴머니스트지.

❖타카이, 하수에서 등장.

3.1.1

타카이 ☆다녀왔습니다

스즈키 아, 손님 와 있어요.

타카이 어, 누구?

스즈키 야나기하라 씨라는 사람

타카이 어? 타케하치로!

스즈키 예

타카이 어디? 어디?

스즈키 지금 좀 화장실에

타카이 아 그래? (야나기하라가 앉아 있던 의자에 앉는다.)

후쿠시마 그럼 슬슬 난..

스즈키 응

후쿠시마 ☆☆너, 여기 좀 치워.

숙자 네.

@아이코 ☆☆오늘 반찬은 뭐야?

@스즈키 돈가스요.

@아이코 또?

스즈키　너, 양배추 좀 썰어
후쿠시마　응
스즈키　채소 장수, 안 오려나?
후쿠시마　오겠지, 뭐

❖후쿠시마, 상수로 퇴장.

@아이코　☆☆☆나도 방에 들어가볼까 (일어선다.)
@숙자　그러실래요?
@아이코　응
타카이　☆☆☆변소에 언제 갔지?
스즈키　한참 된 거 같은데요
타카이　어느 쪽 변소?
스즈키　현관 쪽이지, 아마?
숙자　☆☆☆☆예
타카이　☆☆☆☆아 그럼

❖타카이, 하수로 퇴장.

3.1.2

스즈키　하긴 너무 오래 걸리네
숙자　예
아이코　그럼
숙자　네
아이코　이따가 방으로 올래?
숙자　아, 근데 식사 준비를 해야 해서요.
아이코　아, 그런가?
숙자　나중에

아이코　응, 다음번엔 토시코도 카즈코네 같이 가자.

숙자　네, 감사합니다.

❖타카이, 하수에서 돌아온다.

타카이　없어, 없어.

스즈키　예?

타카이　변소라고 했지?

스즈키　어, 맞을 텐데요.

타카이　없어

스즈키　왜 없지?

타카이　모르지. 없는걸.

숙자　사라져버린 걸까요?

스즈키　아

타카이　그럴 리가

스즈키　굉장한 사람이거든요.

❖타카이, 다시 한 번 하수로 퇴장.

아이코　아니, 우리가 계속 여기 있었잖아.

숙자　예

@스즈키　☆(하수 쪽을 향해) 신발은 있어요?

아이코　☆너무 이상해.[24]

숙자　가시게요?

아이코　응. 나중에 어떻게 됐는지 말해줘.

숙자　☆☆네

---

24 원문("気持ち悪い")은 '불길하고 불쾌한 기분이 든다'는 뉘앙스다.

@스즈키　☆☆뭐 없어진 물건은요?

숙자　없어진 물건?

스즈키　저기 현관에 있는 불상 같은 거

숙자　아

스즈키　그거 비싼 거거든.

숙자　마노석이니까요

아이코　가짜야, 그거

❖아이코, 계단으로 퇴장.

스즈키　나도 보고 올게.

숙자　그럼 전 후쿠시마 언니 불러올게요.

스즈키　응

❖스즈키, 하수로 퇴장.
숙자는 상수로 퇴장.

공백.
20초 후, 스즈키, 돌아와서 의자에 앉는다.
뒤이어 타카이가 손에 탁구공을 들고 돌아온다.

3.1.3

타카이　없어

스즈키　음

타카이　신발은 있고

스즈키　음.. 불상은?

타카이　있는 거.. 같던데.

스즈키　이쪽 화장실로 갔나?

타카이 뭐야, 그런 거야?
스즈키 아뇨, 잘 모르겠지만
타카이 아니 그럼..
스즈키 ☆☆☆후쿠시마 오면 물어봐야지

❖후쿠시마, 상수에서 등장.

후쿠시마 ☆☆☆없어져버렸다면서?
스즈키 응.
후쿠시마 왜?
스즈키 모르지.
타카이 변소, 이쪽으로 간 거 맞나?
후쿠시마 그쵸, 이쪽

❖숙자, 상수에서 등장.
유키코, 계단을 내려와 등장.

@유키코 무슨 일 있어?
@스즈키 ☆없어져버렸어요, 아까 그 사람
@유키코 아
숙자 ☆이쪽 화장실에도 없는데요
후쿠시마 세상에
스즈키 확인한 거지?
숙자 예, 일단
타카이 이런
후쿠시마 ★뭐 없어진 건 없고?
스즈키 아니, 괜찮은 것 같아.
후쿠시마 아 그래?

밖으로 나간 걸까?

스즈키 하지만 신발은 있는데.

숙자 그럼 역시 사라져버린 걸까요?

스즈키 어?

숙자 마술사니까.

스즈키 아

후쿠시마 밖에서 일하는 사람한테 물어봤어?

스즈키 ☆☆아 맞다

숙자 ☆☆아

타카이 가서 좀 물어볼게.

스즈키 ☆☆☆예

❖김미옥, 하수에서 등장.

타카이, 하수로 퇴장.

3.1.4

타카이 ☆☆☆아 안녕

미옥 네

숙자 이제 와?

미옥 다녀왔습니다

스즈키 늦었네

미옥 죄송해요

후쿠시마 어떻게 할까?

스즈키 ☆☆☆☆뭘 어떻게 할 수가 없잖아

미옥 ☆☆☆☆무슨 일 있어?

숙자 응

스즈키 혹시 못 봤어, 이상한 사람?

미옥 예?

스즈키　이상한 녀석

미옥　봤어요

스즈키　정말?

미옥　머리 반들반들한 사람이죠?

• • •

스즈키　아닌데.

미옥　ㅇ어 그럼 못 봤어요.

• • •

유키코　타노 쿠라 씨 오면 알려줘요.

스즈키　네.

❖유키코, 상수로 퇴장.
타카이, 다시 돌아온다.

타카이　지나간 사람 없다는데, 목수가.

스즈키　거 참 이상하네. 당신이 나중에 책임져야 해요.

타카이　알았어

후쿠시마　나 양배추 썰러 갈게.

스즈키　응

❖후쿠시마, 상수로 퇴장.

스즈키　뭐, 여기 있어봤자 별수가 없겠는데

숙자　예

스즈키　우리들까지 사라지게 되면 큰일일 테니까

숙자　농담 마세요.

스즈키　너희, 여기 좀 치워줄래?

숙자　예

스즈키 그럼 다 치우고 와.
숙자 네.

❖스즈키, 상수로 퇴장.
타카이는 탁구공을 놀리고 있다.
두 사람, 탁자 위를 치우기 시작한다.
3.2.1

숙자 짐 놓고 오지?
미옥 괜찮아
숙자 결국 뭘 사 온 거야?
미옥 돼지고기 • • • 돈가스
숙자 또야?
미옥 여름엔 기름진 게 최고지.
숙자 어?
미옥 큰어르신께서 그러시더라
숙자 뭐?
미옥 여름엔 기름진 게 최고라고
숙자 아
미옥 들어가게요?
타카이 뭐, 오면 알려줘.
미옥 네.

❖타카이, 상수로 퇴장.

숙자 사라져버렸거든, 마술하는 사람이.
미옥 어? 무슨 소리야?
숙자 나도 잘 모르겠는데, 타카이 씨 친구래

미옥　아-

숙자　정말로 사라져버렸어

미옥　(탁자 위의 과자를 가리키며) 먹고 남은 거야?

숙자　아, 방으로 가져가렴

미옥　응, 오가와상점 거지?

숙자　맞아. 그런데 싼 거야

미옥　☆음, 걔가 없구나.

❖켄이치, 계단을 내려와 등장.

3.2.2

켄이치　☆아니, 둘뿐이야?

숙자　예

켄이치　다른 사람은?

숙자　다들 식사 준비 중이에요.

켄이치　아. • • • 뭔가 꽤 소란스럽지 않았나?

숙자　아, 예

켄이치　타케하치로 씨는?

숙자　그러니까 그게.. 없어져버렸어요.

켄이치　어?

숙자　사라져버렸어요.

켄이치　뭐?

숙자　어디론가

켄이치　역시 마법사다운데.

숙자　마술사예요.

켄이치　아, 그런가?

• • • •

숙자　뭐 좀 드시겠어요?

켄이치	그럼 이따가 차 좀 가져다주면 좋겠는데, 방으로.
숙자	밀크티요?
켄이치	응
숙자	네
켄이치	다른 건 됐고
숙자	여기 치우고 나서 탈게요
켄이치	응, 서두를 건 없어
숙자	네

❖켄이치, 상수로 퇴장.

3.2.3

숙자	정말로 사라져버렸어.
미옥	응
숙자	그것도 마술사가
미옥	그럼 별수 없잖아, 사라져도
숙자	그리고 천리안도 할 줄 아는데
미옥	☆☆천리안?

❖켄이치, 상수에서 돌아온다.

켄이치	☆☆아
숙자	네
켄이치	둘만 있을 때는 조선말로 얘기하지?
숙자	네.

❖켄이치, 하수로 퇴장.

숙자　왜 저러는 거야?

미옥　• • • •

숙자　그거야 우리 마음 아닌가?

미옥　○저기 말야, 켄이치 씨하고 어떻게 돼가?

숙자　어?

미옥　켄이치 씨하고 잘돼가는 거지?

숙자　응, 뭐.

미옥　근데 어떡하려구?

숙자　어떡하다니?

미옥　아니, 도쿄로 가버리잖아

숙자　그러게

미옥　그럼 어떡해?

숙자　켄이치 씨 곧 돌아올 거야.[25]

미옥　밖에 나간 거 아냐?

숙자　화장실 갔겠지.

미옥　아

숙자　나 간다

미옥　같이 가

❖숙자, 상수로 퇴장.
뒤이어 김미옥도 퇴장.

공백.

10초 후, 켄이치, 하수에서 탁구공을 들고 나온다.
켄이치, 야나기하라의 가방을 연다. 안에 가득 들어 있던 탁구공이 밖

---

25 켄이치가 곧 다시 나타날 테니 이야기하기가 조심스럽다는 뜻으로 하는 말이다.

으로 넘쳐 나온다. 흩어지는 탁구공을 줍는 켄이치.

신지가 상수에서 등장.

3.2.4

©青木司

신지 뭐 하는 거지?

켄이치 이게.. 나와서

신지 마술하는 사람, 어디 가버렸다면서?

켄이치 응

신지 어떻게 된 거지?

켄이치 글쎄요

신지 맨날 이런저런 사람들이 드나들지만 마술사는 처음이란 말야.
(야나기하라가 앉았던 의자 A에 앉는다.)

켄이치 응

신지 응, 만담가는 온 적이 있었는데.

켄이치 정말?

신지 네가 태어날 무렵일걸.

켄이치　참, 삼촌이 쌍둥이였다는 거 정말이에요?

신지　그걸 몰랐었어?

켄이치　예 (G에 앉는다.)

신지　뭐, 나도 소학교 가기 전까진 몰랐지만.

켄이치　금방 죽은 거야?

신지　누구한테 들었어?

켄이치　타카이 씨

신지　허, 그 친군 어떻게 그런 걸 다 알지?

켄이치　그게.. 이 세상의 쌍둥이에 대해서 조사하고 있다는데요.

신지　뭐야, 그게?

켄이치　쌍둥이의 한쪽은 쓸쓸하게 마련이래

신지　어 그래?

켄이치　그래서 삼촌도 쓸쓸한 거래

신지　안 그런데, 난 별로.

켄이치　그래?

신지　응. 근데 타카이 그 친군 원고도 안 쓰고 뭘 하는 거야?

오쿠데라　(하수 쪽에서 목소리가 들린다.) △계십니까?

켄이치　어? 손님이다

신지　응

켄이치　좀 나가볼게요

신지　응

❖신지, 야나기하라의 가방에 손을 댄다.

신지　이쪽으로 열면 되겠네.

❖신지, 반대쪽으로 가방을 연다. 안에서 천 조각이 나오는데, 아무리 잡아당겨도 이어진 조각들이 끝없이 나온다.

신지　　뭐냐 이게

©青木司

❖정말로 아무리 잡아당겨도 끝없이 나온다.
그때 하수에서 켄이치와 오쿠데라 미치요가 등장.

켄이치　　손님 왔어요

신지　　어?

켄이치　　손님

신지　　☆아

오쿠데라　　☆안녕

켄이치　　차라도 가져오라고 할까?

신지　　아냐, 괜찮아

켄이치　　아 그래?

신지　　어, 고마워.

켄이치　　그럼 난..

신지　　응. 어, 가?

켄이치 응

❖켄이치, 계단을 올라 퇴장.

3.3.1

신지 무슨 일이야?

오쿠데라 무슨 일이냐는 게 무슨 소리야?

신지 어?

오쿠데라 네 시에 수정당 앞에서 만나자면서.

신지 어? 어.. 어라? 오늘이 무슨 요일?

오쿠데라 수요일.

신지 아차차, 미안.

오쿠데라 ★기가 막혀.

신지 미안 • • • 미안.

오쿠데라 • • •

신지 잘 외우고 있었는데, '수'정당에서 '수'요일이라고.

오쿠데라 뭐?

신지 수- 수-

오쿠데라 갈 마음이 있기는 해?

신지 목소리가 좀 크다.

오쿠데라 이거 봐

신지 집에선 만주에 가는 걸로 알고 있으니까 말야

오쿠데라 누가 몰라?

신지 그러니까 집으로 찾아오면 안 된다구.

오쿠데라 내가 말야, 거기서 계속 기다리는데 이 집 부인이 오는 거야.

신지 어? 뭐라는 거야?

오쿠데라 수정당에 왔어, 이 집 부인이.

신지 하루코 형수가?

오쿠데라 이름은 모르지

신지 어.

오쿠데라 그래서 물어봤더니 당신이 집에 있다 그러는 거야.

신지 아니, 형수하고 얘길 했다구?

오쿠데라 응

신지 그럼 안 되지

오쿠데라 이거, 뭐야?

신지 어?

오쿠데라 이거.

신지 마술 도구

오쿠데라 아 • • • 그럼 어쩌란 말야. 아무리 기다려도 당신이 안 나타나는데

신지 어

오쿠데라 들켰나 보다 싶었다구.

신지 그렇다고 얘기를 걸면 어떡해? 그게 더 위험하잖아

오쿠데라 (A에 앉는다.) 괜찮다니까

신지 • • • 어떻게.. 알아봤네, 우리 형수를

오쿠데라 꽤 유명한걸, 여기 일본인들 사이에서

신지 (G에 앉는다.) 어, 그 정도야?

오쿠데라 응, 그 사람 수수한듯 야단스럽잖아.

신지 ○그래서 무슨 사이라고 했어, 우릴?

오쿠데라 친구

신지 어

오쿠데라 괜찮을 거야

신지 뭐, 괜찮긴 하겠지만..

오쿠데라 이거, 러시아 비자 (서류를 건넨다.)

신지 어.

오쿠데라 그쪽엔 연락 다 됐거든.

신지 어

오쿠데라 추워지기 전에 가는 편이 좋을걸.

신지 아직 여름인데.

오쿠데라 금방 추워지거든, 거긴.

신지 가본 적도 없으면서 어떻게 그렇게 잘 아셔?

오쿠데라 하도 걱정돼서 하는 소리야.

신지 괜찮아, 그렇게 걱정 안 해줘도.

오쿠데라 그런다고 토라지긴

신지 토라지다니, 누가?

오쿠데라 나도 일이 정리되면 갈 거니까

신지 어. 여기 뭐라고 쓰인 거지?

오쿠데라 입국관리사무소

신지 아

오쿠데라 그럼

신지 가게?

오쿠데라 그야, 오래 있어서 좋을 거 없잖아

❖숙자, 밀크티를 가지고 상수에서 등장.

3.3.2

숙자 ★어서 오세요

오쿠데라 안녕하세요

신지 어..

숙자 금방 차 좀 내올게요

신지 됐어, 됐어. 막 돌아가려던 참이라

숙자 그래도..

오쿠데라 고맙지만, 정말 금방 갈 거예요

신지 그건 뭐지?

숙자 이건 켄이치 밀크티요.

신지 아, 식겠다

숙자 네

오쿠데라 정말 바로 간 거거든요

숙자 네

오쿠데라 고맙습니다

❖숙자, 계단을 올라간다.

오쿠데라 일본말 잘하네

신지 응.

• • •

오쿠데라 나도 이거 해봐도 돼?

신지 • • • 어.

오쿠데라 이리 줘

(의자에 올라서서 천 조각들을 받아 들고 휘두른다.)

신지 재미있어?

오쿠데라 재미없어.

(의자에서 내려와 하수로)

• • •

오쿠데라 그럼

신지 응. 헌데 말야, 여기 오는 길에 우체국 앞 소나무 있는 집에서 조선 사람이 원숭이를 기르잖아.

오쿠데라 아

신지 그 원숭이는 사람이 지나가면 인사를 하거든.

오쿠데라 그으래?

신지 이렇게 왼손으로 엉덩이를 긁으면서 이런 식으로 인사를 하거든.

오쿠데라 응

신지 인사 안 받았어?

오쿠데라　난 몰랐어.

신지　어 그래? 그럼 돌아가는 길에 잘 보면 되겠다.

오쿠데라　알았어.

신지　그럼

오쿠데라　그럼 페테르부르크에서.

신지　아, 아, 그래.

오쿠데라　그래.

신지　안 나갈게

오쿠데라　응

❖오쿠데라, 하수로 퇴장.
신지, 엉덩이를 긁으면서 가방에 천 조각을 집어넣는다.

신지　그 원숭이는 사람이 지나가면 인사를 하거든
• • • 이렇게 왼손으로 엉덩이를 긁으면서 인사를 하거든.

❖숙자, 계단을 내려와 등장.
그 뒤로 켄이치도 나타난다.
3.3.3

숙자　정말 가버리셨네요.

신지　응.

숙자　실례하겠습니다.

신지　응.

❖숙자, 상수로 퇴장.

켄이치　갔어요?

신지　갔지.

켄이치　그 사람, 누군데?

신지　뭐, 친구

켄이치　흠.. 애인?

신지　아니, 그런 거 아냐

켄이치　삼촌, 새어머니를 좋아하는 줄 알았는데

신지　뭐? 어째서?

켄이치　아니 뭐, 그냥. (C에 앉는다.)

신지　어째서?

켄이치　혹시 그런가 싶었다고, 그냥.

신지　너 그냥 막 그런 말을 하면 못 써. (G에 앉는다.)

켄이치　뭐, 그러게요 (탁구공을 던진다.)

신지　• • • • • (탁구공을 되보낸다.) 얼토당토않은 말일랑 하지도 마라.

켄이치　뭐예요, 그게?

신지　어떤 소설의 대사.

켄이치　아

신지　응

켄이치　만주에 가서 뭘 할 거야?

신지　어? 선배가 새로 시작한 사업을 도와줄 거라고 아까 말했잖아

켄이치　못 들었는데.

신지　그랬어?

켄이치　그.. 아까 그 사람도 같이 가?

신지　아니, 상관없다니까

켄이치　아 그래?

신지　그냥 친구라구

켄이치　응.

신지　너야말로 도쿄 가서 이상한 여자랑 얽히지 마라.

켄이치　그게 근데 어머니가 도쿄에서 맞선을 보게 하겠다는데.

신지　아, 그래?
켄이치　어머니 친척이라는데
신지　좋네
켄이치　싫어요, 난.

❖타카이, 상수에서 등장. A에 앉는다.

3.3.4

신지　왜 싫어?
켄이치　그야, 갑자기 조선으로 데려오게 되면 불쌍하잖아, 그게
신지　아
켄이치　안 그래요?
• • •
신지　안 나타나네
타카이　예
신지　뭐, 이러다 나타나겠지만
타카이　예
신지　가방도 여기 있고
타카이　저.. 대륙 낭인이라고 하는 건 그건가요?
신지　응?
타카이　아뇨, '낭인'이란 말부터가 좀 이상한 거 같아서[26]
신지　☆그야 이상하지.
켄이치　☆거지 낭인

---

26 '낭인(浪人)'이란 말은 원래 일본의 옛 시절에 녹을 주는 주인을 잃고 적(籍)이 없이 떠돌아다니던 무사를 일컫는 말이다. 이후에 떠돌이, 구직자, 입시 재수생 등의 뜻으로도 쓰이게 된다. '대륙 낭인(大陸浪人)'이란 일본의 메이지 시대부터 나타났는데, 주로 일본 안에서 출세하지 못한 사족(士族) 출신들이 일본의 대륙 팽창을 주장하며 중국 지역으로 건너가 이런저런 정치적인 일에 관여하려 했던 것에서 비롯된 말이다. 혹은 중국 지역에서 활동한 지나 낭인(支那浪人)과 조선에서 활동했던 조선 낭인(朝鮮浪人)을 아우르는 말로도 볼 수 있다.

타카이　아

신지　그래서 요즘엔 그 말 안 쓰잖아, 별로

디카이　그렇던가요?

신지　이상하니까 안 쓴다구.

타카이　아, 그런가

❖타카이, 일어나서 하수를 향한다.

신지　어디 가?

타카이　소변 좀

신지　아

타카이　소변보러 나왔거든요.

신지　응

❖타카이, 하수로 퇴장.

신지　저쪽에도 화장실 있는데 왜..

켄이치　타카이는 새 변소를 좋아하거든요.

신지　저 화장실은 손님용이라니까.

켄이치　예

신지　내년 되면 이쪽을 증축한다나 봐.

켄이치　왜요?

신지　글쎄다

켄이치　누가 살 건데?

신지　결혼을 해서 네가 사는 거 아닌가?

켄이치　농담 마요

❖타카이, 하수에서 돌아온다.

그 뒤로 홋타 리쓰코가 등장.

3.4.1

타카이　△들어오시죠, 금방 불러올 테니까요

홋타 리쓰코　△고맙습니다

타카이　△아니에요 (신지에게) 어른신 좀 불러올게요.

신지　아

❖타카이, 상수로 퇴장.

홋타 리쓰코　저만 좀 빨리 와버렸거든요

신지　아, 앉으세요

홋타 리쓰코　남편도 좀 이따 올 거예요

신지　예

홋타 리쓰코　군인들은 어쩜 그렇게 재미없는 얘기를 하는 걸까요?

신지　그야 머리가 나빠서겠죠.

홋타 리쓰코　하지만 머리가 나쁘면 전쟁에서 이길 수가 없잖아요.

신지　아뇨, 머리가 너무 좋아도 이길 수가 없죠.

홋타 리쓰코　그런 거예요?

신지　약간 바보 같은 정도가 전쟁엔 딱 좋거든요.

홋타 리쓰코　아

❖소이치로, 상수에서 등장.
그 뒤로 타카이도 따라 나온다.

3.4.2

소이치로　아, 오셨어요?

홋타 리쓰코　네

소이치로 헌데 남편께선?

홋타 리쓰코 저만 먼저 오게 됐어요

소이치로 아

홋타 리쓰코 남편도 아마 곧 올 거 같아요.

소이치로 저건 뭐지? (야나기하라의 가방을 가리킨다.)

신지 ☆아

타카이 ☆아 그게요.. (가방을 안는다.)

신지 타카이 친구가 왔었는데요, 어디론가 사라졌다고 하네요.

소이치로 뭐?

신지 마술사라는데요.

소이치로 ○뭐 도난당한 물건은 없고?

신지 아뇨, 그럴 사람 같지는 않았거든요

소이치로 아 그래? 만나봤나?

신지 예, 저는 아주 잠깐요.

소이치로 음

신지 켄이치는 마술도 봤다네요.

소이치로 그랬어?

켄이치 아뇨, 제가 본 건 천리안이에요.

신지 ☆☆아, 그런가?

소이치로 ☆☆천리안?

켄이치 예

홋타 리쓰코 천리안이란 게 그거죠? 물건을 보는 거요

켄이치 아니에요. 안 보이는 것을 보는 거예요. (신지에게) 그죠?

신지 그러게

홋타 리쓰코 안 보이는 것을 어떻게 볼 수 있지?

켄이치 런던의 날씨를 맞히고 그래요.

홋타 리쓰코 ☆☆☆예?

소이치로 ☆☆☆뭐야, 그게

신지 뭐, 수상쩍다면 수상쩍은 일이지만.

소이치로 수상쩍지, 당연히

신지 자네, 갔다 오지그래, 변소.

타카이 네.

❖타카이, 상수로 퇴장.

3.4.3

소이치로 괜찮을까?

신지 괜찮겠죠, 가방도 있고요

소이치로 이것도 마술사 거? (탁자 위의 서류를 가리킨다.)

신지 아, 이건 내 거. (당황해하며 서류를 가져간다.)

소이치로 왜 그래? (켄이치에게) 저기, 차 좀 부탁하고 와줘.

켄이치 네.

신지 아, 그럼 제가 얘기할게요, 들어가면서.

소이치로 아 그래?

신지 예

소이치로 여기 있지 않구서

신지 음, 뭐

❖신지, 상수로 퇴장.

켄이치 그럼 저도 좀

소이치로 아니 왜, 그냥 여기 있지

켄이치 아뇨, 좀 나가볼 데가 있어서요

소이치로 아니, 이 시간에?

켄이치 네

소이치로 저녁 먹어야 하잖아.

켄이치 예 좀, 친구한테 책 좀 돌려주고 오려구요

소이치로 나 원 참

켄이치 금방 돌아올 거예요.

소이치로 응

❖켄이치, 계단을 올라 퇴장.

3.4.4

홋타 리쓰코 얼마나 지루했는지 몰라요.

소이치로 아.

홋타 리쓰코 참, 소메야(染谷) 씨네 기억하세요?

소이치로 예? (일어나 찬장 문을 연다.)

홋타 리쓰코 소메야라고, 이쪽에서 서예 도구 같은 걸 일본으로 보내던 집요.

소이치로 어-

홋타 리쓰코 남대문 근처에 있었는데.

소이치로 아, 아, 그게 서예가 아니죠. 솔을 만들어서 보냈었죠.

홋타 리쓰코 그게 서예 아닌가요?

소이치로 서예는 붓이구요.

홋타 리쓰코 예.

소이치로 솔..

홋타 리쓰코 아 • • • 아무튼요, 그집 딸이 저랑 동창이었는데요

소이치로 아, 그런 애가 있었나?

홋타 리쓰코 그 왜, 좀 빨간 머리에 얼굴 하얀

소이치로 모르겠네요.

홋타 리쓰코 ○지금 그 아이가요, 만주에서 몸 파는 계집이 됐대요

소이치로 정말요?

홋타 리쓰코 예, 지난번에 들었어요 • • • 하얼빈에서 러시아인 상대로 하고 있다고

소이치로 ★아, 아마 팥 투기에 손을 댔었죠, 그 아버지가

❖켄이치, 계단을 내려와 등장.

켄이치 그럼
소이치로 응, 금방 돌아오려무나.
켄이치 네.
소이치로 요새 밤 되면 또 위험하다니까
켄이치 조선 사람들요?
소이치로 회람판 돌았어.
켄이치 네. 실례하겠습니다.
홋타 리쓰코 다녀와요.

❖스즈키, 상수에서 차를 들고 등장.
켄이치, 그걸 보면서 하수로 퇴장.

스즈키 오래 기다리셨습니다.
켄이치 ▲다녀오겠습니다-.
스즈키 다녀오세요.
• • •
소이치로 참, 단팥묵 못 봤나?
스즈키 글쎄요
소이치로 아 그래?
스즈키 타카이 씨가 알지 않을까요?
소이치로 음
스즈키 실례하겠습니다.
소이치로 참, 그리고 신지를 불러와 줘
스즈키 네

❖스즈키, 상수로 퇴장.

소이치로 색연필 좀 꺼내올게요.

스즈키 아 네

소이치로 지금 신지를 불렀으니까요

스즈키 왜요?

소이치로 그야, 얘기 상대로요

홋타 리쓰코 ○예.

❖소이치로, 상수로 퇴장.

리쓰코, 실내를 살펴본다.

숙자, 상수에서 등장.

4.1.1

숙자 아 어서오십시오.

홋타 리쓰코 안녕하세요

숙자 실례하겠습니다.

❖후쿠시마, 상수에서 등장.

후쿠시마 잠깐, 너 좀 기다려봐

숙자 네?

후쿠시마 아 죄송해요.

홋타 리쓰코 안녕하세요

후쿠시마 어서 오세요.

(숙자에게) 너 어디 가는 거지?

숙자 장 보러요

후쿠시마 그러니까 어디로 가냐고

숙자　　내일 아침 먹을 매실장아찌가 없어서요

후쿠시마　됐어, 그런 거

숙자　　하지만 그게 없으면 큰어르신..

후쿠시마　★됐다니까.

숙자　　네

후쿠시마　됐다구. 부엌으로나 오라구

숙자　　네 (하수를 향한다.)

후쿠시마　어딜 가는 거야!

숙자　　그, 매실장아찌 사러요

후쿠시마　○부엌으로나 오라니까!

숙자　　아

후쿠시마　• • •

홋타 리쓰코　나도 부리나케 다녀오란 말로 들렸어요.[27]

홋타 카즈오　△계십니까? (하수에서 목소리가 들린다.)

홋타 리쓰코　아

• • •

후쿠시마　됐어, 넌 가만 있어

❖후쿠시마, 방을 가로질러 하수로 퇴장.

• • • • •

❖신지, 상수에서 등장.

신지　　무슨 일 있으세요?

홋타 리쓰코　예, 그냥 좀..

---

27 후쿠시마가 "부엌으로 오라(お勝手、来なさい)"라고 한 말이 그 발음이 비슷한 '사 가지고 와라(買って来なさい)'란 말로 들렸다는 말이다. 두 말은 발음이 비슷해서 혼동을 일으킬 만하다.

신지　뭔데?

숙자　아뇨

홋타 리쓰코　★남편이 온 거 같아요

신지　아. (숙자에게) 나가봐야지.

숙자　지금 후쿠시마 언니가..

신지　아 그래?

숙자　네.

신지　지금 나갔대요.

홋타 리쓰코　네. • • • 알아요.

❖후쿠시마와 홋타 카즈오, 하수에서 등장.

4.1.2

후쿠시마　들어오세요

홋타 카즈오　오

홋타 리쓰코　☆예

후쿠시마　☆죄송합니다, 소란을 피워서

홋타 리쓰코　아니에요

숙자　죄송합니다

후쿠시마　가자

❖후쿠시마, 숙자, 상수로 퇴장.

홋타 리쓰코　뭔가 다투는 거 같았어요

신지　아 (E에 앉는다.)

홋타 카즈오　(G에 앉는다.) 아, 두 손 들었어.

홋타 리쓰코　예

신지　군인이란 게 어디 군인이죠?

홋타 카즈오 타케노우치(竹之内) 대좌라고 아세요?

신지 ☆☆아뇨

홋타 리쓰코 ☆☆모르는 게 좋아요

신지 아..

홋타 카즈오 최근에 조선으로 온 사람인데, 아주 별로예요. 뻐기기만 하고

신지 뭐, 전쟁 후에 이쪽 조선으로 오는 군인 중에 제대로 된 사람이 없지요.

홋타 카즈오 그게 장사하는 사람도 똑같죠.

신지 아

홋타 카즈오 조선을 돈 버는 장소로만 생각하면 곤란하잖아요?

신지 그렇게 심했나 보죠?

홋타 카즈오 예 뭐.. 그 대좌가 고양이를 기르는데요, 그게 또 못 말리는 고양이예요.

신지 홋타 씨께서 고양이를 싫어하시는 경우도 다 있네요.

홋타 카즈오 그러게요. 그게 고양이마타 같은 고양이라

신지 아

홋타 카즈오 좀 무섭더라구요.

신지 ○근데 그 '고양이마타'란 게 뭐죠?

홋타 카즈오 예?

신지 고양이마타 같다는 게..?

홋타 카즈오 고양이마타를 몰라요? 그게, 둔갑한 고양이 같은 건데요[28]

신지 아

홋타 카즈오 몰랐어요?

신지 그게.. 소학교 때요, 이노마타(猪俣)란 친구가 고양이마타라고 불렸었는데요, 난 또 그게 그냥 고양이마타란 말이 재미있어서 그러는 줄로만 알았죠.

홋타 카즈오 설마

신지 걔가 좀 따돌림을 당하던 애였어서

❖소이치로, 상수에서 색연필을 가지고 등장.

홋타 카즈오 고양이마타는 고양이마타죠.

신지 그걸 이제야 알았네요.

소이치로 오셨어요?

홋타 카즈오 아 예

소이치로 이거, 스위스제 색연필 세 다스요.

홋타 카즈오 네 네

소이치로 우리 쪽 누구한테 들려 보낼까요?

홋타 카즈오 괜찮습니다

소이치로 그러세요?

홋타 카즈오 그럼 저흰 이만 (일어서려고 한다.)

소이치로 차라도 한잔 하시지

홋타 카즈오 아뇨, 좀 바빠서요

---

28 'ねこまた(猫又, 네코마타)'란 말은 꼬리가 둘로 갈라지며 둔갑을 잘하는 고양이를 일컫는다.

소이치로 그래요?

홋타 카즈오 ○저.. 고양이마타라고 아시지요?

소이치로 예?

홋타 카즈오 고양이마타

소이치로 예? 아, 그거요

신지 ☆어?

홋타 카즈오 ☆그걸 몰랐다네요.

소이치로 난 어머니한테 들은 적이 있는데

홋타 카즈오 100만 명 중에 99만 명이 아는 거 아닌가요?

소이치로 그, 신지를 낳고 곧 돌아가셨거든요.

홋타 카즈오 ☆☆아

신지 ☆☆그러고 보니 들은 것도 같고

홋타 카즈오 그럼 뭐 그럴 수 있겠네요.

신지 그 이노마타란 친구가 하도 겁보라서요, 담임선생님이 "넌 이제 이노(猪)마타가 아니라 고양이마타야" 이랬었거든요 • • • 그러니까 멧돼지(猪)가 아니라 고양이.. 고양이가 약하니까.

홋타 카즈오 아 • • • • • 그럼 전

신지 ☆☆☆살펴 가세요

홋타 리쓰코 ☆☆☆안녕히 계세요

소이치로 ▲조금만 배웅을..

홋타 카즈오 ▲스위스제?

소이치로 ▲예

홋타 카즈오 ▲스위스에서 색연필을 만드는 줄은 몰랐는데요.

소이치로 ▲색연필하고 시계, 초콜릿..

홋타 카즈오 ▲아, 뭐 시계는 알죠.

신지 ▲알프스.

소이치로 ▲알프스는 만든 게 아니잖아

❖소이치로, 리쓰코, 카즈오, 신지, 하수로 퇴장.
공백.
20초 후, 유키코가 계단을 내려온다.
신지가 곧 돌아온다.
4.1.3

신지 오
유키코 응
신지 오질 않네.
유키코 네.
신지 뭐, 기다리면 오겠지.
유키코 네.
신지 괜찮다니까
유키코 별로 걱정은 안 해요.
신지 뭘 하러 오는 거니?
유키코 그러니까 조선에 놀러 오는 김에 들르는 것뿐이라구요.
신지 ★따님을 주십시오, 뭐 이러는 거 아냐?
유키코 그럴 리가 있겠어요?
신지 아니, 일부러 조선까지 올 정도니까 말야
유키코 • • •
신지 유키코도 어느덧 시집을?
유키코 나 아직 학생이에요.
신지 학교 가서 딱히 공부도 안 하면서
유키코 너무해요
신지 무슨 공부 하는데?
유키코 많이 해요.
신지 안 돼, 공부 너무 하면
유키코 어휴, 시끄러워

❖하루코, 하수에서 등장.

하루코　다녀왔습니다

신지　어? 형님 만나셨어요?

하루코　예, 밖에서

신지　아

하루코　뭘 하고 있니?

유키코　그냥요

하루코　타노 쿠라 씨, 아직 안 왔나 봐?

유키코　별로 상관 안 해요.

❖유키코, 계단을 올라 퇴장.

4.1.4

하루코　(계단으로 올라가는 유키코에게) 곧 저녁 시간이야 • • •

❖상수를 향하는 신지의 걸음을 붙들듯이

하루코　저..

신지　네

하루코　수정당 앞에서 친구분을 만났어요.

신지　아

하루코　저.. 얘기하기 좀 그렇지만, 만주로 가기 전에 선 안 볼래요?

신지　예?

하루코　..란 말씀 드리려던 참이었는데, 그, 오늘 그 사람이 혹시?

신지　아뇨, 그런 거 아녜요.

하루코　정말로요?

신지　예

하루코 그럼 선보겠어요?

신지 아뇨, 뭐 그게 이거랑은 다른 문제이지 않나요?

하루코 뭐가요? 그러니까 딱히 좋아하는 사람은 없는 거잖아요, 도련님이

신지 결혼은 별로 할 마음이 없어서요.

하루코 왜요?

❖숙자, 상수에서 등장.

숙자 다녀오겠습니다.

하루코 어디 가니?

숙자 하시모토상점에요.

하루코 아

숙자 매실장아찌 사러

하루코 아, 그럼 거기 모퉁이 사진관에 가서 사진 좀 받아다 줄래?

숙자 예?

하루코 지난번 할아버지 희수(喜壽) 기념으로 찍은 사진 나왔을 거 같은데

숙자 아

하루코 가보면 알아

숙자 네.

하루코 부탁해

숙자 네, 다녀오겠습니다.

❖숙자, 하수로 퇴장.

4.2.1

신지 내 결혼은 아직 멀었어요.

하루코 무슨 소리예요?

신지 정말 그런데

하루코　아니, 만주 같은 델 가면 일본인 여자가 없을 거 아녜요?

신지　물론 그렇겠죠

하루코　그러니까 지금 같은 때 좋은 사람 만나두는 게 좋잖아요.

신지　아뇨, 그게 그렇게 일본 사람 하나 없는 곳에 여자를 데리고 가면 불쌍하잖아요.

❖소이치로, 하수에서 들어온다.

하루코　뭐, 그건 그렇지만요, 결혼을 해서 같이 가는 거면 그야 어쩔 수 없는 일이죠.

신지　• • •

하루코　왔어요?

소이치로　응 (의자에 앉는다.)

하루코　신지 도련님 선보는 얘기 중인데

소이치로　아

신지　아무튼 맞선은 됐어요, 난.

소이치로　어째서?

신지　만주 가서 마적단 딸하고나 결혼할래요.

❖신지, 상수로 퇴장.

4.2.2

하루코　이럴 때 좀 얘길 하셔야죠.

소이치로　음, 그러게

하루코　언제 가는 거죠, 도련님?

소이치로　글쎄, 초가을쯤?

하루코　그럼 서둘러야죠

소이치로　응, 뭐 그쪽에 계속 가 있는 건 아닐 테니까 하루코 ○저기, 지금 시간 좀 괜찮아요?

소이치로 뭔데?

하루코 오늘 일은 다 끝난 거예요?

소이치로 응, 정리했어

하루코 저기, 오늘 병원 다녀왔는데요

소이치로 아, 역시 또 어디가 안 좋대?

하루코 아니, 그런 게 아니라요

소이치로 역시 도쿄로 가서 진찰을 좀 받아볼까?

하루코 저기요, 아이가 생긴 것 같아요

소이치로 어?

하루코 생긴 것 같은 게 아니라 생겼어요

소이치로 아 그래?

하루코 네

소이치로 그렇군 • • • 응, 이쪽에서 낳을까?

하루코 예?

소이치로 친정에 가서 낳을까? 아니면 이쪽에서 낳을까?

하루코 아, 가능하다면 조선에서 낳고 싶은데요

소이치로 응, 그게 좋겠지 • • • 음..

하루코 예?

소이치로 유키코하고 몇 살 터울이 지게 되지?

하루코 태어나는 건 내년이니까요, 열아홉 살이 되겠죠.

소이치로 그렇군

하루코 사람들한텐 아직 말하지 말아주세요

소이치로 아니 왜?

하루코 좀 안정이 되면 말해요.

소이치로 음, 예전 아내도 켄이치 때 그런 말 했었는데

하루코 거 봐요

소이치로 얘기 좀 하면 어때?

하루코 안 돼요.

소이치로 음

하루코 그만 식사하시죠.

소이치로 응 • • • 아, 후쿠시마 혼담은 어떻게 됐지?

하루코 그냥 그래요

소이치로 응, 그런데 후쿠시마가 내지로 돌아가면 다른 사람을 구해야 하지 않겠어?

하루코 뭐, 그냥 괜찮은데, 조선 사람도.

소이치로 그래도 일본말 할 줄 아는 조선 사람 구하기가 쉽지 않을걸.

하루코 아. • • • 그렇겠네요

소이치로 게다가 출산도 있으니까

하루코 예

소이치로 내지 쪽도 경기가 좋다니까 괜찮은 애 불러올 수 있을지 알 수 없지.

하루코 아직 후쿠시마 혼담도 정해진 게 아니잖아요.

소이치로 그래도 지금부터 생각을 해둬야지

하루코 여의치 않으면 친정에서 사람을 부를게요.

소이치로 그럴 수야 없는 노릇 아닌가?

하루코 왜요?

소이치로 왜긴, 당신은 우리 집으로 시집을 온 거란 말야

하루코 그러니까 여의치 않으면 그러자는 거죠

소이치로 여의치 않더라도 안 돼, 그건

하루코 왜요?

소이치로 그야 당연히 안 되는 거지.

하루코 그러니까 왜요?

소이치로 그러니까 언제까지나 그렇게 처녀 적처럼 생각하면 안 된다구.

하루코 그게 무슨 말이에요?

❖아이코, 계단을 내려온다.

4.2.3

아이코 이것 좀 보세요, 이거 이거

하루코 뭐지?

아이코 여기 (아이코, 하루코에게 편지를 건넨다.)

하루코 뭐지? 연애편지?

아이코 설마요

소이치로 너, 그 얘기 알아? 홋타 씨 댁 고양이 얘기.

아이코 몰라요

소이치로 홋타 씨네 가면 홋타 씨하고 똑같이 생긴 고양이가 있잖아.

아이코 ☆아

하루코 ☆켄이치가 또 가출했어요.

소이치로 어? 또?

아이코 네 번째.

하루코 네 번 반째

소이치로 저기, 타카이 좀 불러와

아이코 네

❖아이코, 상수로 퇴장.

하루코 ★이번엔 토시코도 데리고 나가겠다고

소이치로 어? 어디? (편지를 받아든다.) 토시코도 없나?

하루코 아까 장 보러 간다고 나갔어요.

소이치로 속았구나

하루코 전혀 그런 느낌 아니었는걸요.

소이치로 당신, 뭔가 신난 거 같은데?

하루코 아니에요

소이치로 아, 켄이치는.. 아까 그게 그래서?

하루코　예?

소이치로　아까 나갔거든, 친구 집에 간다고 그러고.

하루코　아

・・・

소이치로　그보다는 토시코가 문제랄까

하루코　예

소이치로　지금 그만두면 곤란하잖아, 당신도.

하루코　그러게 말예요

소이치로　・・・ 이봐, 여기 이 "좋겠쥐요"란 건 뭐야?

하루코　유행하는 말인가 봐요, 여학생들 사이에서

소이치로　나도 나도 아는데, 왜 이럴 때 이런 말을 써?

❖타카이, 상수에서 등장.

4.2.4

타카이　★또 나갔어요?

소이치로　응

하루코　미안하게 됐네요

타카이　아닙니다.

소이치로　헌데 이번엔 토시코도 같이 나갔어.

타카이　☆☆예, 들었습니다.

❖신지와 아이코, 상수에서 등장.
뒤이어 스즈키도 등장.
그다음으로 후쿠시마와 김미옥, 입구 쪽에 서 있다.

신지　☆☆또 그랬다구요?

소이치로　응

신지　바보 같은 놈

소이치로　아무튼 어서 역으로 가보라구.

타카이　네

소이치로　만주로 간다고 쓰여 있는데.. 몇 시지?

타카이　신의주행이 아홉 시 출발이죠.

신지　시간이 많이 있군

타카이　예

아이코　★친구한테 짐을 맡겨놨을 거야, 아마

@신지　☆☆☆아

@아이코　지난번엔 짐이 많아서 들켰다고 후회했거든요

@신지　정말 바보구만

소이치로　☆☆☆아무튼 역에 가서 기다려보라구.

타카이　그래야죠

소이치로　이걸로 우동이라도 먹고.

타카이　☆아, 고맙습니다

타니구치　☆계십니까? (하수에서 목소리가 들린다.)

소이치로　이건 누구지?

하루코　• • • (일어선다.)

스즈키　아, 제가..

❖스즈키, 하수로 퇴장.

4.3.1

소이치로　넌 토시코가 근처에 없는지 좀 보고 오지.

신지　어 뭐, 그냥 역에서 기다리면 올걸요.

소이치로　아니, 방금 막 나간 거잖아.

하루코　예, 그야

소이치로　찾아보는 게 낫지 않겠어?

하루코 하지만 그 켄이치 친구 집에 가 있을 수도 있을 텐데.

소이치로 그런가?

아이코 제대로 속았네요

하루코 뭐가?

아이코 그러니까..

하루코 어?

아이코 안 그래요?

타카이 둘이 좋아져서 이러는 건 아니겠죠, 설마?

아이코 토시코가 그렇게 오빠를 좋아하는 건 아닐 거 같은데

소이치로 아무튼지 어서 다녀오라구.

타카이 네

❖타니구치, 스즈키, 하수에서 등장.

4.3.2

스즈키 저기, 아까 그 마술사하고 일행이라는데요

소이치로 뭐?

타니구치 안녕하세요?

타카이 ○예..

타니구치 저.. 야나기하라는요?

타카이 그러니까 그게.. 사라져버렸는데요.

타니구치 예?

타카이 ☆☆없어져버렸는데요

타니구치 저.. 야나기하라의 친구라는 분은?

타카이 전데요

타니구치 아, 안녕하세요? 저는 야나기하라의 조수 타니구치라고 합니다.

타카이 예, 전 타카이입니다.

@하루코 ☆☆야나기하라라는 게 아까 여기 있던 사람?

@신지　예

@하루코　없어져버렸다구요?

@신지　그렇다네요

타니구치　안녕하세요

소이치로　시노자키입니다 • • • 여기가 다..[29]

타니구치　안녕하세요

• • • 없어져버렸다는 게 어떤 거죠?

소이치로　그게 그러니까..

타카이　그건 우리가 묻고 싶은 건데요.

타니구치　그렇게 말씀하시면 저도 곤란한데요

타카이　그러니까, 갑자기 사라졌거든요.

타니구치　아니 그게..

타카이　우리도 난처한 입장이라구요.

타니구치　그러니까요, 저한테 뭐라 말씀하시면 • • • •

앙 • • • 앙 • • • 앙 • • •

ⓒ青木司

29 여기 있는 이들이 다 시노자키(篠崎) 일가라고 소개하는 것이다.

· · · · · ·

타니구치 우는 척한 겁니다.

· · · · · ·

신지 당신도 마술을 하나?

타니구치 아뇨, 저는 당하는 쪽이라서요

신지 어?

타니구치 그.. 무대에서 사라진다거나 신체를 잘린다거나 하는 쪽이죠.

신지 아, 그럼 역시 사라지겠네.

타니구치 예, 그야

신지 어떻게 해서 사라지는 거지?

타니구치 마술의 수법은 밝힐 수가 없네요

신지 ☆☆☆그게 지금 말이 돼요? 실제로 사람이 하나 없어졌다니까.

타니구치 그걸 저한테 뭐라 하시면.. (또 우는 척하려고 한다.)

타카이 ★아니 뭐, 가방이 있으니까 돌아올 거다 싶긴 한데요.

@하루코 ☆☆☆마술 하는 사람이라구요?

@소이치로 응, 그렇다는데

소이치로 미안한데 지금 우리가 좀 경황이 없는 참이거든요

타니구치 아, 죄송합니다

소이치로 어떻게 할래요?

타니구치 예?

소이치로 기다리겠어요, 여기서?

타니구치 예, 그래도 되면

소이치로 그럼 뭐, 앉아요.

타니구치 네

타카이 앉으세요 (의자를 권한다.)

타니구치 고맙습니다 (앉는다.)

소이치로 어서 다녀와.

타카이 ☆네.

신지 ☆당신은 사라지지 마요.

타니구치 네, 걱정 마세요.

다기이 저기..

신지 정말로?

타니구치 ☆☆저 혼자서는 못 사라지니까요

신지 아, 그런가

@하루코 ☆☆차 좀 대접하지

@스즈키 네

@타니구치 ☆☆☆아, 고맙습니다

❖스즈키, 상수로 퇴장.

4.3.3

타카이 ☆☆☆(타니구치에게) 저기.. • • • 저기요, 제가 지금 나가봐야 하는데, 타케하치로가 오면 어쩌면 좋을지?

소이치로 ☆☆☆☆어서 가보라니까

타카이 네, 그럼 좀 부탁드려요.

소이치로 그래

타니구치 죄송합니다

❖타카이, 하수로 퇴장.

@신지 ☆☆☆☆참, 가출하는데 짐이 많은 건 그래서잖아, 우표첩 같은 것까지 다 싸 가지고 가려니까.

@아이코 맞아요, 술병마개까지 다

@하루코 ☆유키코 좀 불러다 주겠어?

@미옥 네

@하루코 식사시간이라고

@미옥　　네.

❖김미옥, 계단을 올라 퇴장.

신지　☆음, 스무 살 넘어서 가출이라니, 좀 꼴사납지?
소이치로　옛날엔 말야, 그래도 다 이유가 있었어, 가출을 해도.
하루코　다른 사람도 있으니까 좀 적당히..
소이치로　★도쿄로 가고 싶다거나
신지　그럼 그냥 도쿄로 가면 될 것을
소이치로　그러니까 부모가 가라고 해서 가긴 싫겠지, 자기 딴엔
신지　아, 그리고 맞선 보는 것도 신경 쓰이나 보던데요.
소이치로　뭐어? 그 얘길 꺼냈어?
하루코　아뇨
소이치로　그럼 어떻게 안 건데?
하루코　나도 모르죠.
신지　뭐, 눈치를 채게 마련 아닐까, 그 정도는
소이치로　아무래도 당신이 애를 너무 싸고도는 거 아닌가
하루코　내가 뭘요?
소이치로　그러니까 무의식적으로 말야, 자기 아이가 아니라고 도리어..
하루코　내가요? 그렇지 않지 않아?
아이코　예
소이치로　그야 무의식적인 건 당신도 모르는 거지.
하루코　그렇지 않아요.
소이치로　아니, 무의식이란 건 그런 거라구
하루코　당신은 어쩜 그렇게 남 탓만 해요?
소이치로　아니 그럼, 밭에 있는 소를 탓할 순 없는 거 아냐
하루코　지금 내가 소란 말예요?
소이치로　뭐?

・・・・・

신지　근데 이번엔 메모 발견을 빨리 했네

아이코　영어사전 빌리려고 오빠 방에 들어갔거든요.

신지　근데 대개 눈에 잘 띄는 데가 두더라구, 기차 타기 전에 올 수 있게.

아이코　진짜로 갈 마음은 없는 거죠?

신지　글쎄, 어떨까?

아이코　자기한테 신경 좀 써달라 이거잖아요. 신호 발사 찍찍.

신지　★아, 뭐 그래서 그런 건가? 이번엔 토시코까지 끌어들인 게

아이코　맞아요. 찍찍

신지　★아무도 더 걱정을 안 해주니까 갈수록 심하게 구는군

아이코　맞아요

신지　다음번엔 할아버지라도 둘러메고 나가는 거 아냐

소이치로　바보 같은 소리 좀 하지 마라.

신지　아 알았다.

소이치로　어?

신지　당신이 야나기하라 씨인 거죠?

타니구치　예?

신지　그렇죠?

타니구치　아닌데요.

・・・

신지　그럴 리는 없겠네요.

아이코　하지만 토시코도 그런 걸 동경하는 나이잖아요.

하루코　그래도 따로따로 나간 걸 보면 작정을 많이 한 거 같아요

소이치로　그야 하루 종일 그딴 생각만 하고 앉았으니까, 어떻게 해서 가출을 할까..

아이코　토시코는 그런 거겠죠? 결국 로맨티시즘과 리얼리즘을 착각하는 거

하루코　아이코는 영어 공부 하고 있었던 거 아닌가?

아이코　예?

하루코 방 정리 좀 하고 오지?

아이코 공부 안 했어요.

하루코 사전이 어쩌구 그러지 않았어?

아이코 소설 읽다가 잘 모르는 부분이 있어서 그랬죠

하루코 아

아이코 저기요, '컨젝션'이란 게 뭐예요?

신지 글쎄

❖스즈키, 차를 가지고 상수에서 등장.

4.3.4

스즈키 이거 좀 드세요.

타니구치 ☆고맙습니다

신지 ☆(아이코에게) 타카이한테 물어봐, 영어는

소이치로 ☆와인이 있지? 프랑스 와인.

하루코 예

소이치로 그거 따지, 오늘 밤에. 축하해야 하니까

아이코 어? 무슨 축하요?

소이치로 곧 알게 될 거야.

아이코 뭔데? 가르쳐줘요

소이치로 안 돼

아이코 뭔데? 네 번째 가출 축하?

소이치로 아니야.

아이코 그럼 뭐지?

하루코 ★ 이거요? (찬장에서 와인을 꺼낸다)

소이치로 응.

❖유키코, 김미옥, 계단을 내려온다.

유키코, 앉는다.

스즈키 저.. 켄이치 식사는 어떻게 할까요?

하루코 그게, 그 아인 가출한 날은 먹질 않아.

스즈키 ☆☆아

하루코 꼴이 우스울 거 아냐.

스즈키 네

하루코 상 차리지

스즈키 네

@아이코 ☆☆전혀 몰랐어?

@미옥 예

@아이코 친구잖아

@미옥 예, 그야

@아이코 토시코가 널 싫어하나?

@미옥 글쎄요

@아이코 ☆☆☆놀랐어, 역시?

@미옥 당연히 놀랐죠.

@아이코 어, 많이 놀랐어?

@미옥 아주 많이 놀랐죠.

소이치로 ☆☆☆이봐, 이거 따는 것 좀 갖다 줘

후쿠시마 네

❖스즈키, 탁자 위의 차를 치운다.
후쿠시마, 상수로 퇴장.

이노우에 △계십니까? (하수에서 목소리가 들린다.)

스즈키 어? 좀 나가볼래?

미옥 ☆☆☆☆네.

❖김미옥, 하수로 퇴장.

4.4.1

신지　☆☆☆☆오늘 말이 없네

유키코　안 그래요.

신지　어 그래?

유키코　○저 사람은 누구?

아이코　그 마술사는 봤어?

유키코　아니

아이코　그런 사람이 왔었어, 마술사가 아까. 그래서 그 사람하고 일행인 사람이라는데

유키코　그으래?

아이코　오질 않네, 타노 쿠라 씨

유키코　응

아이코　사라져버린 거 아닐까? 타노 쿠라 씨도

유키코　어?

소이치로　흠, 시간도 제대로 못 지키는 녀석 같으니라구

❖스즈키, 상수로 퇴장.

신지　목수는 돌아갔을까?

하루코　늘 말도 안 하고 돌아가요.

신지　아

소이치로　뭐, 직공들이 원래 그렇잖아?

신지　오늘은 의자가 하나 남네.

@소이치로　☆아

@신지　그럼 오늘은 여기에 앉을까?

@유키코　예?

@신지 자, 좀 좁혀봐 (F에 앉는다.)

@유키코 네. (E에 앉는다.)

하루코 ☆어떻게 하실래요?

타니구치 예?

하루코 이제 식사 시간이거든요.

타니구치 아, 그럼 식사들 하세요.

하루코 그게..

타니구치 저는 아까 먹고 왔어요

하루코 그래도 그럴 수는 없죠.

타니구치 정말 괜찮거든요.

유키코 저.. 내지에서 오셨나요?

@타니구치 ☆☆예

@유키코 아

❖후쿠시마, 상수에서 등장.
뒤이어 스즈키도 등장.

4.4.2

후쿠시마 ☆☆여기요 (하고 병따개를 건넨다.)

소이치로 이봐, 이건 병따개잖아. 이거 이거..

후쿠시마 예?

스즈키 와인 따는 거 말씀이죠?

소이치로 ☆☆☆그래

후쿠시마 ☆☆☆죄송해요

스즈키 바로 갖고 오겠습니다. 이거 좀 부탁해. (후쿠시마에게 행주를 건넨다.)

후쿠시마 응 (탁자를 닦기 시작한다.)

❖스즈키, 상수로 퇴장.

동시에 김미옥, 이노우에 스가코, 하수에서 등장.

미옥 저, 홋타 씨 댁 식모가..

이노우에 안녕하세요

하루코 아, 무슨 일이죠?

이노우에 저.. 이걸 부탁받았는데요, 댁의 조선인 아이한테서

하루코 어?

이노우에 사진인 것 같습니다만

하루코 아 (봉투를 받아 든다.)

소이치로 뭐지?

하루코 아까 토시코가 나갈 때 시켰거든요. 사진 좀 받아 오라고 (봉투를 소이치로에게 건넨다.)

소이치로 (봉투의 내용물을 보면서) 눈 맞아서 집 나가는 애한테 왜 그런 걸 시켜?

하루코 그땐 그래서 나가는 건지 뭔지 알질 못했죠.

이노우에 달아났나요?[30]

하루코 아뇨, 아니에요.

이노우에 예..

하루코 고마워요

이노우에 네

• • •

하루코 리쓰코 씨께 인사 전해줘요

이노우에 네. 그럼 안녕히 계십시오.

❖이노우에, 하수로 퇴장.

---

30 원문에 쓰인 단어 "駆け落ち"는 남녀가 정분이 나서 몰래 도망치는 것을 이르는 말이다.

4.4.3

하루코 거기 유리잔 좀 꺼내줘.

후쿠시마 네

하루코 상 차리지

미옥 네

하루코 남의 집 식모는 집 안에까지 들이지 않아도 돼.

미옥 네, 죄송합니다.

하루코 현관에서 용건을 끝낼 수 있잖아?

미옥 죄송합니다

하루코 아이 참, 홋타 씨 댁에서도 다 알게 돼버렸네.

❖김미옥, 상수로 퇴장.

소이치로 뭐를?

하루코 켄이치 가출요

소이치로 전부터 다 알고들 있는데 뭘.

하루코 그래도 여자애랑 나간 건 처음이잖아요

소이치로 하긴 (후쿠시마, 찬장에서 유리잔을 꺼내 늘어놓는다.) 네 개, 네 개..

후쿠시마 네

소이치로 당신도 마실 거지?

하루코 네

아이코 난 주스

하루코 아, 이따 오렌지주스도 갖다 줘.

후쿠시마 네.

아이코 그레이프주스

하루코 그건 안 돼요

아이코　왜요?

하루코　그런 건 설탕물에 색깔만 넣은 거잖아.

❖김미옥, 상수에서 등장. 탁자 위에 런천매트를 깔고 간다.

아이코　그래도 그게 좋은데

하루코　오렌지주스가 영양이 풍부하다구.
오렌지주스로..

후쿠시마　네.

아이코　유키코도 그레이프주스 좋아하는데.

후쿠시마　그레이프주스는 켄이치가 다 마셔버렸는데요

아이코　예?

후쿠시마　낮에 타카이 씨하고 같이

아이코　☆나빴어.

소이치로　☆타카이 그 친구도 단걸 좋아하니까

❖후쿠시마, 상수로 퇴장.

하루코　좀 이상한데

아이코　☆☆더워서 그런 거겠죠

하루코　그런가?

아이코　무덥잖아요, 날씨가.

하루코　○사진 좀 봐도 돼요?

소이치로　응 (봉투를 건넨다.)

❖스즈키, 코르크따개를 들고 등장.

4.4.4

@스즈키 ☆☆여기 있습니다.

@소이치로 오

@스즈키 제가 딸까요?

@소이치로 아니, 맛있게 따려면 요령이 필요하거든.

@스즈키 ☆☆☆네

하루코 ☆☆☆켄이치 것은 안 차려도 돼.

김미옥 네

❖스즈키, 상수로 퇴장.

아이코 (켄이치가 남긴 편지를 읽고 있다.) "쫓아오지 않아도 좋겠줘요" • • • 머리가 어떻게 된 거 아냐?

하루코 ★할아버지 모셔 오도록 해

미옥 네

❖김미옥, 상수로 퇴장.

하루코 (사진을 보고 있다.) 아, 여기 할아버지 좀 이상한데요.

소이치로 어, 어디가?

아이코 아, 정말이다

하루코 어째서 한쪽 눈을 감으신 걸까?

소이치로 뭐, 할아버지 장난기가 발동한 거지.

하루코 예?

아이코 어머닌 너무 긴장하고 있어.

하루코 난 사진 잘 못 찍어요.

유키코 삼촌은 왠지 좀 비뚜름하지 않아?

신지 어?

유키코 좀 비뚜름하지?

아이코　예

신지　어디가?

아이코　유키코, 넌 눈 잘 뜨고 있네.

유키코　난 늘 잘 뜨고 있어.

아이코　대개 눈 감고 찍히잖아.

유키코　그건 6학년 소풍 때만 그랬어.

아이코　☆수학여행 때는?

유키코　그땐 졸려서 그랬지.

　@신지　☆어디가 비뚜름하단 거지?

소이치로　이거.. 켄이치는 허구한 날 실실 웃고 다니는 주제에, 사진 찍을 때만 되면 슬프단 말야, 표정이

하루코　정말이다

아이코　보기 싫어

소이치로　바보 같은 놈

서울시민 1919
ソウル市民1919

◆「서울시민」(1989년 작)의 후속 희곡으로 쓰여진 「서울시민 1919」는 작가 히라타 오리자 자신의 연출로 2000년 4월 일본 도야마현(県)의 도가(利賀)예술공원에서 열린 '도가 · 신록 페스티벌 2000'에서 초연되었다.

◆2003년에 김응수 번역, 이윤택 연출, 극단 연희단거리패의 공연으로 서울 스타시티아트홀에서 한국어 상연이 이루어진 바 있다.

◆이 번역 희곡은 2006년 12월 도쿄의 키치죠지씨어터에서 이루어진 세이넨단 제52회 공연 '서울시민 3부작 연속 상연' 중 〈서울시민 1919〉의 상연 대본을 바탕으로 옮긴 것이다. 함께 실은 사진 역시 이 공연의 기록사진으로, 아오키 쓰카사가 촬영하였다.

◆번역 과정에서 2000년 6월에 공연된 세이넨단 제38회 공연 〈서울시민 1919〉의 공연 실황 DVD(〈히라타 오리자의 현장 22-서울시민 1919〉, 기노쿠니야서점 발매)를 참고하여 보완한 부분이 있다.

©青木司

등장인물

시노자키 켄이치(篠崎謙一)	문구점 주인
시노자키 료코(篠崎良子)	켄이치의 처
시노자키 유키코(篠崎幸子)	켄이치의 여동생
시노자키 키치지로(篠崎吉二郎)	켄이치의 이복 남동생
시노자키 신지(篠崎慎二)	켄이치의 숙부, 영화관 경영
시노자키 타미코(篠崎民子)	신지의 처
홋타 카즈오(堀田和夫)	인쇄소 경영
홋타 리쓰코(堀田律子)	카즈오의 처
홋타 유미코(堀田由美子)	카즈오의 딸
카이가타케(甲斐ガ岳)	스모 선수
키쿠치(菊池)	흥행사
카와사키 신고(川崎慎吾)	지배인
야마시나 토쿠고로(山科徳五郎)	서생
이와모토 켄노스케(岩本健之助)	서생
시부야 키누코(渋谷絹子)	키치지로의 연인
박관례(朴貫礼)	조선인 가정부
김미옥(金美玉)	조선인 가정부
후쿠시마 토메(福島とめ)	일본인 가정부
오시타 이쿠[1] (大下いく)	일본인 가정부
시마노(島野)	풍금 선생
전영화(全英花)	영화관에서 일하는 조선인

보기

☆ 가까이에 있는 같은 개수의 ☆표시 대사와 거의 동시에 말한다.

★ 앞의 대사와 겹치게 말한다.

/ 뒤의 대사에 의해 끊긴다.

○ 대사 앞에 약간의 사이를 둔다.

• • • ○보다 조금 긴 공백.

▲ 퇴장하면서 말한다.

---

1 실제 발음은 '오오시타'에 가깝다.

△ 등장하면서 말한다.
@ 동시 진행 대사, 혹은 삽입 부분.
# 장면 번호는 공연 연습의 편의를 위한 것으로 특별한 의미는 없다.

❖무대 가운데에 큰 탁자.
탁자 주위에 의자가 여섯 개.

무대 뒤쪽에 큰 식기장과 또 하나의 찬장.
식기장에는 다음과 같이 표어가 쓰인 종이가 붙어 있다.
"대지란 무릇 넓은 것. 사람의 마음이 그것을 좁게 할 뿐."

무대 하수에는 풍금.
상수 앞쪽에 2층으로 올라가는 계단이 있다.
하수 쪽 출입구로 나가면 현관인 것으로 보인다.
상수 뒤쪽 출입구로 나가면 부엌이 있고, 더 가면 점포가 있는 것으로 여겨진다.
편의상 의자의 위치를 아래와 같이 표기한다.

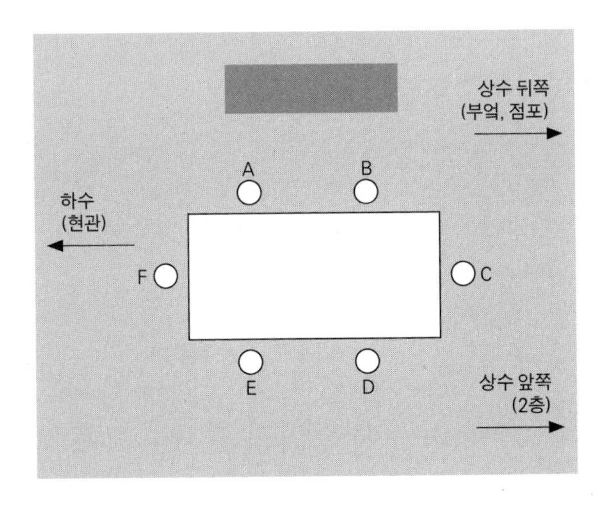

0.1.1

관객 입장.

(관객 입장 시간은 기본적으로 20분으로 한다.)

서생 이와모토가 E에 앉아 신문을 읽고 있다.

4분 후, 이와모토, 일어나 상수로 퇴장.

2분 후, 이와모토, 차가 든 찻종과 전병을 들고 상수에서 등장.

4분 후, 일본인 가정부 오시타, 하수에서 등장.

오시타 다녀왔습니다-.

이와모토 수고했어요

오시타 다녀왔습니다

이와모토 이제 왔어?[2]

❖오시타, 왠지 뿌루퉁하게 상수로 퇴장.

이와모토, 오시타의 등에 대고

이와모토 오늘 손님 몇 시에 오지?

• • •

❖5분이 더 흐른다.

료코, 하수에서 등장.

이와모토, 놀라 일어선다.

---

2 일본 사람들은 어떤 장소를 드나들 때마다 습관적으로 인사말을 하곤 한다. 이 대화의 원문 역시 관용적인 인사말에 해당한다.

이와모토 다녀오셨어요?

료코 네 네[3] • • • 어르신, 돌아왔나요?

이와모토 네.

료코 아 그래요? 스모 선수는요?

이와모토 아니, 아직요.

료코 그래요?

❖료코, 상수로 퇴장.
이와모토, 천천히 앉는다.

3분 후, 박관례, 큰 재떨이를 들고 상수에서 등장.

이와모토 안녕

박관례 • • •

이와모토 오질 않네, 그 손님

박관례 네.

❖박관례, 상수로 퇴장.

3분 후, 야마시나, 상수에서 등장.
본 공연이 시작된다.

1.1.1

이와모토 어?

야마시나 좀 나갔다 올게.

이와모토 어딜?

---

3 원문은 역시 관용적인 인사말을 나누는 것이다.

야마시나 산책 좀

이와모토 아

❖야마시나, 의자에 앉는다.

이와모토 안 가?

야마시나 아니, 갈 건데

이와모토 응.

❖야마시나, 다른 신문을 집어 들고 읽기 시작한다.

야마시나 오, 기사로 났네

이와모토 어?

야마시나 조선 최초, 스모가 오다!

이와모토 아

❖5초 후.
오시타, 큰 마스크를 하고 상수에서 등장.
마스크를 벗고, 행주로 탁자 위를 닦기 시작한다.

오시타 좀 비켜요.

이와모토 알았어요.

야마시나 (자리에서 일어난다.) 오늘 점심은 뭔가?

오시타 생선 꼬치

야마시나 또야-?

• • •

이와모토 오 오, 이것 좀 봐.

야마시나 뭔데?

이와모토 조선의 쌀 증산을 위한 표어 모집, 당선자에게는 상금 5백 엔.

야마시나 오-

이와모토 부상으로 축음기

야마시나 오-

・・・

오시타 이봐요.. ・・・ 당신들은 이 세상에 무슨 기여를 하고 있습니까?

이와모토 예?

오시타 하늘은 그대들의 존재를 인정하고 있는 것입니까?

이와모토 뭐지?

오시타 전 세계의 노동자 계급이 단결하려는 이러한 때에

이와모토 ★난 또 뭐라구.

야마시나 ★칫

오시타 반응이 뭐 그래요?

이와모토 키치지로 씨 연설 아냐, 그거

오시타 예.

이와모토 무슨 뜻인지는 아냐?

오시타 알 턱이 있겠어요?

• • •

이와모토 떳떳해, 난.

오시타 뭐가요?

❖두 사람의 대화 중에 마찬가지로 마스크를 한 김미옥이 상수에서 등장.

김미옥 실례합니다.

야마시나 그러셔[4]

❖김미옥, 마른 걸레로 풍금을 닦는다.

이와모토 난 말야, 이렇게 부르주아 시노자키 집안을 근거지 삼아서 나름대로의 계급투쟁을 벌이고 있는 거라오.

오시타 어 그래요?

이와모토 거, 뜻도 모르면서 맞장구치지 좀 마시지.

오시타 모르지 않아요.

이와모토 뭘 아는데?

오시타 그게 아무 뜻도 없는 소리란 거.

이와모토 시끄러워라

오시타 밥벌레

이와모토 뭐라구요?

오시타 쓸모없는 사람.

이와모토 뭐가 어째!

야마시나 ★쓸모없다는 말은 최고의 찬사

오시타 그건 또 뭐예요?

---

4 조금 장난스러운 말투로 가볍게 인사를 건네고 있다.

야마시나 속치마만큼의 쓸모도 없는, 나는야 멸치 대가리라오.

이와모토 오- 다다이즘인데.

오시타 뭐라구요?

이와모토 그런 게 있어요

야마시나 그럼에도 자네가 양철 지붕이라면, 그녀의 뇌수는 액체 치약?

이와모토 (박수) 다다! 다다!

오시타 바보 같애.

김미옥 저.. 다다란 게 뭐예요?

두 사람 • • • • •

이와모토 뭐, 그것도 아무 뜻은 없는 거지.

오시타 당신들, 쥐뿔도 모르면서 하는 소리 아녜요 지금?

이와모토 아뇨, 정말이라니까. 아무 뜻이 없는 걸 다다이즘이라고 해요.

오시타 흠..

야마시나 • • • • • 음, 그거 '그게 전부 다다'는 말에서 비롯된 게 아닐까?[5]

이와모토 아, 그런가?

김미옥 예..

• • •

야마시나 아니 그게, 아무튼 별 뜻이 없거든, 정말로.

• • •

야마시나 (일어서며) 그럼

이와모토 가?

야마시나 ☆응.

오시타 ☆뭔가 불리하면 꼭 도망친다니까.

김미옥 • • •

야마시나 안 그래요.

오시타 이봐요, 서생이라면은 밥을 먹여주는 이 집을 위해서 뭔가 좀 쓸모

5 원문은, 일본어에서 '다다(ダダ)'의 발음이 '응석[駄駄]'이란 말과 같으니 다다이즘이란 '응석을 부리다'는 뜻에서 비롯된 게 아니냐고 말하는 것이다. 이것을 의역했다.

가 있어야 하는 거 아네요?

야마시나 그럼..

이와모토 오우

오시타 이보세요!

야마시나 왜?

오시타 큰어르신께서 편찮으시다는데

야마시나 그래서 내가 신사에 가서 빌고 오려구.

오시타 그러세요?

야마시나 아니, 내가 집에 있다고 해서 큰어르신 병환이 낫는 것도 아니잖아?

이와모토 그건 그래.

오시타 당신들 같은 사람이 있으니까 조선인들까지 우릴 무시한다구요.

야마시나 무시하나?

김미옥 아니에요

야마시나 아니라는데

오시타 ☆☆바보

❖후쿠시마, 하수에서 등장.

1.1.2

후쿠시마 ☆☆다녀왔습니다-.

김미옥 오셨어요?

후쿠시마 다녀왔습니다

오시타 ★왔어?

후쿠시마 지금 말야, 뭔가 굉장해.

오시타 어?

후쿠시마 밖에

오시타 뭐가 어떻길래?

후쿠시마 오늘이 무슨 축제날이야?

김미옥 예?

후쿠시마 조선 사람들의?

오시타 뭐야, 그게?

후쿠시마 하여튼 굉장해, 길거리에 사람들이 넘쳐나고

오시타 어? 무슨 일이지?

후쿠시마 모르지.

야마시나 ☆☆☆뭐지?

이와모토 ☆☆☆당신도 밖에 나갔다 온 길이잖아.

오시타 난 가까운 데 갔다 왔다우, 그냥.

이와모토 아, 그래?

야마시나 조선인들만 있어?

후쿠시마 네. 날씨도 추운데.

야마시나 어느 쪽?

후쿠시마 야마토마치[6] 쪽

오시타 아

야마시나 무슨 일일까?

오시타 그러게 말예요.

후쿠시마 스모 선수는요?

이와모토 (오시타를 가리키며) 이 분..[7]

오시타 장난치지 말아요

이와모토 아직 안 왔어

후쿠시마 그래요?

이와모토 응.

• • •

후쿠시마 이거 좀 놓고 올게.

---

6 大和町. 지금의 서울 필동에 해당한다.

7 이와모토가 몸집이 큰 오시타를 놀리고 있는 것이다. "오시타를 가리키며"라는 지문은 원문에는 없지만 번역자가 보충해 넣었다.

오시타　그래.

❖후쿠시마, 상수로 퇴장.

1.1.3

• • •

야마시나　그럼 좀 보고 와야겠다.

이와모토　응.

야마시나　좀 나갔다 올게.

오시타　다녀오세요.

야마시나　응.

❖야마시나, 하수로 퇴장.

이와모토　무슨 일일까요?

오시타　그게 언제더라? 임금님 장례식

이와모토　☆아

김미옥　☆모레예요.

오시타　그거하고 뭐 상관이 있나?

김미옥　상관없는 거 같아요.

오시타　아 그래?

김미옥　예, 아마도.

오시타　역시 축제인 건가?

이와모토　무슨 축제요?

오시타　봄 축제.

이와모토　• • • 그럴 리가.

오시타　뭐, 그럴 리야 없겠지만.

이와모토　아직 봄도 아니잖아.

오시타 하긴요.

이와모토 아직 눈도 안 녹았는데.

오시타 음 • • • 그럼 눈 축제

• • • • •

❖상수에서 시노자키 유키코가 등장.

1.1.4

유키코 오시타

오시타 네.

유키코 새언니가 찾아요.

오시타 네.

유키코 아버지 얼음을 바꿔달라네

오시타 아, 곧 갈게요. (김미옥에게) 여기 좀 부탁해.

김미옥 네.

오시타 손님이 곧 올 거거든.

김미옥 네.

이와모토 손님이 몇 명?

오시타 몰라요.

유키코 스모 선수도 오는 거지?

오시타 네.

이와모토 재미있겠는데.

오시타 재미는 무슨.. 바빠 죽겠는데.

이와모토 아니, 바쁜 거하곤 상관이 없는 얘긴데.

오시타 몰라요. • • • 그럼, 부탁해

김미옥 네.

❖오시타, 상수로 퇴장.

이와모토 안 그래요?

유키코 하긴요.

• • •

이와모토 근데 무슨..?

유키코 예?

이와모토 무슨 볼일이라도 있나요?

유키코 아뇨, 그런 게 아니라 좀 시끄럽길래 손님이 오셨나 해서.

이와모토 아

김미옥 차 올릴게요

유키코 고마워.

❖김미옥, 상수로 퇴장.

1.2.1

유키코 오늘 시마노 선생님도 오실 거라서.

이와모토 아 참, 오늘이 토요일이죠?

유키코 예.

이와모토 빨리도 간다, 하루하루.

유키코 그래요? 이와모토 씨는 하는 일도 없는데?

이와모토 그렇지도 않아요.

유키코 어 그래요?

이와모토 이래저래 바쁘거든요, 이래 보여도.

유키코 무슨 일로?

이와모토 아뇨, 그야 뭐.. 이런저런 일로.

유키코 그래요?

• • •

유키코 참, 활동사진관 데려가줘요.

이와모토 예?

유키코　황금좌(黃金座)[8]에 가고 싶어.

이와모토 그거 숙부님네 극장 가서 보면 되지 않나?

유키코　보고 싶은 게 있거든요.

이와모토 왕눈이 맛짱[9] 나오는 거?

유키코　그거 말구요, 인톨러런스[10].

이와모토 뭐예요 그게?

유키코　잘 모르겠는데 미국 영화래요.

이와모토 아-・・・ 시마노 선생님하고 가면 되잖아요.

유키코　여자들끼리 가기가 좀 그런 데다..

이와모토 아

유키코　그럼 모레

이와모토 하지만 곤란하잖아요, 멋대로 외출했다가 큰어르신께서 아시면

유키코　주무시느라 모르실 거예요.

이와모토 아뇨, 그러니까 쾌유하시게 되면 내가 야단맞을 거 아닙니까?

유키코　이 겁쟁이.

이와모토 그런 게 아니라요..

유키코　★나, 이 집으로 돌아온 지도 1년이 다 됐다구요.

이와모토 아, 벌써 그렇네요.

유키코　이웃 사람들도 다들 알고 있는 걸, 되돌아왔다는 거

이와모토 ・・・

유키코　집안에 틀어박혀 있어야 할 이유가 하나도 없잖아.

이와모토 뭐 그래도 큰어르신 허락이 있어야

유키코　괜찮다니까

이와모토 괜찮다뇨

유키코　내가 얘길 해둘 테니까

---

8 혼마치(本町, 지금의 충무로 부근)에 있던 일본인 자본의 영화관.

9 무성영화 사극에서 활약했던 인기 배우 오노에 마쓰노스케(尾上松之助, 1875~1926)의 별명.

10 〈Intolerance〉(1916). D. W. 그리피스 감독이 〈국가의 탄생〉(1914) 다음으로 발표한 작품.

이와모토 예?

유키코 약속한 거예요.

이와모토 예? 어, 잠깐만요

유키코 알았죠?

이와모토 • • • 예..

유키코 (일어선다.) 시마노 선생님 오시면 불러줘요.

이와모토 네.

유키코 신문에서 알아봐둬요, 상영 시간.

이와모토 네.

유키코 그럼

❖유키코, 상수 계단으로 퇴장.

1.2.2

이와모토 • • • 뭐냐 • • •

• • • (A에 앉는다.)

이와모토 (표어를 생각한다.)

"조선에서 쌀농사를 영치기 영차"

"조선 쌀은 맛이 좋은.. 외지(外地)의 쌀"

❖김미옥, 상수에서 차를 들고 등장.

김미옥 어?

이와모토 차 생각 없나 봐.

김미옥 아

이와모토 아, 내가 마실게.

김미옥 네.

• • •

이와모토 스모는 본 적 있나?

김미옥 일본 씨름요?

이와모토 맞아

김미옥 없어요.

이와모토 그래? 재미있는데.

김미옥 네.

이와모토 덩치가 아주 커, 스모 선수.

김미옥 네.

이와모토 알아?

김미옥 사진을 봤거든요.

이와모토 아, 그랬어?

김미옥 기대돼요.

이와모토 응.

• • •

이와모토 (신문을 보면서) "조선에서 밭을 갈아 벼 심으면 논이 되지"

김미옥 저..

이와모토 응?

김미옥 신문, 오늘 거예요?

이와모토 응.

김미옥 좀 어떻대요, 강화회의는?

이와모토 어?

김미옥 파리의..

이와모토 아, 그런 걸 다 아네.

김미옥 아뇨, 잘 알진 못해요

이와모토 관심이 있어?

김미옥 꼭 그렇다기보다..

이와모토 그럼?

김미옥 음, 다들 그 얘길 하니까

이와모토 아 그래?

김미옥 어떤가 싫어서요

이와모토 음.. 뭐, 일본 입장에선 인종차별 철폐 조항을 얼마나 관철시키느냐가 문제겠지.

김미옥 • • •

이와모토 그건 그대들 조선인을 위한 것이기도 하거든.

김미옥 네..

이와모토 그런데 백인들은 그럴 마음이 없다나 봐.

김미옥 그런가요?

이와모토 뭐, 그럴 만도 해.

김미옥 어, 왜 그렇죠?

이와모토 그러니까, 백인들이란 원래 우리 동양인을 머리가 좀 좋은 원숭이 정도로밖에 생각 안 했거든. 그게 그런데 일본이 러시아를 이기고, 게다가 이번 세계대전에선 일본의 도움을 받아야 되는 입장이 되니까 마지못해 일본을 열강으로 인정하게 됐잖아.

김미옥 네..

이와모토 그렇지만 그건 정말 마지못해 그런 거지. ☆정말로 일본인을 대등하게 인정한 게 아니라구. 그러니 모든 인종을 대등하게 대하자는 일본의 제안을 백인종들이 받아들일 리가 없겠지.

❖이와모토가 말하는 사이에, 상수에서 박관례가 등장. 김미옥을 돕는다.

1.2.3

@김미옥 ☆그쪽을 닦아 (식기장 쪽을 가리킨다.)

@박관례 네.

박관례 저..

이와모토 응?

박관례 어르신께서 부르세요.

이와모토 어? 켄이치 씨가?

박관례 예, 안에서

이와모토 어 그래?

박관례 네.

이와모토 무슨 일이지? (미옥에게) 뭐, 그렇단 얘기지.

김미옥 네.

이와모토 그렇지만 일본은 싸울 거야, 동양의 평화와 질서를 위해.

김미옥 아

이와모토 조선인들도 이 싸움을 더 응원해줘야 할걸.

김미옥 네..

이와모토 그럼

김미옥 네.

❖이와모토, 상수로 퇴장.

1.2.4

• • • • •

❖김미옥, 콧노래로 아일랜드 가곡 〈안개 이슬(the Foggy Dew)〉을 부르기 시작한다.
곧 박관례도 따라 부른다.
노래는 조금씩 흥을 더해가고, 그 가사가 분명히 들려오기 시작한다.
(노래 가사와 이어지는 대사의 대부분은 한국어로 한다.)

두 사람 더블린의 거리, 자랑스러이
투쟁의 깃발이 나부껴
아무도 우리를 속박할 수 없어
자유의 저 하늘을 향한
그 노래는 황무지를 건너

골짜기를 달려 퍼져나간다
적병들은 손에 손에 총을 들고
안개를 헤치며 다가온다
진혼의 종소리가 울려
기도의 노래가 울려퍼져
부활제의 봄, 고요한 아침에
모든 것을 걸고 일어선다
그 노래는 바다를 건너
시간을 넘어 지금 여기에
자랑스러워라 저 자유의 빛
아침 이슬에 흔들린다

• • • • •

박관례 그럼..

김미옥 가니?

박관례 ○네.

김미옥　조심해

박관례　네. • • • 언니는요?

김미옥　• • • 모르겠어.

박관례　• • • • • 다녀오겠습니다.

김미옥　조심해

박관례　• • • 네.

❖박관례, 하수로 퇴장.

1.3.1

김미옥, 풍금 뚜껑을 열고 천천히 〈안개 이슬〉을 탄다.

하수 안쪽으로부터 목소리가 들린다.

키쿠치　△계십니까?

김미옥　어? (서둘러 풍금 뚜껑을 닫는다.)

• • •

키쿠치　△계십니까?

김미옥　네.

❖상수에서 후쿠시마가 등장.

후쿠시마　△네-.

김미옥　제가..

후쿠시마　응.

❖김미옥, 하수로 퇴장.

• • •

❖이와모토, 상수에서 등장.

이와모토 왔나?
후쿠시마 몰라요.
이와모토 모르다니

❖김미옥, 하수에서 등장.

이와모토 왔나?
김미옥 네.
후쿠시마 스모 선수?
김미옥 네.
이와모토 커?
김미옥 네.
이와모토 오-

❖키쿠치, 하수에서 등장.

1.3.2

키쿠치 실례합니다.
후쿠시마 어서 오십시오.
이와모토 그냥 보통이잖아.
김미옥 ☆아뇨..
후쿠시마 ☆그..?
키쿠치 이 댁 주인께선..?
후쿠시마 지금 불러오겠습니다.

키쿠치 네 네.

후쿠시마 어르신 좀..

김미옥 네. ▲스모 선수 왔어요-!

❖김미옥, 상수로 퇴장.

이와모토 저.. 스모 상[11]은요?

키쿠치 세키토리[12]는 이제 곧..

이와모토 아 아, 세키토리요.. (후쿠시마에게) 세키토리래.

키쿠치 잠시 실례 (하더니 의자를 집어 들고 살피기 시작한다.)

후쿠시마 아니 왜..?

키쿠치 아뇨.. 세키토리가 앉아도 괜찮을지 보는 겁니다.

후쿠시마 아, 아

이와모토 그렇게 큰가?

키쿠치 • • • ?

이와모토 그렇게 크십니까, 세키토리가?

키쿠치 50관.

이와모토 예?

후쿠시마 정말요?

키쿠치 네.

이와모토 50관이면..

키쿠치 지금 데려오겠습니다.

후쿠시마 네.

❖키쿠치, 하수로 퇴장.

---

11 원래는 사람 이름 뒤에 붙이는 호칭어에 해당하는 '-상(―さん)'이란 말을 붙여 스모 선수를 "스모 상(お相撲さん)"이라 부르고 있다. 의역을 하기 어려운 점이 있어(장면 4.4.1의 대화 참고) 이런 식으로 번역해둔다.

12 '세키토리(関取)'란 일정 수준 이상의 스모 역사(力士)를 높여 부르는 말이다. 일본어 그대로 번역해둔다.

1.3.3

후쿠시마 50권?

이와모토 내 세 곱빼기다.

후쿠시마 예.

이와모토 엄청 크군.

후쿠시마 음.. • • • 헌데요,

이와모토 응?

후쿠시마 아무래도 오늘 무슨 축제날 같아요, 조선인들.

이와모토 어, 어째서?

후쿠시마 좀 전에 미옥하고 관례가 노래를 부르더라구요, 여기에서

이와모토 어?

후쿠시마 꽤 큰 소리로

이와모토 그으래?

후쿠시마 신지 씨도 그렇지, 하필 이렇게 어수선한 날 스모 선수를 부르다니.

이와모토 이건 원래 오기로 돼 있던 거잖아

후쿠시마 그렇긴 하죠.

❖키쿠치, 하수에서 등장.

키쿠치 실례.

후쿠시마 아

키쿠치 세키토리

❖카이가타케, 하수에서 등장.

카이가타케 황공합니다![13]

후쿠시마 우와

키쿠치 이리로 앉게

카이가타케 황공합니다 (앉는다.)

키쿠치 카이가타케 세키토리입니다.

이와모토 예..

• • • • •

이와모토 이봐

후쿠시마 예?

이와모토 차 좀..

후쿠시마 아, 아

❖카와사키 신고, 상수에서 등장.

1.3.4

카와사키 ★△스모 선수 왔다면서?

이와모토 어?

카와사키 으아 앗

키쿠치 안녕하세요

카와사키 어서 오십시오.

키쿠치 감사합니다.

카와사키 시노자키상점에서 경리를 담당하고 있는 카와사키라고 합니다.

키쿠치 예, 대일본스모흥행회의 키쿠치입니다.

카와사키 와주셔서 감사합니다.

키쿠치 아뇨 아뇨, 저희가 감사하죠, 불러주셔서

카와사키 아뇨 아뇨 아뇨.. (C에 앉는다.) • • • 좀 앉으시죠

• • • 뭐 하는 거야?

후쿠시마 어 아, 아뇨..

---

13 원문 "ごっつあんです"는 감사의 뜻을 드러내는 스모 세계의 독특한 관습적인 말로, 원래는 음식 대접을 받은 것에 대해 감사를 표하는 말이었다. 카이가타케는 입버릇처럼 이 말을 되풀이한다.

카와사키 뭔데?

후쿠시마 그, 스모 상은 무얼 잡수시나 해서요.

이와모토 세키토리라 해야지

후쿠시마 예?

이와모토 세키토리라고들 하죠?

키쿠치 네, 뭐.

후쿠시마 아, 세키토리는 무엇을 잡수십니까?

카이가타케 • • • 황공합니다!

후쿠시마 예?

• • •

키쿠치 세키토리는 과묵한 편이라서요.

후쿠시마 아, 아, 아.

키쿠치 뭐, 아무거나..

후쿠시마 아 그런가요?

키쿠치 좀 전에도 뭘 주셔도 감사하단 말이었습니다.

카와사키 그렇군요

키쿠치 중국 사람은 네 다리 달린 거라면 책상 빼고는 다 먹는다던데요

카와사키 네..

키쿠치 세키토리도 뭐든지 먹습니다.

카이가타케 황공합니다!

• • •

이와모토 어서 가보지그래.

후쿠시마 시끄러워요. (키쿠치에게) 그럼 실례합니다.

키쿠치 일 보세요.

❖후쿠시마, 상수로 퇴장.

1.4.1

카와사키 곧 저희 주인께서 오실 겁니다.

키쿠치 네.

카와사키 그리고요, 조선에서도 스페인 독감이 크게 유행하고 있어서요[14]

키쿠치 아, 아

카와사키 지난 주부터 저희 노인장께서 조금 감기가 드셨거든요

키쿠치 아, 걱정되시겠네요

카와사키 ★아뇨 아뇨 그게, 그게 스페인 독감인지 아닌지는 모르겠는데

키쿠치 아..

카와사키 아무래도 연세가 연세인지라

키쿠치 저.. 그럼 흥행은요?

카와사키 아 아, 그건 걱정 마십시오.

키쿠치 네.

카와사키 흥행 쪽은요, 시노자키상점의 분가인 시노자키관이 맡습니다.

키쿠치 아, 그렇군요

카와사키 큰어르신의 동생분이 경영하고 계시지요.

키쿠치 예, 예

카와사키 활동사진관인데요

키쿠치 네.

카와사키 지우개에서 칠판까지 문구 전반을 취급하는 시노자키상점하고요, 활동사진의 시노자키관, 이렇게 조선에서 가장 오래된 시노자키 재벌을 뒤에서 도맡아 관리하고 있는 게 바로 불초소생 카와사키 신고입니다.

키쿠치 네..

카이가타케 황공합니다!

• • •

---

14 1918년~1919년에 전 세계를 휩쓴 독감. 감염자 약 6억 명에 사망자가 최소 2,500만에서 최대 1억 명에 달한다고 추정된다. 한반도에서는 당시 인구 1,700만여 명 중 약 742만 명이 감염되어 14만 명 가까이 희생된 것으로 추측된다.

이와모토 지배인

카와사키 지배인이라고 부르지 마

이와모토 경리부장

카와사키 왜?

이와모토 시노자키흥업으로 바뀌잖아요.

카와사키 아 참, 그렇지. 올해 1월 1일을 기점으로요, 시노자키관을 시노자키흥업으로 이름을 바꿔서요, 이것을 음.. 단순한 활동사진관이 아니라 조선 제일의 흥행회사로 만들어가자는 야망을 갖고 계시지요. 그 작은어르신의 야망을 뒷받침하고 있는 게 바로 저, 불초소생 카와사키 신고입니다.

키쿠치 네..

카와사키 작은어르신도 곧 이리로 오실 겁니다.

키쿠치 작은어르신이라면..?

카와사키 네 네. 감기로 누워 계시는 게 큰어르신. 그 장남으로 시노자키상점 제3대 주인인 분을 어르신. 그리고 그 중간에 분가한 어르신을 작은어르신이라고..

키쿠치 아.

카와사키 한집에 살다 보니까요, 그렇게 구별을 하죠.

키쿠치 그렇군요.

이와모토 저..

키쿠치 네?

이와모토 이쪽 스모 선수하고 시합을 한다고 들었는데요

키쿠치 예, 예, 그렇지요.

이와모토 저 카이가타케 세키토리 혼자요?

키쿠치 예, 예, 예.

이와모토 아..

키쿠치 왜죠?

이와모토 아뇨, 조선 씨름도 강하거든요.

키쿠치 • • • 그래서요, 세키토리가 못 이긴다?

이와모토 아뇨 아뇨 아뇨 • • • 음..

키쿠치 무례하시군

이와모토 아 이거, 미안합니다.

카와사키 그런 실례를

이와모토 아뇨 아뇨, 다만 혼자서 몇 사람하고 붙다가는 제아무리 세키토리라 해도 지치지 않을까 싶어서요

키쿠치 괜찮아요, 조선 씨름 선수가 제아무리 힘이 센들 아마추어에 불과하니까요.

이와모토 네.

키쿠치 바둑! 스모!

이와모토 네?

키쿠치 그런 말씀 들어보셨나요?

이와모토 아뇨..

키쿠치 바둑과 스모는 프로페셔널과 아마추어의 실력 차이가 가장 두드러진다고 하지요.

이와모토 아..

키쿠치 내지(內地)에서 지방 순회를 할 때는 그 지역 젊은이들을 이리 내치고 저리 메치면서 스무 판, 서른 판이나 계속했답니다.

이와모토 아.. 그렇구나.

키쿠치 뭐, 걱정 마세요.

❖시노자키 켄이치, 뒤이어 처인 료코, 상수에서 등장.
모두가 일어선다.
카와사키는 일어나 하수로 이동.

1.4.2

켄이치 오래 기다리셨습니다.

키쿠치 감사합니다, 이번에 이렇게 초청해주셔서

켄이치 아뇨, 초청한 것은 저희가 아니라 숙부님이시죠

키쿠치 예?

카와사키 (키쿠치의 귀에 대고) 어르신

키쿠치 그럼 큰? 작은?

카와사키 그냥, 그냥 어르신

키쿠치 아

켄이치 시노자키상점의 시노자키라고 합니다. (C에 앉는다.)

키쿠치 감사합니다, 대일본스모흥행회의 키쿠치입니다.

켄이치 좀 앉으시죠

키쿠치 아.. (하고 키쿠치만이 의자에 앉는다.)

켄이치 지금 숙부님도 부르러 갔으니까요..

키쿠치 네.

켄이치 뒤쪽 별채에 사시니까 곧

키쿠치 아..

켄이치 오, 이쪽이..

키쿠치 네, 카이가타케 세키토리입니다.

켄이치 그렇군요

카이가타케 황공합니다!

켄이치 자, 자, 편히들 계시죠. 아 아, 이쪽이 제 아내입니다.

키쿠치 키쿠치입니다.

료코 (D에 앉는다.) 어서 오세요

• • •

키쿠치 (카이가타케에게) 그만 앉지

카이가타케 ☆ • • • (앉는다.)

켄이치 ☆키치지로는?

카와사키 보이지가 않네요.

켄이치 아 그래? (이와모토를 본다.)

이와모토 못 봤습니다.

켄이치 응.

• • •

켄이치 조선은 처음이신가요?

키쿠치 네

켄이치 그래요?

키쿠치 여긴 역시 경기가 좋은가 봅니다.

켄이치 그런가요?

키쿠치 네, 이리로 오는 도중에도 길에 사람들이 넘치더군요

켄이치 네..

이와모토 아뇨, 그건 그런 게 아니구요..

켄이치 뭐지?

이와모토 그게 평소와 좀 다른 것 같습니다.

켄이치 뭐가?

이와모토 아침부터 조선인들이 길거리로 쏟아져나와 있다네요

켄이치 어?

이와모토 지금 야마시나가 보러 나갔습니다.

켄이치 아 그래?

키쿠치 좀 특별한 날인가요, 오늘이 뭔가?

켄이치 아뇨

키쿠치 어린이날[15] 같은?

이와모토 아뇨 아뇨

키쿠치 그건 아직이죠?

이와모토 네.

키쿠치 그건 모레지 참.

이와모토 예 • • •

---

15 원문은 "雛祭り"로, 3월 3일에 여자 어린이를 위해 제단에 인형을 올려놓는 등 전래의 행사를 벌이는 것을 말한다.

켄이치 별일 아니려나?

료코 글쎄요

이와모도 좀 걱정이 되네요.

켄이치 응.

키쿠치 아니 왜..?

켄이치 음 그게, 지난주에 회람판이 돌았는데요

키쿠치 아

켄이치 좀 조심하라고 돼 있어서.

키쿠치 ☆☆조선인을요?

켄이치 그렇죠

❖후쿠시마, 차를 들고 상수에서 등장.
이어서 김미옥도 등장.
모두에게 차를 나누어준다.

1.4.3

@후쿠시마 ☆☆오래 기다리셨습니다.

@김미옥 오래 기다리셨습니다.

켄이치 숙부님은?

후쿠시마 부르러 보냈습니다

켄이치 아 그래?

후쿠시마 네.

• • •

켄이치 그게 쌀 소요[16] 같은 게 일어나면 골치 아프니까.

16 제1차 세계대전이 끝날 무렵부터 일본에서는 공업화, 도시화의 경향이 가속화되고 농사 인구가 줄어든다. 쌀 생산이 줄어든 가운데 쌀 도매상들의 가격 담합으로 쌀값이 폭등하자, 1918년 7월 도야마(富山)현에서 어부의 아내들이 쌀값을 내리라고 요구하며 쌀가게를 습격한 사건으로 쌀 소요(소동)가 시작된다. 그러나 정부가 이를 방치한 채 시베리아 출병을 선언하자 소요는 반정부 민중투쟁으로 옮아간다. 이 사건은 번벌(藩閥) 내각이 사퇴하고 하라 타카시의 정당 내각이 출범하는 중요한 계기가 되었다. 한편, 이 쌀 부족 문제는 일제가 1920년대 조선에서 이른바 산미증식계획을 시행하는 것으로 이어진다.

키쿠치 아, 그렇군요

켄이치 예 뭐

키쿠치 ☆☆☆조선인도 쌀을 먹나요?

켄이치 예, 뭐 그렇죠

키쿠치 아

@후쿠시마 ☆☆☆드세요 (하고 과자를 놓는다.)

@카이가타케 황공합니다!

이와모토 "우리 모두 쌀농사를 모두 함께 싱글벙글"

켄이치 뭐지 그게?

이와모토 어 아, 표어입니다.

켄이치 무슨 표어?

이와모토 그러니까, 쌀의.

켄이치 아, 그래?

이와모토 네, 뭐..

• • •

켄이치 그러면, 키쿠치 씨 일행은 어디서 묵으시게 되나?

카와사키 별채 손님방 쪽에

켄이치 아 그래?

카와사키 네.

켄이치 자, 그럼 나머지는 숙부님께서 안내하실 겁니다.

키쿠치 네..

켄이치 스모는 내일부터 하나요?

키쿠치 아뇨, 모레부터 할 예정입니다.

켄이치 그런가요? 아무튼 기대하고 있겠습니다.

키쿠치 네.

@카이가타케 ☆황공합니다!

@켄이치 네 네. (일어선다.)

료코 ☆그럼 (일어선다.)

• • • 한 번만 만져봐도 될까요?

키쿠치 예?

료코 배..

키쿠치 아 아, 그러시지요

료코 미안합니다. ☆☆그럼, 실례합니다.

카이가타케 • • • (료코가 만지자) 황공합니다!

료코 ☆☆고맙습니다

키쿠치 잘 부탁드립니다.

@켄이치 ☆☆☆(이와모토에게) 키치지로가 돌아오면, 나한테 오라고 해줘

@이와모토 네.

@켄이치 ☆☆☆(카와사키에게) 그건 어떻게 됐지?

@카와사키 예?

@켄이치 동척(東拓)[17] 어음

@카와사키 예, 물론 발행해놓았습니다.

@켄이치 ▲아 그래?

@카와사키 ▲그게 무슨 문제라도..?

@켄이치 ▲☆☆☆☆아니야, 괜찮네.

@카와사키 ▲네.

❖켄이치와 료코, 상수로 퇴장.
이어서 카와사키도 퇴장.

후쿠시마 ☆☆☆☆실례했습니다.

❖후쿠시마, 상수로 퇴장.

---

17 '동양척식회사'의 줄임말이다.

김미옥 실례했습니다.

이와모토 이봐

김미옥 네.

이와모토 날 찾은 적 없다시던데?

김미옥 예?

이와모토 아까 관례가 어르신께서 찾으신다 그랬거든.

김미옥 아, 글쎄요.

이와모토 어찌 된 거지?

김미옥 실례하겠습니다.

❖김미옥, 상수로 퇴장.

1.4.4

• • • • •

키쿠치 조선 사람은 소고기는 먹나요?

이와모토 네, 물론이죠.

키쿠치 말고기는?

이와모토 그것도 먹을걸요.

키쿠치 아-, 그럼 책상은?

이와모토 책상이야 안 먹겠죠.

키쿠치 중국 사람이랑 똑같군.

이와모토 네..

• • •

키쿠치 한가하신가 봐요

이와모토 아니에요

키쿠치 이 댁은 조선에 온 지 오래됐나요?

이와모토 예 예, 40년 됐다고 들었습니다.

키쿠치 오- • • • 당신은요?

이와모토　저야 뭐 아직 4, 5년쯤

키쿠치　아 그래요?

이와모토　한창 전쟁중일 때 이리로 오게 돼서

키쿠치　그렇군요

• • •

이와모토　저.. 세키토리는 어릴 적부터 저렇게 컸나요?

카이가타케　• • •

키쿠치　세 살 때 얘긴데요, 카이코마가타케[18] 산길 큰 그루터기에서 발견되었다고 합니다.

이와모토　예?

키쿠치　그해에 큰 태풍이 와서 나무가 쓰러졌는데요, 그 수령 700년 된 큰 나무 그루터기에서 발견되었답니다.

이와모토　세키토리가요?

키쿠치　네.

이와모토　그럼..

키쿠치　뭐, 그 정도로 덩치가 컸었다는 얘기겠죠.

이와모토　• • • 네..

• • •

이와모토　그럼 편히들..

키쿠치　아

이와모토　금방 오실 겁니다.

키쿠치　그래요?

이와모토　미안합니다.

키쿠치　아닙니다

❖이와모토, 상수로 퇴장.

---

18 甲斐駒ヶ岳. 야마나시현과 나가노현 사이에 걸쳐 있는 일본 알프스의 유명한 산봉우리. 정상은 해발 2,967미터.

2.1.1

• • •

키쿠치 괜찮아?

카이가타케 네.

키쿠치 절대로 말하지 마

카이가타케 네.

• • •

카이가타케 괜찮을까요?

키쿠치 뭐가?

카이가타케 조선 씨름이 세다면서요.

키쿠치 무슨 상관이야, 그게

카이가타케 아니..

키쿠치 괜찮다니까, 조치가 다 돼 있다고.

카이가타케 그래도..

키쿠치 너 말이야, 그보다두 모래판 올라가서 절대로 울면 안 돼.

카이가타케 네.

키쿠치 좀 아프고 그래도 절대로 참으란 말야.[19]

카이가타케 네. 죄송해요.

키쿠치 뭐, 잊어버리자구, 저번 일은.

카이가타케 죄송합니다.

키쿠치 조선에서는 부둥켜안고 시작할 거야, 처음부터.

카이가타케 네.

키쿠치 밀고 때리는 건 없는 거야. 좋지, 그게?

카이가타케 네.

키쿠치 밀고 때리는 건 안 한대요, 이쪽 씨름은 원래.

---

19 스모에는 상대편 가슴을 세게 밀쳐내는 기술이 있다. 원문은 스모 시합 중 그 공격을 당해 아프더라도 참으라는 말을 하는 것이다.

카이가타케 네.

키쿠치 그래서 시작해서 두어 번 위태위태하다가 탁 집어던지는 거지.[20]

카이가타케 네.

키쿠치 걱정하지 말라니까. 얘기가 다 돼 있다고

카이가타케 네.

키쿠치 • • • 너, 정말 괜찮겠어?

카이가타케 예?

키쿠치 야, 여기서 일본 사람이 지는 일이 벌어진다, 그럼 아주 큰일 난다구.

카이가타케 네.

키쿠치 알겠어?

카이가타케 네.

키쿠치 • • • 정말 아는 거 맞아?

카이가타케 • • • 네.

키쿠치 만주에 가면 말고기 전골 사줄게

카이가타케 네.

시마노 (하수에서 목소리가 들린다.) 계십니까?

키쿠치 어라?

시마노 • • • (한 번 더) 계십니까?

키쿠치 • • • 이거야 원 (이렇게 말하고 상수로 나간다.)

카이가타케 예?

키쿠치 누구 좀 불러올게.

카이가타케 네.

키쿠치 ▲손님이 왔는데요..

❖키쿠치, 상수로 퇴장.

잠시 후에 시마노가 하수에서 등장.

---

20 원문에서는 스모 용어("上手投げ")를 써서 말하고 있다.

2.1.2

시마노　• • •

카이가타케　저기..

시마노　(하수로 되돌아가려 한다.)

카이가타케　아 지금.. (이렇게 말하며 길을 막는다.)

시마노　꺅-!

카이가타케　어?

❖키쿠치, 놀라서 상수에서 등장.
이어서 후쿠시마, 이와모토 등장.

키쿠치　왜 그러지?

카이가타케　어 아뇨..

시마노　• • •

키쿠치　무슨 일 있었습니까?

©青木司

시마노　아, 아뇨

카이가타케　황공합니다!

・・・

시마노　죄송해요, 깜짝 놀랐거든요, 너무 커서

키쿠치　아

후쿠시마　지금 아가씨 불러올 테니까요

시마노　죄송해요.

후쿠시마　그, 작은어르신께선요, 영사기에 문제가 좀 생기는 바람에

키쿠치　예..

후쿠시마　조금만 기다리시면 오실 거예요

키쿠치　네, 알겠습니다.

❖후쿠시마, 상수 계단으로 퇴장.

이와모토　풍금 선생님이세요.

키쿠치　아, 아 (시마노에게) 실례했습니다.

이와모토　이쪽은 오늘 오신 스모 하는..

시마노　예?

이와모토　스모요.

시마노　아, 아.

이와모토　그럼 전 이만

키쿠치　네.

❖이와모토도 상수로 퇴장.
시마노, 풍금 뚜껑을 열고 풍금을 탈 준비를 시작한다.

・・・

시마노　죄송했어요.

키쿠치　아뇨, 별말씀을.

• • •

시마노　내지에서 오신 건가요?

키쿠치　예.

시마노　도쿄에서요?

키쿠치　예

• • •

키쿠치　여기 출신이세요?

시마노　아뇨, 저도 도쿄요.

키쿠치　아, 아.

시마노　스모 상도 도쿄신가요?

카이가타케　• • •

키쿠치　아뇨, 세키토리는 야마나시[21] 출신요.

시마노　아.

키쿠치　야마나시현 카이코마가타케 산기슭의 숲 속 그루터기에서 발견되어..

시마노　그렇구나

키쿠치　• • • 예?

시마노　대단하네요.

키쿠치　네.

❖시노자키 유키코, 상수에서 등장.

후쿠시마, 계단에서 내려와 상수로 퇴장.

2.1.3

유키코　선생님, 죄송해요..

21 山梨. 일본 혼슈(本州)의 가운데 내륙에 있는 지역. 후지산 등 산이 많다.

시마노　아, 잘 있었어요?

유키코　우와-, 정말 크다!

• • •

유키코　저기, 오늘은 손님이 계속 오나 봐요.

시마노　그런가요?

유키코　혹 괜찮으시면 제 방으로 올라가 계셔도..

시마노　다음으로 미룰까요?

유키코　아뇨, 곧 여기 쓸 수 있을 거예요.

시마노　유미코 씨는 아직이고요?

유키코　네. 이제 곧 올 테죠.

시마노　예

유키코　☆오늘 유미코 부모님도 병문안 오신다고

시마노　아, 많이 편찮으신가요, 아버님?

유키코　아뇨, 뭐 괜찮으실 텐데요

시마노　걱정되시겠다.

유키코　네.

❖김미옥, 상수에서 등장.

@김미옥　☆실례합니다.

미옥, 두 사람을 위한 차와 과자를 놓는다.

@김미옥　(차를 탁자에 놓으며) 이쪽에..

@시마노　아 네

유키코　어머니 돌아가시고 나서 마음이 약해지셔서요

시마노　아버님께서?

유키코　예

김미옥　(도너츠가 담긴 접시를 놓으며) 드세요

시마노　고마워요.

유키코　오가와상점 거예요

시마노　정말이네.

유키코　그거 좋아하시죠?

시마노　예. 참 참, 그 얘긴 어떻게 됐어요?

유키코　예?

시마노　맞선

유키코　그냥 그대로예요

시마노　저런

유키코　됐어요, 난

시마노　아니 왜요?

유키코　군인 같은 거 싫거든요.

시마노　하긴요.

유키코　선생님이야말로 결혼 안 해요?

시마노　안 해요.

유키코　왜요?

시마노　그냥요.

유키코　한 번쯤 해봐도 나쁘지 않은데.

시마노　그래요?

유키코　예.

시마노　한번 해볼까?

유키코　응, 해보는 게 좋아요.

시마노　☆☆예.[22]

@김미옥　☆☆실례했습니다.

22 원문에서 시노자키 유키코와 그녀의 풍금 선생인 시마노는 퍽 친근한 말투로 이야기를 나누고 있지만, 번역상으로는 기본적으로 서로 높임말 투를 쓰는 것으로 해두었다.

❖김미옥, 탁자 위를 치우고 상수로 퇴장.

2.1.4

유키코 싫으면 돌아와버리면 되는 거니까, 나처럼.

시마노 • • • 스모 상께선 부인이..?

카이가타케 • • • ?

시마노 부인이 있으세요?

카이가타케 어..

키쿠치 세키토리는 아직 독신입니다.

시마노 아- (유키코에게) 스모 선수는 어때요?

유키코 예?

시마노 군인보다 낫지 않아요?

유키코 그런 실례의 말을.

시마노 뭐 어때요?

유키코 어떡하긴요..

카이가타케 • • • 황공합니다!

• • •

유키코 음, 근데 두 번째 결혼이라 내키는 대로만 할 수도 없는 입장이에요.

시마노 결혼을 꼭 해야 하는 건가?

유키코 뭐, 그럼 아버지 마음은 놓일 테죠.

시마노 그건 그래요.

유키코 • • • 올라가요, 내 방으로.

시마노 예.

유키코 내지에서 〈부인공론〉 잡지 도착했어요.

시마노 정말요? 보고 싶어라

유키코 그죠?

시마노 예.

유키코 저..

키쿠치 네.

유키코 저기, 이따 가정부가 오면요, 방으로 커피 갖다 달라고 말해주세요.

키쿠치 네..

유키코 그럼

키쿠치 네.

❖유키코, 시마노, 상수로 퇴장.

2.2.1

키쿠치 좀 계속 불편하네.

카이가타케 네.

• • •

카이가타케 감기가 많이 도는가 봐요.

키쿠치 응. 다들 마스크를 하고 있네.

카이가타케 네.

키쿠치 넌 마스크 하면 안 돼.

카이가타케 네.

키쿠치 그냥 있어도 별로 안 세 보이거든, 넌.

카이가타케 네.

• • • • •

카이가타케 저..

키쿠치 어?

카이가타케 만주는 넓다면서요?

키쿠치 아, 넓지.

카이가타케 얼마나 넓은 걸까요?

키쿠치 글쎄, 일본의 다섯 배, 여섯 배는 된다네.

카이가타케 씨름도 잘하겠죠?

키쿠치 그렇겠지. 이건 비밀인데 말야

카이가타케 네.
키쿠치 일본 스모도 그쪽에서 건너왔다는 얘기가 있어.
기이가타케 어 정말이에요?
키쿠치 말하면 안 돼, 이런 얘긴 어디 가서.
카이가타케 네.
• • •
카이가타케 저기 그런데..
키쿠치 또 뭐?
카이가타케 만주는 일본이 아닌 거지요?
키쿠치 그야 그렇지.
카이가타케 그럼 만주 씨름꾼은 그렇게 쉽게 져주지 않는 거 아닌가요?
키쿠치 그러게.
카이가타케 그럼 안 되잖아요.
키쿠치 그 문제는 돈으로 어떻게 해볼게.
카이가타케 네..

❖시노자키 신지와 타미코, 상수에서 등장.

2.2.2

신지 이거 이거 이거 죄송하게 됐습니다.
키쿠치 (일어선다.) • • •
신지 반갑습니다, 어서 오세요
키쿠치 감사합니다, 초청해주셔서
신지 시노자키흥업의 시노자키 신지입니다.
키쿠치 아 아, 작은.. 어르신
신지 네 네.
키쿠치 반갑습니다, 정말.
신지 자 자, 앉으시죠

키쿠치 네.

신지 이쪽이 그..

키쿠치 카이가타케 세키토리입니다.

신지 그렇군요

카이가타케 황공합니다!

신지 훌륭해! • • • 이번 흥행은 대단한 인기라서요, 닷새 동안 좋은 자리 표는 다 팔렸습니다.

키쿠치 아..

신지 조선에서도 요새 스모가 인기거든요.

키쿠치 예, 예, 들었습니다.

신지 뭐, 표가 비싸니까 구경 오는 건 대부분이 일본인이지만요, ☆최근에는 조선인 중에서도 푼돈을 모은 자들이 꽤 있어서요.

키쿠치 네..

❖료코가 상수에서 등장.

이어서 후쿠시마도 등장. 차를 치우고 놓고 한다.

2.2.3

@료코 ☆아

@타미코 응

@료코 잘 해결됐어요?

@타미코 고장이 너무 잘 나, 요즘.

@료코 그래요?

신지 뭐, 일본 졸부들보다는 행실이 훨씬 나아요, 조선 사람들이

키쿠치 네..

신지 별 볼 일 없는 것들이 내지로 건너가죠, 먹고살겠다고.

키쿠치 그렇군요

신지 ○일본 사람하고 마찬가지예요.

@키쿠치　☆☆저기요..

@후쿠시마　네.

@키쿠치　그, 커피를 갖다달라고 하던데요.

@후쿠시마　예?

@키쿠치　커피요.

@후쿠시마　누가요?

@키쿠치　이 집 따님 같던데

@후쿠시마　아, 아아. 네 네.

료코　☆☆만져봤어요?

타미코　어?

료코　(카이가타케를 가리킨다.)

타미코　어떻게 그래?

료코　한번 만져보세요.

타미코　어머, 만져봤어?

료코　예.

타미코　오-

료코　어서요

타미코　• • • 저..

키쿠치　네.

타미코　좀 만져봐도 될까요?

키쿠치　아, 네 네, 그러시죠.

타미코　고맙습니다 (일어나서 카이가타케 쪽으로 간다.)
• • • 실례 (이렇게 말하고 카이가타케의 배를 만진다.)

카이가타케　• • • 황공합니다!

료코　대단하죠.

타미코　응.

료코　☆☆☆그쵸

@후쿠시마　☆☆☆실례했습니다.

❖후쿠시마, 상수로 퇴장.

2.2.4

신지　음, 이제부터는 식산흥업(殖産興業) 못지않게 문화가 중요하죠.

키쿠치　네..

신지　문화, 예술, 스포츠 등을 통해 내선일체를 실현해간다!

키쿠치　그렇군요

신지　특히 스포츠는요, 조선인들이 굉장하거든요.

키쿠치　예, 예.

신지　스모 경우에도 내지에서 선수를 하는 자가 곧 나타날걸요

키쿠치　그렇습니까?

신지　조선인 천하장사의 등장도 불가능한 일이 아녜요.[23]

타미코　또 허풍은

신지　아니, 정말인데

키쿠치　그거 기대되네요.

신지　○그러니 방심 말고 수고해주세요.

키쿠치　네.

신지　조선 씨름도 상당히 센 편이니까요.

카이가타케　예?

키쿠치　응?

신지　왜 그러죠?

키쿠치　아닙니다

신지　(타미코에게) 상금이 걸리면 아주 작정들을 하고 덤비거든.

타미코　예

키쿠치　어?

카이가타케　저기요, 키쿠치 씨

23 원문에서는 요코즈나(横綱), 오제키(大関) 등 스모 선수의 등급을 일컫는 용어를 써서 말하고 있다.

료코　아 말했다.

카이가타케　• • • 황공합니다!

신지　침, 조선 씨름은 메다꽂기를 잘하니까요, 다치지 않도록.

키쿠치　네..

카이가타케　어라?

타미코　그래서 곰도 때려잡았다면서요?

신지　어?

타미코　조선 씨름꾼이 곰의 목을 비틀어 죽였다면서요.

신지　그런 얘기가 있어?

타미코　들은 적 있어요, 조선 아이한테

신지　허-

료코　호랑이가 아니구요?

타미코　어?

료코　호랑이를 때려죽인 거겠죠

신지　그건 지어낸 얘기 같은데.

료코　뭐 아무튼 그만큼 힘이 세다는 얘기죠.

타미코　그런데 정말 호랑이가 있어, 조선에?

료코　예?

신지　그야 있겠지. 키요마사 공[24]이 호랑이 물리쳤다는 얘기도 있으니까.

타미코　하지만 그건 옛날 얘기잖아요.

신지　그렇긴 하지.

료코　그런데 있다고 들었어요, 아직 북쪽 지역에는.

타미코　☆어머-

❖그 사이 카이가타케는 키쿠치를 쿡쿡 찌르고 있다.

24 카토 키요마사(加藤清正, 1562~1611). 일본의 무장(武將)이자 정치가로, 임진왜란 때는 조선 출병의 선봉에 섰다. 한국에는 '가등청정'이라는 음독 이름으로도 알려져 있다.

신지 ☆왜 그러시죠?

키쿠치 아 아닙니다. 저.. 이제부터는 뭐가 어떻게 되는 거죠?

신지 예?

키쿠치 오늘의 일정이라든가, 지금부터..

신지 아, 아, 뭐 그럼 방으로 가시죠, 일단.

키쿠치 네.

신지 피곤하실 테니까.

키쿠치 네, 아 뭐..

신지 밤에는요, 이쪽 총독부하고 군 관계자분들을 만나시겠습니다.

키쿠치 네 네.

신지 세키토리도 함께

카이가타케 황공합니다!

신지 그, 모레부터의 계획은 내일 얘기하죠

키쿠치 알겠습니다.

신지 ☆☆뭐, 더 의논할 것도 없겠지만요

키쿠치 네..

@타미코 ☆☆좀 어떠셔, 큰어르신은?

@료코 지금은 조용히 주무세요

@타미코 미안하네, 너무 맡겨만 놓고..

@료코 아니에요

신지 이제 우리 세키토리가 힘껏 싸워주는 일만 남았죠

키쿠치 아니, 그건..

신지 왜요?

키쿠치 아닙니다

신지 아- 좋은 생각이 떠올랐다.

키쿠치 예?

타미코 뭐죠?

신지 모래판에 등장한 후에 여흥 삼아 곰하고 대결을 벌이면 어떨까요?

키쿠치 예?

신지 곰요

키쿠치 이니, 곰은 좀..

신지 아휴 괜찮아요, 그냥 작은 놈요.

키쿠치 아뇨, 그야 뭐, 세키토리가 질 리는 없겠지만요

카이가타케 예?

신지 (카이가타케에게) 그렇죠?

카이가타케 • • • 황공합니다!

신지 좋아요, 좋아 좋아 (일어선다.) 자, 그럼 가실까요?

키쿠치 (일어선다.) 네.

신지 세키토리는 경성에서 가보고 싶은 곳이 있나요?

카이가타케 예?

키쿠치 아

신지 어디가 좋을까?

타미코 동물원요?

키쿠치 아

신지 그런 데야 별로 재미가 없지.

료코 ▲호랑이 보러요?

타미코 ▲아, 그거 좋겠다.

키쿠치 ▲아뇨, 호랑이도 좀..

타미코 ▲그럼 스케이트는?

신지 ▲얼음판 깨질라.

❖다섯 사람, 상수로 퇴장.

공백.

15초 후, 시노자키 키치지로와 시부야 키누코가 하수에서 등장.

2.3.1

키치지로 다녀왔습니다

• • • 어라, 아무도 없잖아.

시부야 그렇네.

키치지로 뭐, 앉지 (F에 앉는다.)

시부야 응. (A에 앉는다.) 앗, 젖었어.

키치지로 정말이네.

시부야 땀인가?

키치지로 음, 설마 소변은 아니겠지?

시부야 농담 마- (B로 옮겨 앉는다.)

• • •

시부야 와-

키치지로 왜 그래?

시부야 집 안은 이렇게 돼 있구나.

키치지로 응, 뭐.

시부야 꽤 크네.

키치지로 뭐, 해마다 증축을 하고 있거든.

시부야 응.

키치지로 처음 이 집에 왔을 때는 길을 잃었었어.

시부야 거짓말-

키치지로 거짓말 아냐

시부야 몇 살 때?

키치지로 열일곱

시부야 아-

• • •

시부야 방은?

키치지로 2층

시부야 흠..

키치지로 갈래?

❖후쿠시마와 김미옥, 상수에서 등장.
조금 뒤처져서 오시타도 등장.
탁자 위를 치운다.

2.3.2

후쿠시마 아

김미옥 다녀오셨어요?

키치지로 응, 왔어

후쿠시마 다녀오셨어요?

김미옥 어서 오세요.

시부야 안녕하세요

키치지로 헌데 손님들은?

후쿠시마 그.. 스모 상은 오셨어요.

키치지로 어 그래? 역시 큰가?

후쿠시마 네, 아주요. 아 참, 그보다두요, 어르신께서 찾으시던데요

키치지로 나를? 무슨 일이지?

후쿠시마 ☆글쎄요

• • •

@오시타 ☆어서 오세요

@시부야 안녕하세요

후쿠시마 ○괜찮아요, 안 가봐도?

키치지로 응. 뭐, 괜찮아.

후쿠시마 그치만 어르신께서 말씀이 좀 있으신 거 같았는데

키치지로 ★가긴 갈 건데, 지금은 손님도 있으니까

후쿠시마 네.. 어서 오십시오.

시부야 안녕하세요

오시타 저, 그럼 차라도 올릴까요?

키치지로 아냐 됐어. 바로 올라갈 거니까

오시타 아

후쿠시마 그래도..

시부야 신경 쓰지 마세요

후쿠시마 네..

• • •

시부야 전혀 몰랐었어? 이 집에 관해선?

키치지로 아니.

시부야 어?

키치지로 그래도 우리 어머니 돌아가실 때까진 여긴 못 왔었지.

시부야 흠.

키치지로 개, 조선인, 첩의 자식은 현관으로 출입 금지, 그랬다구.

시부야 그래?

• • •

키치지로 참, 미옥. 밖엔 왜 그러지?

김미옥 예?

키치지로 행렬 같은 거, 조선인들.

김미옥 아, 글쎄요

키치지로 [한국말]몰라요?

김미옥 [한국말]모르겠습니다.

키치지로 흠.

후쿠시마 무슨 일인데요?

키치지로 나도 모르겠는데, 어쩐 일인지 다들 웃고 있어.

후쿠시마 예?

키치지로 그치?

시부야 응.

키치지로 싱글싱글 웃으면서 걷고 있어, 조선인들이.

후쿠시마 기분 나쁘네요.

키치시로 지난번 독립선언하고 관계있는 걸까?

시부야 아, 응.

후쿠시마 뭐예요, 그게?

키치지로 그러니까, 조선인 유학생들이 독립선언을 했다나 봐.

후쿠시마 예?

키치지로 도쿄 칸다(神田)인가 어딘가 모여서

후쿠시마 뭐예요, 그게?

키치지로 그러니까, 조선이 독립하겠소 하는 거겠지.

후쿠시마 아니, 그게..

오시타 독립이라니, 일본으로부터 독립하겠다구요?

키치지로 그야 물론이지.

오시타 도대체 왜요?

키치지로 그야 자기들 나라니까.

오시타 아니, 조선이 합치고 싶어 해서 합쳤던 거 아닌가?

키치지로 뭐, 그야 그렇지만, 생각이 다른 인간도 있는 거겠지.

오시타 너무 멋대로잖아, 그거

후쿠시마 응.

오시타 다다이즘 같애.

후쿠시마 ☆☆뭐야, 그게?

오시타 그런 게 있대.

후쿠시마 그래?

❖카와사키, 상수에서 등장.

2.3.3

@카와사키 ☆☆아, 여기 있었네. • • • 키치지로 씨, 어르신께서

부르십니다.

@키치지로 네 네, 알아요.

오시타 너는 어때?

김미옥 예?

오시타 그거 알아, 다다이즘이 뭔지?

김미옥 ☆☆☆아뇨, 저는 잘 모르겠어요

오시타 뭐, 그렇겠지.

@카와사키 ☆☆☆안 가봐요?

@키치지로 뭐 나갔다가 이제 막 들어온 참이라

@카와사키 급하신 것 같던데요

@키치지로 그래요? 무슨 일이지?

카와사키 글쎄요 (시부야에게) 안녕하세요?

시부야 안녕하세요

• • •

키치지로 친구예요

카와사키 네.

키치지로 여학교 선생이에요

카와사키 네..

시부야 반갑습니다

카와사키 반갑습니다

오시타 지배인, 들었어요?

카와사키 지배인이라고 하지 마

오시타 네 네, 경리부장. 들었어요?

카와사키 뭘?

오시타 조선인들이 길에 넘쳐난다는데

카와사키 아, 그렇다네.

키치지로 ★뭐, 넘쳐날 정돈 아니구

오시타 ☆네..

카와사키 ☆어떻게 된 거죠?

키치지로 그 왜, 윌슨이 민족자결 어쩌구 그랬잖아요.

카와사키 아

키치지로 그래서 조선인들 마음이 들뜬 거 아닐까?

카와사키 네.. 어?

키치지로 여하튼 미국이란 나라도 아주 제멋대로라니까.

카와사키 예.

키치지로 자기네 나라는 이민 배척 같은 인종차별을 하면서, 밖에 나와서는 민족자결이 어쩌구 그러니까 말예요.

카와사키 웃기죠.

오시타 ★그게 뭐예요? 민족..?

키치지로 자결

오시타 아

키치지로 음, 자기 일은 스스로 결정한다는 말이야.

오시타 아..

키치지로 쉽게 말해서, 인도 사람들은 인도 일을 인도 사람들끼리 결정한다는 얘기지.

오시타 예

후쿠시마 그럼 조선 사람들은 조선의 일을 조선 사람들끼리 결정한다는 건가요?

키치지로 뭐, 그렇게 되겠지, 미국의 논리대로라면.

오시타 하지만 그걸 못하니까 합치게 된 거 아니었나?

카와사키 인도 사람들은 스스로 원해서 영국령이 된 게 아니잖아요.

키치지로 그렇죠.

카와사키 그거만 봐도 조선하고는 전혀 경우가 다르죠.

키치지로 맞아요, 맞아.

카와사키 하여간 말이 안 돼요, 미국은.

❖이렇게 말하고 카와사키는 상수로 퇴장.

2.3.4

키치지로 뭐, 그래도 젊은 유학생 중에 그런 사상에 물드는 이가 있는 건 이해 못할 바가 아니지.

후쿠시마 아..

키치지로 바야흐로 일본 민중들도 데모크라시에 눈을 떴으니까 말야.

후쿠시마 어, 근데 키치지로 씨가 늘 말씀하시는 그 데모크라시나 노동자 같은 게 조선인하고 관계가 있는 건가요?

키치지로 직접적으로는 없지.

후쿠시마 그쵸?

키치지로 그렇지만 말야, 조선인 노동자들도 무산계급임에는 틀림없으니까 확실한 의식을 가지고 연대해서 싸워나가야 하겠지.

후쿠시마 어 어 그게.. 뭐하고 싸우는데요?

키치지로 그러니까 그건 부르주아하고.

후쿠시마 조선인들이요?

키치지로 당연하지. 조선인도 확실하게 교육을 시키면 훌륭한 노동자로서 단결해서 호헌 운동도 스트라이크도 할 수 있다구.

오시타 설마요. 조선인들은 다 같이 뭔가를 하는 걸 못하는데. 그치?

후쿠시마 그럼 그럼.

오시타 아, 미안해.

김미옥 아뇨

후쿠시마 아무튼 단결하는 건 잘 못해요.

오시타 툭하면 서로 싸우니까.

후쿠시마 그럼 그럼.

키치지로 아니 아니, 조선인들도 일본인하고 같은 조상을 가진 민족이니까, 교육을 하기에 따라 어떻게 될지 몰라요, 그건.

후쿠시마 아니, 그렇게 교육을 시켜놓았더니만 유학생이 나서서 독립 어쩌구 그러잖아요.

오시타　그러게 말야

후쿠시마　하여간 뚱딴지같아, 조선인이란 하는 짓이

키치지로　아니, 그건 말야..

오시타　후쿠시마 승리!

키치지로　내 말은 그게 아닌데..

❖켄이치, 상수에서 등장.

켄이치　아

키치지로　아, 형

켄이치　왔어?

키치지로　네

후쿠시마　실례하겠습니다.

켄이치　아, 차 좀 내오지

후쿠시마　네, 알겠습니다.

켄이치　☆응.

❖후쿠시마, 상수로 퇴장.

@오시타　☆실례하겠습니다.

@김미옥　★실례하겠습니다.

❖오시타, 김미옥, 상수로 퇴장.

2.4.1

키치지로　★미안해요. 지금 가려고 했었는데.

켄이치　응 • • • (시부야가 신경 쓰인다.)

키치지로　친구예요

켄이치　아

시부야　안녕하세요

켄이치　어서 오세요.

키치지로　우리 형

시부야　시부야입니다. 잘 부탁드립니다.

켄이치　저야말로

• • •

키치지로　무슨 일이에요, 찾으신 게?

켄이치　아니, 밖이 뭔가 뒤숭숭하다고 해서 걱정이 좀 돼서

키치지로　뒤숭숭한 건지 뭔지 잘 모르겠어요.

켄이치　음.

키치지로　다들 그저 모이고 있는 거 같은데요

켄이치　아 그래?

키치지로　뭐, 오늘은 밖에 안 나가는 게 좋겠죠.

켄이치　응.

• • •

키치지로 근데 무슨..?
켄이치 대련(大連)에 점포를 내는 거, 어떨 거 같아?
키치지로 아, 좋은 얘기 아닌가요?
켄이치 음.

❖료코, 상수에서 등장.

료코 어서 오십시오.
시부야 안녕하세요
키치지로 뭐, 앞으로는 누가 뭐래도 만주의 시대니까요.
켄이치 응.
키치지로 조선만으론 수지가 맞을 리가 없죠.
켄이치 그래서 말인데, 네가 가줄 수 있을까?
키치지로 아니, 그 얘기라면 벌써 거절을 했잖아요.
켄이치 그건 나도 아는데.. • • • 어떠세요, 대련?
시부야 어 아뇨, 저는 상관이 없어요.
켄이치 아, 그래요?
시부야 네.
키치지로 이 친구는 여기서 여학교 선생 하고 있어요.
켄이치 흠. • • •
시부야 네.
켄이치 키치지로 군 마음도 모르는 게 아니지만 말야..
키치지로 뭐, 아버지 돌아가시면 이 집 나가려구요.
켄이치 아니..
료코 예?
키치지로 첩 자식을 10년 다 되도록 살게 해주고, 정말 고맙게 생각해요.
켄이치 아니 아니.. 그렇게 말을 하면 좀 그렇지
• • •

키치지로 도쿄로 나가볼까 싶거든요

켄이치 뭐? (시부야를 본다.)

시부야 아뇨.. 저하고는 상관없는 얘기라니까요.

키치지로 ★뭐, 여기 있어봤자 짐만 되니까.

켄이치 아니 그게, 그렇지가 않다니까 그러네

키치지로 어머니 유골을 고향 묘지에다 모시는 일도 있구요.

켄이치 • • • 어머님이 도쿠시마[25]던가?

키치지로 예

켄이치 뭐, 자네 어머니껜 미안하게 된 일이 많네만..

• • • • • •

키치지로 형이 걱정하는 건 그거죠?

켄이치 어?

키치지로 내가 또 운동에 관여하지 않을까 하는 거.

켄이치 아니.. 응, 뭐.

키치지로 괜찮다니까요. 난 겁이 많아놔서 그런 과격한 운동에는 끼질 못 해요.

켄이치 아니, 그게..

❖김미옥, 차를 들고 상수에서 등장.

키치지로 ☆왜 그래?[26]

@김미옥 ☆오래 기다리셨습니다.

@켄이치 어? 후쿠시마는?

@김미옥 지금 유키코 아가씨 커피를..

@켄이치 ☆☆아 아, 그래?

@김미옥 네.

25 德島. 일본 시코쿠(四国)의 동쪽에 있는 지역.

26 시부야의 어떤 행동에 대한 반응으로 하는 말이다.

시부야 ☆☆나, 그만 가볼게.

키치지로 괜찮다니까. 그만 올라가자구.

시부야 아니..

키치지로 잠깐만 있어봐

시부야 응.

• • •

켄이치 그런데 말야, 장사라는 게 시작해보면 꽤 재미있는 일이거든.

키치지로 저는 걱정 마시고 유키코 누이나 신경 쓰세요.

김미옥 실례했습니다.

❖김미옥, 상수로 퇴장.

2.4.2

켄이치 뭐, 그건 그거대로 또 그렇지만

키치지로 마스다(增田) 중위는 어때요?

켄이치 아무튼지 간에 군인은 싫다고 그러네.

키치지로 아 그래요?

켄이치 근데 군대 쪽도 시베리아 출병이 생각처럼 안 돼서 정신이 없나 봐. 그 통에 그 얘긴 흐지부지되지 싶은데.

키치지로 그치만 아버지께서 걱정이 클 텐데.

켄이치 네 걱정은 또 얼마나 크신데.

키치지로 (일어선다.) 아니 뭐, 됐어요., 그 얘긴. (시부야에게) 올라가자.

시부야 응.

켄이치 아 참.

키치지로 왜요?

켄이치 스모 선수 왔는데.

키치지로 아, 나도 들었어요.

켄이치 응

키치지로 어땠어요?

켄이치 크더라.

키치지로 아. (시부야에게) 오늘 스모 선수가 왔거든.

시부야 응, 아까 들었어.

키치지로 아 그랬어?

시부야 응.

켄이치 지금 아마 신지 삼촌하고 있을 거야.

키치지로 아 그래?

켄이치 나중에 한번 봐봐.

키치지로 예.

켄이치 여자들은 한 번씩 만져보더라.

키치지로 어? 그래도 돼요?

켄이치 되지 그럼, 우리가 불렀는데. (료코에게) 안 그래?

료코 네.

키치지로 그렇군. 재미있겠는데 • • • (시부야에게) 만져보게 해달라 하지.

시부야 응.

키치지로 그럼

켄이치 응.

시부야 실례하겠습니다.

❖키치지로와 시부야, 상수 계단으로 퇴장.

2.4.3

료코 누구예요?

켄이치 어?

료코 저 사람요.

켄이치 뭐, 여학교 선생이라잖아.

료코 아니, 학교 쉬는 날이 아니잖아요, 오늘.

켄이치 아, 음

❖김미옥, 양동이와 걸레를 들고 상수에서 등장.

료코 어디 가?

김미옥 화장실 청소하려요.

료코 아, 아.

김미옥 손님 오기 전에..

료코 응.

❖김미옥, 하수로 퇴장.

켄이치 그러게 말야

료코 또 사람이 바뀐 거 맞죠?

켄이치 어?

료코 ▲좀 전에 그 여자

켄이치 ▲뭐, 그런가 본데.

료코 ▲남 일처럼 얘기하시긴

켄이치 ▲뭐, 연애의 자유란 말도 있으니까

❖켄이치와 료코, 상수 쪽으로 퇴장.[27]

5초 후, 하수에서 목소리가 들린다.

홋타 유미코 △계십니까?

김미옥 △네.

27 켄이치와 료코가 퇴장하기 직전의 이 장면에는 원문의 기술이 부정확한 데가 있어서 실황 영상을 참고하여 일부를 보완했다.

• • •

김미옥　△어서 오세요.

홋타 유미코　△고마워요.

김미옥　△어서 들어오세요

홋타 유미코　△실례합니다

김미옥　유키코 아가씨 곧 불러오겠습니다.

홋타 유미코　부탁드려요.

❖김미옥, 상수 계단으로 퇴장.
홋타 유미코, F에 앉는다.

5초 후, 유키코 등장.
뒤이어 김미옥이 등장하여 그대로 하수로 퇴장.

유키코　어서 와.

홋타 유미코　☆미안해요, 하필 이럴 때 오게 돼서.

유키코　괜찮아, 뭐가 어때서

@김미옥　☆실례하겠습니다.

홋타 유미코　아버님 괜찮으세요?

유키코　응, 걱정 마

홋타 유미코　좀 있으면 우리 부모님도 오실 거예요.

유키코　어 (C에 앉는다.)

홋타 유미코　어쩐 일인지 차부들이 다 일을 안 해갖구

유키코　뭐-?

홋타 유미코　나만 먼저 자전거 타고 왔거든요.

유키코　아 그래?

❖시마노, 상수 계단에서 등장.

2.4.4

시마노 안녕

홋타 유미코 아 죄송해요, 늦게 와서.

시마노 아니야.

홋타 유미코 죄송해요.

시마노 시작할까요?

유키코 음, 한숨 좀 돌리고 하죠

시마노 그럴까?

유키코 앉으세요

시마노 예. (B에 앉는다.)

• • •

시마노 그런데 큰일 났어.

유키코 그러지 마요

홋타 유미코 어? 무슨 일인데요?

시마노 아무튼지 유키코 씬 보통 아니라니까.

유키코 그러니까 그건 우연의 일치 같은 건데

시마노 아니 그게..

유키코 됐어요, 그 얘긴.

❖상수에서 후쿠시마가 등장.

후쿠시마 오래 기다리셨습니다. 어?

유키코 아.

후쿠시마 어떻게 할까요?

유키코 여기 두 사람한테 대접하지

후쿠시마 네.

홋타 유미코 아 나는..

유키코　괜찮아, 뭐 어때?

후쿠시마　유키코 아가씨 것도 곧..

유키코　응.

홋타 유미코　고맙습니다.

• • •

시마노　하여간 유키코 씨한텐 못 당해.

홋타 유미코　맞선 얘기라면 나한테 상의하세요.

유키코　그런 거 아냐.

홋타 유미코　그럼..?

유키코　왜 다들 그 얘기만 꺼내는 거야?

홋타 유미코　그야 당연히..

시마노　응.

유키코　당연하다니?

홋타 유미코　아니에요

유키코　(후쿠시마에게) 가봐도 돼요, 그만

후쿠시마　네.

❖ 후쿠시마, 상수로 퇴장.

유키코　맞선도 안 볼 거예요

홋타 유미코　아, 역시

유키코　역시라니?

홋타 유미코　아니에요

유키코　역시라니 무슨 뜻?

홋타 유미코　그.. 서생, 그분 이름이 뭐였죠?

유키코　어?

홋타 유미코　이와시타? 이와모토?

시마노　이와모토

홋타 유미코 맞아요, 이와모토

유키코 그건 왜?

홋타 유미코 • • • (생글생글 웃는다.)

유키코 왜 그러는데?

홋타 유미코 아, 커피 맛 좋-다

시마노 맛있지

• • •

유키코 왜 자꾸 이상한 얘기들을..

홋타 유미코 그야 뭐..

시마노 응.

유키코 선생님까지 그러기예요?

시마노 내가 뭘요

유키코 이와모토하곤 아무 상관 없어요.

시마노 네 네.

유키코 그만들 좀 하세요.

시마노 연습 시작할까요?

(풍금 앞에 앉는다.)

홋타 유미코 네.

유키코 못살아.

홋타 유미코 *~ 어이, 이리 좀 와봐! 이와모토 씨 ~* [28]

유키코 유미코!

시마노 그럼.. (하며 풍금으로 〈바다물새떼〉[29]를 타기 시작한다.)

그럼 오른손만 먼저

홋타 유미코 네.

유키코 왜들 이러나 몰라.

---

28 유키코를 놀리기 위해 〈도쿄 타령(東京節)〉이라는 노래의 가사 일부를 "이와모토 씨"라고 바꾸어 부르는 것이다. 이 노래는 맨 끝 장면에 다시 나온다.

29 〈바다물새떼(浜千鳥)〉는 1919년에 발표된 동요다.

❖하수에서 목소리가 들린다.

홋타 카즈오 ★△계십니까?

유키코 네.

홋타 유미코 아, 우리 아버지세요.

유키코 그래?

홋타 유미코 제가.. (일어나서 하수로)

유키코 응.

❖유미코, 하수로 퇴장.

유키코 정말 아니라니까요.

시마노 (생글생글 웃으며 풍금을 타고 있다. 곡조는 어느샌가 〈아름다운 자연〉)[30]

❖오시타, 상수에서 등장.

오시타 어?

유키코 아, 오라버니 내외 불러와 줘

오시타 ○네.

❖오시타, 상수로 퇴장.

거의 동시에 홋타 카즈오와 리쓰코 부부, 그리고 유미코가 들어온다.

3.1.1

홋타 카즈오 우리가 너무 늦었죠?

---

30 〈아름다운 자연(美しき天然)〉은 1907년에 발표된 엔카풍의 노래다.

유키코 안녕하세요

홋타 리쓰코 실례합니다

유키코 안녕하세요

홋타 리쓰코 ☆유키코 씨, 잘 있죠?

유키코 네, 덕분에요. 앉으세요

홋타 리쓰코 우리 딸이 신세가 많아요

유키코 아뇨, 제가 고맙죠, 함께 해줘서

홋타 리쓰코 또 그런 말씀

@홋타 카즈오 ☆시마노 선생님도 안녕하셨죠?

@시마노 오랜만에 뵙습니다.

유키코 오라버니가 곧 나올 거예요

홋타 카즈오 어떠신가, 아버님은?

유키코 ☆☆예, 뭐 괜찮으실 거다 싶은데요.

홋타 카즈오 어

유키코 당신 스스로 스페인 독감이라고 믿고 계셔서

홋타 카즈오 그럼 아닌가?

유키코 아마도요.

홋타 카즈오 난 또

유키코 고맙습니다, 이렇게 일부러 와주시고

홋타 카즈오 아니 아니, 당연히 와봐야지

@홋타 리쓰코 ☆☆늘 감사해요

@시마노 안녕하셨죠?

@홋타 리쓰코 실력이 조금은 늘었나요?

@시마노 예, 그럼요.

@홋타 유미코 실력이 늘 리가 있겠어? 집에 풍금도 없는데.

홋타 유미코 아버지, 얼른 우리 집도 풍금 사요.

홋타 카즈오 아, 그래야지.

홋타 리쓰코 허구한날 풍금이니 자전거니 그런 것만 사달라고 하니 원..

홋타 유미코 뭐 어때?

홋타 리쓰코 또 뭐더라? 추리소설?

홋타 유미코 그게 뭐 어때서?

홋타 리쓰코 네가 좋아하는 건 하나같이 시집가는 데 아무 도움이 안 돼.

홋타 유미코 그렇지도 않아.

홋타 리쓰코 아 죄송해요.

시마노 아뇨.

홋타 리쓰코 유키코 씨도 맞선 볼 거라면서요?

유키코 예?

홋타 리쓰코 이번엔 좋은 인연이 나타나면 좋을 텐데.

유키코 아..

홋타 리쓰코 정말로요

홋타 유미코 ☆☆☆아유, 어머니..

홋타 리쓰코 왜?

❖상수에서 켄이치와 료코 부부가 등장.

3.1.2

@켄이치 ☆☆☆아, 고맙습니다, 이렇게..

@홋타 카즈오 아 아

@켄이치 어서 오세요

@홋타 카즈오 ☆☆☆☆잘 있었나?

료코 ☆☆☆☆어서 오십시오.

홋타 리쓰코 미안해요, 너무 오랜만이죠?

료코 별말씀을요

홋타 유미코 안녕하세요

켄이치 유미코도 와 있었구나?

홋타 유미코 네, 풍금 배우러요

켄이치　☆아, 그렇군.

시마노　안녕하셨어요?

켄이치　수고가 많으십니다

　　@홋타 유미코　☆오랜만에 뵙습니다.

　　@료코　오랜만이에요

홋타 카즈오　헌데 아버님은 스페인 독감이 아니시라면서?

켄이치　예, 아마도.

홋타 카즈오　난 또.

켄이치　죄송합니다, 심려 끼쳐드려서

홋타 카즈오　음, 그럼 직접 뵙고 말씀 나눌 수도 있을까?

켄이치　글쎄, 어떨까요?

홋타 카즈오　안 되나?

켄이치　의사 말이 되도록 사람들하고 안 만나도록 하라고 해서요.

홋타 카즈오　☆☆어 그래?

　　@유키코　☆☆(커피를 갖다준다.) 여기요

　　@시마노　고마워요.

켄이치　장지문 너머로 뵈시면 몰라도

홋타 카즈오　☆☆☆음.

　　@홋타 리쓰코　☆☆☆꽤 편찮으신가 보죠?

　　@료코　어 그게.. 확실히 좀 모르겠어요

켄이치　용건이..?

홋타 카즈오　아니 그게, 또 선거가 다가온다고들 해서 말야.

켄이치　아

홋타 카즈오　정우회(政友會)[31] 로서도 중요한 국면이니까.

---

31 '정우회'란 '입헌정우회(立憲政友会)'의 약칭으로, 1900년 이토 히로부미가 중심이 되어 조직한 보수적 성향의 정당이다. 다이쇼 데모크라시(大正デモクラシー)의 물결을 타고 성장했으며, 1918년(다이쇼 7년)에는 일본 최초로 본격적인 정당 내각을 조직하게 된다. 당시는 보통선거와 부인의 참정권 등 민주주의적 제도를 요구하는 국민들의 요구가 거셌다. 그러나 하라 타카시 수상이 이끄는 정우회 내각은 1919년에 직접국세 3엔 이상을 납부하는 남자들에게만 선거권을 주는 선에서 선거법을 개정하고 총선거를 치러 승리한다.

켄이치 그래도 뭐, 하라 타카시[32]도 아직은 인기 있잖아요.

홋타 카즈오 아니 아니, ☆☆☆☆평민 재상 인기도 이제 시들한가 봐.

켄이치 그런가요?

@홋타 유미코 ☆☆☆☆하라 케이..[33]

@유키코 이름 특이하지.

홋타 카즈오 내지에서는 좀 그렇다는데.

켄이치 허-.

홋타 카즈오 자넨 정치에는 별관심이 없는 거 같지만

켄이치 예, 전 별로.

홋타 카즈오 ☆뭐, 그래도 가만있을 수는 없지 않겠어?

켄이치 예, 뭐.

@홋타 리쓰코 ☆좋은 거예요, 그게.

@료코 예?

@홋타 리쓰코 정치란 거요, 돈만 들거든

@료코 아

홋타 카즈오 아니 그래도, 저 스즈키상점 경우도 있는 걸

켄이치 예

홋타 카즈오 이쪽에서 장사하는 일이란 내지 정치에 좌지우지될 수밖에 없다구.

홋타 리쓰코 그렇다고 내지에서 쌀이 부족하니까 그만큼을 조선에서 만들어내라는 건 무슨 경우래요?

홋타 카즈오 당신이야 조선에서 태어났으니까 그렇게 말하지만, 내지도 아주 힘들어요.

홋타 리쓰코 아니..

32 하라 타카시(原敬, 1856~1921)는 입헌정우회의 제3대 총재였고(1914~1921년), 일본의 제19대 수상을 지냈다(1918~1921년). 작위를 수여받지 않은 평민 신분이어서 '평민 재상'으로 불리며 대중의 지지를 받았으나 제1차 세계대전 후의 공황 속에서 정책의 실패가 이어지며 인기를 잃어갔다. 1921년 11월, 도쿄역에서 암살당했다.

33 하라 타카시(原敬)란 이름의 통칭 혹은 별칭. '敬'이란 이름의 한자를 '케이'라고도 읽을 수 있는 데에서 비롯됐다.

켄이치 뭐, 요새 총독부 일하는 걸 보면 제가 봐도 좀 그래요.

홋타 리쓰코 맞아요, 맞아

홋타 카즈오 그래도 그런 걸 말야, 여자가 왈가왈부할 일은 아니라구.

홋타 리쓰코 그런 말씀 마세요. 저 쌀 소요도 여자들이 시작한 일이잖아요?

홋타 카즈오 그건 그렇지만

홋타 리쓰코 그쵸?

료코 전 그런 걸 잘 몰라서요

홋타 리쓰코 유키코 씨랑은 좀 알죠?

유키코 ☆☆아..

❖오시타, 상수에서 등장.

차를 돌린다.

3.1.3

@오시타 ☆☆실례하겠습니다.

홋타 리쓰코 당신, 그런 말을 내지에 가서 하면 야단맞을걸요.

홋타 카즈오 야단을 맞다니, 누구한테?

홋타 리쓰코 누군지는 몰라도.. 그 뭐더라? 이름이 문조(文鳥)?

유키코 예?

• • •

홋타 유미코 뇌조(雷鳥)

홋타 리쓰코 그래, 나도 알아. 라이초(雷鳥) 씨[34]

홋타 카즈오 ☆☆☆뭐야 그게?

홋타 리쓰코 있대요, 그런 무서운 사람이

홋타 카즈오 흠..

홋타 리쓰코 정말이에요. 그렇죠?

---

34 '뇌조(雷鳥)'라는 독특한 필명을 쓴 히라쓰카 라이초(平塚雷鳥, 1886~1971)는 선구적인 여성 작가이자 사상가, 페미니스트였다.

홋타 카즈오 아, 그러고 보면 읽은 것 같은데, 신문에서.

@켄이치 ☆☆☆삼촌은 안에 있나?

@오시타 아마 계실 거예요.

@켄이치 그럼 좀 불러와 주지

@오시타 네.

@켄이치 홋타 씨 오셨다고

@오시타 네.

❖오시타, 상수로 퇴장.

3.1.4

홋타 카즈오 아, 미안하군.

켄이치 아뇨, 모처럼 오셨으니까.

홋타 카즈오 참, 오늘 아니었나, 스모 선수 온다는 게?

켄이치 예, 벌써 왔어요.

홋타 카즈오 어 정말?

켄이치 ☆☆☆☆예, 좀 전에

홋타 카즈오 난 또..

켄이치 예?

홋타 카즈오 아니, 그래서 지금 어디?

켄이치 아마도 별채 쪽에요.

홋타 카즈오 아 그래?

@홋타 리쓰코 ☆☆☆☆스모 상?

@료코 예.

@홋타 리쓰코 어머

@홋타 유미코 스모?

@유키코 응.

@홋타 유미코 스모 선수?

@유키코　응.
켄이치　뭐, 이따가 보여드릴게요.
홋타 카즈오　커다랗던가, 역시?
켄이치　예
홋타 카즈오　☆그렇게 커?
켄이치　네.
@료코　☆정말 커요.
@홋타 리쓰코　아
시마노　그루터기에서 태어났대요.
홋타 카즈오　예?
시마노　그렇게 얘기하더라고요.
홋타 카즈오　그루터기라면.. 나무의?
시마노　그렇겠죠, 그루터기라는 건
홋타 카즈오　음.
켄이치　음, 몸집이 정말 크더라구.
료코　예
홋타 카즈오　기대되는군.
홋타 리쓰코　네.
료코　배를 한번 만져보세요.
홋타 리쓰코　예?
료코　배요
홋타 리쓰코　그래도 돼요?
료코　예, 괜찮았어요.
홋타 리쓰코　어머
홋타 카즈오　헌데 신지 씨도 사업 수완이 꽤 늘었어.
켄이치　예, 그렇죠.
홋타 카즈오　상점 일 거드는 걸 그렇게 싫어하더니.
켄이치　그런 흥행 같은 일이 적성에 맞았나 봐요.

호타 카즈오　그러게.

　@켄이치　☆☆그.. 경성에서 만국박람회를 여는 게 꿈인가 봅니다.

　@호타 카즈오　그거 대단하군.

호타 리쓰코　☆☆참, 그 얘긴 어떻게 됐다고?

유키코　예?

호타 리쓰코　그 맞선

유키코　아

호타 리쓰코　잘돼가고 있나요?

호타 유미코　물어보지 마세요, 그런 거.

호타 리쓰코　아니 왜?

　@료코　☆☆☆그게.. 아직도 시베리아에서 너무 바쁘다고 해서

　@호타 리쓰코　아

유키코　☆☆☆나, 맞선 같은 거 안 볼 거예요.

켄이치　뭐?

유키코　거절해달라고 말했잖아요.

켄이치　아니, 그게 말야..

호타 리쓰코　어머, 왜요?

켄이치　아무튼지 군인은 싫다네요.

호타 리쓰코　아, 하긴.

유키코　그런 게 아니라요

호타 리쓰코　어, 그런 게 아니야?

유키코　그게..

호타 리쓰코　군인이 싫으면, 내가 좋은 혼처를 하나 아는데

료코　☆☆☆☆아..

호타 리쓰코　내지의 안과 의사요

호타 유미코　외지의 밖과![35]

---

35 유미코는 '안과 의사(目医者さん)'란 말과 발음이 비슷한 말(芸者さん)로 일종의 말장난을 하며 어머니 리쓰코의 이야기를 방해하고 있다.

홋타 리쓰코 내지의 안과!

홋타 유미코 심한 빼드렁니래요.

유키코 싫다, 그건.

홋타 리쓰코 그런 말을 왜 하니?

@켄이치 ☆☆☆☆참, 오시는 길에 어땠나요?

@홋타 카즈오 어?

@켄이치 조선인들

@홋타 카즈오 아, 뭔가 소란스럽다면서?

@켄이치 아, 아무것도 못 보셨어요?

@홋타 카즈오 응, 우린 뭐..

@켄이치 아

홋타 카즈오 헌데 우리 차부들이 다 웬일인지 안 나와서 말야

켄이치 예에?

홋타 카즈오 감기 때문인가 싶은데

켄이치 저런

홋타 카즈오 그래서 걸어서 왔는데, 오는 길에는 딱히 뭐.. 조선 사람이 조금 많다 싶은 정도였지.

켄이치 그렇군요.

홋타 리쓰코 무슨 일 있었어요?

켄이치 글쎄요, 그게..

홋타 카즈오 ★아침부터 야마토마치 쪽이 시끄러운 모양이야.

홋타 리쓰코 시끄럽다뇨?

켄이치 조선인들이 거리로 나와 있다는데요.

홋타 리쓰코 ☆어머-

❖신지, 상수에서 등장.

3.2.1

신지 ☆아이구, 오셨군요

홋타 카즈오 아 야

신지 오래간만입니다.

홋타 카즈오 ☆☆예, 그렇게 됐네요

신지 안녕하셨어요

@유키코 ☆☆저 그럼, 저희들은 2층으로.

@켄이치 아니 왜?

@유키코 의자도 모자란데.

@켄이치 괜찮아. 그냥 있어.

@유키코 그치만..

❖후쿠시마, 커피를 가지고 상수에서 등장.

후쿠시마 오래 기다리셨습니다.

유키코 아

홋타 카즈오 우리는 곧 안으로 들어갈 거니까..

유키코 네.

(후쿠시마에게) 저기 놔줘

후쿠시마 ☆☆☆네. (커피를 탁자에 놓는다.)

켄이치 ☆☆☆스모 선수 보시겠다는데

신지 아 그래?

홋타 카즈오 예 뭐, 기왕이면.

신지 엄청 큽니다-

홋타 카즈오 그렇다면서요?

신지 ○자 그럼 좀 안으로..

@홋타 카즈오 ☆☆☆☆네, 그럼 아버님 병문안은 그후에

@켄이치 그렇게 하시죠.

후쿠시마 ☆☆☆☆저기, 미옥이 못 보셨어요?

유키코 모르겠는데.

후쿠시마 어?

유키코 안 보여?

후쿠시마 그게..

유키코 좀 전에 날 부르러 왔었는데

료코 미옥?

후쿠시마 네.

료코 화장실에 없고?

후쿠시마 예

료코 거기 청소한다고 갔는데

후쿠시마 네. 한참 됐는데 돌아오질 않아서요

료코 아, 그 아인 너무 열심이라

후쿠시마 변소에 빠져버린 건 아닐까요?

료코 설마.

©青木司

신지 자 자, 가시죠, 이쪽으로

홋타 카즈오 ☆고맙습니다.

홋타 리쓰코 ☆유미코도 갈 거지?

홋타 유미코 어 아니요.

홋타 리쓰코 왜, 싫어? 스모 상 구경?

홋타 유미코 그게..

홋타 리쓰코 무서워?

홋타 유미코 ☆☆안 그래요.

홋타 리쓰코 그럼 보러 가자.

홋타 유미코 네, 그럼..

(료코에게) 보고 올게요.

료코 다녀와요.

@신지 ☆☆이쪽으로

@홋타 카즈오 감사합니다

❖신지, 홋타 카즈오와 리쓰코, 유미코, 상수로 퇴장.

@유키코 ☆☆뜰에 있는 거 아닐까?

@후쿠시마 아

@유키코 현관 쪽으로 갔거든.

@후쿠시마 네.

❖후쿠시마, 하수로 퇴장.

3.2.2

유키코 오빠

켄이치 어?

유키코 정말로 난 맞선 같은 거 안 볼 거예요.

켄이치 ☆☆☆어, 어째서?

료코　☆☆☆아니..

유키코　☆☆☆☆어쨌든 싫어.

❖오시타, 상수에서 등장.

@오시타　☆☆☆☆실례하겠습니다.

오시타, 탁자 위를 치운다.

켄이치　이제 와서 그러면 어떡해?

유키코　이 집에 있어봤자 짐만 된다는 건 알지만요

켄이치　아니, 짐이 돼서 그러는 건 아니야

유키코　맞잖아요, 짐이 되는 건

• • •

료코　저기요, 우리 여학생 교장 선생님께서요, 이 세상에 짐이 되는 사람은 한 사람도 없다고, 늘 그러셨어요, 조례 때마다

• • •

료코　미안해요.

유키코　이 집에 내가 있을 자리가 없다는 건 잘 알지만요.

켄이치　아니, 그러니까 그렇지는 않다니까.

시마노　유키코 씨

유키코　네.

시마노　오늘 연습은 다음으로 미룰까요?

유키코　아니에요

시마노　근데..

유키코　유미코도 금방 돌아올 테니까

시마노　그래도

유키코　★얘기 금방 끝나요.

(켄이치에게) 저기, 지금 잠깐 얘기해도 돼요?

켄이치 어, 그래.

유키코 저기, 난요 /

시마노 ★유키코 씨

유키코 네.

시마노 그럼 전 2층에서 기다릴게요.

유키코 죄송해요.

시마노 아니에요.

료코 죄송합니다.

❖시마노가 일어났을 때, 하수에서 양동이를 든 후쿠시마가 등장. 왼손을 머리에 대고 있다.

3.2.3

후쿠시마 없어요.

유키코 어?

후쿠시마 미옥이

유키코 그래?

오시타 왜 그래, 머리는?

후쿠시마 그게, 변소 문을 여니까 양동이가 떨어졌어.

오시타 뭐?

후쿠시마 누가 이런 짓을 하는 거예요?

켄이치 • • • 누구냐 그래봤자 이 중에는 없을 텐데.

후쿠시마 뭐, 그렇겠죠.

오시타 미옥인가?

후쿠시마 바보 같은 소리

오시타 아니, 어째서?

후쿠시마 아니, 그 나이에 설마..

오시타　음, 그런가

료코　없다는 게 무슨 말이지?

후쿠시마　보이지가 않아요, 아까부터 관례도 미옥이도.

료코　아니, 어째서?

후쿠시마　모르겠어요.

오시타　미옥이는 좀 전까지 있었거든요.

료코　관례는?

오시타　아침 먹고 치울 때까진 있었거든요.

료코　뭐어?

켄이치　역시 그게 무슨 축젠가?

료코　아

유키코　그런 거예요?

켄이치　아니, 쌀 소요 같은 게 났다고 해서 그 애들이 나갈 리는 없잖아.

유키코　어째서요?

켄이치　그야 우리 집에서 밥 잘 먹이고 있으니까.

유키코　아, 그런가?

료코　예

오시타　맞아요. 우리보다 많이 먹어요, 그 애들

• • • (모두 오시타를 본다.)[36]

오시타　아니 뭐, 비슷하게 먹죠.

후쿠시마　응.

켄이치　뭐, 좀 있으면 돌아오겠지.

후쿠시마　☆그야 따로 사는 집이 있는 것도 아니니까요.

@시마노　☆그럼 전..

@유키코　아, 네.

36 오시타의 몸집이 크기 때문이다.

❖시마노, 상수 계단으로 퇴장.

료코　혹시 없어진 물건이 없는지 좀 살펴보지

오시타　아, 네.

후쿠시마　아

료코　혹시 모르잖아.

후쿠시마　그러게요.

켄이치　응.

후쿠시마　그럼 실례하겠습니다.

오시타　실례하겠습니다.

켄이치　아 참, 이와모토를 불러와 줘

오시타　네.

켄이치　할 얘기가 있으니까

오시타　네, 알겠습니다.

❖두 사람, 상수로 퇴장.

3.2.4

켄이치　• • • 어떻게 된 거지?

료코　음

유키코　오빠

켄이치　응?

유키코　나요, 내지에는 더 이상 가고 싶지 않아요.

켄이치　아, 뭐?

유키코　내지로 가야 하는 혼담이라면 거절해줘요.

켄이치　이거 봐, 내지로 가고 싶다고 노래를 불렀던 건 너였어.

유키코　그건 어렸을 적 얘기죠.

켄이치　• • •

유키코 나 내지에는 이제 두 번 다시 가고 싶지 않아요.

켄이치 아니, 느닷없이 그러면 어떡해?

유키코 느닷없지 않아요.

켄이치 느닷없어, 너는 늘!

유키코 무슨 소리예요?

료코 좀 진정들..

• • • • •

료코 뭐 안 좋은 일이라도 있었나요?

유키코 안 좋은 게 아니라 안 맞아요, 난

료코 예?

유키코 내지에서 자란 사람들은 이해 못할 테지만요, 전부 안 맞아요.

료코 그러니까 뭐가요?

유키코 그러니까 전부 다요. 뭐랄까.. 내지는 칙칙해요. 사람들까지도 칙칙해[37]

료코 그럴 리가

유키코 게다 가을이 되면요, 소작인들이 쌀을 가지고 오거든요, 그 집으로[38]

켄이치 어

유키코 넓은 토방이 있는데요, 현관에서 저 안 곳간까지 이어져 있거든요. 거기도 칙칙하고 눅눅한데, 글쎄 가져온 쌀을 놓고 검사인지 뭔지를 하는 거예요.

켄이치 그게 뭐 어떻다는 거야?

유키코 쌀을 가져온 사람들도 죄다 일본 사람들이라구요.

켄이치 그야 그렇겠지.

유키코 내가 시집을 간 게 마침 초가을이었잖아요?

---

37 유키코가 되풀이해서 '칙칙하다'고 말하는 것의 원문은 "じめ—っと" 혹은 "じめじめ"로 '구질구질하다, 눅눅하다, 음울하다' 등의 뜻을 나타내는 의태어다. 조선에서 나고 자란 유키코가 일본에서 그런 인상을 받은 것은 조선에 비해 습도가 높은 일본의 기후적 특징과도 관련이 있다고 여겨진다.

38 '그 집'이란 유키코가 시집을 갔던 집을 말한다. 원문에서는 그 가문의 성(姓)을 밝히며 말하고 있는데("浅野の家"), 자연스러운 번역을 위해 생략했다.

료코　아, 예.

유키코　처음에 그 모습을 보고서 얼마나 놀랐는지

료코　그거는요..

유키코　세상에, 그렇게 가난한 일본 사람은 본 적이 없었다구요.

켄이치　그야 당연히, 가난한 일본 사람도 있는 법 아닌가?

유키코　오빤 얘기해도 몰라

켄이치　모르긴. 나도 내지에 여러 번 가봤다구.

유키코　오빠가 가본 건 고쿠라[39]나 오사카 같은 데잖아. 거기하곤 달라요, 시골은. 글쎄, 쌀이 모자라면 농부가 자기 딸을 팔아넘기기도 한다니까요.

료코　예.

켄이치　★그야 뭐..

유키코　일본 사람이요.

료코　예.

켄이치　그런 건, 조선에도 일본인 창녀가 있고 그렇잖아.

유키코　그런 사람이야 뭔가 이유가 있어서 자기 스스로 여기까지 온 거잖아요.

켄이치　아니, 꼭 그렇다고만은 할 수 없지.

유키코　아뇨, 그래요

켄이치　무슨 소리야

유키코　됐어요. 난 아무튼 조선에서 조선 사람들하고 즐겁게 지낼 거야.

켄이치　이거 봐.

유키코　내지의 칙칙한 일본 사람보다는 이쪽의 멀쩡한 조선 사람이 훨씬 낫다구.

료코　그렇게 말을 하면..

유키코　날 내버려둬요.

39 小倉. 규슈의 북쪽 끝에 있는 지역으로, 지금은 기타큐슈(北九州) 시에 속해 있다. 당시 공업과 상업이 발달했으며, 조선에서 일본으로 건너갈 때 거쳐가게 되는 교통의 요지였다.

료코 유키코 아가씨

유키코 새언니도 알 거 아녜요. 그런 내지보다는 경성이 훨씬 더 좋잖아요.

료코 음, 그야..

유키코 아니에요?

료코 음..

유키코 어쩔 수 없구나

료코 예?

유키코 어머니하고 똑같아.

료코 뭐가?

유키코 어머니도 내지에서 온 사람이라 끝까지 조선을 싫어했어요.

료코 아니 난요, 딱히 여기가 싫지 않은데

유키코 그래도 내지가 더 좋은 거죠?

료코 아뇨 그야.. 저쪽은 저쪽대로 고향이니까요

❖이와모토, 상수에서 등장.

3.3.1

이와모토 부르셨어요?

켄이치 아, 아, 이제 오나?

이와모토 네.

켄이치 그.. 좀 앉지.

이와모토 아뇨, 그냥 여기 (하고 서 있는다.)

켄이치 그럴래?

이와모토 네.

켄이치 그.. 어떤가? 지난번 얘기.

이와모토 어 아, 그게..

켄이치 괜찮은 얘기다 싶은데

이와모토 그게, 하얼빈 말씀이죠?

켄이치 응.

이와모토 관심은 없지 않습니다만

켄이치 그럼 그만 결정하지.

이와모토 아뇨, 그게 좀

켄이치 왜?

이와모토 아뇨, 일은 그렇다 치더라도요, 결혼은 좀..

켄이치 데릴사위란 게 좀 걸리나?

이와모토 아닙니다. 저희 본가야 제 형이 이어갈 테니까요

켄이치 응.

이와모토 다만 뭔가 현실감이 안 느껴져서

켄이치 그야 결혼이란 건 원래 해보기 전까진 실감이 안 나.

이와모토 아..

켄이치 안 그래?

유키코 예?

켄이치 아이코(愛子)도 그랬지. 유키코의 언니 말야. 결혼식 전날까지도 엉엉 울었거든.

이와모토 아..

켄이치 그런데 지금은 애를 셋이나 낳았다구.

이와모토 • • •

켄이치 유키코는 말야, "결혼할래요, 내지로 갈래요, 보내줘요-" 그러더니 결혼하고 1년도 안 돼서 돌아왔지.

이와모토 아..

유키코 그게 무슨 상관이에요?

켄이치 내 말은, 결혼 전 기분하고 결혼한 다음하곤 상관이 없더란 거야.

이와모토 그렇군요

• • •

유키코 이와모토

이와모토 네.

유키코 결혼할 거예요?

이와모토 아뇨, 안 하죠

유키코 지난번에 당신, 평생 결혼 안 하겠냐고 그러지 않았어?

이와모토 예?

유키코 천애고독으로 살다 죽겠다고 하지 않았어?

이와모토 네 네, 그랬죠.

유키코 거짓말쟁이

이와모토 아뇨, 그러니까 데릴사위 얘긴 나도 모르는 새에 오간 거라

켄이치 뭐라는 거야?

이와모토 아뇨.. 죄송합니다.

료코 이와모토 씨, 독신주의자에요?

이와모토 아뇨 아뇨, 그건 얘기의 흐름상..

유키코 또 날 바보로 만들었구나.

이와모토 천만의 말씀이에요.

유키코 됐어요.

이와모토 아닌데

• • • • •

켄이치 아무래도 이 집에서 지내는 게 너무들 편한가 봐.

료코 예..

켄이치 조선도 퍽 살기 편해졌으니 말야.

료코 아

켄이치 아니 뭐, 당신은 그렇게 생각 안 할지 모르겠지만.

료코 그렇지 않아요.

❖하수에서 야마시나가 등장.

3.3.2

야마시나 다녀왔습니다.

켄이치 아, 아, 돌아왔군.

야마시나 예

켄이치 어떤가?

야마시나 아, 굉장해요, 좀.

켄이치 뭐가?

야마시나 길거리에 조선인 천지에요.

켄이치 어 그래?

료코 그야 늘 조선인 천지 아닌가?

야마시나 아니, 그런 게 아니라 길에 사람들로 넘쳐나서

료코 예?

켄이치 위험한가?

야마시나 아뇨, 그걸 저도 잘 모르겠는데요

켄이치 뭐?

야마시나 다들 그냥 싱글싱글 웃으면서 모여 있기만 하거든요.

켄이치 어? 그게 무슨 소리야?

야마시나 아 참, 이거 (품에서 전단 한 장을 꺼낸다.) 이걸 주워 왔습니다.

ⓒ青木司

켄이치 뭐지?

야마시나 전단 같아요.

켄이치 응.

료코 그게 뭐예요?

켄이치 '조선 독립'이라고 쓰여 있네.

료코 예

켄이치 자네, 조선 문자를 알던가?

야마시나 아뇨.

켄이치 (이와모토 쪽을 향한다.)

이와모토 아뇨, 저도..

유키코 오빠, 못 읽어요?

켄이치 못 읽지.

유키코 그래요?

켄이치 한자밖에 못 읽겠어.

유키코 한자는 누가 못 읽어요?

야마시나 뭐, 독립이란 말이겠죠?

켄이치 (야마시나를 본다.) 뭐, 그렇게 쓰여 있구먼.

야마시나 네.

유키코 독립이라뇨? 조선이?

야마시나 예, 뭐.

유키코 흠..

료코 그거, '독립 안 한다'라고 쓰여 있는지도 모르죠.

야마시나 그렇군요

켄이치 하지만 '만세'라고 쓰여 있는 걸.

료코 그러니까, 조선은 독립 안 하고 일본이 되어서 좋다, 만세다 그런 뜻 아닐까요?

이와모토 아, 그렇군요

료코 그쵸?

이와모토 ☆예

켄이치 ☆그럴 리가

야마시나 ★아, 그건가!

켄이치 뭐지?

야마시나 "만세-" [한국말]라는 게 만세(萬歲)란 말 맞죠?

켄이치 그렇지.

야마시나 그러니까 다들 "만세-! 만세-!" [한국말]그러고 있거든요.

켄이치 조선 사람들이?

야마시나 네.

켄이치 뭐지, 그게?

야마시나 다들 싱글싱글 웃으면서요, "만세-! 만세-!"[한국말]

이와모토 별일이군.

야마시나 뭐가 만세라는 건지 알 수가 없잖아, 우린

이와모토 응.

유키코 이와모토

이와모토 네.

유키코 내 방에 가서 시마노 선생님 오시라고 해줘요.

이와모토 아 네.

유키코 풍금 연습 하자고.

이와모토 네..

켄이치 얘긴 끝난 거야?

유키코 끝났어요.

켄이치 아 그래?

유키코 풍금 연습 할 거예요

켄이치 그래.

유키코 자리 좀 비켜줘요.

켄이치 알았어.

유키코 (이와모토에게) 어서요

이와모토 알았어요.

❖이와모토, 상수 계단으로 올라간다.

3.3.3

야마시나 음, 오늘은 밖에 안 나가는 게 좋을 것 같아요.

켄이치 그래야겠네.

야마시나 밝은 대낮에야 그다지 위험하지 않겠지만

켄이치 참, 시마노 선생님 돌아가실 때 둘 중 누가 같이 가드리지

야마시나 네.

켄이치 괜찮을까?

야마시나 어, 또 뭐가요?

켄이치 아니, 삼촌네 그 스모.

야마시나 아.

켄이치 시끄럽다 싶으면 총독부에서 까다롭게 굴잖아

야마시나 뭐, 괜찮지 않을까 싶은데요.

켄이치 군인들은 고지식하니까

야마시나 그렇죠.

유키코 오빠

켄이치 왜?

유키코 풍금, 내 방으로 옮기면 안 돼요?

켄이치 아

유키코 어차피 당분간은 이 집에 살 테니까

켄이치 함부로 그럴 순 없지

유키코 이 집에서 풍금 나밖에 안 치잖아요.

켄이치 아버지가 과시용으로 놔두는 건데.

유키코 그건 나도 아는데, 손님 있을 때면 못 치니까 불편하잖아요.

켄이치 그렇긴 한데.

유키코 시댁에선 풍금도 안 사줬었어요.

료코 저런

유키코 양장하고 외출만 해도 빤히 쳐다보고.

료코 ☆아, 음, 그건..

❖시마노, 계단을 내려와 등장.
이어서 이와모토도 등장.

3.3.4

켄이치 ☆죄송하네요, 오늘 집이 어수선해서

시마노 아니에요

료코 앉으세요

시마노 네 (앉는다.)

켄이치 그럼 저희는 이만

시마노 아 죄송해요.

켄이치 아닙니다, 가서 할 일도 있고요

시마노 아

야마시나 실례하겠습니다.

이와모토 실례하겠습니다.

켄이치 아 아, 잠깐만

야마시나 ☆☆네.

이와모토 ☆☆네

켄이치 그.. 돌아가실 때 말씀해주세요.

시마노 네?

켄이치 오늘 밖이 뒤숭숭한 거 같아서요

시마노 아, 네.

켄이치 누가 바래다드릴 겁니다

시마노 감사합니다.

유키코 그럼 야마시나 씨, 이따가 부를 테니까..

야마시나 네.

• • •

이와모토 실례하겠습니다.

야마시나 ☆☆☆실례하겠습니다.

❖이와모토, 야마시나, 상수로 퇴장.

료코 ☆☆☆그럼 차를 좀..

시마노 아 신경 쓰지 마세요

켄이치 그럼..

시마노 네.

켄이치 아이들한테도 오늘 밖에 나가지 말라고 해야겠어

료코 네.

켄이치 신이치는 어떻지?

료코 ☆☆☆☆어째, 기침을 좀 하네요

켄이치 요시코는?

료코 요시코는 방에서 그림 그려요.

❖켄이치, 그리고 료코, 상수로 퇴장.

3.4.1

@시마노 ☆☆☆☆유미코 양은 돌아오질 않네요.

@유키코 우리 아버지 병문안 중인가 봐요.

@시마노 아 그래요?

유키코 시작하죠.

시마노 네.

(풍금 앞에 앉아서 〈바다물새떼〉를 타기 시작한다.) 자, 오른손만.

유키코 네. (옆에 앉아서 오른손으로 연주한다.)

• • • •

(두 사람, 풍금을 연주하면서)

시마노 오라버니하고 무슨 일 있었어요?

유키코 예?

시마노 • • •

유키코 아무것도 아네요.

시마노 그래요?

• • • • •

유키코 어, 그건 왜요?

시마노 아뇨, 그냥요

유키코 • • • 아무것도 아니에요.

• • •

❖두 사람, 풍금을 타다가 노래를 부르기 시작한다.[40]

그러는 동안 카이가타케, 상수에서 등장.

카이가타케 아

시마노 아

카이가타케 • • • 황공합니다!

유키코 황공합니다![41]

카이가타케 네.

시마노 무슨..?

카이가타케 어.. 아뇨

40 노래 가사의 1절을 번역하면 다음과 같다; "푸른 달빛 비치는 밤 바닷가에/ 어미를 찾으면서 구슬피 우는/ 파도의 나라에서 태어나온 새/ 물에 젖은 날개의 저 은빛깔"

41 유키코는 일종의 장난기가 발동하여 카이가타케의 "ごっつあんです。"(황공합니다!)란 말을 그대로 따라 하는 것으로 보인다.

유키코 우리 삼촌은요?

카이가타케 다들 큰어르신한테 갔어요

유키코 역시

카이가타케 네.

• • •

카이가타케 앉아도 될까요?

유키코 • • • 그러세요

카이가타케 네, 황공합니다!

유키코 황공..

• • •

카이가타케 계속해주세요.

유키코 예?

카이가타케 풍금요

유키코 아

• • • • •

카이가타케 저기요, 뭐 좀 먹을 게 없을까요?

시마노 예?

카이가타케 배가 고파서

유키코 아, 그럼 가정부를 좀 오라고..

카이가타케 아뇨 아뇨, 번거롭게 그러지는 마시구

유키코 그래도..

카이가타케 아뇨, 정말로요. 혹시 아까 그 전병 같은 게 남았나 싶어서

유키코 아, 뭐가 있을까? (찬장 문을 연다.)

카이가타케 감사합니다. (시마노에게) 죄송합니다.

시마노 아뇨

유키코 없나 봐요.

카이가타케 아 그럼 됐습니다.

유키코 저, 제 방에 과자가 있으니까 좀 가져올게요.

카이가타케 어 아뇨..

유키코 조금만 기다리세요.

카이가타케 정말 괜찮은데

유키코 금방 올게요

❖유키코, 상수 계단으로 퇴장.

3.4.2

• • • • •

카이가타케 방금 무슨 노래였어요?

시마노 예?

카이가타케 방금 그 노래

시마노 바다물새떼요

카이가타케 아

시마노 (풍금을 타기 시작한다.)

카이가타케 저기.. 내지에서 오셨나 보죠?

시마노 예

카이가타케 좀 어때요, 조선은?

시마노 아, 글쎄요.

카이가타케 그, 무섭거나 안 그래요?

시마노 글쎄, 적응이 안 되면 그렇겠죠

카이가타케 아

시마노 이 주변엔 일본 사람밖에 안 살거든요.

카이가타케 아

시마노 시골에 가면 이래저래 힘들다지만.

카이가타케 예

시마노 시골에도 가게 되죠, 나중에?

카이가타케 예, 아마도요.

시마노 밤에는 위험한 곳도 있다나 봐요

카이가타케 아

시마노 경성은 지내기가 편하거든요.

카이가타케 네.

시마노 음식도 맛있고요.

카이가타케 네.

• • • • •

카이가타케 혹시 남양(南洋)에는 가본 적 있으세요?

시마노 예?

카이가타케 남양의 섬..

시마노 아뇨, 없는데.

❖유키코, 상수 계단을 내려와 등장.

3.4.3

유키코 오래 걸렸죠?

카이가타케 아, 감사합니다.

유키코 이거, 드세요

(과자를 카이가타케 앞에 놓는다.)

카이가타케 황공합니다!

유키코 네.

카이가타케 이게 뭐예요?

유키코 도너츠

카이가타케 예?

유키코 도너츠

카이가타케 네..

유키코 신제품이에요, 조선에만 있어요.

카이가타케 왜 구멍이 뚫려 있을까요?

유키코　글쎄요
시마노　반대편이 잘 보이라고요.
카이가타케　예..
• • • (먹기 시작한다.) 맛있다 • • • 진짜 맛있어요!

유키코　그죠?
카이가타케　네.
(계속 먹는다.) • • • 저기, 차를 좀
유키코　아 네, 잠시만요
카이가타케　아 아, 그냥 이거면 돼요.
(탁자 위에 있던 차를 마신다.)
유키코　어?
• • •
시마노　잘 먹네요, 역시
카이가타케　네.
시마노　얼마나 먹을 수 있어요?

카이가타케 글쎄요, 저도 잘 몰라요

시마노 아

카이가타케 정초에는 하카타[42]에 있었는데요, 둥근 떡을 74개 먹었어요.

시마노 한꺼번에?

카이가타케 네.

시마노 대단하다-

카이가타케 뭐..

시마노 어릴 적부터 그렇게 많이 먹었나요?

카이가타케 아, 예.. 근데 어렸을 적에는 가난해서요

시마노 아

카이가타케 네.

• • •

유키코 이것도 드셔도 돼요

카이가타케 황공합니다! (차를 마신다.)

• • •

시마노 남양에 가고 싶어요?

카이가타케 네.

시마노 왜요?

카이가타케 그게요, 남양의 섬에 가면 뚱뚱한 사람을 귀하게 여긴다고 들었거든요

시마노 그래요?

카이가타케 네, 그렇다네요.

시마노 지금도 귀하게 대접받잖아요.

카이가타케 아뇨..

시마노 예?

카이가타케 일본은 너무 좁아서요

42 博多. 일본 규슈 북부에 있는 항구 도시. 지금은 후쿠오카 시의 일부다.

시마노 아

카이가타케 덩치가 크면 어딜 가도 짐처럼 생각돼서

시마노 그런가요?

카이가타케 네.

시마노 가면 좋겠네요, 남양에.

카이가타케 네. 근데 이제 남양도 일본이 될 거라고 들었거든요

시마노 아, 그런가?

카이가타케 네.

• • • • •

유키코 저.. 좀 만져봐도 돼요?

카이가타케 아, 그럼요

유키코 미안하지만.

카이가타케 만져보세요

유키코 실례할게요. (배를 만진다. 그러다가 주먹으로 때리기 시작한다.)

카이가타케 어?

유키코 (계속 때린다.)

카이가타케 아파

시마노 유키코 씨

유키코 • • • 죄송해요.

카이가타케 아뇨.. • • • 황공합니다!

• • •

유키코 (앉는다.) 죄송합니다.

카이가타케 저기.. • • • 그럼 전 이만

유키코 예?

카이가타케 안녕히 계세요

(일어나서 마스크를 한다.)

유키코 ☆어? 어?

시마노 ☆어?

카이가타케 이만 가보겠습니다.

유키코 아니, 갑자기 왜..

카이가타케 잘 먹었습니다.

유키코 잠깐만 기다리세요.

시마노 이봐요

카이가타케 ▲고맙습니다

❖카이가타케, 하수로 퇴장.

3.4.4

시마노 어쩌지?

유키코 어떻게 된 거지?

시마노 음 • • • 가버렸네.

유키코 내 탓인가?

시마노 흠.

유키코 무슨 일이 있나?

시마노 화가 난 건가?

유키코 그런 걸까요?

시마노 아닌가?

유키코 혹시 화가 아니라 눈물이 났던 거 아닐까요?

시마노 덩치가 크니까 슬픈 건지 기쁜 건지 알기 어렵지 않아요?

유키코 글쎄요

• • •

시마노 유키코 씨는?

유키코 예?

시마노 화가 났었어요? 슬퍼진 거였어요?

유키코 • • • 모르겠어요.

시마노 그래요?

유키코 선생님, 활동사진 보러 가요.

시마노 어, 뭐요?

유키코 인톨러런스

시마노 아, 그거 보고 싶어요.

유키코 그쵸

시마노 그런데 우리 둘이서만 가자고?

유키코 뭐 어때요?

시마노 예?

유키코 여긴 조선이니까.

시마노 아.

유키코 남의 시선 따윈 신경 안 써도 돼요.

시마노 그러게요.

❖타미코, 상수에서 등장.

4.1.1

유키코 어?

타미코 왜요?

유키코 다른 사람들은요?

타미코 곧 다들 올 거예요

유키코 저기요, 스모 상이 나가버렸어요

타미코 예?

유키코 지금

타미코 뭐 사러 나간 게 아니고요?

유키코 아니에요. 그렇죠?

시마노 예.

유키코 살 게 뭐 있겠어요, 스모 상이?

타미코 그야 살 게 없진 않겠죠, 스모 상이라도

유키코 아뇨, 그게..

시마노 하지만 "가보겠습니다" 하고 가버렸거든요.

유키코 맞아요

타미코 ★예? 가보겠다?

시마노 그게..

타미코 가보다니, 내지로 간다는 거예요?[43]

유키코 모르죠.

타미코 이상하네

유키코 많이 이상하죠.

❖홋타 카즈오와 리쓰코, 유미코가 상수에서 등장.

4.1.2

홋타 카즈오 아, 고맙습니다

타미코 아, 오늘 와주셔서 감사했습니다.

홋타 카즈오 아뇨 아뇨

홋타 리쓰코 저희야말로 감사해요, 바쁘신 중에

타미코 ☆천만에요

@홋타 유미코 ☆아버님, 건강해 보이던데요.

@유키코 응, 그렇지.

@@홋타 카즈오 ☆유키코, 또 보자

@@유키코 네.

홋타 리쓰코 가끔 우리 집에 놀러 오고 그래요.

유키코 감사합니다.

• • •

홋타 카즈오 무슨 일 있나요?

43 "가보겠습니다"의 원문은 "帰ります"로 직역하면 '돌아가겠다'는 뜻이다.

타미코　그.. 스모 선수가 없어졌다고 하네요.

카즈오　☆☆예?

리쓰코　☆☆예?

홋타 유미코　뭐?

시마노　정말로

홋타 유미코　뭐라구요?

홋타 카즈오　없어졌다는 게 무슨..?

유키코　나가버렸어요.

홋타 카즈오　아.

타미코　이상한 일이죠?

홋타 카즈오　네.

• • •

타미코　뭐, 홋타 씨네 분들한테 얘기해봤자 소용없겠지만

홋타 카즈오　예

홋타 리쓰코　그러게요.

• • •

홋타 카즈오　(리쓰코에게) 어떻게 하지?

홋타 리쓰코　예?

홋타 카즈오　없어져버렸다잖아, 스모 선수가

홋타 리쓰코　예 • • • 그런데 당신이 할 수 있는 일이 없잖아요.

홋타 카즈오　뭐 그렇긴 한데

홋타 리쓰코　(타미코에게) 안 그래요?

타미코　예, 뭐

홋타 카즈오　음..

• • •

홋타 리쓰코　갈까요?

홋타 카즈오　아, 그거지.

홋타 리쓰코　미안하네요.

타미코 아 아니에요

홋타 카즈오 뭐 그럼, 갈까?

홋타 리쓰코 ★(유미코에게) 너무 늦지 않게 오렴.

홋타 유미코 알았어요.

홋타 리쓰코 점심은?

홋타 유미코 어?

유키코 점심은 여기서

홋타 리쓰코 죄송해요

홋타 유미코 잘 먹겠습니다!

홋타 리쓰코 이 바보

홋타 유미코 • • •

홋타 리쓰코 죄송합니다만, 그럼..

유키코 돌아갈 때 사람을 딸려 보낼게요.

홋타 리쓰코 고맙습니다.

홋타 유미코 ★고맙습니다.

홋타 카즈오 그럼 실례하겠습니다.

타미코 네. (하수로 향하는 카즈오 일행을 따라 나간다.)

홋타 카즈오 나오지 마세요

타미코 ▲아뇨 뭐

홋타 리쓰코 ▲정말로요

  @타미코 ▲☆☆☆참, 저희 남편하곤..?

  @홋타 카즈오 ▲아까 안에서 인사했으니까요

  @타미코 ▲아

  @홋타 카즈오 ▲그래도 다행이군, 아버님께서 괜찮으시니

❖홋타 카즈오와 리쓰코, 그리고 타미코, 하수로 퇴장.

4.1.3

홋타 유미코 ☆☆☆스모 선수가 나가버렸다는 게 어떤 거예요?

유키코 나도 몰라.

홋타 유미코 예-?

시마노 휙 나가버렸어요.

홋타 유미코 ☆정말요?

유키코 ☆응.

시마노 남양으로 간 게 아닐까?

홋타 유미코 무슨 말이에요?

시마노 그렇게 말했거든.

홋타 유미코 남양으로 간다고?

시마노 가고 싶다고.

홋타 유미코 이상한데.

유키코 유미코는?

홋타 유미코 예?

유키코 가보고 싶은 곳이 있어?

홋타 유미코 아

❖타미코가 하수에서 돌아온다.

타미코 신발도 없어.

홋타 유미코 스모 상 신발요?

타미코 응.

유키코 그야 당연하죠.

타미코 예?

유키코 밖으로 나갔으니까

타미코 아

홋타 유미코 수수께끼의 스모 선수!

타미코 남편 좀 불러올게요.

유키코 네.

타미코 실례

시마노 네.

❖타미코, 상수로 퇴장.

4.1.4

• • •

홋타 유미코 나는 유럽요.

유키코 어?

홋타 유미코 가보고 싶은 곳

유키코 아

시마노 파리 같은 데?

홋타 유미코 네.

유키코 하지만 그쪽은 전쟁이 나서 엉망진창 됐대.

홋타 유미코 아, 그런가?

유키코 역시 조선이 제일 좋은 것 같애

시마노 하긴요.

홋타 유미코 런던도 가보고 싶은데

시마노 아

홋타 유미코 셜록 홈즈의 집이 있대요.

시마노 와-

• • •

유키코 선생님은 내지로 안 돌아가나요?

시마노 모르겠어요.

유키코 돌아가지 마세요.

시마노 네.

홋타 유미코 하지만 외롭지 않으세요, 혼자?

시마노　뭐, 그렇진 않은데

홋타 유미코　나라면요, 혼자서 먼 곳에 가 있으면 외로워질 것 같아요.

유키코　응, 맞아.

홋타 유미코　그죠.

❖신지와 타미코, 상수에서 등장.
곧이어 야마시나도 등장.

신지　뭐 어떻게 된 거야?

유키코　아 오빠.

신지　어쨌다구?

유키코　가버렸어요, 스모 선수가.

신지　가버렸다는 게 뭐야?

유키코　글쎄

신지　어?

타미코　★뭐라고 하고 갔는데요?

시마노　그러니까 그냥 "가보겠습니다" 하고

타미코　그래요?

시마노　맞죠?

유키코　네.

타미코　혹시 그거, 스모 기술 같은 게 아닐까?

시마노　예?

타미코　뒤집기 같은.

시마노　• • • 아니겠죠..

신지　뭐야 그게?

타미코　왜 있잖아요, 놀래키기 기술도 있고

신지　그런 기술이 어디 있어?[44]

❖전영화, 상수에서 등장.

4.2.1

전영화　★저, 저기
신지　어- 뭐지?
전영화　저기, 영사기 상태가 /
신지　★아, 아, 그보다도 키쿠치 씨를 불러오지
전영화　예?
신지　별채에 있거든
전영화　키쿠치 씨가 누구죠?
신지　아, 아, 그 스모.. 흥행사 말야
전영화　네.
신지　불러와 줘
전영화　저기, 그런데 영사기가 좀 상태가 /
신지　★영일 군한테 말해야지.
전영화　아, 벌써 나갔거든요.
신지　뭐?
전영화　밖으로
신지　밖에 왜?
전영화　그러니까, 다 나갔으니까요.
신지　어? 뭐라는 거야?
야마시나　저.. 제가 불러올까요?
신지　아, 아, 그래주겠어?
야마시나　네.
신지　별채에 있거든
야마시나　압니다.

---

44 원문에서 타미코가 말하는 스모 기술은 'ネコダマシ'로, 상대 선수의 눈 앞에서 손뼉을 쳐서 놀라 눈을 감게 하는 것을 말한다. 이것을 둘러싼 대화를 의역했다.

❖야마시나, 상수로 퇴장.

4.2.2

신지 뭐지? 다 나갔다는 게?

전영화 조선 사람은 다..

신지 아, 나 이거 참 • • • 내가 늘 말했지? 일을 할 때는 마음대로 들락거리면 안 된다고.

전영화 네.

타미코 영화한테 지금 그래봤자..

신지 아니, 그러니까 조선인은 일에 대한 그런 책임감이 없다구, 아직

타미코 하지만 지금 영화는 잘못이 없잖아요.

신지 음.. • • •

타미코 그게 다 당신이 조선인들 기를 너무 살려놔서 그래요.

신지 • • • 아무튼 곧 갈 테니까 관객들한테 사탕이라도 나눠주고 있어

전영화 아뇨, 저기.. 저도 나가볼 거라서요

신지 ☆뭐?

타미코 ☆뭐?

전영화 저도 좀..

신지 그러니까 그렇게 막 가버리면 안 된다고, 일하는 중에는

전영화 하지만 다들 모이고 있다고 하는데

신지 뭐?

유키코 아, 조선인들이?

전영화 네.

신지 왜들 그러는데?

유키코 관례도 없어졌어요.

신지 어?

유키코 미옥이도

신지 아니 왜?

유키코 ○글쎄요

타미코 그세 스모 상이 가버린 거하고도 상관이 있나?

유키코 그건 잘 모르겠어요

타미코 그래요?

홋타 유미코 수수께끼의 조선인!

• • •

신지 잠깐, 잠깐만.

• • •

신지 그러니까 영화 넌 왜 나가는 거지?

전영화 조선이 독립을 해서요

신지 뭐?

전영화 그동안 신세가 참 많았습니다.

신지 뭐라는 거야, 너 지금?

타미코 독립을 했다는 게 뭐지?

전영화 예?

유키코 조선이.. 독립했다는 거지?

전영화 네.

타미코 뭐한테서?

전영화 일본한테서겠죠.

타미코 아니 왜?

전영화 왜냐하면, 음, 원래 그런 거였으니까요.

타미코 ☆☆나 원 참

@유키코 ☆☆이거, 이게 그 전단이에요.

@홋타 유미코 ☆☆☆아..

시마노 ☆☆☆누구한테서 들었죠, 그 얘기?

전영화 예?

시마노 조선이 독립했다는 거.

전영화 영일 씨도 그러고요

시마노 아

타미코 영사 기사예요, 조선인.

시마노 ☆☆☆☆네.

전영화 ☆☆☆☆다들 그러던데요.

유키코 그래서 만세라는 거야?

전영화 예?

유키코 사람들이 길에서 만세를 부른다는데

전영화 네, 아마.

신지 아니, 이.. 독립이란 걸 누가 결정했다는 거야?

전영화 글쎄요, 일본하고 조선이 결정한 게 아닌가요?

신지 들은 적 없어, 그런 얘기.

타미코 하지만 만세를 부른다는 건..

신지 말도 안 돼

전영화 파리인가 어디에서 회의에서 그랬다는 거 같은데요

신지 뭐?

❖시부야, 상수 계단으로부터 등장.

4.2.3

시부야 실례할게요.

신지 어? 어?

타미코 네?

시부야 안녕히 계세요

❖시부야, 하수로 퇴장.

신지 저 사람은?

유키코 예?

신지 저 사람도 조선인?

유키코 어, 아니겠죠.

타미코 뭘까요?

유키코 넌 알아?

전영화 ☆아니요

신지 ☆대체 뭐야?

❖키쿠치, 상수에서 등장.
뒤이어 야마시나도 등장.

©青木司

키쿠치 ★찾으셨습니까?

신지 아 아, 왔다.

키쿠치 무슨 일로..?

신지 무슨 일인지 몰라도 없어졌답니다.

키쿠치 예?

신지　세키토리요. 그 스모 상

키쿠치　예?

신지　밖으로 나갔대요

키쿠치　밀어내기로요?[45]

신지　뭐요?

❖상수 계단에서 키치지로가 등장.
그대로 하수로 가로질러 나간다.

4.2.4

유키코　또 끌어들였군.

신지　아

키쿠치　예? 끌어치기?[46]

신지　☆☆신경 안 써도 돼요, 저건

키쿠치　저기, 무슨 말씀이신지 잘..

@홋타 유미코　☆☆자주 저러나요?

@유키코　맨날 저래.

@홋타 유미코　아

@유키코　상대가 늘 바뀌지

@홋타 유미코　우와.

신지　잠깐만. 자, 좀 정리를 해보자구.

키쿠치　그러시죠.

신지　어.. 먼저 하나 물어볼게요. 카이가타케는 조선인입니까?

키쿠치　○아닙니다

신지　그래요?

키쿠치　세키토리는 야마나시 출생으로

45 키쿠치는 상황을 제대로 이해하지 못하고 엉뚱하게도 스모의 기술(押し出し)을 말하고 있다.
46 역시 스모의 기술(引っ張り)을 말하고 있는데, 이것을 의역했다.

신지　예

키쿠치　카이코마가타케 산길 그루터기에서 태어나..

신지　그만둬요, 그 얘긴

키쿠치　네 네.

신지　그럼 왜 나가버린 거지?

키쿠치　무슨 말씀이신지 전 여전히 잘..

유키코　나가버렸다구요, 정말로

키쿠치　세키토리가요?

유키코　네.

키쿠치　언제?

유키코　좀 전에요

키쿠치　예?

유키코　"가보겠습니다" 그러고는

키쿠치　그럴 리가요

시마노　정말이에요.

키쿠치　예?

신지　그러니까 물어보는 거 아닙니까? 어떻게 된 거냐고

키쿠치　어.. • • • 좀 찾아보고 오겠습니다.

신지　그래요.

키쿠치　아니 이게 도대체

❖키쿠치, 하수로 퇴장.

• • •

전영화　그럼, 저도..

신지　뭐?

전영화　안녕히 계세요

타미코　영화야

전영화 언젠가 또 뵙기를

타미코 이봐, 이봐

❖전영화, 하수로 퇴장.

4.3.1

신지 어떻게 된 거야?

야마시나 어떻게 된 거죠?

홋타 유미코 꼬리에 꼬리를 무는 수수께끼!

야마시나 아 참, 영화관 쪽이 좀 소란스러운 것 같던데요

신지 어?

야마시나 영사기 상태가 나쁘다고

신지 아, 참 • • • 좀 가보고 올게.

유키코 네.

신지 당신, 손님들한테 사탕을 좀..

타미코 네 네.

신지 나 이거 원. • • • 그리고 말야, 스모 선수 돌아오면 바로 불러줘.

유키코 네.

신지 가자구.

타미코 예 (유키코 등에게) 그럼

유키코 네.

❖신지와 타미코, 상수로 퇴장.
이들과 스쳐서 오시타가 등장.

오시타 △아 죄송해요.

신지 ▲어 어

오시타 △실례하겠습니다.

야마시나 결국 뭐가 어떻게 된 거죠?

유키코 전혀 모르겠어요.

야마시나 괜찮을까요?

유키코 예?

야마시나 저 키쿠치 씨요, 조선은 처음 아닌가?

유키코 아, 그런가?

야마시나 어떻게 찾겠다는 거지?

오시타 비켜요

야마시나 알았어요. (시마노에게) 안 그래요?

시마노 ☆예

유키코 ☆들었어요?

오시타 예?

유키코 스모 선수 없어진 거.

오시타 아, 네.

유키코 별로 안 놀라네.

오시타 근데 뭐, 찾기 쉽잖아요, 하도 몸집이 커서.

유키코 하긴 그래.

야마시나 그렇겠군

오시타 저도 어렸을 적에요, 숨바꼭질하면 금방 들켰거든요.

모두 아.

오시타 아 아니, 너무들 쉽게 수긍을..

야마시나 자기가 말해놓구선.

오시타 그래도 그렇지.

❖켄이치와 료코, 상수에서 등장.

이어서 이와모토도 등장.

4.3.2

켄이치 스모 선수가 없어졌다구?
유키코 예.
켄이치 무슨 소리야?
료코 ★뭐 어떻게 된 일이지?
홋타 유미코 ☆☆글쎄요.
이와모토 ☆☆참, 우리 그거 지금 해치우자.
야마시나 어?
이와모토 뜰에 바위.
야마시나 아, 아
이와모토 밥 먹기 전에.
야마시나 응.
켄이치 그 바위?
이와모토 네.
켄이치 아, 좀 옮겨줘
이와모토 스모 선수한테 부탁하면 되겠다 싶었는데.
켄이치 아, 그랬나?
야마시나 들 수 있을까?
이와모토 뭐, 일단 해보지.
야마시나 좋아
유키코 이와모토
이와모토 네.
유키코 ○활동사진은 시마노 선생님하고 갈 거예요.
이와모토 아..
켄이치 활동사진?
이와모토 아뇨..
켄이치 활동사진 보러 가게?
유키코 네, 황금좌로.
켄이치 아버지 허락은 받았어?

유키코 안 받아도 돼요.

켄이치 안 되지, 그럼.

유키코 왜요?

켄이치 왜요라니, 아버지가 병환중이시잖아, 지금

유키코 그게 무슨 상관이에요?

켄이치 상관이 없지 않지

유키코 상관없어요.

켄이치 어째서?

유키코 무슨 상관이야, 오빠하고!

• • •

켄이치 이와모토는 뭐지?

이와모토 아뇨 아뇨, 전 상관없습니다.

켄이치 음.

이와모토 활동사진은 시마노 선생님하고..

유키코 그래요, 시마노 선생님하고

이와모토 ☆☆☆아 아, 음..

시마노 ☆☆☆아니, 전..

켄이치 아무튼 아버지 병환이 나으면 가도록 해.

유키코 그러다간 보고 싶은 영화가 끝나버릴걸.

켄이치 뭐라는 거야?

야마시나 바위 옮기고 오겠습니다.

켄이치 응.

이와모토 아 그럼 저도..

켄이치 응.

❖이와모토, 야마시나, 상수로 퇴장.

4.3.3

유키코 제발 좀 내버려두세요, 날 그냥.

켄이치 무슨 말을 그렇게 해?

유키코 뭐가 어때서요?

켄이치 • • • 그럼 마음대로 해

유키코 마음대로 할 거예요.

료코 아니, 당신..

켄이치 다 관둬.

료코 • • • 풍금 연습은 다 했어?

홋타 유미코 아뇨, 아직

유키코 안 했어요.

료코 아 그래요?

❖유키코, 일어나 풍금으로 간다.

료코 유키코 아가씨

켄이치 내버려두랬으니까 내버려둬.

료코 그래도..

• • •

료코 음.. 유미코는?

홋타 유미코 네?

료코 결혼은?

홋타 유미코 예?

료코 아직?

홋타 유미코 아, 저야 그렇죠.

료코 이래저래 들어오는 이야기는 있지?

홋타 유미코 전요, 러시아 망명 귀족이 좋겠다고 생각하는데요.

료코 어? 어째서?

홋타 유미코 왠지 멋있지 않아요?

료코　그래?

홋타 유미코　네.

오시타　멋있어요.

홋타 유미코　그쵸?

오시타　네.

료코　오시타는?

오시타　예?

료코　오시타도 슬슬 생각을 해야지.

오시타　어? 아니, 혹시 그거, 이제 그만 이 집에서 나가란 말씀인가요?

료코　그건 아니야.

오시타　아, 깜짝 놀랐네.

료코　후쿠시마처럼 계속 여기 있어주면 우리야 좋지만

켄이치　오시타라면 시집갈 데야 얼마든지 있지 않겠어?

오시타　어..

료코　네.

켄이치　일도 잘하니까.

오시타　감사합니다.

켄이치　농부가 좋을까, 장사꾼이 좋을까?

오시타　예?

켄이치　남편감은 농부가 좋겠어? 장사꾼이 나으려나?

오시타　아, 전요, 직공 같은 사람이 좋아요.

켄이치　음.

오시타　이렇게 수건을 머리에 동여매고서요

켄이치　오

오시타　"금세 됩니다요-" 이러는..

켄이치　응.

오시타　"에라잇, 못 해먹겠어!"[47] 그러면 "여보, 참아요-" 이러구요

❖이와모토, 상수에서 등장.

4.3.4

이와모토 오시타

오시타 예이~

이와모토 • • • 바위 옮기는 것 좀 도와줘

오시타 왜 나한테 그걸..

이와모토 빨리 좀 와봐요

오시타 ☆○알았어요.

@시마노 ☆그런데 러시아 사람은 털북숭이잖아요?

@홋타 유미코 괜찮아요. 저, 동물 인형도 좋아하거든요.

@시마노 아.

료코 아, 그럼 후쿠시마한테 차 좀 가져오라고 말해줘.

오시타 네.

❖이와모토, 먼저 상수로 퇴장.

료코 미옥이도 관례도 없어서 바쁘겠지만.

오시타 아니에요

유키코 언니

료코 네?

유키코 풍금 연습을 하고 싶은데요

료코 아, 미안해요.

시마노 아뇨, 다음으로 미뤄도 되는데

홋타 유미코 예에?

---

47 원문에서 오시타는 자기가 상상하는 남편의 말을 직공(職人) 특유의 말투로 표현하고 있다.

❖키치지로, 하수에서 등장.

4.4.1

켄이치	어? 돌아왔네
키치지로	다녀왔습니다 (상수로 향한다.)
켄이치	어딜 다녀왔지?
키치지로	어, 요 앞까지만 배웅을 좀
켄이치	아 • • • 괜찮나, 바깥은?
키치지로	☆☆예, 뭐
오시타	☆☆저, 차를 어떻게..?
료코	음..
켄이치	그냥 가져오도록 해.
오시타	네 • • •
키치지로	그럼 전
켄이치	아, 어?
오시타	아, 키치지로 씨
키치지로	어?
오시타	미옥이가 민족자결을 했어요.
키치지로	뭐라구?
오시타	민족자결을 해서 나가버렸어요.
키치지로	어 정말로?
오시타	영화도요
키치지로	오, 대단한데
유키코	키치지로 씨
키치지로	네?
유키코	저기요, 근본 모를 여자를 집에 들이지 않았으면 하는데요
키치지로	• • •
유키코	적당히 좀 하시죠.

키치지로 미안하게 됐네요.

켄이치 자 자, 좀 앉지

키치지로 아뇨..

오시타 실례하겠습니다.

❖오시타, 상수로 퇴장.

유키코 나, 풍금 연습 할 거예요.

켄이치 니가 사람을 불러세웠잖아

유키코 아니 왜 첩의 자식한테까지 그렇게 신경을 쓰지?

켄이치 지금 그게 아니잖아

유키코 아니면 뭐죠?

켄이치 왜 이러냐, 너?

키치지로 전 이만

켄이치 잠깐 기다려

키치지로 아뇨..

켄이치 앉게나.

키치지로 됐습니다

켄이치 앉아보라니까

• • • • •

키치지로 네. (E에 앉는다.)

• • •

켄이치 앉아서 차라도 마시자구, 다 같이 • • • 오늘은 어차피 외출도 못 하니까.

• • • • •

켄이치 그.. 유미코는 스모 상을 봤던가?

홋타 유미코 네, 안에서 잠깐요.

켄이치 아

홋타 유미코 저기, 제가 예전부터 이상하다 싶은 게 있었는데요

켄이치 뭐지?

홋타 유미코 어째서 스모 상은 스모 상이라고 하는 거죠?

켄이치 어?

홋타 유미코 제 말은, 스모는 스포츠의 이름이잖아요.

켄이치 응.

홋타 유미코 거기다가 '상'을 붙이면 어째서 사람을 가리키게 되냐 이거죠.

켄이치 어? 무슨 말이지?

홋타 유미코 그럼 야구 선수는 '야구 상'이라고 해야겠네요?

켄이치 • • • 아.

료코 아, 유도는 '유도 상'?

홋타 유미코 그죠

료코 그러고 보니 이상하네.

홋타 유미코 예

시마노 ★'테니스 상'

홋타 유미코 말이 우습죠.

시마노 응.

홋타 유미코 전 전부터 그게 너무 궁금했어요.

료코 응.

❖카와사키, 상수에서 등장.

후쿠시마, 뒤이어 차를 들고 상수에서 등장.

4.4.2

카와사키 아 아

켄이치 왜?

카와사키 저.. 어음 때문에 상의를 좀

켄이치 ☆어 그래?

카와사키 네.

@후쿠시마 ☆오래 기다리셨습니다.

켄이치 곧 갈게.

카와사키 네.

켄이치 급한가?

카와사키 ☆☆아닙니다

켄이치 점심 먹고 얘기해도 될까?

카와사키 네.

켄이치 그럼 그렇게 하지.

@료코 ☆☆그런데 지배인은 '지배인 상'이라고 부르지.

@홋타 유미코 지배인은 스포츠는 아니잖아요?

@료코 하긴 그래.

@키치지로 '지배인 선수'

@료코 말이 이상하다.[48]

@키치지로 예.

켄이치 또 뭐가 있나?

카와사키 아뇨. 그럼 이따가..

켄이치 응.

❖카와사키, 상수로 퇴장.

4.4.3

홋타 유미코 잘 마시겠습니다.

후쿠시마 드세요

유키코 후쿠시마는?

후쿠시마 예?

48 일본어의 독특한 문법적 특징을 바탕으로 한 가벼운 대화다. 적당하게 의역해둔다.

유키코　후쿠시마는 왜 결혼 안 했지?
후쿠시마　아
료코　아가씨, 그 얘긴..
유키코　예?
료코　관두세요
후쿠시마　★그게, 얘기는 많이 있었는데요.
유키코　그런데?
후쿠시마　하필 그럴 때마다 여기 일이 바빠지고 그래서
유키코　아, 그랬군.
후쿠시마　조선인 가정부들은 젊었을 때 결혼을 해버리더라구요?
유키코　그렇더라.
후쿠시마　음, 설마 내가 시집을 못 갈 거라곤 생각도 못 했는데,
유키코　아.
후쿠시마　어쩌다 보니.
유키코　우리 때문에 못한 거구나.
후쿠시마　아니에요, 그런 거.
유키코　너무 미안하네.
후쿠시마　천만의 말씀이에요.
켄이치　뭐, 결혼이란 건 할 수 있을 때 해두는 게 좋다는 얘기로군.
후쿠시마　네.
유키코　어디가 그래요?
켄이치　아니라구?
유키코　후쿠시마도 조선을 좋아하지?
후쿠시마　아, 네. 뭐, 싫다 싫다 하는 것도 다 좋다는 소리라죠?
• • •
유키코　그러니까 좋아한단 말이지?
후쿠시마　네..
료코　그럼, 점심들 드실까요?

켄이치　응.

료코　선생님도 잡숫고 가실 거죠?

시마노　아, 아뇨 전 /

유키코　★당연하죠. 연습도 거의 못 했으니.

시마노　예, 그럼.

@유키코　☆죄송해요.

@시마노　아니에요.

료코　☆벌써 준비가 다 됐어?

후쿠시마　아, 네.

료코　두 사람 분도?

후쿠시마　네, 문제없어요.

료코　그럼 상 차리지

후쿠시마　어, 그런데 오시타가 지금 뜰에 바위 때문에

료코　아, 그렇군.

후쿠시마　그게 끝나고 차려도 될까요?

료코　그래야겠네.

후쿠시마　네. 미옥이랑도 없어서요.

료코　응, 서두르지 않아도 돼

후쿠시마　죄송합니다.

료코　괜찮아.

후쿠시마　실례하겠습니다.

❖후쿠시마, 상수로 퇴장.

4.4.4

유키코　(풍금으로 〈곤돌라의 노래〉[49]를 탄다.)

---

49 〈ゴンドラの唄〉. 근대 연극(신극) 운동을 했던 극단인 '예술좌(芸術座)'가 1915년에 공연한 투르게네프 작 〈그 전날 밤(その前夜)〉의 극 중에서 유명한 여배우 마쓰이 스마코가 부른 노래. 톨스토이 작 〈부

홋타 유미코 고맙습니다, 이래저래

료코 고맙긴

• • •

켄이치 유키코는 이제 내지로는 가고 싶지가 않대.

키치지로 어- 그래요?

유키코 (풍금을 멈추고) 그런 얘길 뭐 하러 해요, 굳이?

켄이치 왜냐하면 키치지로 군은 도쿄에 가고 싶다고 말하니까.

키치지로 그건..

켄이치 그리고 또, 유미코는 러시아?

홋타 유미코 좀 달라요.

켄이치 어?

홋타 유미코 그냥 러시아 사람하고 결혼하고 싶다는 거죠.

켄이치 아 그래?

홋타 유미코 그것도 망명을 한 몰락 귀족하고.

켄이치 흠.

유키코 (다시 풍금을 탄다.)

켄이치 차가 식겠어.

• • • •

켄이치 유키코

• • •

료코 자, 우리 다 같이 풍금 연주를 듣는 거, 어때요?

켄이치 어?

료코 좋죠?

키치지로 아, 그거 좋네요.

유키코 싫은데, 난.

료코 왜요? 좀 들려줘요

활〉(1914년 공연)의 극중 노래였던 〈카추샤의 노래(カチューシャの唄)〉와 마찬가지로 큰 인기를 끈 곡이다.

유키코 예?

료코 실력이 많이들 늘었을 텐데.

홋타 유미코 유키코 언닌 그렇죠

료코 자, 지금부터 발표회!

유키코 예?

켄이치 (박수를 친다.)

키치지로 (이이서 박수를 친다.)

유키코 그럼.. (시마노에게 무언가 귓속말을 한다.)

시마노 아니, 그걸?

유키코 네 (좌우 자리를 바꾸려 일어선다.)

시마노 좋아요.

유키코 선생님이 왼손요.

시마노 그러죠. (자리를 바꾼다.)

유키코 셋 넷

❖둘이서 〈도쿄 타령(東京節)〉을 탄다. 이내 유미코까지 가세하여 원래의 가사를 다음과 같이 바꾸어 노래한다.[50]

~ 경성의 중추는 메이지초(明治町)[51]
파고다공원, 경복궁
멋들어진 미쓰코시백화점에
위풍도 당당한 저 총독부
광화문에는 관청이 많지

---

50 미국 노래 〈조지아 행진곡(Marching Through Georgia)〉에 일본어 가사를 붙여 1919년에 발표된 코믹한 노래로 당시 큰 인기를 끌었다. 정확한 의미를 알 수 없는 독특한 후렴구로 인해 "파이노 파이노 파이"란 제목으로도 알려져 있다. 여기에서 유키코 등은 도쿄의 풍물을 읊는 이 노래의 가사를 경성(서울)에 관한 것으로 바꾸어 부르고 있다.

51 메이지초(明治町)는 지금의 명동이다. 일제강점기에 일본인들은 주로 당시 서울(경성)의 남쪽(청계천 이남) 지역에 살며 일본인 자본에 의한 상업 지구를 형성해나갔다.

경성신사와 경성역
칙칙폭폭 가는 기차 시베리아로
라메챤타라 깃총총에
파이노 파이노 파이
파리코토 바나나에
플라이 플라이 플라이

료코 (노래 중간에) 이게 뭐지?
홋타 유미코 유행 중이에요, 지금.
료코 아 그래? (일어나 풍금 쪽으로)

(간주)

❖후쿠시마와 오시타, 점심상을 차리러 들어온다.

료코 (노래 중간에) 벌써 끝?
오시타 네, 쉽게 옮겼어요.
료코 그래?
키치지로 오늘 반찬은 뭐지?
후쿠시마 오늘은 가자미조림을
키치지로 오-
켄이치 점심부터 호강이로군.
켄이치 아버지 식사는?
료코 네, 벌써 올렸어요.
켄이치 응.

~ 남산에선 경성이 내려다보여
바위산, 약수터, 전망대

전차는 땡땡땡 정류장에

시장이 크게 서는 남대문

중국도 러시아도 조선도

다 같이 사이좋게 경성에서

동아시아 큰 꿈이 피어난다네

라메찬타라 깃총총에

파이노 파이노 파이

파리코토 바나나에

플라이 플라이 플라이

~ 경성의 번화가 혼마치[52]

프랑스교회[53]*에 코가네마치*[54]

비둘기가 구구구 콩 파는 조선인

활동사진, 아서원[55]*, 공회당*

초밥, 김치, 쇠고기, 튀김

어이, 이리 좀 와봐! 헌병 아저씨

소매치기, 거지한테 다 털렸네

라메찬타라 깃총총에

파이노 파이노 파이

파리코토 바나나에

플라이 플라이 플라이

~ 라메찬타라 깃총총에

파이노 파이노 파이

---

52 혼마치(本町)는 지금의 충무로 일대다.

53 명동성당을 말하는 것이다.

54 코가네마치(黃金町)는 지금의 을지로에 해당한다.

55 雅敍園. 당시 유명한 중국요리점. 코가네마치 1정목(黃金町 1丁目, 지금의 을지로 1가)에 있었다.

파리코토 바나나에
플라이 플라이 플라이

❖노래가 이어지는 동안 조명이 페이드아웃된다.

서울시민·쇼와 망향 편

ソウル市民・昭和望郷編

◆〈서울시민·쇼와 망향 편〉[1]은 작가 히라타 오리자 자신의 연출에 의해 2006년 12월 세이넨단(青年団) 제52회 공연 "서울시민 3부작 연속상연"(도쿄 키치죠지씨어터)의 세 번째 작품으로서 처음 발표되었다.

◆이 번역 희곡은 그 공연의 실황을 담아 기노쿠니야서점(紀伊国屋書店)에서 발매한 DVD 〈히라타 오리자의 현장 23-서울시민·쇼와 망향 편〉에 들어 있는 대본을 바탕으로 옮겼으며, 작가로부터 제공받은 당시의 연습 대본을 일부 참고했다.

◆함께 실은 무대 사진은 2011년 10월~12월에 올라간 세이넨단 제64회 공연 '서울시민 5부작 연속 상연'(도쿄 키치죠지씨어터) 때의 기록사진으로, 아오키 쓰카사가 촬영했다.

1 '쇼와(昭和)' 시대란 일본의 연호로, 히로히토(쇼와) 일왕의 재위 기간에 해당하는 1926년부터 1989년까지의 기간을 말한다. 이 희곡에 제목을 붙인 까닭에 관해서는 이 희곡집 끝에 실린 히라타 오리자의 글 〈"서울시민 3부작 연속상연"을 올리며〉를 참고 바란다.

©青木司

등장인물

시노자키 가(家) 사람들

시노자키 스미코(篠崎寿美子) 시노자키 가의 맏딸[2]
시노자키 키요코(篠崎清子) 둘째딸
시노자키 신이치(篠崎真一) 맏아들
시노자키 요시코(篠崎嘉子) 셋째딸
시노자키 코헤이(篠崎幸平)[3] 아이코의 배다른 남동생(아버지가 후처에게서 얻은 아들)
니시노미야 아이코(西宮愛子) 스미코 남매의 고모로, 결혼을 하여 성(姓)이 바뀌었다
니시노미야 타로(西宮太郎)[4] 스미코 남매의 고모부
시노자키 키치지로(篠崎吉二郎) 아이코의 배다른 남동생(아버지가 소실에게서 얻은 아들)
시노자키 사에코(篠崎佐江子) 키치지로의 아내
하카마다 소고로(袴田宗五郎) 스미코의 약혼자

서생 아시다 토라노스케(芦田虎之助)
우에다 테쓰오(上田哲夫)
이제원(李齊源, 리 사이겐)[5] 조선인으로, 최근 조선총독부 관리가 되었다

일본인 가정부 스다(須田)
요코야마(横山)

조선인 가정부 손미려(孫美麗)
조문자(趙文子, 후미코)[6]

홋타 가(家) 사람들 홋타 유미코(堀田由美子)
홋타 토키지로(堀田時次郎) 유미코의 남편

만·몽 문화교류 청년회 쿠레타케 키쿠노죠(呉竹菊之丞)[7]
히토미 유코(人見木綿子)[8]
이시이 박(石井パク)
로랑 마리(楼蘭真里)

간호부 히라이와 야스코(平岩康子)
소마[9] 스즈에(相馬すずえ)

---

2 등장인물에 대한 설명의 일부는 독자의 편의를 위해 옮긴이가 덧붙였다.

3 실제 발음은 '코우헤이'에 가깝다.

4 이하의 이름 중 타로, 소고로, 토키지로, 키쿠노죠의 실제 발음은 '타로우', '소우고로우', '토키지로우', '키쿠노죠우'에 가깝다.

5 '이제원(李齊源)'이란 이름을 일본어식으로 읽으면 '리 사이겐'이 된다. 공연의 실황 영상을 보면 일본인 등장인물들은 그를 이렇게 부르지만, 번역 상으로는 일단 '이제원'으로 해두었다.

6 '문자(文子)'란 이름을 일본어식으로 읽으면 '후미코'가 된다.

7 가부키, 라쿠고 등 전통예능의 배우를 연상시키는 남자 이름이다.

8 실제 발음은 '유우코'에 가깝다.

9 실제 발음은 '소우마'에 가깝다.

보기

☆ 가까이에 있는 같은 개수의 ☆표시 대사와 거의 동시에 말한다.

★ 앞의 대사와 겹쳐서 말한다.

/ 뒤의 대사에 의해 끊긴다.

○ 대사 앞에 약간 사이가 뜬다.

• • • ○보다 긴 공백.

▲ 퇴장하면서 말한다.

△ 등장하면서 말한다.

@ 동시 진행 대사, 혹은 삽입 부분.

장면 번호는 공연 연습의 편의를 위한 것으로 특별한 의미는 없다.

❖무대 가운데에 큰 탁자.
탁자 주위에 의자가 일곱 개.

무대 뒤쪽에 큰 식기장과 또 하나의 찬장.
식기장에는 다음과 같이 표어가 쓰인 종이가 붙어 있다.
"대지란 무릇 넓은 것. 사람의 마음이 그것을 좁게 할 뿐."

식기장에는 라디오가 있다.
식기장과 찬장의 뒤쪽이 복도가 되어 있다.

무대 하수에는 풍금.
무대 상수 앞쪽에 2층으로 올라가는 계단이 있다.
하수 쪽 출입구로 나가면 현관인 것으로 보인다.
상수 뒤쪽 출입구로 나가면 부엌이 있고, 더 가면 점포가 있는 것으로 여겨진다.

편의상 의자의 위치를 아래와 같이 표기한다.

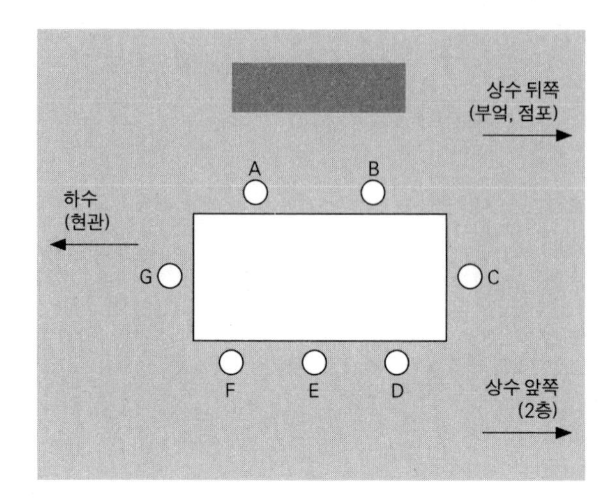

0.1.1

관객 입장.
(관객 입장 시간은 기본적으로 20분으로 한다.)

라디오에서 잡음과 뒤섞여 〈뱃사공의 노래〉[10]가 흐르고 있다.

관객 입장 시작 8분 후, 한복 차림의 한국인 가정부 조문자가 하수에서 장바구니를 들고 등장.

찬장 뒤로 사라지려 했다가, 라디오 소리에 마음을 빼앗겨 무대 중앙으로 다시 나온다.
라디오 앞에서 잠시 멈춰 서 있는다.
이내 상수로 퇴장.

5분 후, 상수에서 요시코가 등장.
이어서 조문자, 등장.

요시코 자, 좀 앉아봐

조문자 네.

요시코 음, 어디가 좋을까

조문자 • • •

요시코 거기에 앉아줄래?

조문자 네. (F의 의자를 빼서 앉으려고 한다.)

요시코 그래, 거기

조문자 네.

---

10 〈船頭小唄〉. 1921년에 만들어지고 1923년에 녹음되어 유행한 노래.

요시코 팔꿈치를 이렇게 하고

조문자 예?

요시코 이렇게 턱을 괴는 거야

조문자 아, 네.

요시코 좋아, 좋아. 그런 식으로.

조문자 네.

요시코 그리고 저쪽을 봐

조문자 네.

• • •

요시코 움직이면 안 돼.

조문자 네.

❖요시코, 스케치북을 펴고 데생을 시작한다.
1분 경과.

요시코 어디 다녀온 길이었어?

조문자 장 보러요.

요시코 아, 그렇군
• • • 뭘 샀지?

조문자 채소를 좀.. 부족할 거 같아서

요시코 흠.. 저쪽을 봐

조문자 네.

❖라디오의 잡음이 심해진다.

요시코 시끄러.

❖요시코, 일어나서 라디오를 끄고 도로 앉아 데생을 시작한다.

2분 경과.

조문자　저.. 차라도 드실래요?
요시코　아니 아니, 괜찮아
조문자　그래도..
요시코　가만.. • • • 말하지 말고
조문자　네, 죄송합니다.

❖1분 경과.

요시코　참, '실례했습니다'를 뭐라고 한댔지?
조문자　예?
요시코　조선말로 '실례했습니다, 죄송해요' 이런 말..
조문자　아, [한국어]"죄송합니다"
요시코　아, 맞다 • • • [한국어]"죄송합니다"
조문자　네.
요시코　[한국어]"죄송합니다"

❖몇 분 후, 본 공연 시작.
스다, 상수에서 등장.
1.1.1

스다　어?
요시코　아, 수고 많아.
스다　뭘요 (이렇게 말하며 식기장에서 식기를 꺼낸다.)
요시코　뭐하는 거지?
스다　접시가 모자라서요
요시코　아

스다 손님이 더 온다고 해서.

요시코 아, 그 내지(內地)에서 오시는 분들?

스다 네, 그렇다죠?

요시코 게다 신이치 오빠도 돌아오니까

스다 네, 맞아요. 오늘 하카마다 씨도 와 계시구요

요시코 어? 하카마다 씨도 와 있다구?

스다 예

요시코 뭐하러?

스다 글쎄요, 저도 모르죠.

요시코 왠지 싫다.

스다 그게..

• • •

스다 (접시를 꺼내고 나서 조문자에게) 넌 여기서 뭐하니?

조문자 아, 그게요..

스다 시장은?

조문자 아, 방금 다녀왔어요

스다 아, 그래?

조문자 죄송합니다 (하고 일어서려 한다.)

요시코 안 돼, 움직이면.

조문자 네.

요시코 미안. 지금 데생을 좀 하고 있거든

스다 예?

요시코 데생

스다 뭘 한다구요?

요시코 데생 모델을 부탁한 거라구, 후미코한테.

스다 아..

요시코 그래서 부엌에 갈 수가 없어.

스다 아..

조문자 죄송합니다.

스다 아

요시코 미안해

스다 아니에요, 지금은 뭐 문제없으니까

히라이와 (하수 안쪽에서 목소리가 들린다.) 계십니까?

스다 어?

조문자 아

요시코 안 돼, 움직이면.

조문자 네.

스다 제가..

요시코 응.

조문자 죄송합니다.

히라이와 (다시 하수에서) 계십니까?

스다 네, 나가요

❖스다, 하수로 퇴장.

1.1.2

요시코 벌써 도착을 했나?

조문자 아

요시코 어? 아까랑 다른 것 같아.

조문자 예?

요시코 팔 위치가 거기였어?

조문자 어, 아닌가?

요시코 이렇지 않았어? (하며 포즈를 취한다.)

조문자 아

• • •

요시코 근데 하카마다 씬 아버지 안 계시다고 꼭 주인처럼 드나든다니까.

조문자 예

❖스다가 돌아온다.
뒤이어 간호부 히라이와, 등장.

스다 ★△들어오세요, 이쪽으로
히라이와 △실례합니다.
스다 저기, 간호부가..
요시코 어?
스다 신이치 씨 일로
요시코 아, 그럼 언니들 불러와 줘
스다 네.
요시코 들어오세요
히라이와 실례합니다.
요시코 거기 좀 앉아 계시겠어요?
히라이와 감사합니다. (E에 앉는다.)
스다 실례하겠습니다.

❖스다, 상수로 퇴장.

1.1.3

요시코 잠시만요. 곧 언니들이 올 거예요.
히라이와 네.
요시코 아, 저는 막내딸 요시코라고 해요. 시노자키 요시코.
히라이와 네. 간호부 히라이와예요. 잘 부탁드립니다.
요시코 잘 부탁드립니다.
• • •
요시코 하필 부모님께서 만주로 시찰 여행을 가셔서요

히라이와 예, 들었습니다.

요시코 죄송합니다.

• • •

히라이와 스케치 하시나 봐요.

요시코 네. 아, 죄송하네요. 곧 끝날 거니까요.

히라이와 아니에요, 그냥 계속해주세요.

요시코 전람회에 낼 거거든요.

히라이와 아

• • •

히라이와 (자기 머리를 세게 때린다.)

요시코 어? 무슨 소리지?

히라이와 글쎄요?

조문자 (두리번댄다.)

요시코 안 돼, 움직이면.

• • •

요시코 신이치 오빠는 오늘 돌아오는 거죠?

히라이와 네.

요시코 다 나았나요?

히라이와 예, 뭐, 아직 완치는 아니지만요

요시코 예

히라이와 선생님께서 자택에서 요양하시는 편이 좋겠다고 말씀하셔서

요시코 내 생각에도 그래요.

히라이와 그래서 오늘 제가 먼저..

요시코 아, 수고 많으세요.

히라이와 아뇨.

• • •

❖스미코와 키요코, 상수 뒤쪽에서 등장.

1.1.4

스미코 어서 오세요.

키요코 어서 오세요.

히라이와 죄송해요, 갑작스럽게 와서요

스미코 아뇨

히라이와 시노자키 신이치 씨의 간호를 맡고 있는 히라이와 야스코라고 합니다.

스미코 잘 부탁드립니다.

키요코 잘 부탁드립니다.

히라이와 선생님께서 먼저 댁으로 가서 살펴보라고 하셔서

스미코 네. 아, 이 집 맏딸 스미코입니다.

히라이와 네, 병원에서 몇 번..

스미코 아, 그랬었죠..?

키요코 둘째딸 키요코입니다.

히라이와 잘 부탁드립니다.

• • •

스미코 앉으세요

히라이와 네, 실례합니다.

스미코 (말하면서 C에 앉는다.) 하필 부모님께서 만주에 가시는 바람에.. 집을 비우셨거든요

히라이와 네, 들었습니다.

스미코 음, 그러면 어떻게 할까요?

히라이와 ★우선 방을 좀 보여주시면 좋겠는데

스미코 네. • • • 아, 어제 침대를 들여놨어요.

히라이와 그래요?

스미코 예, 그래서 방이 좀 좁아져버렸는데.

히라이와 ☆수고하셨겠네요

스미코 아니에요

@키요코 ☆(A에 앉는다.) 요시코, 뭘 하는 거지?

@요시코 데생

@키요코 어?

@요시코 데생

@키요코 지금 안 해도 되는 거 아니니?

@요시코 벌써 시작해버렸는 걸.

@키요코 ☆☆그래도..

@요시코 이분 오시기 전부터 하고 있었는 걸.

@키요코 나 참

• • •

스미코 ☆☆그림이 취미거든요, 요시코는.

히라이와 예, 신이치 씨한테서 들었습니다.

스미코 아

키요코 죄송해요, 재가 제멋대로라

히라이와 아뇨

스미코 ★그런데 신이치는 이제..?

히라이와 네, 일상생활에는 지장이 없으리라 생각합니다.

스미코 그런가요?

히라이와 앞으로 충분히 정양을 하면서 체력을 보강하는 게 제일이리라 생각합니다.

스미코 ☆☆☆네 • • • 여자 형제 사이에서 곱게 자라서요

히라이와 예

스미코 그래도 마음씨는 착한 아이인데

히라이와 네.

스미코 그래도 이 집 장남이니까요, 좀 더 제대로..

히라이와 네. 다만 여러분께서 너무 많은 기대를 하시면..

@요시코 ☆☆☆금방 끝날 거야.

@조문자 • • • 알겠습니다.

❖스다와 요코야마, 생반에 차를 받지고 능장.

1.2.1

스다, 요코야마 오래 기다리셨습니다.

스미코 고마워.

히라이와 감사합니다.

요코야마 어? 후미코..

조문자 죄송합니다.

스다 이러고 있다니까.

요코야마 어디 갔나 했더니

조문자 죄송합니다.

요시코 움직이면 안 된다니까.

조문자 죄송합니다.

요코야마 뭐지?

스다 이게 요시코 씨 친구 대신에 하는 거래.

요코야마 아-

요시코 어? 무슨 말이지?

스다 어, 친구 대신 아니었어요?

요시코 뭐?

스다 조선 사람인가요? 이름이 이상하던데

요시코 뭐라구?

스다 '뎅' 씨?

요시코 하나도 모르겠어, 무슨 소린지.

스다 어? 뎅 씨의 모델을..[11]

• • •

조문자 아

요시코 어?

조문자 데생이죠.

스다 뭐?

조문자 그러니까 데생이에요, 뎅 씨가 아니라

요시코 아

스다 대체 뭐라는 거야?

모두 (웃는다.)

요시코 이렇게 밑그림처럼 그리는 걸 데생이라고 하는 거야

스다 아..

요시코 사람 이름이 아니라구.

스다 아..

요코야마 바보 아냐?

스다 아니, 후미코가..

요코야마 상관 없는 거잖아, 후미코하곤

스다 그건 그런데.. (조문자에게) 그래도..

조문자 죄송합니다.

• • •

요시코 내지에서 오는 분들, 아직 안 왔어요?

스미코 어, 지금 아시다 군이 마중 나갔는데, 기차가 연착한다나 봐.

요시코 그 무슨 예술 쪽 사람들이라면서요?

스미코 그렇다는데

키요코 그런데 그런 사람들이 만주에 가서 뭘 하는 거지?

스미코 일본의 새로운 예술을 돌아다니면서 보급한대, 조선이나 만주로.

키요코 아-

요시코 미술하는 사람도 있으려나?

---

11 '데생'이란 말을 잘 알지 못하는 스다는, '데생(デッサン, 일본어 발음으로는 '뎃상')'이란 말을 '뎅 상(デンさん)'이라고 잘못 알아듣고 그걸 어떤 조선 사람의 이름이라고 생각하고 있다. '뎅 상(デンさん)'이란 이를테면 '전(田) 씨 성을 가진 사람'으로 들릴 수도 있다.

❖하카마다, 상수에서 등장.

1.2.2

하카마다 △이거 이거 이거, 기다리시게 해서 죄송합니다.

스미코 아

하카마다 죄송하게 됐네요

• • • 아무래두요, 이 집도 슬슬 서양식 변소로 바꾸는 게 어떨는지요?

스미코 아

하카마다 좋아요, 서양식 그게요, 처음엔 좀 힘이 안 줘지는 느낌이 들지만요, 익숙해지면 역시 편하거든요.

• • •

하카마다 아뇨 아뇨, 그렇게 당장 하자는 얘기가 아니라.. 뭐, 우리가 결혼을 하면요, 차차 그런 것도 생각을 해보잔 거지요.

스미코 네.

하카마다 (히라이와에게) 아, 안녕하십니까

히라이와 안녕하세요

하카마다 이건 뭐, 이렇게 아름다운 간호부가 있으니 신이치 군도 퇴원하기가 싫겠어. 안 그래요? 안 그래?

• • •

하카마다 뭐, 한동안 잘 부탁드릴게요. 시노자키 집안도 지금이 가장 중요한 때라서요, 그런 저기가 있으면 아무래도 상점의 신용에도 영향을 미치니까요.

• • •

스미코 저, 하카마다 씨께는 미처 말씀 못 드렸는데요, 신이치는 퇴원시키기로 했어요.

하카마다 ○예?

스미코 간호부도 집에 상주를 해주시기로 하고

하카마다 어, 아니 그럼 지금..

히라이와 잘 부탁드립니다.

하카마다 어 그럼, 그 퇴원을 언제 하죠?

스미코 오늘.

하카마다 예? 아니 그게..

스미코 해 떨어지면요. 이웃사람들 눈길도 있으니까.

하카마다 그렇게 빨리?

스미코 오래전부터 결정돼 있던 일이거든요

하카마다 아니, 그런 걸 왜 나한텐 말 안 해주는 겁니까?

스미코 아뇨, 그건.. • • • 죄송하게 됐어요.

하카마다 아니, 아버님도 안 계실 때 함부로 그렇게..

스미코 아버지하고는 편지로 연락을 해서요, 아버지도 그게 좋겠다고 하셨거든요

하카마다 아니 그게.. 이거 이거 이거

스미코 죄송하지만.

하카마다 잠깐만 있어봐요. 나도 아버님한테서 부재중에 이 집안 일을 잘 부탁한다는 말씀을 들은 몸이잖아요. 그야 뭐 나는 아직 약혼자라는 그런 신분이라.. 신분이라고 하면 좀 우습지만. 존재랄까?

요시코 무슨 상관이에요?

하카마다 뭐?

요시코 하카마다 씨는 아직 시노자키 집안 사람이 아니니까 끼어들지 말아주세요.

하카마다 • • • 아니.. 이럴 수가

요시코 신이치 오빠는 우리집 장남인데, '그런 저기'라는 둥 신용이 어떻다는 둥 남이 그러면 곤란하죠. (일어선다.)

하카마다 아 아 아-

조문자 어?

❖요시코, 그대로 상수 계단으로 퇴장.

1.2.3

하카마다 윽-

• • •

키요코 죄송해요.

히라이와 아뇨

• • •

하카마다 좀 힘들 때죠, 저 나이가.

• • •

요코야마 차를 좀..

스다 아

하카마다 아 그래, 고마워요, 고마워, 고마워.

❖요코야마, 상수로 퇴장.

스다 너, 뭘 하고 있어?

조문자 어 아, 네.

스다 이제 됐잖아, 요시코 아가씨도 가버렸는데

조문자 네.

스다 실례했습니다.

조문자 실례했습니다.

스다 (상수를 향한다.) 도대체 왜 네가 그걸 하는 거야?

조문자 예?

스다 내가 해도 되는 거 아냐. 그 데생인지 뭔지.

조문자 ▲아, 네.

스다 ▲다음엔 나한테 꼭 말하라구.

조문자 ▲네, 죄송합니다.

❖스다와 조문자, 상수로 퇴장.

1.2.4

• • •

하카마다 저기, 그게 그럼 벌써 결정이 된 겁니까?

스미코 네.

하카마다 아니 아니, 간호부한테 물었는데

히라이와 네.

하카마다 의사 선생도 그래도 좋다고 한 겁니까?

히라이와 네, 물론.

하카마다 아니 아니, 그게 그럼

히라이와 댁에서 정양을 하시는 게..

하카마다 이봐요, 내 말 좀 들어봐요. 미치광이란 건 낫는 병이 아니잖아요?

히라이와 그, 신이치 씨 경우는 정신병이 아니라요, 가벼운 노이로제 혹은..

하카마다 아니 그게, 세상에 그 가벼운 뭔가라는 사람이 남의 목을 조른답니까?

히라이와 음, 살의가 있는 건 아니거든요, 그런 경우

하카마다 그게 그럼.. 당신도 어디 한번 누가 올라타서 목 졸려봐 보세요.

히라이와 그래봤어요, 저도.

하카마다 뭐?

히라이와 그런 병원에서 일하고 있으니까요, 자주 당해요.

하카마다 • • • 아..

히라이와 괜찮아요, 의외로

하카마다 아니 그게.. 뭐라구?

• • •

스미코 그때 신이치 일은 정말 죄송했습니다.

하카마다 아뇨 뭐, 그야 스미코 씨한테 말해봤자 소용없는 일이죠.

스미코 죄송합니다.

하카마다 아뇨 그게, 내가 문제가 아니라요, 상점의 신용에 영향이 있으니까요. 무슨 일이 생겼을 적에요, 나야 괜찮습니다만.. 맞다, 키요코 씨도 시집도 못 가게 돼버릴 걸.

키요코 • • •

❖하수에서 이제원이 돌아온다.

1.3.1

이제원 저 다녀왔습니다.

키요코 어서 오세요.

스미코 어서 오세요.

하카마다 이제 오나?

이제원 키요코 씨, 이거 좀 사 왔어요.

키요코 아, 고마워요.

이제원 ★나카지마상점의 경단요.

키요코 고마워요.

이제원 다같이 드세요

스미코 매번 고마워요.

이제원 아니에요

하카마다 이봐 이봐, 들었나? 신이치 군이 집으로 와버린다네

이제원 네, 오늘이죠?

하카마다 어?

이제원 축하드려요.

하카마다 아니 아니, 그게 축하할 일인가?

이제원 예?

하카마다 아니, 제원 군 입장도 곤란하잖아? 기껏 총독부에서 일 잘하고 있는 참인데.

이제원 그거하곤 별 상관이 없죠

하카마다 뭘 모르시네.

이제원 예?

하카마다 그런 걸 보면 아직 일본에 대해서 잘 모르는 것 같아-, 경성제대까지 나오고도.

이제원 네..

하카마다 상관이 있어요-, 일가족 중에 그런 사람이 있으면, 머리가 이상한 사람.. 출세를 못 한다구.

키요코 무슨 말씀을 그렇게..

이제원 하지만 전 일가족이 아닌데요. 같은 핏줄인 것도 아니고.

하카마다 그래도 그런 것까지도 조사를 한다니까, 일본의 관청이란 샅샅이.

이제원 네..

하카마다 아니 뭐, 제원 군도 이제 일본의 훌륭한 관리가 됐으니까 그런 물정에도 밝아질 테지.

이제원 • • •

스미코 저희집 서생이었는데요, 경성제대 1기생으로 고등문관시험에 붙었답니다.

히라이와 네, 신이치 씨에게 들었습니다.

스미코 아, 그런 것까지..

히라이와 친형제처럼 자랐다고

이제원 네. 그래서 어서 퇴원하길 기다렸죠.

하카마다 ★아니 왜 친형제처럼 자라나서 조선인 쪽이 뛰어나게 돼버린 거지?

• • •

하카마다 아니 물론 조선인 중에도 뛰어난 사람이야 있지요. 실제로도 여기 이렇게 있는데, 그런데 왜 이 시노자키 집안의 장남은 그렇게 못 되었냐 이 말이거든요.

• • •

스미코 저, 그러면요, 방을 좀 살펴보시면 어떨지

히라이와 아, 그래야죠.

하카마다 그거 정말 정해진 겁니까?

스미코 네.

하카마다 음, 그렇담 뭐, 어쩔 수 없지만 • • •

스미코 가족끼리 결정한 일이니까요.

하카마다 음, 나도 곧 가족의 일원이 될 거니까요, 상의는 해주시지 그랬나 싶은데

스미코 • • • 죄송해요.

하카마다 조선인 서생은 알고 있는 걸 왜 나한텐 알려주지 않았나 싶은 거죠.

키요코 제원은 더 이상 서생이 아니에요

하카마다 네 네.

스미코 가시죠.

히라이와 네.

스미코 (일어나서 상수를 향한다.) 주의해야 할 점 같은 게 뭐가 있을까요?

히라이와 ★아뇨, 평소처럼 해주시면 돼요

스미코 예

히라이와 난폭해질 때를 대비해서 위험한 물건은 지금 치워둘 테니까.

스미코 ☆네.

하카마다 ☆난폭해진다구요?

히라이와 아뇨, 만에 하나의 경우.

하카마다 만에 하나라고?

히라이와 괜찮습니다. 가위 같은 날카로운 물건은 옮겨놓을 테니까요

하카마다 아뇨 아뇨, 그렇게 말할 게 아닌데

스미코 가시지요.

히라이와 네.

스미코 잘 부탁드립니다.

하카마다 ☆어? 어? 어?

히라이와 ☆아, 그리고 해가 높이 떴을 때 바깥을 걷는 것은 피해야 한답니다.

스미코 ▲네..

히라이와 ▲햇빛의 직사광선이 좋지 않다고 해요.

스미코 ▲아

❖스미코, 히라이와, 상수 계단으로 퇴장.

1.3.2

하카마다 하나도 나은 게 아니잖아!

키요코 하지만 만에 하나의 경우라고 하잖아요.

하카마다 만에 하나의 경우라도 일이 터져버리면 늦는다구요.

키요코 (이제원에게) 간호부가 준비하러 온 거예요.

이제원 예

하카마다 사람들이 너무 태평하단 말야, 이 집안은

이제원 하카마다 씨

하카마다 네, 뭐죠?

이제원 하카마다 씨 댁 옆의 옆의 집에 원숭이를 기르는 조선 사람이 있죠?

하카마다 어? 아, 조(趙) 씨네 집?

이제원 네.

하카마다 응, 맞아요, 그렇지.

이제원 지금 몇 마리나 기르고 있죠?

하카마다 어 아, 네 마린가?

이제원 아

하카마다 그건 왜?

이제원 아뇨, 예전엔 그 집에 원숭이가 한 마리밖에 없었다네요.

하카마다 흠..

이제원 어르신께 들었어요.

하카마다 아, 그래? • • • 그래서 뭐..?

이제원 아뇨, 그게 다예요.

하카마다 어.

• • •

키요코 제원 씨도 좀 앉아요

이제원 네, 감사합니다.

키요코 여기

이제원 그럼 실례를..

키요코 제원 씨

이제원 네.

키요코 친구가 체포됐다고, 뭐 그런 얘길 들었는데요

이제원 아, 네.

하카마다 ★아, 맞다 맞아.

키요코 괜찮은 거예요?

이제원 뭐, 저야 아무 상관이 없으니까요.

하카마다 ★그게 역시 독립운동에 참가했던 건가?

이제원 네, 뭐 그랬나 봅니다.

하카마다 아직도 그런 놈이 있었네.

키요코 예

하카마다 친한 친구?

이제원 아뇨, 같은 법문과(法文科)지만 그 친군 문학 전공이라서.

하카마다 아, 역시 문학이란 건..

키요코 예

하카마다 아니, 그런 일이 있으면 애써 제국대학을 만들어봤자 말들이 많아지잖나.

이제원 • • •

하카마다 아니 아니, 나도 우수한 조선인한텐 기회를 균등하게 주자는 데는 찬성이거든요. 헌데 말야, 그러면 그럴수록.. 그 뭐랄까? 은혜를 원수로 갚는 그런 조선인이 자꾸 나오면.. 아니, 일본 세금으로 세운 대학이잖아. 그런 데서 독립운동을 하면 어쩌란 말야.

❖시노자키 키치지로, 사에코 부부가 하수에서 등장.
이내 의자에 앉는다.

1.3.3

키치지로 저 왔어요

사에코 다녀왔습니다.

키요코 아, 다녀오셨어요?

이제원 (일어서서) 다녀오셨습니까?

키치지로 어? 어떻게 이렇게들 모여 있네?

사에코 예, 뭐

하카마다 다녀오셨어요?

키치지로 응. 만·몽(滿蒙)문화청년회 사람들은?

하카마다 아직인가 봅니다.

키치지로 아 그래? 다행이다.[12]

사에코 예

하카마다 그런데 그게 뭡니까? 그 만몽문화 어쩌구 하는 게

키치지로 그게, 아이코 누님이 편의를 봐주겠다 해서 이리 오게 된 건데요

하카마다 네..

키치지로 우리도 옛날같이 여유가 있는 게 아닌데 자선사업도 좀 정도껏 했으면 싶지만

하카마다 그렇군요

키치지로 원래 우리는 문구점이니까 만주에도 문화예술이 생겨나면 그림도구나 붓이나 장사엔 도움이 되겠죠.

하카마다 아, 뭐 그야

키치지로 그게 이유라면 이유지만, 홍보를 하는 입장에선 그 대상이 모호하단 말씀이야.

하카마다 지당하신 말씀입니다.

키치지로 아니 제원 군, 어서 앉게나

이제원 네.

키치지로 이제 서생도 아니잖아? 좀 편하게 있어도 된다구.

이제원 감사합니다. (G에 앉는다.)

키치지로 그 정도가 아니지. 제원 씨는 총독부의 관리, 우린 그저 장사꾼이니까 말야.

하카마다 네.

키치지로 (이제원에게) 더 당당해지라구

이제원 네.

키치지로 키요코한테 차 대접받을 정도는 돼야 해요.

이제원 별말씀을

키요코 아, 미안해요.

키치지로 뭐, 말이 그렇단 건데.. 그만큼 전도유망하단 거지, 제원 군이.

12 자신들이 청년회 사람들이 도착하기 전에 귀가해서 다행이라는 뜻이다.

이제원　☆감사합니다.

❖시노자키 코헤이, 상수에서 등장.

사에코　☆어?

코헤이　오셨어요?

사에코　외출하나 봐요?

코헤이　네, 오늘은 목요회 모임에

사에코　아, 하이쿠(俳句) 모임?

코헤이　네.

키치지로　어떤가, 요새?

코헤이　지난 주엔 오랜만에 특선에 뽑혔어요.

키치지로　오오-, 대단한데. 어떤 구절로?

코헤이　아뇨 그게..

키요코　좀 읊어줘, 그거

코헤이　아니에요-

사에코　어서요

키요코　어서요

모두　(박수)

코헤이　• • • (하이쿠를 읊는다.) 가을의 하늘, 여윈 어미 그리운, 절간의 큰 문[13]

• • •

모두　오-!

코헤이　부끄럽습니다. (하수로 걸음을 뗀다.)

하카마다　아, 아, 코헤이 군

코헤이　네.

---

13 5-7-5음절로 이뤄지는 하이쿠를 읊는 것이다. '절간의 큰 문'의 원문은 "大鳥居"로 일본식 신사의 관문이 되는 큰 문 형태의 구조물을 말한다. 이 하이쿠의 문학적 수준은 그리 높은 편이 아니다.

하카마다 하이쿠 모임 가는 길?

코헤이 예

하카마다 부럽군

코헤이 네..

하카마다 하지만 하이쿠로는 배를 못 불린다구.

코헤이 • • • 죄송합니다.

하카마다 아니 아니 뭐

코헤이 • • •

하카마다 아무튼지 말야, 켄이치 형님을 도와서 시노자키상점을 일으켜 세워줘야지

코헤이 네.

하카마다 켄이치 씨, 키치지로 씨, 코헤이 군.. 각자 태어난 어머니 배는 달라도 삼형제가 일치단결, 이 난국을 헤쳐나가야 한다구

코헤이 네, 잘 부탁드립니다.

하카마다 아니 아니 뭐

• • •

하카마다 다녀오라구

코헤이 다녀오겠습니다.

사에코 다녀와요.

❖코헤이, 하수로 퇴장.

1.3.4

하카마다 어째서 이 시노자키 집안 남자들은 다 저런 걸까요?

키치지로 뭐..

하카마다 아 아뇨 아뇨, 키치지로 씨는 다르지요.

키치지로 뭐 나야 시노자키 집안의 자식이랄 것도 없으니까요.

하카마다 그게 중요해요. 바깥에서 온 피가요, 중요한 법.

키치지로 예

하카마다 천황 폐하도 말이죠, 고집 그만 부리고 첩한테서 자식을 자꾸 얻으면 좋으련만.[14]

키요코 너무해요-

하카마다 아니 아니, 나는 달라요.

키요코 정말이에요?

하카마다 나는요, 나는 스미코 씨밖에 없지

• • •

하카마다 지금 얘긴 없던 걸로. 스미코 씨한테는 말하지 말아줘요.

• • •

하카마다 첩 자식이든 조선인이든 활력이 있는 편이 낫지. 바이탈리티!

키치지로 코헤이 군은 터울이 많이 지는 막내라 특별하게 애지중지 자랐으니까요.

하카마다 하루코 새어머니는 다정한 분이었다면서요?

키치지로 뭐, 후처로 들어온 처지라 이래저래 마음고생도 했던 것 같지만[15]

이제원 ★하이쿠란 건 재미있나요?

키요코 글쎄요, 어떨까요?

이제원 난 잘 몰라서..

키요코 그런데 옛날 조선 사람은 시를 지었었죠?

이제원 ☆한시(漢詩) 말이군요. 한시는 짓지요.

키요코 예.

@하카마다 ☆그건 그렇고, 요새 많은 거 같죠, 만주에 관한 얘기가?

---

14 당시 히로히토 일왕은 딸만 내리 낳고 있었다.

15 '하루코(春子)'는 키치지로의 아버지인 소이치로(宗一郎)가 전처와 사별하고 얻은 비교적 젊은 후처다. 코헤이는 그 하루코가 낳은 아들로 보인다. 소이치로와 하루코는 '서울시민' 시리즈의 제1편인 「서울시민」에만 등장하는데, 그 끝 장면에서 하루코가 임신하는 이야기가 나온다. 한편 하루코는 소실(첩)이었던 키치지로의 생모와는 같은 사람이 아니다. 제2편인 「서울시민 1919」의 장면 2.3.2에서 키치지로는 자신이 처음 이 집에 들어올 때의 사정에 관해서 말하는데, 소이치로의 사별한 전처가 소실의 아들인 키치지로를 집안에 들이지 않으려 했던 얘기가 나온다.

@키치지로 그러게요. 뭐, 이러니저러니 해도 조선만으론 한계가 있으니까.

@하카마다 예

키치지로 그렇지?

이제원 네.

하카마다 그런가?

이제원 총독부에서도 조선인을 대량으로 만주에 이민 보내는 계획을 하는가 봅니다.

하카마다 오-

이제원 지금까지처럼 가난한 조선인이 멋대로 가는 게 아니라요, 계획적으로 이민을 시키겠다는 거죠.

하카마다 훌륭하군.

이제원 조선에서는 소작인 신센데 만주에선 토지를 가질 수 있으니까요.

키치지로 아, 그렇게 되면 만주철도 주식은 사들일 만하겠다.

하카마다 만철뿐만 아니라 만주에 관련된 주식은 뭐든 사면 좋겠죠.

키치지로 예.

하카마다 이렇게 총독부 사람이 집에 있다는 건 누가 뭐래도 든든한 일이네요.

키치지로 그렇구말구요.

하카마다 자꾸 그렇게 우리한테 정보를 흘려줘. 웰컴.

이제원 네.

키치지로 그런데 미국 주식은 언제까지 오르는 걸까?

하카마다 그야 한동안은 올라갈걸요.

키치지로 아무리 그래도 무한정 올라갈 수는 없는 거 아닌가.

하카마다 그건요, 물론 시세란 건 오르락내리락하는 법이지만은.. 그것도 다 옛날 얘깁니다.

키치지로 아..

하카마다 주식이니 시세[16]니 하면 아직도 일본이나 조선에선 몹쓸 거라는 인상이 있잖아요?

키요코　좀 그렇죠.

하카마다　하지만요, 미국에선 전화로 마치 국수 주문하듯 주식을 주문할 수 있거든요.

키요코　• • •

하카마다　그러니까 '메밀국수 세 그릇 부탁해요-' 하듯이 'US스틸 5000주요-' 이러는 거죠. 전국 어디에서든

키요코　네..

키치지로　다들 전화가 있다네, 미국 사람들은.

하카마다　그렇죠. 그래서 지금은 가정주부든 시골 농부든 간편하게 하루에도 몇 번이고 전화로 주식을 팔고 그러죠. 어떤 통계에 의하면 투자자의 3할은 여성이라는 얘기가 있어요.

키치지로　호-, 당신도 좀 해보면 어때?

사에코　싫어요.

하카마다　최근 4년 동안 미국의 주가는 두 배가 됐습니다. 그러나 최근 반년 동안의 상승 양상을 보면요, 앞으로 1년 후면 또다시 두 배가 되죠.

키치지로　하지만 지난 달쯤부터 시세가 고만고만하지 않나?

하카마다　아니 아니, 괜찮아요. 시세란 건 기복이 있어서요, 조금씩 오르락내리락 오르락내리락하면서 전체적으로는 올라가는 거니까요, 이렇게 살짝 내려갔을 때 탁 사버려야죠.

키치지로　그렇군

하카마다　지금이 사들일 땝니다. 이 이후 크리스마스 때까지 쫘악 올라가니까요, 미국은.

키치지로　그럼 조금 더 사둬볼까?

사에코　네.

하카마다　예, 예

이제원　저, 그럼 실례하겠습니다.

---

16 '시세'의 원문은 "相場"인데, 이 대사에서 이 말은 주식의 시세뿐 아니라 미두(米豆) 등의 차금매매를 뜻할 수도 있다.

키치지로 아 그래?

하카마다 어?

이제원 예, 일거리를 좀 싸들고 왔거든요.

키치지로 아, 고생이 많군.

이제원 죄송합니다.

키치지로 아냐.

이제원 아, 키치지로 씨

키치지로 뭔가?

이제원 그, 하카마다 씨 이웃에 원숭이를 기르는 집이 있잖아요.

키치지로 응, 조선인 집이지 아마?

이제원 그 집에서 맨 처음 기르던 원숭이는 사람한테 인사를 했었답니다.

키치지로 허-

이제원 들은 적 없으세요?

키치지로 어, 없는데.

이제원 그래요?

키치지로 응.

이제원 그럼..

❖이제원, 상수로 퇴장.

1.4.1

• • •

하카마다 역시 좀 이상해, 조선인은

키치지로 아니 뭐, 조선인이 그런 게 아니라 이제원이 특별히 별난 거죠.

하카마다 그런가요?

키치지로 그야 저렇게 수재인 이상 남과 다른 점이 없으면 이상하잖아요?

키요코 처음 우리집에 왔을 땐 더 이상했다면서요?

키치지로 맞아, 그랬지.

하카마다 아니, 키요코 씨는 잘 모르나?
키요코 전 그때 어렸으니까
하카마다 아, 그런가?
키치지로 아홉 살 때 이 집에 맡겨졌거든요. 전라도 어디, 정말 작은 마을 어부의 자식이었는데요
하카마다 아-
키치지로 엄청난 신동이 있다는 소문을 아버지가 어디서 듣고 와서는..
하카마다 오
키치지로 학교도 안 다녔는데 한자뿐만 아니라 알파벳까지 읽었대요.
하카마다 아-
키치지로 항구에 드나드는 배의 이름을 보고 스스로 깨쳤다고 하더라구요.
하카마다 그건 보통이 아닌데.
키치지로 그래서 이 집에 온 그날 종이랑 연필을 갖다줬더니 사흘 내내 잠도 안 자고 글씨를 쓰는 거예요.
하카마다 네..
키치지로 이게 머리가 좋은 건지 이상한 건지 다들 걱정을 했더랬는데
하카마다 예
키치지로 그래도 뭐, 고등문관 시험에 합격할 정도까지 됐다는 건 아버지의 투자가 성공했다는 거겠죠.
하카마다 훌륭해요! 그게 다 시대를 읽는 눈인 거겠죠.
키치지로 맞습니다. 뭐, 아무짝에도 쓸모없는 인간도 얼마나 이 집에 많았는데.
하카마다 그야 지금도 많잖아요?
키치지로 ☆그러게요. 그러나 그게 시노자키 집안의 전통이라.
하카마다 하지만 이제 더는 그럴 수도 없겠죠.
키치지로 예.

❖스다, 상수에서 등장. 차를 정리한다.

1.4.2

@스다　☆(사에코에게) 다녀오셨습니까?

@사에코　어, 아까 왔어

@키요코　고마워.

@스다　뭘요

스다　차 올릴게요

사에코　아, 괜찮아. 곧 방으로 갈 거니까.

스다　아..

사에코　다른 애들은?

스다　식사 준비해요.

사에코　☆☆[쓰가루 사투리]아, 그렇구나[17]

하카마다　☆☆뭐, 키치지로 씨가 하는 시노자키흥업 쪽 사람은 빼더라도요.

키치지로　아뇨 아뇨, 우리도 큰일이에요.

하카마다　그렇지만 몸통인 시노자키상점이 역시 중심을 잡아줘야 하는데.

키치지로　뭐, 소매업 쪽은 경쟁이 날로 심해졌으니까요.

하카마다　☆☆☆예

사에코　☆☆☆내년이랬지? 완공이.. 미쓰코시백화점 본관

키요코　아, 예.

사에코　크다면서, 엄청나게.

키요코　그게 몇 층 건물이죠?

하카마다　4층에 지하 1층.[18]

키요코　지하도 있어요?

사에코　아, 어쩐지 구멍을 깊게 파더라. 그치?

---

17 사에코가 쓰가루(津軽) 사투리로 말하는 것에 관해서는 이후의 장면 1.4.3을 참고.

18 1906년에 미쓰코시오복점(三越吳服店)의 경성출장소로 시작한 미쓰코시백화점 경성지점은 1930년 10월에 혼마치(本町, 지금의 충무로) 입구에서 지상 4층 지하 1층의 큰 건물을 지어 신축 개장했다. 현재 이 건물은 신세계백화점 명품관으로 쓰이고 있다.

스다 네, 그렇더라구요.

사에코 ☆정말 깊더라.

하카마다 ☆매장 면적이 니혼바시(日本橋)[19]의 본점 다음 간다니까, 동양 제2위의 거대 백화점이 된다네요.

키치지로 완전히 백화점 경쟁 시대로군.

하카마다 그러니까 그런 내지의 대자본이 작정을 하고 밀려들어 오면 당해낼 도리가 없다니까요.

키치지로 음, 그래서 우리가 하카마다 씨한테 지원을 청하고 싶은 거죠.

하카마다 아뇨 아뇨, 그러니까 그건 알겠지만서도 그냥 쉽게 생각을 해봐도요, 제 자금력하고 시노자키 가의 조선에서의 명성이 더해진다면 사업 확대는 시간문젠 거지.

키치지로 예

하카마다 그러나, 어떨까요? 역시 이 집의 분위기랄까요? 뭐랄까.. 그 전통이 개혁을 억누르고 있는 건 아닐지?

키치지로 음.. 뭐, 그야 /

하카마다 지금부터는 무턱대고 지점망을 넓힐 것이 아니라 전화, 전신, 그리고 금융이죠.

키치지로 네..

하카마다 국토가 넓은 미국에서는 모두가 카탈로그라는 견본첩을 보고 물건을 삽니다. 자, 키요코 씨가 기모노를 산다고 칩시다.

키요코 네.

하카마다 그러면 견본첩에서 무늬를 고르고 치수를 골라서 전화로 주문을 합니다. 열흘도 걸리지 않아 상품이 도착합니다.

키치지로 호-

하카마다 경성의 미쓰코시 따위에 갈 필요가 없어요. 전화로 교토(京都)의 포목전 상품을 바로 살 수가 있거든요.

---

19 도쿄의 지명으로 도쿄역 부근에 있다.

• • •

키요코 돈은요?

하카마다 은행 계좌로부터 자동적으로 인출됩니다.

키요코 하지만 난 계좌가 없는데요.

하카마다 바로 그거죠. 미국에서는 여자도 아이도 개도 은행 계좌를 갖고 있답니다.

• • •

하카마다 이것이 새로운 비즈니스예요. 그 비즈니스를 라디오로 팍팍 선전합니다.

키치지로 음..

하카마다 만주, 남양(南洋).. 이렇게 일본의 국토가 넓어져 간다면 여기에 비즈니스 찬스가 있어요.

키치지로 그런데 우리 경우는 신지 삼촌이 실패한 전례가 있어서

하카마다 그야, 아니 그야 신지 씨 경우는 흥행업이잖아요. 서커스 같은 거나 부르고 이거저거 쫓아다녀 봤자 안 돼요. 그거야말로 진짜 도박이라구.

키치지로 예

하카마다 내가 하는 건 어디까지나 투자입니다. 다만 지금까지와 다른 점은요, 투자를 하고 회사 경영에도 참여를 한다는 거. 그렇게 되면 미쓰코시도 쵸지야[20]도 겁날 게 없지요. 미국에서는요, 보통의 주주들이 아주 으스대면서 사장이며 중역을 턱 끝으로 부린답니다.

키치지로 그렇군요

하카마다 (스다에게) 저기, 내가 말야, 차 갖다주길 기다렸는데.

스다 아 죄송해요. 크게 실례했습니다.

하카마다 아니 아니, 괜찮아요. 괜찮으니까, 안쪽 육첩방[21]으로 좀 갖다주면

---

20 쵸지야(丁子屋) 혹은 쵸지야양복점은 1904년에 경성에 진출하여 1921년에는 경성을 본점으로 한 백화점이 된다. 1930년대에 쵸지야는 미쓰코시, 히라타야(平田屋), 미나카이(三中井), 화신(和信, 조선인 자본)과 함께 경성의 5대 백화점을 이룬다. 지금의 명동 입구에 있었고, 그 자리는 미도파백화점을 거쳐 지금은 롯데백화점 영플라자가 되어 있다.

21 다다미 6장(六疊)이 깔리는 넓이의 방을 말한다.

좋겠네, 차를. 당장 말고 이따가

스다　알겠습니다.

하카마다　이따가 갖다달라구요.

스다　네.

하카마다　보여주신 장부를 아직 좀 살펴보던 참이라서요.

키치지로　아.

하카마다　훌륭한 장부더군요.

키치지로　예

하카마다　시노자키 일가 3대의 역사가 장부로부터 극명하게 떠오릅니다.

키치지로　네.

하카마다　허나 지나치게 훌륭해요.

키치지로　• • • ?

하카마다　모험이 없다는 거죠. 앞으로의 기업 경영은 꿈을 파는 거거든요.

키치지로　예

하카마다　주식시장은 꿈을 삽니다.

키치지로　네.

하카마다　아무리 작은 회사라 할지라도 꿈이 있다면 그걸 크게 보이게 할 수 있어요.

키치지로　네.

하카마다　크게 보이게 할 수 있다..

• • •

하카마다　열심히 해봅시다. (악수한다.)

키치지로　예

하카마다　그럼..

키치지로　수고해주세요.

하카마다　아뇨 뭐

❖하카마다, 상수로 퇴장.

1.4.3

• • • • •

키치지로 늘 기운이 넘친단 말야.

사에코 예

키요코 왠지 스미코 언니가 불쌍해.

키치지로 들리겠다.

키요코 아니.. 나라면 아무리 집안을 위해서라 해도 다시 한 번 생각해볼 것 같은데.

키치지로 그러기가 쉽나, 막상 자기 일로 닥치면

키요코 게다가 아직 결혼도 안했으면서 저렇게 제집 휘젓고 다니듯이 안 그래도 되잖아요?

키치지로 그래도 저 사람 나름대로는 우리집을 생각해주는 건데

키요코 자기 장사를 생각하는 거겠죠.

키치지로 설사 그렇다 해도 말야, 이젠 정말 시노자키 집안만으론 대책이 없는 시대라구.

키요코 • • •

키치지로 내지에서 은행이 몇 군데나 망했는지 알잖아.

키요코 그건 아는데요

사에코 그래도 켄이치 서방님은 만주만 안정이 되면 괜찮을 거라고 하잖아요?

키치지로 음, 켄이치 형이야 옛날부터 만주에 흥미가 많았으니까..

키요코 지금도 그래서 시찰단으로 가 있는 거잖아요.

키치지로 물론 만주가 안정이 되면 조선의 경기도 다소는 좋아질 테지만 말야

사에코 (키요코에게) 넓다죠, 만주가 그렇게?

키요코 예

사에코 가본 적 있어?

키요코 없어요

키치지로　넓긴 넓지

사에코　예

키치지로　석유도 나오고 없는 게 없다네

키요코　★스다는?

스다　예?

키요코　만주란 데 가본 적 있어?

스다　아뇨 아뇨, 없어요.

사에코　[쓰가루 사투리]쓰가루[22]하고 비슷한 곳이래.

스다　[쓰가루 사투리]그렇대요?

사에코　[사투리]쓰가루평야가 쫙 펼쳐져서 끝도 없이 이어진 느낌이래.

스다　[사투리]우와-

사에코　[사투리]이와키산(岩木山)[23] 같은 것도 없고

스다　[사투리]오-

사에코　[사투리]날씨도 비슷하다니까

스다　[사투리]오-

사에코　[사투리]사과 농사를 하면 좋을 것 같애.

스다　[사투리]아..

사에코　(모두에게) 만주 일대를 온통 사과 밭으로.

• • •

키치지로　음..

스다　[사투리]안 좋아요, 그건

사에코　[사투리]어? 그게 왜?

스다　[사투리]그게요, 4년 전에 풍년 들었을 때 사과 값이 폭락해서 난리도 아니었잖아요

---

22 쓰가루(津軽)는 일본 혼슈(本州)의 북쪽 끝에 있는 지역으로, 지금의 아오모리(青森)현 서쪽 지방에 해당한다. 사과의 산지로도 유명하다. 사에코는 그 지방에서 조선의 경성(서울)으로 시집온 것으로 보인다. 여기에서 사에코와 스다는 다른 사람들은 알아듣기 어려울 정도로 심한 쓰가루 사투리로 대화하고 있다.

23 쓰가루 지방에 있는 해발 1625미터의 화산. '쓰가루의 후지산'으로 불린다.

사에코 [사투리]아

스다 [사투리]벌써 잊어버렸어요?

사에코 [사투리]그런 일이 있었지

스다 [사투리]저야 덕분에 조선에서 지금 이렇게 편하게 살지만요

사에코 [사투리]그러게

• • •

스다 [사투리]그런데 좋겠네요, 그렇게 넓은 땅이 있어서 마음대로 농사도 지을 수 있다면..

• • •

사에코 응, 그러게.

• • •

키치지로 뭐, 만주에서 무얼 할지가 문제겠네.

사에코 네.

키치지로 당신이 시집 오기 전에는 내지에 쌀이 부족하다고 '쌀 만들어라, 쌀' 그랬었어, 조선에다 대고.

사에코 예.

키치지로 그러다가 불황으로 쌀 시세가 내려가니까, 이번엔 '조선 쌀 때문이다' 그러는 거야. 조선 농부들도 참 불쌍하지.

사에코 조선도 불쌍할지 모르지만요, 일본 농부들도 참 힘들어요.

키치지로 하긴.

사에코 그치?

스다 네.

키치지로 그러니까 다같이 만주로 가자 이 얘기지. (스다에게) 안 그래?

스다 네..

키치지로 쓰가루도 조선도 사이좋게

스다 저기, 죄송해요. 제가 말이 많았죠?

사에코 뭐 어때?

스다 실례하겠습니다.

❖스다, 상수로 퇴장.

1.4.4

키요코 그럼 저도 좀 (일어선다.)

키치지로 아 그래?

키요코 예, 아직 식사 때까지 시간 있는 것 같으니까.

키치지로 아, 그런가?

사에코 손님들 안 오네요.

키치지로 아, 곧 오지 않을까?

사에코 예

키요코 그럼..

❖키요코, 상수 계단으로 퇴장.

사에코 그럼 우리도 옷 갈아입고 올까요?

키치지로 그러지

• • •

키치지로 하카마다 군도 저렇게 싫어하는데, 키요코 결혼 얘기를 꺼내는 건 역시 무릴까?

사에코 당연히 안 되죠.

키치지로 그런가?

사에코 좀 기다려보죠, 켄이치 서방님 돌아오실 때까지

키치지로 그래야겠지?

사에코 근데 주식 하는 사람 말구요, 좀 더 땅에 발 붙이고 사는 사람이 없을까요?

키치지로 (일어선다.) 방법이 없지. 아니, 당신네 집도 원래는 대금업을 했지 않나?

사에코 그렇긴 해도 우리집은 지주잖아요 (일어선다.)

키치지로 그것도 다 저당으로 거둬들인 땅이잖아.

사에코 뭐, 그렇긴 한데요

키치지로 마찬가지라구, 그게 다.

사에코 ▲아, 맞다. 우리 친정에 슈지(修治)요, 큰일 났대요.

키치지로 ▲왜?

사에코 ▲제일고등학교[24] 떨어지고 히로사키(弘前)[25]에서 고등학교 다니잖아요.

키치지로 ▲아

사에코 ▲거기서 무슨 주의자들 잡지를 내고 있다네요

키치지로 ▲공산주의?

사에코 ▲맞아요.

❖두 사람, 상수로 퇴장.
무대에는 잠시 동안 아무도 없다.

15초 후, 큰 가방을 든 서생 아시다를 선두로, 만·몽문화교류 청년회 일원들이 들어온다.

2.1.1

아시다 들어가시죠, 어서들, 어서

쿠레타케 고맙습니다.

히토미 실례하겠습니다.

이시이 ★실례하겠습니다.

로랑 실례합니다.

아시다 이건 여기다 놓을게요.

24 원문은 약어로 "一高"라고 말하고 있다. 구(舊) 제도의 '제일고등학교(第一高等学校)'는 도쿄제국대학의 예과에 해당하는 일류의 고등교육기관이었다.

25 아오모리현 서부에 있는 도시로, 쓰가루 지방의 중심 도시다.

쿠레타케 네.

아시다 그럼 니시노미야 씨를 불러올 테니까요

쿠레타케 네.

아시다 앉으셔서요, 조금만 기다려주세요.

쿠레타케 감사합니다.

세 사람 감사합니다.

❖아시다, 서둘러 상수로 퇴장.
쿠레타케가 의자G를 빼자 로랑이 거기에 앉는다.
나머지 세 사람은 서 있다.

쿠레타케 피곤한가?

이시이 아뇨, 괜찮습니다.

쿠레타케 조금만 더 참아보는 거야.

이시이 네.

로랑,히토미 네.

• • •

쿠레타케 인간에게는 참을성이 중요하다.

세 사람 네.

쿠레타케 참고 또 참아야 참다운 인내.

세 사람 네.

쿠레타케 나무묘법연화경(南無妙法蓮華經).[26]

세 사람 나무묘법연화경(南無妙法蓮華經).

• • •

---

26 '묘법연화경(법화경)에 귀의하겠다'는 뜻을 담은 말로, '나무아미타불', '나무관세음보살'처럼 일종의 주문과 같은 불교의 말이다. 니치렌종(日蓮宗, 일련종)의 개조(開祖)인 승려 니치렌(日蓮, 1222~1282)은 누구나 이 말을 소리 내어 부름으로써 불성에 이를 수 있다고 했다. 일본에서는 이 말을 '남묘호렌교쿄'라고 발음하는데, 니치렌종으로부터 갈려나온 일종의 분파로 한국에서도 포교하고 있는 SGI(일명 창가학회)는 한때 이 '남묘호렌교쿄'란 이름으로 알려졌다.

쿠레타케 배불리 먹고 내일도 힘내자구!

세 사람 네.

• • •

❖로랑, 자리에서 일어나 쿠레타케와 자리를 바꾼다.
니시노미야 부부, 상수에서 등장.

2.1.2

타로 오래 기다리셨습니다.

아이코 안녕하세요

타로 잘 오셨습니다.

쿠레타케 큰 신세를 지게 됐습니다.

타로 아뇨 아뇨

아이코 정말로 잘 오셨어요.

쿠레타케 감사합니다.

타로 니시노미야입니다.

쿠레타케 만몽문화교류청년회 친선사절단 단장을 맡고있는 쿠레타케 키쿠노죠라고 합니다.

타로 이쪽은 제 아내 아이코구요.

쿠레타케 처음 뵙겠습니다

타로 저희 둘이 경성 국주회(國柱會)[27]의 일을 뒷바라지하고 있거든요

쿠레타케 네, 수고가 많으십니다.

---

27 국주회(国柱会, 코쿠츄카이)는 니치렌종의 승려였던 타나카 치가쿠(田中智学)가 1914년에 결성한 일종의 불교 단체다. 법화경(묘법연화경)을 중시했던 니치렌의 불교 사상을 근대적으로 체계화하고 사찰과 출가(出家)한 승려보다 재가(在家) 신자를 중시하는 방식 등으로 종래 일본 불교의 시스템을 개혁하고자 했으며, 천황 중심주의 등 국가주의와 결합하여 국수주의적 색채를 띠게 된다. 일본이 2차대전을 일으키며 내세웠던 '팔굉일우(八紘一宇)' 같은 슬로건도 애초에 국주회에서 표방했던 개념이었다. 1928년에 타나카 치가쿠의 둘째아들이 중의원 선거에 출마하는 등 정치세력화하기도 했다.

아이코　이렇게 해서 전원이 오신 건가요?

쿠레타케　네, 나머지 멤버하고는 대련(大連)에서 합류하기로 돼 있습니다.

아이코　예, 그렇다면서요?

타로　자 자, 좀 앉으시지요

쿠레타케　송구스럽습니다.

아이코　어서들 앉으세요

쿠레타케　고맙습니다. (C에 앉는다.)

아이코　(B에 앉는다.) 여러분도 앉으시죠

• • •

쿠레타케　아뇨, 저 사람들은 서 있을게요

아이코　예?

쿠레타케　신경쓰지 마세요

아이코　네..

쿠레타케　젊은이들아, 우뚝 서서 때를 기다리라!

• • •

❖가정부 요코야마와 손미려, 상수에서 차를 들고 등장.

요코야마　(차를 대접하며) 드세요

쿠레타케　고맙습니다

요코야마　저기, 차를..?[28]

쿠레타케　여기에

요코야마　예?

쿠레타케　여기 늘어놓아 주십시오.

요코야마　네.. (하고 찻종을 늘어놓는다.)

• • •

---

28 쿠레타케를 제외한 세 손님이 모두 서 있기에 차를 어디에 두어야 할지 묻는 것이다.

쿠레타케 국주회에 늘 다대한 기부를 해주셔서 감사드립니다.

타로 아닙니다, 도움이 되었다면 다행이지요

쿠레타케 또 이번 친선사절단에게도 수고를 아끼지 않으시는 점도요

타로 아닙니다

아이코 훌륭한 예술을 보여주신다면야 저희들은 더 바랄 것도 없답니다.

쿠레타케 네.

아이코 역시 조선에선 아직 그렇게 예술을 접할 기회가 많지 않아서

쿠레타케 네, 그야

(줄지어 놓인 세 잔의 차를 다 마셔버린다.)

아이코 차를 더 가져올까요?

요코야마 아

쿠레타케 아뇨, 여기에 아직..

아이코 아

• • •

타로 가봐도 돼, 그만

요코야마 네

손미려 실례하겠습니다.

요코야마 실례하겠습니다.

❖요코야마와 손미려, 상수로 퇴장.

2.1.3[29]

아이코 그래서 여러분께선 무엇을 하시는지요?

쿠레타케 네?

아이코 아주 새로운 예술을 하신다는 것밖에 못 들었거든요. 분야 같은 게 있을 텐데요, 음악이나 회화..

쿠레타케 네 네. (로랑을 가리키며) 이 사람은 회화를 주로 합니다.

타로 아, 이 집 본가의 셋째딸이 지금 그림에 빠져 있어서요, 오시기를 기다렸는데.

쿠레타케 네에-, 다만 저 친구 경우는 상당히 아방가르드한 쪽이라서요. 어떨까요, 취향이 잘 맞을지..

타로 아..

쿠레타케 아방가르드. 전위라고 하죠. 실험적이랄까요? 뭐, 작품보다는 그림을 그리는 행위 자체를 의심하는 작업을 합니다.

타로 • • •

아이코 훌륭해요.

쿠레타케 감사합니다.

• • • • •

아이코 또 다른 분은요?

쿠레타케 (이시이를 가리키며) 이 사람은 무용을 합니다.

아이코 아

타로 무용이라고 하면 이런..? (사교댄스의 흉내)

---

29 이 부분의 원문에 약간 오류가 있는 것으로 보고 번역 과정에서 이를 바로잡고 장면 번호의 위치도 조정했다.

쿠레타케 아뇨 아뇨, 역시 음.. 창작무용이죠. 독자적인 안무로 춤을 춥니다.

타로 네..

쿠레타케 이시이 바쿠 선생님이라고 아십니까?[30]

타로 예, 물론

아이코 요사이 거의 해마다 조선에 와주시고 있으니까요

쿠레타케 이 사람은 그 첫 번째 제자로서, 이시이 박이라고 합니다.

아이코 어머나

쿠레타케 이번 친선여행을 기념하여 이시이 선생님으로부터 그 이름을 하사 받았습니다.

아이코 어머

쿠레타케 조선에서 조선인들에게도 친근감을 주게 하려는 배려가 아닐지.

타로 그렇군요

쿠레타케 (히토미를 가리키며) 그리고 저 사람은 스포츠 쪽입니다. 육상경기 전반을 하지요.

히토미 네.

쿠레타케 히토미 유코라고 합니다.

타로 잘 부탁드립니다.

히토미 히토미입니다.

쿠레타케 한자로 목면(木綿)의 아이(子)라고 쓰고 '유-코'라 읽지요.

아이코 어? 그럼 혹시..

쿠레타케 네, 히토미 키누에(絹枝) 선수의 먼 친척뻘 됩니다.[31]

아이코 세상에-

타로 히토미 선수도 작년에 조선을 방문했었지요.

---

30 이시이 바쿠(石井漠, 1887~1962)는 일본의 현대무용을 개척한 인물로 대중적으로도 유명했다. 어린 시절 발레를 배웠고 유럽 유학을 통해 전위적인 현대무용을 받아들였으며 일본의 전통무용과의 접합도 시도했다. 1926년 이후 서울에서도 무용공연을 가졌다. 1928년에는 도쿄에 이시이 바쿠 무용연구소를 설립했는데, 조선 출신의 조택원과 최승희도 여기에서 그의 애제자로서 무용을 배웠다.

31 히토미 키누에(人見絹枝, 1907~1931)는 1928년 암스테르담올림픽 육상 800미터 종목에서 은메달을 딴 육상선수다. 올림픽에 출전한 첫 일본인 여성이었고 동시에 올림픽에서 메달을 딴 첫 일본인 여성으로서 큰 인기를 끌었다.

쿠레타케 잘 알고 있습니다.

타로 예.

쿠레타케 그런데 이 사람은 명주(絹)가 아니라 목면(木綿)이지요.
우하하하하

• • • • •

쿠레타케 명주가 아니라 목면.. 우하하하하

• • •

쿠레타케 나무묘법연화경

세 사람 나무묘법연화경

아이코 나무묘법연화경

쿠레타케 세상 만사 인연이 깃들어 있음이겠지요.

아이코 네.

❖서생 아시다와 우에다가 상수에서 등장.
두 사람은 나란히 선다.

2.2.1

• • •

타로 왜 그래?

아시다 아뇨..

타로 어?

우에다 오셨다고 얘길 들어서요

타로 아

아이코 단장님께선 무얼 하시는지요?

쿠레타케 저 말입니까?

아이코 네.

쿠레타케 저는 이 사람들에 비하자면 취미 수준입니다만

아이코 별말씀을

쿠레타케 그저 시를 조금?

아이코 씨를 조금요?

쿠레타케 예?

아이코 씨?[32]

쿠레타케 아뇨, 포엠이요 포엠. 시(詩)의 즉흥낭독을 하죠

아이코 아

타로 즉흥?

쿠레타케 인프로비제이션.. 마음에 떠오르는 대로 시로 옮깁니다.

아이코 멋지다

우에다 (타로에게) 다 각자 다른 걸 하시는 건가요?

타로 그런가 봐.

우에다 호-

타로 키치지로 처남네[33]도 오라고 하는 게 좋을 텐데.

우에다 아 방금 얘기는 해뒀습니다.

타로 아 그래?

우에다 막 돌아온 참이라 옷을 좀 갈아입고 아마..

타로 ☆그래?

아이코 ☆흥행사업 일을 실제로 맡아서 하는 사람이 올 겁니다.

쿠레타케 네.

아이코 저희야 그저 이 집 식객이나 마찬가지라서요

쿠레타케 아..

아이코 말씀 들으셨는지 모르겠지만 여긴 제 친정인데요

쿠레타케 아, 들었습니다.

타로 대지진으로 집이 타버려서요[34]

---

32 원문은 "시를(詩を)"이란 말을 발음이 같은 "소금(塩)"으로 잘못 알아듣고 헛갈려 하는 것이다.

33 원문과는 다르게 한국의 가족관계 호칭을 붙여 번역했다. 다른 부분에서도 이런 식으로 번역한 곳이 있다.

34 1923년에 일본의 간토(關東) 지역에서 일어난 간토대지진(관동대지진)을 말하고 있다. 한편 「서울시민」과 「서울시민 1919」의 내용으로 유추해보면, 아이코(愛子)는 조선에서 태어나 자란 후에 일본의 도쿄 쪽으로 시집가서 자식들을 낳고 살다가 이 재앙을 겪은 것으로 보인다.

쿠레타케 네.

타로 아이도 둘 잃어버리구요

쿠레타케 아, 거기까지는 미처 몰랐습니다.

타로 변두리에 살았는데요, 저희만 외출을 했다가 목숨만 건지게 됐던 건데.. • • •

쿠레타케 아

아이코 정말로요, 그 지진 때 일이 얼마나 얼마나 끔찍했는지

쿠레타케 네.

아이코 그래서 저희 남은 인생은 그저 부처님께 받은 거다 생각하고 다른 사람들을 위해 쓰기로 마음먹었죠.

쿠레타케 훌륭하십니다.

아이코 당치 않아요. 그러니까 우리 경우는 진짜 신앙이라기보다는..

이시이 (운다.) 엉, 엉, 엉..

• • •

쿠레타케 울보라 그렇습니다

타로 아

• • •

타로 아 참 참, 요시코한테도 알려주고 그래야 하는데

아시다 아

타로 기다리고 있을 텐데

아시다 ★그럼 제가..

타로 응. (쿠레타케에게) 그 그림을 좋아하는 이 집 딸 말예요.

쿠레타케 네.

• • •

❖아시다, 상수 계단으로 퇴장.

2.2.2

아이코　다행히 저희가 원래 문구점을 하는 집이라

쿠레타케　예

아이코　이쪽에서는 주로 조선 사람들 아이들한테 연필이며 붓이며 보내주는 일을 하고 있어요.

쿠레타케　호-

아이코　만세 사건으로 죽고 감옥에 가고 해서 부모가 없는 아이들이죠.

쿠레타케　아, 그렇군요

아이코　뭐, 정치범의 아이들이 돼놔서요, 곱게 안 받아들이는 녀석도 있습니다만

쿠레타케　예 예

타로　그러나 부모가 아무리 나쁘다 한들 그 아이한테는 죄가 없으니까요.

쿠레타케　옳으신 말씀

이시이　엉, 엉..

쿠레타케　너무 운다

이시이　죄송합니다.

아이코　저희가 대지진 때요, 어쩌다가 조선인이 맞아 죽는 걸 보게 됐거든요.[35]

쿠레타케　아, 그건..

아이코　물론 조선인들도 잘못한 게 있었겠지요. 하지만 바로 눈앞에서 그걸 목격하게 된 입장이다 보니

쿠레타케　네.

아이코　그래서 조선 사람들을 위해서 무얼 할 수 있을까 생각하게 됐죠.

쿠레타케　훌륭하십니다.

❖스미코와 히라이와, 상수 계단에서 등장.

---

35 간토대지진 때 일어났던 조선인 학살 사건을 말하고 있다.

스미코 니시노미야 고모부
타로 아, 안녕?
스미코 오신 건가요?
타로 응.
스미코 잘 오셨습니다.
쿠레타케 실례가 많습니다.
아이코 본가의 맏딸이에요. 스미코라고 합니다.
쿠레타케 쿠레타케입니다.
스미코 잘 부탁드려요.
쿠레타케 저희야말로
스미코 저, 저흰 지금 신이치를 데리러 갈게요.
아이코 아, 그래?
스미코 이분은 간호부세요.
아이코 아, 예.
히라이와 잘 부탁드립니다.
타로 집에 상주해주시기로 했다면서요?
스미코 네. 2층에 비어 있는 작은 방을 쓰기로 했어요.
타로 아, 그렇군요
히라이와 잘 부탁드립니다.

• • •

스미코 그럼 저희들은..
타로 아
아이코 조심해서 갔다 와
스미코 다녀오겠습니다.
히라이와 다녀오겠습니다.
타로 잘 부탁드립니다.
히라이와 제가 오히려..
스미코 실례하겠습니다.

쿠레타케 다녀오십시오.

세 사람 다녀오십시오.

❖키요코, 요시코, 아시다가 상수 계단으로부터 등장.

2.2.3

키요코 어? 언니

스미코 아, 지금 갔다 오려고.

키요코 미안하네.

스미코 괜찮아.

키요코 잘 다녀와.

스미코 응.

요시코 잘 다녀와요.

스미코 그럼..

❖스미코, 히라이와, 하수로 퇴장.

아이코 본가의 장남이 입원을 했었거든요

쿠레타케 네..

아이코 오늘 퇴원을 해서 올 거예요.

쿠레타케 잘 됐네요. 축하드립니다.

타로 이쪽이 둘째하고 셋째딸입니다.

쿠레타케 안녕하세요

키요코, 요시코 잘 오셨습니다.

아이코 좀 앉아

키요코, 요시코 네. (D과 E에 앉는다.)

타로 저쪽 여자분이 미술 전공이시래.

요시코 어, 정말?

타로 맞지요?

쿠레타케 네.

로랑 잘 부탁드립니다.

아이코 아직 성함을 못 들은 것 같은데요.

로랑 로랑마리라고 합니다.

아이코 예?

로랑 로랑마리요.

아이코 그중에 성(姓)이 어디까지..?

로랑 네?

쿠레타케 아 아, 그게 예명이거든요.

아이코 네..

쿠레타케 아 아, 예명이 아닌가? 화가니까 필명.. 맞나?

아이코 네 네.

타로 본명은 아니라는 말씀이죠?

쿠레타케 옳습니다

타로 네.

쿠레타케 큐비즘의 꽃 마리 로랑생의 이름에서 취했다고 합니다.[36]

아이코 아

요시코 그렇군

타로 누군지 알아?

요시코 음, 이름 정돈 알죠

타로 아 그래?

쿠레타케 ★'로랑'이 성(姓)이죠?

로랑 네.

쿠레타케 위구르에 있는 환상의 도시 누란(樓蘭)과 같은 한자를 씁니다.

타로 호-

---

36 마리 로랑생(Marie Laurencin, 1883~1956)은 〈코코 샤넬의 초상〉(1923년 작) 등으로 잘 알려진 프랑스의 화가다.

쿠레타케 이것도요, 일본과 몽골의 우호를 상징하죠.

타로 그렇군요

로랑 잘 부탁드립니다.

요시코 나중에 그림을 보여주실 수 있어요?

로랑 • • •

요시코 로랑 씨

로랑 아, 아, 네 네 네.

쿠레타케 괜찮을 테지만 무척 까다롭답니다.

요시코 예?

로랑 내가요?

쿠레타케 기성의 개념에 사로잡힌 회화에 대해서는 불과 같은 비평을 퍼붓죠.

요시코 아

타로 그래도 모처럼의 기회니까 말야.

요시코 어 근데..

타로 ★조선에서는 전람회에서 여러 번 입선을 했지요.

요시코 그건 그냥 학생들 전람회 같은 데서..

타로 아니 아니 그러니까, 여기에서 재능이 발견될지도 모르잖아?

요시코 그럴 리가 있겠어요?

아이코 아니, 웬일로 수줍어하네

요시코 그런 거 아네요

키요코 정말이다.

요시코 아니라구.

❖키치지로 부부, 상수에서 등장.

2.3.1

키치지로 아이구 이거 이거..

타로 아, 왔어요?

키치지로 이거 미안합니다

아이코 동생이에요. 우리 영화관의 경영을 맡고 있죠.

쿠레타케 네.

키치지로 시노자키 키치지로입니다.

쿠레타케 쿠레타케 키쿠지죠라고 합니다.

키치지로 잘 부탁드립니다.

쿠레타케 저희야말로

키치지로 뭐, 내일 이후의 일정에 대해서는 나중에 말씀을..

쿠레타케 네.

키치지로 좀 들어가셔서 푹 좀 쉬신 다음에요

쿠레타케 감사합니다.

타로 흥행업에 관해서야 우린 잘 모르지만, 실제론 무얼 하게 되려나?

키치지로 음, 우호사절단으로 오신 걸음이니까요, 흥행하고는 좀 가닥이 달라도 좋겠죠.

쿠레타케 네.

키치지로 조선의 젊은이들에게 새로운 예술과 문화를 접하도록 하기.

아이코 그래야죠.

타로 아니, 무용은 몰라도 미술이나 스포츠는 어떻게..

키치지로 음..

타로 해보일 수 있는 게 아니잖아?

키치지로 그러게요.

타로 아무리 돈 안 받는 자선사업이라 해도 그렇지, 보고 즐길 수 있어야 할 텐데.

키치지로 그건 좀 그렇죠.

타로 아니 아니 뭐, 우리 마음대로 불러놓고 처남한테 이래라저래라 할 입장은 물론 아니지만

키치지로 ☆아뇨..

아이코 ☆그러게요.

쿠레타케 잠시만요-, 여러분.

키치지로 네.

쿠레타케 모두들 다소간의 오해가 있으신가 보군요.

키치지로 • • • 무슨 말씀인지?

쿠레타케 아무래도 여러분께선 아직 진정으로 새로운 예술을 이해하지 못하고 계신 듯해요.

키치지로 네..

아이코 새로운 예술?

쿠레타케 직업 예술가는 일단 망해야 하리
그 누구라도 예술가적 감수성을 가지라
개성 샘솟는 방면으로 제각각 쉼 없이 표현을 하라
그리하면 우린 하나하나 그때그때마다 예술가리라[37]
• • •

아이코 (박수)

타로 뭐였지, 방금?

아이코 시잖아요.

타로 아

아이코 포엠이었죠?

쿠레타케 아 아, 이건 저의 작품이 아닙니다.

아이코 어, 그럼..

쿠레타케 미야자와 켄지[38] 선생님을 아십니까?

아이코 어 아뇨

쿠레타케 도호쿠(東北) 지방의 시인입니다만, 국주회의 열성 회원이지요.

아이코 네..

---

37 미야자와 켄지의 글 『농민 예술개론 강요(農民芸術概論綱要)』(1926)에 나오는 구절이다.

38 미야자와 켄지(宮沢賢治, 1896~1933)는 도호쿠(東北) 지방 이와테(岩手)현에서 활동한 동화작가이자 시인, 교육자, 농업과학자로, 국주회의 회원이기도 했다. 지금은 전 국민적인 작가로서 사랑받고 있지만, 생전에는 그다지 유명하지 않았다.

쿠레타케 아직 전국적인 명성은 얻지 못했지만, 시인들 세계에선 지금 대단한 주목을 끌고 있답니다.

타로 네.. 회보에서 이름을 본 것도 같고

쿠레타케 그러시죠?

타로 예

쿠레타케 이시와라 관동군 참모도 미야자와 선생의 시집을 한 권 호주머니에 넣고 만주로 떠나셨다네요.[39]

타로 이시와라 씨는 '국주회의 이상을 만주에' 이렇게 얘기한다죠?[40]

쿠레타케 네. 이번 친선사절도 이시와라 참모가 힘써주셨기에 실현된 셈이지요.

타로 예.

키치지로 이시와라 칸지란 사람이 그렇게 수완이 좋다면서요?

타로 물론이죠. 전에 그 코모토 대좌[41]하곤 비교도 안 돼.

키치지로 사관학교에서도 우가키 카즈시게[42] 이후 최고의 수재라고 했었다니까.

타로 그러게 그 정도 되는 인물이 와줘야지, 지금의 만주엔.

요시코 저기요-

키치지로 응?

쿠레타케 네?

---

39 이시와라 칸지(石原莞爾, 1889~1949)는 도호쿠 지방 야마가타(山形)현 출신의 일본 육군 군인이다. 1928년에 관동군 작전주임 참모로 만주에 부임하여 1931년에 만주사변을 일으키는 데 주도적인 역할을 했으며 만주국 건국에도 깊이 관여했다. 국주회의 열렬한 지지자였다.

40 이시하라 칸지는 국주회의 사상으로부터 영향을 받아 이른바 '동아(東亞) 연맹'을 주창했고 후에 『세계 최종전쟁론(世界最終戰論)』이란 책을 썼다. 그의 그런 생각은 당시 관동군 군인들에게도 전파되었고 만주국 건국을 사상적으로 뒷받침하게 된다. 국주회는 황군 위안대를 파견하는 등 관동군을 지원했다.

41 코모토 다이사쿠(河本大作, 1883~1955)는 이시와라 칸지의 전임 관동군 작전 참모였다. 1928년 6월에 만주의 중국 군벌 장쭤린(張作霖)을 죽인 이른바 '장쭤린 폭살 사건'을 주도했으나, 곧 그 교묘한 음모가 탄로나게 된다. 이 일로 일본은 국제 사회의 큰 비난을 받았고 내각 총사퇴 등으로 이어진다. 그러나 코모토는 1929년 4월에 예비역으로 예편되는 정도의 가벼운 처벌을 받았다.

42 우가키 카즈시게(宇垣一成, 1868~1956)는 일본의 군인이며 정치인이다. 1927년에는 반년 동안 조선총독 임시대리를 지냈으며, 1929년 당시에는 육군대신을 맡고 있었다. 1931년부터 1936년까지 다시 조선총독으로 부임하여 '내·선(內鮮) 융화'를 내세운 황국신민화 정책을 추진했다.

요시코 저기, 그래서 아까 그 시는 뭐죠?

쿠레타케 예?

요시코 뭔가 의미가 있는 건가요? 아까 그 시 같은 거요, 직업 예술가가 어떻고 하는..

쿠레타케 아, 깜빡했었다! 그러니까요, 모든 농민은 예술가가 되지 않으면 안 됩니다!

• • •

쿠레타케 모든 조선인은 예술가가 되지 않으면 안 됩니다!
만주인도 몽골인도 중국인도 모두 예술가가 되지 않으면 안 됩니다!
우리들은 그걸 도울 수 있을 뿐이지요.
오족협화(伍族協和)![43]
일본인은 그 주춧돌이 되어야만 합니다. 얘네들은 표현자로서가 아니라 어디까지나 만·몽·조선 농민들의 표현에 도움을 주는 입장이지요.

• • •

키치지로 그건 그런데 꼭 무슨 주의자들 주장처럼 들리는데요

쿠레타케 천-만의 말씀입니다!

키치지로 네..

쿠레타케 지금 아시다시피 내지에서는 재벌의 횡포에 대항한 노동쟁의가 빈발하고 있습니다. 이대로라면 우리 황국은 적화되어 국체(國體)의 유지조차 어려울지 모릅니다.

키치지로 음, 조선에서도 최근엔 파업이 일어나게 되었으니까요.

쿠레타케 네, 따라서 공산주의로부터 우리 국토를 지키기 위해서 나라의 대들보가 되어 만주, 몽골에 왕도낙토를 만들자는 것이 국주회의 생각입니다.

• • •

---

43 일본이 '왕도낙토(王道樂土)'와 더불어 괴뢰국인 만주국의 건국 이념으로 내세웠던 표어였다. 일본인, 한족, 조선인, 만주족, 몽고인의 다섯 민족이 서로 도와야 한다는 뜻이다.

아이코 그게 공산주의 같은 거하곤 전혀 달라요.

사에코 예 뭐, 그건 다들 알고 있는데

쿠레타케 네.

아이코 그래도 뭔가 좀..

쿠레타케 온 세계가 행복해지지 않는다면 개인의 행복이란 있을 수 없다[44]

• • • 미야자와 선생님은 이렇게 말씀하시지요.

• • •

쿠레타케 만, 몽, 조선이 행복해지지 않으면 일본의 행복은 있을 수 없다.

• • •

우에다 박애주의 같은 건가 보죠?

타로 뭐, 그런가 봐.

쿠레타케 새로운 시대는 세계가 하나의 의식, 하나의 생물이 되는 방향을 향한다

올바르고 강하게 산다는 것은 은하계를 자기 안에 의식하고 이에 응하여 가는 것이다

우리들은 세계의 참다운 행복을 찾아나가자

길을 구하면 길이 된다[45]

• • •

이렇게도 말씀하십니다.

우에다 음..

아시다 세계가 하나가 된다는 겁니까?

타로 뭐, 그렇겠지. 이치 상으로는.

아시다 음..

• • •

키치지로 저..

쿠레타케 네.

44 『농민 예술개론 강요(農民芸術概論綱要)』의 서론 부분에 나오는 유명한 구절이다.

45 위의 인용에 이어 『농민 예술개론 강요(農民芸術概論綱要)』의 서론 부분에 나오는 구절이다.

키치지로 말씀은 알겠습니다만, 아무리 그래도 역시 무언가를 해주셨으면 하는데.

쿠레타케 네 네.

키치지로 벌써 홍보도 해버렸으니까요.

아이코 예

키치지로 일본의 최전위, 조선에 오다!

쿠레타케 감사합니다.

키치지로 그러니까 • • • 음..

쿠레타케 괜찮습니다.

키치지로 그러니까 뭐가요?

쿠레타케 괜찮아요, 괜찮아.

키치지로 저.. • • • 그럼 무용이라도 보여주시겠습니까?

• • •

키치지로 무용을.. 하시는 거죠?

쿠레타케 예, 이 친구가.

키치지로 그럼 지금 간단한 거라도요.

쿠레타케 여기서?

이시이 예?

키치지로 그, 한 대목만이라도 좀 보여주시면 다들 안심이 될 텐데요.

쿠레타케 음..

이시이 그게..

키치지로 안 되나요?

쿠레타케 예?

키치지로 곤란한데, 그럼..

타로 면목이 없네.

키치지로 아뇨 아뇨, 매부가 책임질 일은 아닌데

아이코 ★미안..

쿠레타케 ★하면 되죠.

이시이　예?

쿠레타케　할 수 있지?

• • •

이시이　하지만 음악이 없는데.

쿠레타케　아

타로　아, 그런가.

쿠레타케　아, 맞다. 유감이네.

키치지로　예?

쿠레타케　유감천만.

아이코　저런

타로　★그렇군

쿠레타케　네, 보통 생음악 반주로 추거든요

키치지로　그게, 이번에 악단은 준비를 시켜놨는데..

쿠레타케　감사합니다.

키치지로　뭐, 그래도 오늘은 어렵겠네.

쿠레타케　네. 오늘은 유감천만입니다.

타로　뭐, 그럼 본 공연을 기대해보는 걸로 해야겠다.

쿠레타케　네. 기대 만발해주세요.

• • •

요시코　그런데 창작무용 하는 분들은 어떤 음악에든 춤출 수 있지 않나요?

이시이　예?

쿠레타케　뭐라고요?

요시코　제 말이 맞죠?

쿠레타케　뭐, 그런 경우도 있을지 모르겠군요.

요시코　어, 내가요, 그런 거 봤거든요. 즉흥이라고 하던가요?

아이코　아, 즉흥이면 단장님도 그걸 하시지요?

쿠레타케　아뇨, 제가 하는 건 시 낭독이죠. 낭독이 아닌가, 즉흥이면?

아이코　예?

쿠레타케 암송.. 아니지. 즉흥은 즉흥입니다.

타로 그럼 그 시의 즉흥이라는 걸 한번 해주시죠.

쿠레타케 아뇨 아뇨.. 가능하죠, 무용이라면.. 즉흥으로 어떤 음악에든요.

이시이 예?

쿠레타케 할 수 있지?

사에코 그럼 축음기를 좀 갖고 와달라고 하죠?

키치지로 아, 그래 그래.

아시다 ★아뇨, 그건 옮기기가 힘든데.

사에코 그런가?

아시다 네.

키치지로 우에다 자네, 노래 잘하잖아. 사도 타령.[46]

우에다 아니에요, 아닌데

쿠레타케 그게 노래만으론 아무래도

키치지로 아..

키요코 라디오는 어때요?

이시이 예?

타로 아, 맞다.

이시이 어? 어?

키치지로 나오고 있을까, 춤출 만한 음악이?

쿠레타케 아, 그러게 말예요.

타로 ★좀 들어보지

아시다 네. (라디오 스위치를 켠다.)

• • • • •

(소음이 들리다가 재즈가 들려온다.)

타로 오

키치지로 좋은데?

---

46 〈佐渡おけさ〉. 니가타(新潟)현 사도시마(佐渡島) 지방에서 불리던 일종의 민요. 1926년에 레코드에 녹음된 것을 계기로 일본 전역뿐 아니라 조선, 만주, 타이완 등으로도 퍼졌다.

아이코 이게 뭐지?

요시코 재즈잖아요.

아이코 어?

요시코 재즈라고 해요, 이런 걸.[47]

키요코 *~재즈에 춤추고 리큐어에 밤 깊어*[48]

사에코 아, 이게 재즈였구나.

키요코 예

사에코 그럼 리큐어는?

• • •

요시코 그건 또 다른 음악이겠죠.[49]

사에코 아

• • •

아이코 어째 간지러운 느낌인데.

요시코 미국 흑인들 음악이에요.

키치지로 ★이제 춤출 수 있겠어요?

이시이 어..

요시코 당연히 출 수 있죠. "재즈에 춤추고~"라고 하잖아요.

키치지로 아, 그렇군.

쿠레타케 네, 물론이지요.

이시이 네.

타로 좀 크게 해봐

아시다 네.

아이코 (박수)

모두 (박수)

---

47 1920년대 말의 조선과 일본에서 '재즈'란 말은 서양에서 건너온 새로운 풍의 음악을 두루 가리키는 말로 쓰였다.

48 '재즈'란 말이 가사로 들어 있는 당시의 유행가 〈도쿄 행진곡〉의 일부를 부르는 것이다. 이 노래는 장면 3.1.3에서 다시 나온다.

49 리큐어(liqueur)가 술의 일종이란 것을 알지 못하고 이렇게 말하고 있다.

• • •

이시이　(곧추선 자세를 취한다.)

• • •

타로　어..?

쿠레타케　이게요, 춤을 시작했네요.

타로　예?

이시이　(몸을 조금 구부린다.)

쿠레타케　보세요

• • •

쿠레타케　여기 이쪽이 (이시이의 허리께를 가리킨다.) 아르데코 스타일입니다.

• • •

키치지로　음..

쿠레타케　뭐, 처음 시작이 어려워서 그렇지..

이시이　(갑자기 춤추기 시작한다.)

쿠레타케　오 오 오

이시이　(하지만 음악이 끝나버린다.)

• • •

쿠레타케　뭐 이런 느낌이죠

키치지로　네..

쿠레타케　어디까지나 실험적인 표현이라고 생각해주셨으면 싶습니다.

키치지로　네.

이시이　(여전히 춤추고 있다.)

쿠레타케　그만 좀 하지.

이시이　예?

쿠레타케　그만하라고.

이시이　아, 네.

타로　(아시다에게) 끄지 그만

아시다 네. (라디오 스위치를 끈다.)

• • •

아이코 훌륭해요 (박수)

쿠레타케 감사합니다.

• • •

키치지로 또 다른 분들은요?

쿠레타케 아, 이 사람들은요, 주로 농민예술이나 스포츠 지도를 맡습니다.

키치지로 그렇군요

아이코 그러면요, 제가 돌봐주고 있는 아이들한테도 지도해주실 수 있을지요?

사에코 아, 그거 좋은 생각인데요.

아이코 그치?

쿠레타케 네. (히토미를 가리키며) 예를 들어 이 사람은 최신 크라운칭 스타일의 스타트를 지도할 수 있지요.

아이코 네?

쿠레타케 크라운칭. 이렇게 구부렸다가, 탕!

아이코 예

히토미 단장님

쿠레타케 어?

히토미 크라우칭인데요.

쿠레타케 어?

히토미 크라우칭

쿠레타케 아 아, 맞다 맞다, 그런 칭이지.

아이코 네.

• • •

키치지로 그럼 그만 들어가서 좀 쉬시겠어요?

사에코 아

쿠레타케 네.

키치지로 짐 좀 들어드리지

아시다 네.

쿠레타케 고마워요.

키치지로 별채 쪽으로

아시다 네 • • • 이쪽입니다

우에다 똑바로 가시다가 끝에서 오른쪽이에요 • • • 끝에서 오른쪽

❖아시다와 우에다가 앞장을 서고, 청년회 일행, 상수로 퇴장.

2.4.1

• • •

요시코 좀 이상해-

키치지로 좀 그렇긴 하네.

요시코 많이 이상해요.

아이코 그런데 말야, 도쿄의 예술가들이란 다 저런 느낌인걸.

요시코 그런가요?

아이코 그럼

요시코 우리 그림 선생님은 안 그런데

키치지로 음, 사사키(佐々木) 선생이야 퍽 평범하지.

요시코 그쵸

아이코 그건 아마 일류 예술가가 아니라서 그럴걸. 미안한 얘기지만.

요시코 으.. 그런 건가?

타로 ★뭐, 일류들은 어딜 가도 조금씩 별난가 보더라구.

요시코 으..

키요코 요시코 너, 사사키 선생님을 좋아하지?

요시코 아니야

키요코 맞잖아, 다 안다구

요시코 아니라니까.

사에코　아, 생각났다!

키치지로　뭐가?

사에코　저 단장이 아까 미야자와 어쩌구 그랬잖아요?

키치지로　아

사에코　그게, 들은 적이 있어요, 슈지한테서. 남부 지방에 이상한 시인이 있다고.

키치지로　☆아, 그래?

요시코　☆남부라뇨, 어디요?

타로　이와테나 그쪽일걸.[50]

요시코　아

사에코　'그 자식 위선자야, 혼의 절규가 없어' 뭐 이러면서 흥분했었는데

키치지로　슈지 군이?

사에코　예, 술 취해서

키치지로　그럼 안 되지, 아직 학생인데

사에코　★뭐, 아무튼지 남부 사람들 중엔 잔뜩 폼만 잡는 사람이 많다니까요.

타로　그런가요?

사에코　하라 다카시도 그랬잖아요?[51]

키치지로　어?

사에코　처음엔 평민재상이니 어쩌니 했었지만 결국 아무것도 못하고 말았잖아요?

타로　냉정하군

키치지로　죄송해요.

타로　아니, 죄송하긴

사에코　★아, 죄송해요.

---

50 미야자와 켄지가 살던 이와테(岩手)는 사에코의 친정이 있는 쓰가루 지방으로부터 남동쪽에 위치한다.

51 하라 타카시(原敬, 1856~1921)는 '평민 재상'으로 불리며 일본의 제19대 수상(1918~1921년)을 지냈던 정치가다. 「서울시민 1919」의 장면 3.1.2에서도 언급된 바 있다.

타로 아뇨, 그럴 거 없는데

사에코 그런데요, 만주로 꽤 많이들 가는가 보더라구요?

타로 이와테 사람들이?

사에코 거기 왜, 말(馬)이 많잖아요.

타로 네?

사에코 그쪽에 아주 많아요, 말이. 집 안에서 아주 같이 살아요.

타로 네..

사에코 그래서겠죠?

타로 아, 그런가?

사에코 마적하고도 잘 통하는 거 아니겠어요?

타로 네..

사에코 말(馬)이 많아서 말(言語)도 잘 통하나? 남부니까 말도 많아서? 하하하[52]

• • •

키치지로 이시와라 참모는 야마가타(山形) 출신이죠?

타로 그렇지. 야마가타현 쓰루오카던가? 아닌가, 사카타던가?[53]

키치지로 ★역시 도호쿠 출신이 많단 말야

타로 뭐, 가난하니까 그렇겠지

키치지로 그러게요

타로 아, 미안해요.

사에코 아니에요, 그게 사실인걸요.

타로 미안합니다.

• • •

아이코 어쨌든 아무쪼록 잘 부탁해.

키치지로 예, 그야.

---

52 원문은 '기질이 맞는다, 마음이 통한다'는 뜻을 일본어의 관용적 표현으로 '말이 맞는다(馬が合う)'라는 식으로 말하는 것으로부터 일종의 언어유희를 하는 것이다. 이것을 의역했다.

53 쓰루오카(鶴岡)와 사카타(酒田)는 야마가타현 중에서도 동해 쪽에 면한 항구 도시다. 실제 이시와라 칸지의 고향은 쓰루오카가 맞다.

타로　만주, 몽골에서가 진짜고 조선에선 그 연습처럼 하겠다니까 좀 적당히 해둬도 좋겠지

키치지로　예

타로　부탁하네.

키치지로　(일어선다.) 그럼 전 도로 일하러 갈게요

타로　아, 수고 많았네 정말

아이코　고마웠어.

키치지로　아니, 뭘요

사에코　★기대되네요.

아이코　글쎄 그게..

키치지로　▲요코야마한테 말해서 여기 좀 치우라고 말해야겠지?

사에코　▲그래야죠.

키치지로　☆▲난 좀 나갔다오려구

사에코　▲예?

키치지로　▲흥행조합 모임이 좀 있어서

사에코　▲또요?

키치지로　▲안 갈 수 없잖아

사에코　▲그래도..

❖키치지로와 사에코, 일어나 상수로 퇴장.

2.4.2

@키요코　☆어째 별 도움이 될 거 같진 않네.

@요시코　어?

@키요코　너 그림 공부하는 데는

@요시코　아

타로　그런데 국주회도 말야, 활동이 점점 과격해진다면 우리도 관계를 좀 생각해봐야겠는데.

아이코 아, 글쎄요..

타로 이상은 좋은데 그걸 실현할 수단은 잘 좀 생각해줬으면 좋겠는데.

아이코 네.

타로 조선인한테 예술을 전해주겠다고 해도 그네들이 그런 생각이 없으면 아무것도 안 되잖아.

아이코 그렇기는 하죠.

타로 그런 건 들이댄다고 다 되는 게 아니라구.

아이코 예, 뭐

키요코 ★저기, 조선에도 설교강도가 나타났다는 게 정말이에요?[54]

타로 아, 그렇다더군.

키요코 세상에-

아이코 근데 그게 좀 그래. 조선말로 설교를 하니까 뭐가 뭔지 몰랐다면서?

키요코 무슨 말예요?

아이코 처음엔 일본말로 설교를 했는데 뭐라고 하는 건지 모르겠더래

키요코 좀 이상한데-

요시코 어? 조선인이에요, 범인이?

아이코 그야 그렇지.

요시코 아, 난 또.

아이코 그러다 나중엔 조선말로 떠들어대서 점점 더 못 알아듣게 됐대

타로 ☆뭐, 조선 사람이 조선말로 설교를 해봤자겠네

❖스다, 요코야마, 손미려, 상수에서 등장.

탁자 위를 치우기 시작한다.

2.4.3

---

54 1927년 도쿄에서 어느 강도범이 범행 중 집 주인에게 문단속을 철저히 하라느니 개를 기르라느니 충고를 늘어놓은 일을 어느 신문기자가 '설교강도'란 말을 붙여 보도하여 화제가 되었다. 모방범죄도 속출해서 도쿄 시민들은 한동안 불안에 떨어야 했으며, 조선에서도 이 설교강도 혹은 그렇게 보도되는 사건이 속속 생겨났다.

세 사람　☆실례하겠습니다.

요코야마　차를 올릴까요?

타로　아니, 우리들은 됐어.

아이코　☆☆아

타로　이제 방으로 들어갈 참이라

요코야마　네.

@스다　☆☆아가씨들은요?

@요시코　나도 안 마셔.

@키요코　고마워.

@스다　아니에요

@아이코　식사 준비는?

@스다　이제 어느 정도는 마쳤어요.

@아이코　☆☆☆아, 그래?

@스다　네.

요시코　☆☆☆그게 뭘 설교하는 건데요?

타로　그러니까, 문단속을 더 철저히 해라, 뭐 그런 소릴 한대

요시코　아-

타로　아니 그러니까, 원조 설교강도는 그렇다고.

키요코　잡혔잖아요, 내지에선.

타로　응 응, 그랬지.

요시코　한참 됐어, 붙잡힌 지.

키요코　어 그래?

타로　★오늘은 안에서 다같이 먹게 되나?
(이렇게 말하면서 일어선다.)

스다　네, 그렇게 말씀 들었는데요

타로　알았어. (키요코와 요시코에게) 이따가 또 봐

키요코, 요시코　네.

아이코　그럼..

키요코　이따 봬요

❖타로와 아이코, 상수로 퇴장.

키요코　다들 좀 쉬지?
스다　예?
키요코　쉬었다 해, 조금만
스다　아니 그게..
요시코　괜찮아, 좀 어때?
요코야마　아뇨..
키요코　할 일이 또 남았어?
스다　아뇨, 지금 다들 끝낸 참이에요.
키요코　그럼 됐네. 좀 앉아.
스다　어..
키요코　내가 과자 가져다줄게
스다　아, 고맙습니다.
키요코　아까 제원 씨가 사다 준 게 있거든, 경단.
스다　아.
키요코　그거 먹자.
스다　식사 전인데 단걸 먹으면..
키요코　그러니까 남들 모르게 슬쩍만 먹자구.
스다　네.
키요코　잠깐만 기다려
스다　네.

❖키요코, 상수 계단으로 퇴장.

3.1.1

요시코 앉아

스다, 요코야마 실례합니다.

요시코 후미코도 불러오지

손미려 아, 네.

요시코 어때?

스다 가서 불러와

손미려 네. (상수로 간다.)

요시코 아, 그럼 차 좀 부탁해

손미려 네.

요시코 다들 한잔씩.

손미려 ▲알겠습니다.

❖손미려, 상수로 퇴장.

요시코 엄청 이상한 사람들이었어

스다 예?

요시코 만몽문화 어쩌구 하는 사람들

요코야마 아, 예.

요시코 어? 봤어?

요코야마 네, 처음 왔을 때

스다 그렇게 이상했어?

요코야마 응 응. 차를 아주 마구 마셔대더라.

스다 뭐야 그게?

• • •

요시코 그 경단, 나카지마상점 걸까?

요코야마 그야 그렇겠죠.

스다 그거, 키요코 아가씨가 한번 맛있다고 그러니까 제원이 자꾸 사 오는 거잖아.

요코야마 뭐, 정말로 맛있으니까 나쁠 거 없지.

스다 근데 참 속보이지, 제원도

요시코 그렇게 제원 제원 함부로 부르면 안 돼

스다 네.

요시코 이젠 서생도 아니니까

스다 네.

요코야마 죄송합니다.

요시코 나도 뭐 자꾸 그렇게 부르게 되지만

요코야마 조선인이다 보니 말야

요시코 그게 그렇지?

스다 뭐, 아무튼 제원 씨도 요새 참 애쓰는 거 같아요. 이제 곧 이 집에서도 나간다고 하니.

요시코 역시 나간대?

스다 예, 그래서 밥도 나오는 하숙을 찾고 있다고

요시코 그냥 여기 살아도 좋을 텐데

스다 그래도 서생도 아니면서 계속 얹혀살 수야 없는 노릇이잖아요.

요시코 그렇게 치면 아이코 고모도 5년 씩이나 얹혀 계신 걸.

스다 아뇨, 그거야..

요시코 아무짝에도 소용없는 서생도 있구

요코야마 네, 그건 옳은 말씀이네요.

❖키요코, 상수 계단에서 등장.

3.1.2

키요코 이거 이거

스다 고맙습니다.

요코야마 아 그럼 접시를.. (이렇게 말하고 일어나서 뒷편 찬장에서 접시를 꺼내 경단을 담는다.)

키요코 무슨 얘기 중이었어?

요시코 비밀

키요코 어? 뭔데 그래?

요시코 제원 씨 얘기

키요코 아

요시코 언니하고 어떨까.. 싶대

키요코 어?

요시코 언니하고 결혼 안 하나 싶대

키요코 뭐어? 무슨 소리야?

요시코 무슨 소리긴

스다 아뇨 뭐, 결혼까지야 아무래도 좀 그렇더라도요

요시코 근데 그런 게 아니면 뭐 하러 이렇게 경단 사 오고 그러겠어?

키요코 아니 그거야..

요코야마 음, 키요코 아가씨 쪽 마음은 어떨까.. 싶어서요

키요코 어?

요시코 그치만 만약에 제원이 일본인이라면, 제일 건실한 서생에다 고시까지 합격했으니 그 집 딸하고 결혼해도 이상할 거 없는 일이잖아?

스다 뭐, 이상할 거 없다기보다 그게 보통이겠죠.

요시코 그치.

키요코 나, 그런 건 생각도 안 해봤어.

요시코 어?

키요코 내가 너무 둔한 건가?

요시코 그랬어?

키요코 그러니까 내가 조선인하고 결혼한다는 생각은..

요시코 ★지금 얘긴 조선인이 문제가 아니라 제원은 어떠냐는 거잖아?

키요코 아니 그래도 결혼이란 건 자기 혼자서 결정하는 게 아니잖아.

요시코 그건 그렇지

키요코 스미코 언니도 그렇잖아, 시노자키 집안을 위해서 하카마다 씨하

고 결혼하는 거니까

요시코 그렇담 집안을 위해서라면 조선인하고도 결혼할 거야?

키요코 아마도 그건.. 그렇지

요시코 뭐-

키요코 아니, 이방자 여사[55]도 그래서 조선 왕자한테 시집간 거잖아.

요시코 그치만 그건 나라의 일이니까

키요코 나라나 집안이나 마찬가지지

요시코 뭐- 그런 걸까?

스다 넌 어쩜 그렇게 차도 안 마시고 먹니?

요코야마 (경단을 물고 있다.) 어? 어? 뭐?

스다 아가씨가 입도 대기 전에 먹으면 어떡해?

요코야마 아 죄송해요.

키요코 그럼 좀 어때?

요코야마 죄송해요.

키요코 괜찮다니까

요코야마 근데 이거 참 맛있네요.

스다 아 왔다.

❖조문자와 손미려, 상수에서 차를 가지고 등장.

3.1.3

조문자, 손미려 오래 기다리셨습니다.

요코야마 수고했어

손미려 오래 기다리셨죠?

---

55 이방자(李方子, 1901~1989)는 일본 왕족 나시모토미야(梨本宮 가에서 태어나 1920년에 대한제국 마지막 황태자였던 영친왕 이은(李垠)과 결혼했다. 일본의 관습에 따라 그녀는 성(姓)을 바꾸어 나시모토미야 마사코(梨本宮方子)에서 이방자(李方子, 리 마사코)가 되었다. 당시 두 사람의 이 정략결혼은 내지 일본과 조선의 화합, 즉 '내선일체(內鮮一体)'의 상징으로 널리 선전되었다.

요시코	참, 근데 우리 아버지도 옛날에 조선인 식모[56]랑 사귄 적 있다면서?
요코야마	네, 들었어요.
요시코	그치?
키요코	얘, 왜 그런 얘길 남들 앞에서 하니?
요시코	뭐 어때? 다 아는 얘긴데.
키요코	그래도
요시코	그러니까 후미코한테도 찬스는 있는 거야.
조문자	예?
요시코	찬스!
조문자	'찬스'가 뭐예요?
요시코	아 • • • 기회 같은 거지
조문자	아.. 예?
요시코	우리 신이치 오빠하고도
조문자	그러지 마세요.

56 지문에서는 '가정부'라고 번역하고 있는 말(원문의 '女中')을 이 대사에서는 '식모'로 번역해둔다.

요시코 왜? 싫어, 우리 오빠?
조문자 그게, 싫다는 게 아니구요
요시코 코헤이 삼촌도 괜찮고.
조문자 정말 그러지 마세요.
요시코 안 될 거 없잖아?
키요코 그만 좀 해둬, 요시코
요시코 왜-?
키요코 그보단 자기 시집갈 걱정이나 하지?
요시코 나야 아직 멀었지. 언니 다음에 갈 거니까.
키요코 그건 알 수 없는 거야.
요시코 왜 모르는데?
키요코 이거 먹어.
조문자 고맙습니다.
손미려 고맙습니다.

• • •

키요코 맛있다.
스다 예.

• • •

키요코 라디오 켜볼까?
스다 어, 그래도 돼요?
키요코 그럼
요시코 괜찮아, 아무도 없을 땐 켜서 들어
요코야마 고맙습니다.

❖스다, 라디오를 켜러 간다.
〈도쿄 행진곡〉[57]이 흘러나온다.
중간부터 다들 따라 부른다.

모두 *~ 옛날이 그리운 긴자(銀座)의 버드나무*
농염한 저 여인을 누가 아나요
재즈에 춤추고 리큐어에 밤 깊어
날 밝아 댄서의 눈물 구슬퍼

~ 사랑의 마루비루[58] 그 창문가에는
눈물의 편지 쓰는 사람도 있어
러시아워에 주워 든 장미를
그녀의 추억으로 간직해볼까

❖간주 중에 현관 쪽에서 목소리가 들린다.

홋타 토키지로 △계십니까?
스다 아니, 누구지?
손미려 제가..
스다 아 그래.
손미려 네.

❖손미려, 하수로 퇴장.

3.1.4

그 사이 3절도 부른다.

57 〈東京行進曲〉. 1929년 5월에 발표된 유행가다. 미조구치 켄지(溝口健二) 감독의 무성영화 〈도쿄 행진곡〉의 주제곡이었는데, 일본 영화 사상 첫 영화 주제곡이기도 했다. 가사에는 모던보이, 모던걸 들이 교제하는 당시 도쿄의 풍속이 담겨 있다.

58 '마루비루(丸ビル)'는 '마루노우치 빌딩(丸の内ビルヂング)'을 줄여서 부르는 말이다. 1923년 도쿄역 부근에서 지상 8층의 오피스빌딩으로 준공되었고 이후에 지상 9층으로 증축되었다. 당시 '동양 제일의 건물'이라 불렸으며 도쿄의 랜드마크 중 하나였다.

모두 *~ 이 넓은 도쿄에 사랑은 갈 곳 없어*
흥청이는 아사쿠사(浅草)[59]에서 밀회를
당신은 지하철 나는 버스라네
사랑은 스톱, 뜻대로 아니 돼[60]

❖손미려가 돌아온다.
그 뒤로 홋타 타키지로와 유미코 부부가 등장.
스다, 라디오를 끈다.

손미려 저.. 홋타 씨께서 오셨습니다.
키요코 어?
손미려 인사를 하러 들르셨다는데..
키요코 어..
홋타 토키지로 실례가 많네요, 갑자기 와서
홋타 유미코 죄송해요.
키요코 어서 오세요
다른사람들 어서 오세요
키요코 아니..
홋타 토키지로 그게요, 갑자기 만주로 가게 돼서요
키요코 예?
홋타 토키지로 인사를 드리려고
키요코 아, 네.
홋타 토키지로 누가 계신지..?
키요코 네 • • • 어 그럼.. 아이코 고모 오시라고 해주겠어?
요코야마 네.

59 도쿄 도심으로부터 약간 북동쪽에 있는 아사쿠사(浅草) 지역은 당시의 유명한 번화가로 특히 영화관과 극장 등이 몰려 있는 곳이었다.
60 원문에는 이 가사의 일부만이 나와 있다. 공연실황 영상을 보면 이 중 2절과 3절의 일부가 불린다.

키요코 아, 그리고 키치지로 삼촌도.

요코야마 네.

스다 아, 그럼 그쪽은 제가

요코야마 아, 부탁해.

조문자 그럼 차를..

키요코 좀 부탁해.

조문자 네.

조문자, 손미려 실례하겠습니다.

❖가정부 네 사람, 모두 상수로 퇴장.

3.2.1

키요코 이쪽으로, 여기 좀 앉으시겠어요?

홋타 토키지로 고맙습니다.

(두 사람, A와 G에 앉는다.)

키요코 죄송해요, 여기 금방 치우라고 할게요.

홋타 유미코 미안하네요, 쉬는 걸 방해해서

키요코 아니에요

• • •

키요코 공교롭게도 저희 부모님도 지금 만주로 시찰을 가 계신데요

홋타 토키지로 예 예, 잘 알고 있습니다.

키요코 아..

• • •

요시코 만주에 오래 가 계시게 되는 건가요?

홋타 토키지로 아뇨 그게 그렇다기보다, 그쪽으로 이주를 하게 되었어요

요시코 예?

홋타 유미코 (울고 있다.)

키요코 괜찮으세요?

훗타 유미코 미안해요, 그만..

키요코 아니.. • • • 저..

훗타 토키지로 이 댁은 스미코 씨 혼담도 결정을 다 보셨다죠?

키요코 네, 덕분에요

훗타 토키지로 축하드립니다.

키요코 고맙습니다.

요시코 고맙습니다.

훗타 유미코 축하드려요.

❖아이코, 상수에서 등장.

3.2.2

아이코 어서 오세요

훗타 유미코 아, 아이코 씨

아이코 ★미안해요, 지금 남편은 목욕 중이라서요

훗타 유미코 아

훗타 토키지로 죄송하네요, 갑자기 와서.

아이코 아뇨, 그건 괜찮습니다만

훗타 토키지로 갑자기 만주로 가게 돼서요

아이코 예?

훗타 토키지로 봉천(奉天)으로요.

아이코 그럼 무슨 여행이라도?

훗타 토키지로 아뇨

키요코 그게..

훗타 토키지로 갑작스런 얘깁니다만, 이쪽을 정리하고 그리로 가서 장사를 시작하게 돼서요

아이코 예?

훗타 토키지로 아무래도 지금 자금 압박이 심해서요, 주위 분들께도 폐를 안 끼치

게 그냥 이참에

아이코 아니 그러면, 그게..

홋타 토키지로 ★그쪽에서 뒤를 봐주겠다는 사람도 마침 있으니까요.

아이코 아

홋타 토키지로 죄송합니다, 정말로.

아이코 아뇨, 저희가 죄송하죠, 도움도 못 되고..

❖키치지로 부부, 상수에서 등장.

3.2.3

키치지로 어서 오세요

홋타 토키지로 아, 키치지로 씨

키치지로 오셨어요?

사에코 어서 오세요

홋타 유미코 ☆안녕하세요

아이코 ☆그.. 만주로 이사를 하신다는데

키치지로 예?

홋타 토키지로 그게, 인쇄출판 업계도 예외 없이 불황이라서요.

키치지로 어 아니, 그래도..

홋타 토키지로 ★봉천에서 처음부터 다시 시작하기로 했습니다.

키치지로 봉천?

홋타 토키지로 네.

키치지로 너무 갑작스러운데요.

홋타 토키지로 네..

키치지로 자, 일단 좀 앉으시죠

❖모두 앉는다.

홋타 토키지로 뭐, 지난 5년 동안 무리를 거듭해왔으니까요

키치지로 네..

홋타 토키지로 인쇄기계가 대형화되고 있어서요, 내지에서 오는 큰 회사에 당해낼 재간이 어디 있어야죠

키치지로 그렇군요

홋타 토키지로 데릴사위로 들어와서 가게 문을 닫게 된 건 면목이 없지만

홋타 유미코 여보, 그건..

홋타 토키지로 여력이 있을 때 간판이라도 들고 한 번 더 재기를 꾀해보자 싶어서

키치지로 그래서 그걸.. • • • 우리 형님은..?

홋타 토키지로 켄이치 씨께는 사실 예전부터

키치지로 아, 그랬었나요?

아이코 전혀 몰랐네

키치지로 음.

홋타 토키지로 내지로 돌아갈까 하고 상의도 드려봤습니다만, 아내는 어머니 대부터 조선에서 쭉 살아온 터라

아이코 아

키치지로 이제 와서 내지로 가서 고생하는 것보단 다시 한 번 새로운 땅으로 가보려구요

아이코 네.

사에코 ★마음 고생 많으셨죠.

홋타 유미코 아뇨..

사에코 우린 그저 아무것도 모르고..

아이코 예

홋타 토키지로 켄이치 씨께는 여러모로 신세가 많았습니다. 좋은 일거리도 많이 소개해주시고

키치지로 신세로 치면 저희도 꽤..

홋타 유미코 전요, 뭐가 속상했냐 하면요, 이 사람이 조선인 고리대금업자한테까지 가서 머리를 숙이는 게 정말로 속이 상해서요

홋타 토키지로 ☆그야 별수가 있나

홋타 유미코 그래도요

홋타 토키지로 그런 시대가 된 거니까

❖조문자, 손미려, 상수에서 차를 들고 등장.
탁자를 돌며 차를 놓아간다.

3.2.4

@조문자, 손미려 ☆오래 기다리셨습니다.

@손미려 ☆☆(토키지로 앞에 차를 놓으며) 차 드십시오

@홋타 토키지로 고마워요.

@손미려 (유미코에게) 차 드십시오

@홋타 유미코 • • •

@키요코 ☆☆☆여기 좀 치워줘.

@손미려 네.

홋타 토키지로 ☆☆조선 사람도 장사 수완이 점점 늘게 됐으니까요.

키치지로 예

홋타 유미코 ☆☆☆전 조선에서 나고 자란 사람이라 그런 건 개의치 않는다고 생각했었는데요, 오히려 더 못 그러겠더라구요. 근데 이 사람 쪽이 마음먹고 딱 나서데요.

홋타 토키지로 그야 뭐 • • • 남자가 나서야지

홋타 유미코 그런 일을 겪느니 차라리 만주에서 새 생활을 시작하는 게 나을 것 같아져서

키치지로 힘드셨겠네요.

홋타 토키지로 아네요, 뭐 금융공황[61] 때 내지를 생각하면 저희야 행복한 편이죠.

키치지로 하지만..

61 1927년 3월부터 발생한 일본 내에서의 경제공황을 말하고 있다. 1929년 세계경제 대공황에 2년 앞서 일어난 이 '쇼와 금융공황'은 간토대지진의 복구로 인한 경제적인 부담도 그 원인 중 하나로 작용했다.

홋타 토키지로 만주에서라면 중국인 상대로 아직 할 수 있는 일이 있을 테죠.

키치지로 ☆예

@키요코 ☆가져가도 괜찮아

@손미려 예?

@키요코 그 경단

@손미려 ☆☆감사합니다.

@조문자 감사합니다.

아이코 ☆☆언제 떠나시는데요?

홋타 유미코 내일 새벽 기차로요

아이코 그렇게 빨리요?

홋타 유미코 그래서 정말 가까운 분들한테만 이렇게 인사를..

아이코 아, 예.

홋타 토키지로 ☆☆☆이런 시간에 죄송했습니다. 남은 일을 정리하다 보니 너무 늦어져버려서

키치지로 아닙니다, 정말 잘 와주셨어요.

홋타 토키지로 송구스럽습니다.

키치지로 힘내십시오

홋타 토키지로 감사합니다.

@조문자, 손미려 ☆☆☆실례하겠습니다.

❖조문자와 손미려, 상수로 퇴장.

홋타 유미코 어쩌면 오라버님하곤 만주에서 만날 수 있을지도 모른다니까..

아이코 정말로요?

홋타 유미코 예

홋타 토키지로 아뇨 뭐, 엇갈릴지도 모르겠습니다만

키치지로 조심해서 가십시오

홋타 토키지로 감사합니다.

아이코,사에코,요시코,키요코 안녕히 가세요

홋타 토키지로 가지.

홋타 유미코 네. (나가기 시작한다.)

• • •

홋타 유미코 (따라 나오는 아이코에게) 나오지 마세요

아이코 아뇨, 왜요

홋타 유미코 ★괜찮아요, 정말

아이코 현관까지만이라도

홋타 유미코 그냥 계시지..

• • •

키치지로 자 자, 가시죠.

홋타 유미코 네.

• • •

홋타 유미코 ☆▲죄송해요, 정말

홋타 토키지로 ▲아뇨 아뇨, 별말씀을요

@사에코 ☆(따라 나오려는 요시코와 키요코에게) 괜찮아, 그냥 있어도

@요시코,키요코 네.

❖홋타 부부, 키치지로 부부, 아이코, 하수로 퇴장.

키요코 큰일이네.

요시코 응.

• • •

키요코 만주라.. • • •

요시코 이거 치우라고 할게.

키요코 응.

요시코 내가 가서 얘기할게.

키요코 고마워.

❖요시코, 상수로 퇴장.
키요코, 잠시 있다가 라디오 스위치를 켠다.
군가 〈적은 수만 명〉[62]의 후반부가 흐른다.
라디오의 전파가 잘 잡히지 않아 또렷이 들리지는 않는다.

❖키치지로 부부와 아이코, 하수에서 돌아온다.

아이코 어? 요시코는?
키요코 식모들 부르러 좀 갔어요.
아이코 아, 그래?
키요코 여기 좀 치우게 하려고
아이코 아.
키치지로 신이치 군은 좀 늦는구나.
키요코 네.
사에코 누굴 좀 마중 보낼까요?
키치지로 글쎄 뭐, 곧 오지 않겠어?
사에코 아
아이코 ▲전혀 몰랐네, 홋타 씨네 그런 사정
키치지로 ▲힘들다는 얘기는 들었지만 저렇게 야반도주하듯 떠날 줄이야
사에코 ▲다들 힘든가 봐요.
키치지로 ▲그야 그렇지.

---

62 〈敵は幾万〉. 1886년에 간행된 『신체시 선(新體詩選)』에 수록된 시의 일부에 곡을 붙여 만든 일본의 군가. 그 3절의 가사를 번역하면 대략 다음과 같다: "패해서 달아난다면 나라의 수치 / 나아가서 죽는 것이 우리의 영광 / 한 점 돌맹이로 남느니 / 보석처럼 부서지리라 / 다다미 방에서 죽어가는 건 / 무사가 가야 할 길이 아니리 / 이 한 몸 마적단에 쫓기어가며 / 이내 몸 저 벌판에 뉘이는 것이 / 이 세상 무사의 도리일지니 / 그 어찌 두려워하리오 / 그 어찌 흔들리리오"

❖세 사람, 그대로 상수로 퇴장.
키요코도 이내 상수 계단으로 퇴장.
라디오 전파가 조금 흐트러졌다가 이어 한국어로 하는 말이 나온다.[63]

아나운서 [한국어]지금부터 저녁 조선어 방송 시간입니다. 먼저 여러분 모두 잘 아시는 〈아리랑〉입니다.

❖〈아리랑〉이 흐른다.

10초 후, 조문자와 손미려가 상수에서 등장.
3.3.1

손미려 아, 조선어 방송이다.
조문자 응.
손미려 [한국어]신난다-
조문자 응.

❖탁자 위를 다 치우고 잠시 음악을 듣고 있다.
요시코, 상수에서 등장.

조문자 아 죄송해요.
요시코 뭐가?
조문자 라디오가 켜져 있길래 그냥..
요시코 괜찮아. 들어.

---

63 1927년 경성방송국이 호출부호 JODK로 라디오 방송을 시작했다. 도쿄, 오사카, 나고야에 이어 일본의 4번째 라디오 방송국으로서 개국한 것이었다. 초기에는 한 채널에서 일본어 방송과 조선어 방송을 시간대 별로 나누어 내보내는 이른바 '혼합 방송'을 했다. 1929년 9월부터는 중계방송망을 통해 도쿄방송국의 방송을 그대로 중계하면서 조선의 전통음악, 조선의 날씨 및 물가 시세를 추가 편성했다는 기록도 있다. 1932년부터는 일본어 제1방송과 조선어 제2방송의 두 채널을 분리하는 '이중 방송'을 시작했다.

조문자 네, 감사합니다.

손미려 감사합니다.

요시코 좀 이따 데생 마저 부탁해.

조문자 네.

요시코 준비해서 내려올게

조문자 네.

❖요시코, 상수 계단으로 퇴장.

다시 라디오를 듣는 두 사람. 그러다가 노래를 부르고 춤추기 시작한다.

얼마 후에 하수에서 목소리가 들린다.

• • •

스미코 △누구 없어요?

조문자 네, 가요-

❖조문자, 손미려, 황급히 하수로 퇴장.

5초 후, 손미려, 하수에서 상수로 뛰어 지나간다.
다시 돌아와서 라디오를 끄고 정리하고 있던 쟁반을 들고 다시 상수로 퇴장.

손미려 ▲꼬마어르신 오셨습니다-

❖조문자, 짐을 껴안고 하수에서 등장.
뒤이어 스미코, 신이치, 히라이와가 하수에서 등장.
신이치는 잠옷 차림에 카디건을 걸쳐 입고 목에는 라이카 카메라를 걸고 있다.

3.3.2

스미코 △아- 이제 다 왔다
조문자 △이거 방으로 옮겨도 되겠습니까?
스미코 그래줘
조문자 네.
스미코 부탁해.
조문자 네.

❖조문자, 그대로 짐을 들고 계단을 오른다.

스미코 어떡할래?
신이치 어?
스미코 바로 방으로 올라갈래?
신이치 괜찮은데 • • • 여기서 사람들한테 인사라도 하고
스미코 그럴래?

신이치 오자마자 침대에서 잠부터 자면 정말로 환자 같을 거 아냐.

스미코 음, 그건 그렇지

신이치 괜찮다니까 (라고 말하고 G에 앉는다.)

스미코 아, 그럼 짐은 일단 여기에

히라이와 네.

스미코 서생이라도 한 명 데리고 갈걸 그랬어. (이렇게 말하며 B에 앉는다.) 서 계시지 말고 좀 앉으시죠

히라이와 네.

스미코 앉으세요.

히라이와 네 (E에 앉는다.)

신이치 오늘 하카마다 씨도 와 있는 거지?

스미코 응, 안에 있어. 장부를 보고 싶다고 해서.

신이치 흠 • • • (히라이와를 가리키며) 이 사람은 작년에 체펠린비행선[64]을 봤대.

스미코 와-

히라이와 할머니 제사가 있어서 내지로 들어간 길에 운 좋게..

스미코 아

신이치 엄청나게 컸다면서?

히라이와 네.

스미코 히라이와 양은 내지 출신이세요?

히라이와 아뇨, 아버지 대부터 조선에..

스미코 아, 그래요?

신이치 (사진을 찍는다.)

히라이와 평양간호학교를 나왔어요.

스미코 그랬어요?

64 1928년에 만들어진 독일의 경식 비행선 체펠린 백작 호(Graf Zeppelin)는 당시 사람들에게 큰 인기를 끌었다. 특히 1929년 8월에는 세계일주 비행 중 일본 도쿄 상공을 지나 이바라기현 카스미가우라(霞ヶ浦) 연안에 상륙했는데, 그 환영회에 300만 명의 인파가 몰리고 라디오 중계방송을 하는 등 큰 화제가 되었다.

신이치　★조만간 비행선이 경성하고 도쿄 사이를 왕복하게 될걸.

스미코　어

신이치　그렇게 되면 가는 데 하루도 안 걸리게 되겠지?

스미코　아니, 그렇게 빨라져?

신이치　응, 아마.

스미코　그래?

신이치　뭐, 비행기도 좋겠지만 아직 비행기는 사람을 많이 못 태우니까.

스미코　그러게.

❖조문자, 상수 계단에서 등장.

3.3.3

조문자　(아까 정리하고 있던 쟁반을 손에 들고) 차 올릴게요

스미코　고마워.

조문자　이쪽으로 가져오면 될까요?

스미코　응, 그렇게 해줘.

❖이렇게 말하고 나가려고 하는데, 키치지로 부부가 등장.

조문자　아, 죄송합니다.

키치지로　어.

조문자　차 올릴게요

사에코　부탁해.

❖조문자, 상수로 퇴장.

키치지로　오-

신이치　안녕하세요

키치지로 퇴원 축하하네.

신이치 죄송해요, 제가 폐를 많이 끼쳐서

키치지로 아냐 아냐, 나야 뭐..

신이치 고맙습니다.

키치지로 신이치 군이 이쪽으로 앉아야지

신이치 아뇨, 괜찮아요.

키치지로 그럼 안 돼. 본가의 장남이니까 아버지 안 계실 때는 여기에 앉도록 해.

신이치 아..

스미코 그렇게 해.

신이치 그럼.. (이라고 말하고 C로 이동한다.)

키치지로 아무튼 잘됐어

(키치지로 부부는 A와 G에 앉는다.)

사에코 예

키치지로 살이 좀 찐 것 같은데?

신이치 그래요? 그런가..

스미코 운동도 조금씩 시키라고 얘기 들었어요

키치지로 아, 그래?

사에코 테니스 같은 건 어떨까요?

신이치 아, 좋죠.

(사진을 찍는다.)

키치지로 그래? 그럼 이걸 기회로 나도 좀 시작해볼까?

사에코 그렇게 해요.

키치지로 테니스보다는 근데 골프가 좋지 않을까?

사에코 아

키치지로 자기 페이스로 칠 수가 있잖아

사에코 예

신이치 ★이제 경성에도 본격적인 코스가 생긴다네요.

키치지로 맞아, 그러면 상공회에 말해서 회원으로 들어가도록 해놔야겠는데.

신이치 예

사에코 아팠다는 게 왠지 거짓말 같애.

스미코 예, 뭐

사에코 그치?

키치지로 그야 그렇지. 다 나았으니까 퇴원한 거잖아?

사에코 물론 그렇지만서도

키치지로 어땠나, 병원은?

신이치 예, 쾌적했어요.

키치지로 처음엔 일반병실에 있었다면서?

신이치 예

스미코 갑자기 들어가느라 빈 독실이 없어서

키치지로 아, 그랬다며?

사에코 의외로 환자들이 많더라구.

스미코 ☆예

신이치 ☆그게 아무래도 정신병원이다 보니까 이상한 사람이 많아요.

키치지로 그래 그래.

신이치 옆 침대 사람은요, 아주 오래 입원 중이라는데, 고양이의 대장이거든요.

키치지로 • • •

신이치 밤이 되면 고양이가 몰려오죠.

키치지로 호-

신이치 그래서 밤마다 회의를 하는 바람에 시끄러워서 잠을 잘 수가 있어야죠.

키치지로 그건 옆 사람이 그런 망상에 시달린다는 건가?

신이치 아뇨, 그런 게 아니라요 정말로 고양이가 몰려와서 시끌시끌 회의를 한다구요.

키치지로 음..

❖아이코 부부, 상수에서 등장.

히라이와가 F에 앉고 아이코 부부는 D와 E에 앉는다.

3.3.4

신이치 그래서 다음 날 의사한테 어떻게 좀 해달라고 말하려고 했더니요, (히라이와를 가리키며) 이 사람 말곤 아무도 믿어주질 않더라구. 도리어 내가 이상한 사람이 돼버리지 뭐예요.

키치지로 • • •

타로 어서 오게.

신이치 그간 안녕하셨어요?

타로 응. (히라이와에게) 아, 감사합니다.

히라이와 아뇨, 실례가 많습니다.

타로 (히라이와가 서 있는 것을 보고) 좀 앉으시지요

히라이와 네.

• • •

신이치 뭐, 그 덕에 빨리 독실로 옮기게 돼서 다행이었지만.

키치지로 그렇게 됐나

신이치 정신병원이란 덴 꽤나 딱한 곳이라서요, 오래 입원하고 있으면 누가 정상이고 누가 이상한지 알 수 없게 돼버리거든요.

키치지로 그렇군

신이치 의사 흉내를 내는 환자도 있으니까요

키치지로 뭐?

히라이와 그건 정말이에요.

키치지로 허-

신이치 환자 흉내를 내는 의사도 있고.

키치지로 뭐?

• • •

타로 아무튼, 퇴원 축하하네.

신이치 고맙습니다.

아이코 축하해.

신이치 고맙습니다.

• • •

아이코 아까 하던 얘기 마저들 하지.

키치지로 아 • • •

• • •

사에코 그래서 그 고양이들이 무슨 회의를 했던 거지?

키치지로 아 그게, 아무래도 조선에선 먹고 살기가 어려우니까 다같이 내지로 가자는 얘기였나 봐요.

사에코 아-

신이치 뭐, 나도 고양이 말을 알 턱이 없으니까 분위기 같은 걸로 짐작할 뿐이지만
(사진을 찍는다.)

사에코 어..

신이치 내지도 경기가 나쁘니까 만주로 가는 게 낫지 않냐 그랬더니 그 대장이 엄청 화를 내면서 "좀 내버려둬!" 이러는 거예요.

사에코 어머

신이치 애써 친절하게 말해줬더니

사에코 그러게 말이야

• • •

신이치 만몽청년회 사람들도 왔다면서요?

아이코 응.

신이치 어때요?

타로 뭐, 이번에는 그냥 친선을 위해서 온 거니까.

신이치 예

타로 게다가 뭐랄까, 무척 전위적이랄까.. 실험적인 사람들이라서 잘 모르겠는 부분도 있더라구

신이치　아, 뭐 나쁠 거 없잖아요?
타로　그야 뭐.
신이치　언제나 새로운 것과 씨름하는 게 시노자키 집안의 가풍이죠.

❖요시코, 계단에서 등장.

3.4.1

아이코　아
신이치　오우
요시코　오빠 왔네요.
신이치　왔지
히라이와　아 앉으세요, 여기 (일어선다.)
요시코　아뇨
히라이와　앉으세요
스미코　☆앉지
요시코　네. 데생을 마저 하려고 내려온 거였는데 (F에 앉는다.)
스미코　아

❖조문자와 요코야마, 차를 들고 상수에서 등장.
차를 돌린다.

조문자, 요코야마　☆☆실례합니다.
@신이치　☆참 참, 그리고 말야, 독실은 2층이라서 꽤 조용히 지내게 됐는데, 밤이 되면 병원 담장을 타고 ☆☆어린 애들이 넘어 들어와요.
조문자, 요코야마　(차를 놓으면서) 오래 기다리셨습니다.
각자　고마워.

스미코 신이치, 저녁식사 전에 한번 방에 가보지

신이치 어, 그래야죠.

스미코 그럼 지금..

히라이와 그럴까요?

신이치 그래서 내가 애들한테 "그렇게 시끄럽게 굴면 군인 아저씨 군화 냄새를 맡게 한다!" 이렇게 소릴 지르면 울면서 막 도망을 가요.

히라이와 올라가시죠.

신이치 응. (아이코에게) 아이코 고모, 기억하죠?

아이코 어?

신이치 죽은 할아버지 입버릇요

아이코 아

신이치 "군인 아저씨 군화 냄새를 맡게 한다!"는 거, 이게 효과 만점인 거지.

• • •

신이치 ☆키치지로 삼촌도 아이들이 말 안 들을 때 한번 써먹어 보세요.

키치지로 그래야겠네.

@스미코 ☆들어가봐도 돼.

@요코야마 네.

• • •

❖이제원, 상수에서 등장.

3.4.2

이제원 아, 어서 와요.

신이치 오- 잘 있었어?

이제원 좋아보이는데요.

신이치 응, 그렇지?

이제원 다행이다.

조문자 실례하겠습니다.

요코야마 실례하겠습니다.

키치지로 아, 하카마다 군도 불러오는 게 좋을까?

사에코 아

스미코 ★어 근데..

키치지로 하카마다 군 좀 불러다 줘

요코야마 네.

❖요코야마, 상수로 퇴장.

요시코 그럼 후미코, 우리 데생 하자.

조문자 예?

요시코 데생, 마무리해야지

조문자 어, 근데..?

요시코 내 방에서 하면 돼

조문자 네

신이치 오, 그림 그리나?

요시코 예, 뭐

신이치 뭘 그리길래?

요시코 전람회에 낼 거요.

신이치 오, 좋네. 후미코가 모델?

조문자 그런 셈이죠

요시코 ★그럼 실례할게요.

스미코 어

요시코 오빠, 이따 봐요

신이치 응.

요시코 가자

조문자 네.

신이치 키요코는 위에 있어?

요시코 네, 아마

신이치 그럼 오라고 해줘

요시코 ▲네.

조문자 실례하겠습니다.

❖요시코와 조문자, 상수 계단으로 퇴장.

스미코 뭐하러 다들 부르고 그래?

신이치 ★제원도 앉지 그래

이제원 아뇨, 전 그냥 여기..

신이치 안 그래도 돼.

이제원 아니에요

히라이와 ★정말 이제 그만 방으로 올라가보는 게..

신이치 아니, 하카마다 씨도 온다면서.

스미코 아

신이치 하카마다 씨한테 제일 폐를 끼쳤으니까 제대로 사과를 해둬야지.

스미코 어, 그건 나중에 해도..

신이치 ★어때? 총독부 일은?

이제원 글쎄, 아직은 쉽지가..

신이치 조선인이 일본인 위에 서는 거니까 이래저래 마음 쓰이는 일이 많겠네

이제원 위에 서고 그러는 건 아니죠.

신이치 그래도 고등문관 시험에 합격했다는 건 말야, 누가 뭐래도 조선총독부를 등에 업게 된 거 아닌가?

이제원 글쎄요

신이치 괜찮아요, 괜찮아

이제원 • • •

신이치 뭐, 하마구치 수상[65]의 정책에 관해선 나도 약간 의문이 있지만 말야, 성실한 사람인 건 틀림없다고 봐.

이제원 네..

신이치 내지도 조선도 점점 좋아질걸.

이제원 네.

❖하카마다, 상수에서 등장.

3.4.3

하카마다 왔군요

신이치 아, 하카마다 씨, 이리 오세요

하카마다 예

신이치 거기 있지 마시고 이쪽으로

65 하마구치 오사치(濱口雄幸, 1870~1931)는 입헌민정당(立憲民政党)의 총재로서 1929년 7월에 일본의 제27대 수상이 된다. 취임 직후 세계 경제대공황을 맞아 고투하게 된다. 1930년 11월에 도쿄역에서 우파 청년에게 저격당해, 이듬해 8월 사망한다.

하카마다 예

신이치 어서요

하카마다 네 (겨우 움직인다.)

신이치 이제 한 가족이나 다름없잖아요

하카마다 그야 (의자 F 쪽으로 간다.)

신이치 저, 그땐 정말 크게 폐를 끼쳐서

하카마다 예, 뭐

신이치 그게 저로선 거의 기억이 흐릿하지만요, 나중에 얘길 들었더니 대체 내가 왜 하카마다 씨한테 그런 짓을 했나 싶어져서

하카마다 뭐, 그야 환자니까요.

신이치 아뇨, 아무리 환자라도 그렇지, 해서 좋을 일이 있고 안 될 일이 있잖아요.

하카마다 네..

신이치 죄송해요.

하카마다 아뇨 그게 그러니까, 이미 다 나은 거라면은 그야 뭐.. 지난 일이니까.

신이치 그렇게 말씀해주시니 고맙네요.
(사진을 찍는다.)

하카마다 아뇨 아뇨 뭐

신이치 스미코 누나를 잘 부탁드립니다.

하카마다 그야 뭐, 네.

• • •

스미코 그럼 이제 그만 2층으로..

신이치 좀 앉으시죠 (이렇게 말하고 앉는다.)

하카마다 아 (앉는다.)

신이치 나도 입원 중에 하도 심심해서요, 경제나 주식에 대해서 공부를 좀 했어요.

하카마다 오

신이치 나도 어디 주식 투자를 해가지고 라이카 진품을 사볼까 싶어서

키치지로 그럼 그거 가짠가?

신이치 당연하죠. 진품이 어디 내 용돈 정도로 살 수 있는 물건인가요?

키치지로 허- 나만 몰랐나?

타로 아뇨, 나도 진품이라고 생각했어요

키치지로 그렇죠?

신이치 발길이 드문, 한적한 뒷길 있어, 꽃동산 되네

하카마다 아.

키치지로 뭔가, 그게?

신이치 주식투자의 비법이죠.

키치지로 아-

신이치 맞죠?

하카마다 예, 뭐

신이치 참, 하카마다 씨

하카마다 네.

신이치 그.. 신용거래라는 게 뭔지를 아직 잘 모르겠거든요

하카마다 예?

신이치 신용거래요. 그게 어려워요.

하카마다 아, 아뇨 아뇨, 어려울 것 없어요. 요컨대 자기가 갖고 있는 주식을 담보로 돈을 빌려서 다시 주식을 사는 거지요.

신이치 (사진을 찍는다.) 예

하카마다 함부로 남의 사진 찍지 마세요!

신이치 괜찮아요.

하카마다 아뇨, 괜찮지가 않지. 사진 찍지 말라니까.

신이치 아니, 이거 필름도 안 들어 있는데.

하카마다 네에?

타로 뭐라구?

신이치 어차피 이런 실내에선 사진 못 찍어요.

타로 아니, 그런 거였어?

신이치 예

• • •

신이치 아, 죄송해요. 계속해주세요, 주식 얘기요

하카마다 예?

신이치 마저 해주세요.

키치지로 • • • 그러니까 그렇게 되면요, 작은 자금으로도 많은 주식을 살 수가 있죠. 이득이 생기면 다시 그만큼을 담보로 해서 더 많은 주식을 사들일 수가 있구요. 그리고 또다시..

❖계단에서 키요코가 등장.

3.4.4

신이치 오

키요코 어서 와.

신이치 나 왔어

키요코 어서 와.

신이치 이제 대충들 모였나 봐.

스미코 그렇지.

신이치 (일어선다.) 뭐, 이따가 식사 시간에 말씀드릴까도 싶었지만, 그때는 다른 손님들도 있을 거라고 하니까요

• • •

신이치 정말 여러 가지로 폐를 많이 끼쳤습니다. 아직도 간혹 어지럼증이 나기는 합니다만, 평소처럼 생활을 해도 좋다는 얘길 듣고 잠시 동안 집에서 휴식을 취하게 됐습니다.

• • •

신이치 물론 이 집의 장남으로서, 우리 시노자키 집안을 노리는 이탈리아계 이민 일당이 있다는 것은 잘 알고 있습니다. 그것은 대체로 라디오를 주의해서 듣고 있노라면 방송 중에 암호로..

하카마다 저기 (일어선다.)

스미코 신이치

신이치 어?

스미코 이제 곧 식사 시간이니까 방으로 일단 올라가자.

신이치 아, 그래.

키치지로 그게 좋겠네.

하카마다 잠깐만 있어봐요.

키치지로 자 자, 하카마다 씨도..

하카마다 아니..

타로 예, 뭐 나중에 그건

하카마다 이런

타로 그런다고 여기서 뭘 어쩌겠어요?

키치지로 그만들 가죠

타로 그러지

아이코 그럼 신이치, 이따가 봐

신이치 네.

(하카마다의 사진을 찍는다.)

❖키치지로, 니시노미야 타로와 아이코 부부, 잇따라 상수로 퇴장.

스미코 하카마다 씨도 이따 봬요

하카마다 예

❖하카마다도 퇴장.

스미코 제원은?

이제원 전 여길 좀 치우고

스미코 그런 건 식모한테 하라고 해요.

이제원 아뇨..

스미코 미안하지만 사에코 숙모, 스다를 좀..

사에코 응.

❖사에코, 상수로 퇴장.

스미코 그럼 우리도

신이치 응.

히라이와 네.

스미코 키요코는?

키요코 난 나중에

스미코 그래?

키요코 응. (이라고 말하고 풍금 쪽으로 간다.)

스미코 그럼

히라이와 네 • • • 실례하겠습니다.

키요코 잘 부탁드립니다.

이제원 잘 부탁드립니다.

❖스미코, 히라이와, 신이치, 상수 계단으로 퇴장.
이제원, 탁자 위를 정리하기 시작한다.

4.1.1

키요코 괜찮은데 정말, 그냥 놔둬요

이제원 예 그냥, 모아두기만..

키요코 (풍금을 탄다- 〈빨간 잠자리〉[66])

이제원 • • •

---

66 〈赤とんぼ〉. 1927년에 만들어진 동요.. 그 가사 중에는 '열다섯에 누나는 시집을 가고'란 구절이 있다.

키요코　제원 씨, 이사 나간다면서요?

이제원　네.

키요코　벌써 정해졌어요?

이제원　아뇨, 아직

키요코　그래요?

• • •

이제원　일이 바빠서 알아볼 틈이 없네요.

키요코　그렇겠네요.

• • •

키요코　좋은 데가 찾아지면 좋을 텐데.

이제원　네.

❖스다, 손미려, 상수에서 등장.

스다　제원

이제원　• • • 뭐죠?

스다　제원 씨가 치워줄래요?

이제원　예? 왜요?

스다　아뇨 아뇨 그냥..[67]

• • •

키요코　제원 씨, 결혼은요?

이제원　• • • 일이 바빠서 알아볼 틈이 없네요.

키요코　그렇겠네요.

• • •

키요코　좋은 사람이 찾아지면 좋을 텐데.

이제원　네.

---

67 공연실황 영상을 보면, 스다는 여기에서 이제원과 키요코가 단둘이 대화하고 있는 것을 방해하지 않으려 애쓰고 있다.

• • • • •

❖아이코, 상수에서 등장. 계단 쪽을 향한다.

4.1.2

아이코 (가정부들에게) 수고가 많아

키요코 어?

아이코 좀 걱정이 돼서

키요코 아

이제원 괜찮을까요, 신이치 군?

아이코 글쎄

이제원 걱정이네요.

아이코 제원

이제원 네.

아이코 일은 좀 어때?

이제원 네, 열심히 해야죠.

아이코 일본말은 힘들어?

이제원 네, 대학 때하곤 달라서 실수가 용납 안 되니까요

아이코 "다지즈데도"라고 해볼래?

이제원 다지즈데도 • • •

아이코 파피프페포

이제원 파피프페포

아이코 스다도 해볼래?

스다 예?

아이코 다지즈데도

스다 다지즈데도

아이코 파피프페포

스다 파피프페포

아이코 대지진 때 이걸 제대로 발음 못 하는 조선인은 다 죽임을 당했거든.

스다 예

아이코 십엔 오십전

스다 십엔 오십전

아이코 응. 제원은? 십엔 오십전

이제원 십엔 오십전

아이코 연습해야겠네

이제원 네. 십엔 오십전[68]

• • •

아이코 그럼..

키요코 아, 그럼 저도

아이코 응.

이제원 어?

키요코 그럼..

이제원 네.

아이코 수고해

스다 네.

❖아이코, 키요코, 계단으로 퇴장.

스다 가자.

손미려 네.

❖스다, 손미려, 상수로 퇴장.

4.1.3

68 1923년의 간토대지진 직후에 벌어진 조선인 학살 사건 때, 조선인을 구별해내는 방법으로 조선 사람이 잘 하지 못하는 발음을 말하도록 시켰던 것은 잘 알려진 사실이다. 이때 표준어와 발음법이 많이 다른 도호쿠 지방 사람들이 조선인으로 오인되어 살해당하기도 했다.

이제원, 혼자 남는다.
라디오 스위치를 켠다.
재즈가 흐른다.
의자 B에 앉는다.

이제원, 라디오 쪽을 본다.
다시 정면을 향했다가 고개를 떨군다.

잠시 후에 로랑, 히토미, 쿠레타케, 이시이 순서로 청년회 멤버가 상수에서 등장.

4.1.4

로랑 어라? 어라?
이제원 아
히토미 처음 뵙겠습니다
이제원 안녕하세요
로랑 처음 뵙겠습니다
이제원 처음 뵙겠습니다
히토미 조선 분이세요?
이제원 이 집 서생으로 있는..
로랑 아 아 아, 그럼 혹시!
히토미 어?
로랑 그.. 뭐였지?
이제원 예?
쿠레타케 이제원입니까?
@로랑 ☆맞아 그거
@히토미 아
이제원 ☆예?

로랑 만몽문화교류청년회의 로랑 마리라고 합니다.

이제원 네..

히토미 같은 소속 히토미 유코입니다.

이제원 아, 저기 그 예술가 분들이시군요.

로랑 네.

이제원 말씀 들었습니다. 근데..?

히토미 이제원 씨는 올해 고등문관 시험에 전국 4등 성적으로 합격하셨다죠?

이제원 네. 어.. 잘 아시네요.

로랑 내무성의 기시(岸) 씨께서 안부 전해달라 하셨습니다.

이제원 예? 누구라고요?

히토미 조선 독립, 만세!

로랑, 쿠레타케, 이시이 만세!

이제원 • • •

로랑 만세!

로랑, 쿠레타케, 이시이 만세!

이제원 뭐죠?

히토미 저희들은 조선 독립을 지지합니다.

이제원 그게 음, 전요.. • • •

히토미 이제원 씨는 지금 상태로 정말 조선이 독립할 수 있다고 보십니까?

이제원 • • •

로랑 무기도 빼앗기고 조직도 없는 이런 현실에서.

이제원 저기..

히토미 만주국을 독립시키고, 몽골도 조선도 독립시킵니다. 그렇게 해서 연방국가를 만듭니다. 중국에도 제대로 된 친일적 정권이 생기면 가담시키면 돼요.

이제원 저기, 무슨 말씀 하시는 건지..

로랑 ★아메리카 합중국처럼요.

히토미 그렇게 되면 이곳 경성이 그 수도가 되는 것도 꿈이 아니죠.

이제원 저기요, 잠깐만 있어보세요

히토미 그렇게 해서 닥쳐올 미국과의 세계 최종 전쟁을 대비하자는 것이 이시와라 칸지 참모님의 생각이십니다.[69]

로랑 마침내 세계가 하나가 됩니다 • • • 나무묘법연화경

로랑, 쿠레타케, 이시이 나무묘법연화경

이제원 • • •

로랑 이르다면 내년 봄, 만주평야의 눈이 녹을 즈음엔 일을 일으키리란 얘기가 나오고 있습니다.

이제원 • • • 왜 저한테 그런 얘기를..?

쿠레타케 어서 고향의 부모님을 경성으로 모셔올 수 있다면 좋겠지요.

---

69 《세계 최종전쟁론》 등에서 이시와라 칸지는, 앞으로의 세계는 히틀러를 중심으로 한 유럽, 스탈린에 의한 소비에트 연방, 일왕을 맹주로 하는 동아시아, 미국 중심의 남북 아메리카의 네 세력으로 재편될 것이고 결국 동아시아 연맹과 아메리카 합중국 사이에 세계의 패권을 놓고 최종 결전을 벌이게 될 것이라 했다. 이것은 동양의 왕도와 서양의 패도(覇道) 중 어느 한쪽의 원리에 의해 세계 통일이 이루어지는 것이라 보았다.

히토미　여동생의 혼처도 정해졌다니
로랑　축하드립니다.
이제원　이, 이게 도대체 뭐죠?
쿠레타케　할아버님께는 관절염에 잘 듣는 약을 보내도록 했습니다.
이제원　도대체 뭐죠, 당신들?!
히토미　부디 오고야 말 그날까지 안녕히.
이제원　• • •

❖조문자, 상수 계단에서 등장.

이시이　아!

❖조문자, 고개 숙여 절한다.
네 사람, 황급히 쿠레타케를 선두로 해서 선다.

쿠레타케　조선에는 젊은 힘이 넘쳐흐르고 있습니다.
• • •
쿠레타케　그러나 만주는 더욱 젊지. 그죠?
이제원　네..?
쿠레타케　수고합시다, 우리 모두. (악수한다.)
이제원　예
쿠레타케　가자구요.
세 사람　네.
이제원　어? 어디로요?
쿠레타케　식사 때까진 돌아올 거라고 전해주세요.
이제원　네. 어..
쿠레타케　그럼
세 사람　실례하겠습니다.

❖네 사람, 하수로 퇴장.

4.2.1

조문자 뭐죠?

이제원 몰라.

조문자 이상하네요.

이제원 [한국말]일본 특무기관일지도 몰라.

조문자 [한국말]특무.. 뭐요?

이제원 [한국말]특무기관

조문자 [한국말]아..

이제원 [한국말]군이나 정치의 이런저런 뒷일을 하는 조직이지.

조문자 [한국말]예?

이제원 [한국말]아니.. 됐어.

조문자 [한국말]어려운 이야기네요.

• • •

이제원 [한국말]조선말을 잘 못하네

조문자 [한국말]죄송해요.

이제원 [한국말]뭐, 어쩔 수 있나, 일본인들 사이에서 자랐으니.

조문자 [한국말]죄송해요.

• • •

이제원 십원 오십전.. [한국말]한번 해볼래?

조문자 [한국말]예?

이제원 십원 오십전 [한국말]을 일본말로

조문자 십원 오십전

이제원 십원 오십전

조문자 십원 오십전

이제원 [한국말]잘하는데

조문자 [한국말]그런가요?

소마　(하수에서) △계십니까?

조문자　[한국말]어라?

이제원　• • •

조문자　잠깐만요

이제원　응.

❖조문자, 하수로 퇴장.

4.2.2

이제원　사시스세소, 다지즈데도, 파피프페포
사시스세소, 다지즈데도, 파피프페포

❖하수에서 조문자, 그리고 간호부 차림의 소마 스즈에가 등장.

조문자　이쪽으로 들어오세요

소마　네

조문자　이쪽으로

소마　감사합니다.

조문자　(이제원에게) 간호부라는데요.

이제원　어?

소마　안녕하세요

이제원　안녕하세요?
• • •

조문자　스미코 아가씨를 불러올게요.

이제원　응, 그래줄래?

조문자　잠깐만 기다리세요.

소마　네.

❖조문자, 상수 계단으로 퇴장.

이제원 잠깐만 기다려주세요.

소마 네.

• • •

이제원 그럼 저도..

소마 예?

이제원 누굴 좀 불러올게요.

소마 아뇨, 저기..

이제원 실례합니다.

소마 네.

❖이제원, 상수로 퇴장.

홀로 남은 소마, 잠시 후에 일어나 찬장 안을 들여다본다.
발소리를 듣고 자리로 돌아온다.

하수에서 코헤이가 등장한다.

소마 안녕하세요

코헤이 안녕하세요. 수고 많으십니다.

소마 아니에요

상수 계단에서 스미코, 등장.
뒤따라 조문자도 등장.

4.2.3

스미코 어서 오세요.

소마　실례가 많습니다.

스미코　아니에요 (코헤이에게) 오셨어요?

코헤이　응, 다녀왔어

• • •

소마　시게모토병원에서 간호부 일을 하는 소마라고 합니다.

스미코　네

소마　잘 부탁드립니다.

스미코　어?

소마　시노자키 신이치 씨 담당이에요.

스미코　어 그런데 /

소마　★저, 신이치 씨는?

스미코　지금 위층에요.

• • •

소마　그, 혹시 이상한 간호부가 따라오지 않았나요?

스미코　예?

소마　같이 간호부가..?

스미코　네, 음 근데..

소마　역시

스미코　예?

소마　그 사람 가짜예요.

스미코　예? 설마

소마　죄송합니다, 제가 잠시 한눈판 사이에..

스미코　하지만 저 간호부, 제가 전에도 본 적이 있었어요.

소마　예, 자기 스스로도 진짜 간호부라고 생각하니까요

스미코　설마

소마　죄송합니다.

❖우에다, 상수에서 등장.

스미코 왜요?

우에다 어 아뇨..

스미코 왜요?

우에다 그게, 제원이 "간호부가 둘이에요" 그러길래.. 허둥지둥 달려들어 와서는.

스미코 예?

우에다 아뇨, 그 친구 당황하면 일본어가 좀 알아듣기 어렵게 되잖아요.

스미코 아.

우에다 그래서 와봤는데

• • •

스미코 됐으니까 신이치를 불러줘요.

우에다 네.

스미코 그 간호부도요

우에다 네.

스미코 후미코는 차를 좀

조문자 네.

❖우에다는 계단으로, 조문자는 상수로 퇴장.

4.2.4

• • •

스미코 저기, 일단은 좀..

소마 네.

스미코 앉으시죠.

❖소마, 의자G에, 그리고 스미코는 B에, 코헤이는 A에 앉는다.

소마 저..

스미코 네

소마 간호부 주제에 이런 말씀 드려도 좋을지 어떨지 모르겠지만요

스미코 무슨..?

소마 전요, 신이치 씨는 머리가 이상한 척을 하고 있을 뿐이 아닐까 생각하고 있거든요

스미코 예?

소마 죄송합니다. 하지만 가끔 있어요, 의사도 구분 못 하는 가짜 환자가.

스미코 아니 설마..

소마 대개는 병역 기피라든가 그런 사람들이지만요

스미코 하지만 왜 신이치가..

소마 아마 그건.. 때때로 신이치 씨가 정상이 돼서, 그냥 보통으로 말할 때가 있잖아요.

스미코 예

소마 그렇게 말하던 중에 그랬어요. "이런 곳에 있으면 누가 적이고 누가 아군인지 바로 알 수 있지."

스미코 신이치가 그렇게 말했다고요?

소마 네.

코헤이 아, 아, 그건가? 아- 그 뭐더라?

스미코 뭔데요?

코헤이 그러니까 그, 신이치 군이 도쿄에 갔을 때 그런 연극을 봤다고 말했었는데.

스미코 그런 연극이라뇨?

코헤이 뭔가 미치광이인 척을 해서 부모의 원수를 갚는 거요.

소마 아, 저도 들었어요, 그 얘기.

코헤이 그렇죠?

소마 아주아주 구두쇠인 상인이 나오는 얘기죠? 그래서 심장을 잘라내 버리는.

코헤이 아뇨, 그건 다른 얘기 같은데.

소마 아, 그럼 세 자매가 재산을 놓고 다투는 얘기. 그래서 온 나라가 전쟁터가 되는데

코헤이 아니, 그런 게 아니라 부모의 원수를 갚는 얘긴데요 • • • 왕자가.

스미코 어? 그런데 그 원수라는 게 뭐죠? 아직 부모님이 살아 계신데, 우린.

코헤이 아, 그럼 아닌가? (일어선다.) 난 또 그 연극 흉내를 내는 건가 했지.

스미코 예?

코헤이 그럼 이만.

스미코 네

코헤이 밥 먹을 때 알려줘요.

스미코 예

❖코헤이, 상수 계단으로 올라간다. 그러다 걸음을 멈춘다.

• • • • •

스미코 왜 그러죠?

• • •

코헤이 날이 저물어, 어버이 원수 갚는, 바위참새야[70]

❖코헤이, 예를 표하고 계단을 마저 올라 퇴장한다.

소마 그리고 또요, 엄청나게 슬픈 연인들의 이야기도 있어요. 그걸 신이치 씨가 제일 좋아해서요, 나한테 직접 보여주기도 하고 그랬거든요

• • •

스미코 소마 씨라고 했나요?

소마 네.

---

70 하이쿠(俳句) 형식의 시를 읊는 것이다.

스미코　당신, 신이치하고 뭔가..?

소마　예?

스미코　대단히 실례지만

소마　저.. • • • 죄송하게 됐습니다.

스미코　• • •

소마　전 하지만 저기요, 결혼 같은 것까진..

스미코　예?

❖신이치, 상수 계단에서 등장.

4.3.1

신이치　어-이

스미코　아

소마　신이치 씨

신이치　어서 와

스미코　신이치

신이치　응?

스미코　어떻게 된 거지?

신이치　어? 뭐가?

스미코　위에 있는 간호부는?

신이치　아, 그 사람은 같은 병원 환자야.

스미코　뭐가 어째?

신이치　아니 뭐, 난 그 사람이 간호부란 말은 한 적이 없다구.

스미코　아니, 평양에 있는 간호학교 다녔다고 했잖아

신이치　응, 그건 정말이라고 하네. 그러다 도중에 뇌에 병이 생겼다네.

스미코　뭐?

소마　죄송합니다, 저희가 감독이 소홀해서

스미코　잠깐만 있어보세요.

❖그때 계단에서 히라이와와 우에다가 등장.

소마　아 왔다.
히라이와　아
신이치　오우
히라이와　뭐하는 거지, 이런 데서?
스미코　☆어? 뭐지?
소마　☆뭐?
히라이와　저기요, 혹시 이 사람, 자기가 간호부라고 했나요?
스미코　☆☆예
소마　☆☆뭐?
히라이와　또-!
소마　뭐가 어째?
히라이와　죄송해요.
스미코　예?
히라이와　소마 씨, 그만 돌아가요, 병원으로.
스미코　아니, 잠깐 잠깐만
히라이와　죄송해요, 정말로
소마　그게 아니에요, 정말.
스미코　예?
히라이와　신이치 씨, 누님께 확실하게 말해주세요
소마　★지금 뭐라는 거야?
신이치　아.
스미코　어? 어?
소마　신이치 씨..
신이치　그..
스미코　아니, 어느 쪽인 거지?
신이치　그게 말예요..

❖아시다, 상수에서 등장.

우에다, 아시다에게 대략 상황을 설명한다.

4.3.2

히라이와　어느 쪽이냐 물어보실 게 아니라, 절 보셨었잖아요, 이제껏 병원에서

스미코　예

소마　저도 마찬가질 거예요, 누님하곤

스미코　예.. 그랬던가요?

히라이와　소마 씨, 가만히 좀 있어봐요.

소마　이봐요, 이제 됐으니까 돌아가자니까요, 히라이와 씨

히라이와　지금 뭐라는 거야?

소마　됐다구요. 나중에 다 들어줄게요, 얘기는.

히라이와　저기요, 정말로 믿지 말아주세요.

소마　★들으시면 안 돼요, 저 사람 얘기

스미코　★예?

히라이와　★입 다물어

소마　★시끄러

히라이와　★닥치라고

스미코　★뭐가 어떻게 된 거지?

소마　★시끄럽다고 했지

우에다　★잠깐만-! 그만-!

• • •

우에다　좀 앉읍시다, 여러분.

• • •

히라이와　아니, 그런 게 아니라요

우에다　알았다니까, 잠시만요

소마　그게요

우에다　시끄러워요!

소마　어머나

우에다　아뇨, 미안합니다. 그치만요, 우리 일단 차분해지죠.

• • •

소마　네.

• • •

우에다　자, 신이치 씨, 이쪽으로

신이치　네 (A에 앉는다.)

우에다　당신은 여기

히라이와. (C에 앉는다.)

• • •

우에다　음.. 먼저 신이치 씨

신이치　네.

우에다　이 중에 어느 쪽이 진짜 간호부죠?

• • •

신이치　음..

우에다 • • •

신이치 어느 쪽이지?

소마 ☆이봐요, 신이치 씨

히라이와 ☆지금 뭐라는 거예요?

스미코 ☆무슨 소리야?

우에다 알았어요, 알았어! 알겠습니다.

스미코 뭘 알았지?

우에다 좀 침착하게, 침착하게.. 자, 그럼 두 분 혹시 증명이 될 만한 건?

히라이와 ★증명요?

우에다 그러니까 간호부란 걸 나타내는 무슨 면허증 같은 거요.

소마 병원에 가면 있는데

히라이와 네.

우에다 아니 아니, 그러면, 음..

소마 ★하지만 전요, 정말로 간호부예요.

히라이와 시끄러, 바보야

소마 뭐가 어째, 이것아

히라이와 가만 있으라니까, 미친년

소마 미친 건 너 아냐?

우에다 알았어요, 알았어! 음, 그러면 전화를 해보죠, 병원에다.

스미코 아, 그래요.

우에다 예 (두 사람에게) 그래도 되겠죠?

두 간호부 네.

스미코 전화 좀 해봐 줘요

아시다 네. 아 참, 그런데 지금 하카마다 씨가 전화를 쓰는데

스미코 그래도요, 급한 일이라고 말하고

아시다 네.

스미코 소마 씨하고 히라이와 씨, 맞죠?

두 간호부 네.

스미코　물어봐 줘요

아시다　네, 알겠습니다.

❖아시다, 상수로 퇴장.

4.3.3

• • •

스미코　하지만 신이치, 모르겠다는 건 어떤 거지?

신이치　어, 그야

스미코　모를 수는 없지 않아?

신이치　음.. 하지만 알 수가 없지.

스미코　왜 모르지?

신이치　왜냐하면 간호부라고 하면서 와서는 날 잘 보살펴주거든, 둘 다

스미코　아무리 그래도..

소마　저 사람요, 맨날 우리 사이에 숨어서 환자들 방으로 섞여 들어가 버리거든요

스미코　아

히라이와　☆그게 무슨 소리야?

신이치　☆뭐, 실제로 스미코 누나도 몰랐잖아요?

스미코　그렇기는 했지만

히라이와　☆☆아니에요 정말.

소마　☆☆저 사람 얘기, 곧이듣지 말아주세요.

우에다　★그만 그만

히라이와　아니..

우에다　그래도 의사하고 같이 올 때도 있을 거 아네요, 간호부가?

신이치　음, 두 사람 다 온 적도 있었던 것 같은데

우에다　뭐?

❖요코야마와 조문자, 차를 들고 등장.

조문자 어?
스미코 아, 차는 됐어.
요코야마 ☆네.
조문자 네.
스미코 그냥 들어가 봐
조문자 네. 실례하겠습니다.
스미코 ☆☆아, 요코야마는 있어줘
요코야마 네.

❖조문자, 상수로 퇴장.

@우에다 ☆뭐, 전화로 결과를 곧 알게 될 테니까.
• • •
@신이치 ☆☆그치만 그 의사도 의심스럽단 말야.
스미코 아무튼 병원 쪽도 더 확실히 관리를 해줘야 하지 않아요?
두 간호부 죄송합니다.
• • •
소마 큰 병원이니까요
히라이와 예
• • •
스미코 세상에
• • •
신이치 뭐, 두 사람 다 간호부라고 쳐도 괜찮지 않을까?
• • •
스미코 신이치
신이치 정말 모르겠다구, 난.

우에다　(울음을 터뜨린 소마를 보고) 아니, 좀 괜찮나요?

소마　죄송해요, 그치만 너무해요.

우에다　예? 예?

소마　전요, 신이치 씨하고요..

우에다　예?

스미코　아, 맞다. 그건 어떻게 된 거지?

소마　네, 그러니까요..

스미코　★신이치?

신이치　어?

스미코　그러니까 그, 두 사람 사이가..

신이치　아, 그건.. 어떻지?

소마　으앙- (몹시 운다.)

히라이와　세상에

스미코　어?

우에다　어, 이건..

히라이와　그거 좀 우습네요.

스미코　어 그게

히라이와　왜냐하면 전 이미 신이치 씨하고..

우에다　★으아-

• • •

신이치　이런- 내 인기가..

스미코　신이치!

❖두 사람이 함께 운다.

그때 아시다가 돌아온다.

4.3.4

우에다　아 아시다 왔다.

• • •

우에다　뭐라고 하지?

아시다　그게

스미코　뭐래요?

아시다　두 사람 다 아니랍니다.

스미코　뭐?

아시다　그런 이름의 간호부는 없다는데요.

• • •

스미코　그럼..

아시다　아, 그리고 혹시나 싶어 물어봤는데, 그런 이름의 환자도 없다고 해요.

스미코　뭐?

우에다　무슨 소리야?

아시다　지금 병원 책임자가 이리로 온다고 합니다.

스미코　• • • 뭐가 어떻게 된 거죠?

• • •

스미코　어쩜 그렇게 태연하게 이럴 수가 있는 거죠?

• • •

히라이와　전 간호부 맞아요.

소마　저도

스미코　그만두세요.

• • •

신이치　뭐, 경우의 수는 몇 가지가 있겠네.

• • •

신이치　예를 들어, 히라이와가 가짜고 소마는 내 연인인데, 내 연극을 도와주고 있다.

우에다　신이치 씨

신이치　또는 그 반대

• • •

신이치　혹은 소마가 가짜고 히라이와는 진짜 간호부

스미코　아니, 그런 간호부는 없다잖아

신이치　그래서 이것도 치료의 일환

스미코　설마

신이치　또는 그 반대

• • •

신이치　혹은 모든 경우가 내가 짠 계획

• • •

신이치　혹은 이탈리아계 이민의..

우에다　신이치 씨, 이제 그만하세요.

❖상수 계단에서 스케치북을 낀 요시코가 내려온다.

4.4.1

요시코　어?

스미코　아, 요시코

요시코　왜 그래?

스미코　응, 그냥 좀

소마　(일어선다.) 전 이만 실례할게요.

스미코　어, 안 돼요.

소마　아뇨, 이만..

스미코　지금 병원에서 사람이 온다잖아요

소마　여러모로 폐가 많았습니다.

스미코　그럼 안 되는데

소마　신이치 씨, 잊지 않을게요.

신이치　아, 응.

소마　그럼..

스미코　어?

❖소마, 하수로 뛰쳐나간다.

우에다　쫓아갈까요?

스미코　그래줘요

우에다　네. (아시다에게) 갔다 올게.

아시다　응.

❖우에다, 하수로 퇴장.

요시코　왜 그래?

스미코　간호부가 둘 다 가짜래

요시코　뭐?

스미코　나도 잘 모르겠어.

요시코　무슨 말이야?

스미코　잘 모르겠다구

요시코　어..? (라고 말하면서 앉는다.)

• • •

히라이와　저, 그럼 저도

스미코　안 돼요.

히라이와　★아뇨, 위에 짐을 풀어놔서요

스미코　아

히라이와　정리를 좀 해도 될까요?

스미코　• • • 어쩌지?

히라이와　아무튼 정리는 해야죠

스미코　그럼.. • • • 요코야마가 따라가 줘

요코야마　네.

히라이와 실례합니다.

요코야마 그럼 이쪽으로

히라이와 네.

요시코 괜찮은 거야?

요코야마 네.

히라이와 실례할게요.

❖히라이와, 요코야마, 상수 계단으로 퇴장.

요시코 이상한데-

신이치 (스케치북을 가리키며) 어디, 좀 보자.

요시코 어? 싫은데.

신이치 어째서?

요시코 그야 당연히 싫지.

신이치 그럼 스케치북은 왜 갖고 다니는데?

요시코 뭐 좀 다른 것도 그려볼까 해서 그러지

신이치 ☆흠..

스미코 ☆그런데 그 병원 사람은 괜찮은 것 같았나?

아시다 예?

스미코 그 전화 받은 병원 사람

아시다 아 • • • 그야 괜찮지 않겠어요?

스미코 그래요?

아시다 아니, 설마 그..

신이치 ★아, 그럴 가능성도 있겠네.

스미코 이제 그만해.

신이치 나나 간호부들은 아무 문제가 없는데 전화를 받은 게 환자일지도 몰라.

요시코 흠

스미코 됐다니까.

• • •

스미코 아이코 고모나 키치지로 삼촌한테 알려줄래요?

아시다 네, 이리로 오시라고 할까요?

스미코 그건.. • • • 병원 사람이 도착하고 나서 오셔도 될 것 같은데

아시다 그러게요.

스미코 ☆부탁해요.

아시다 네.

❖아시다, 상수로 퇴장.

4.4.2

신이치 ☆그럼 날 그리면 어때?

요시코 뭐어?

신이치 모델이 돼줄게.

요시코 싫어-

신이치 왜 싫어?

요시코 그야 당연히 싫지.

신이치 그러니까 왜 싫냐고?

요시코 그야 더 예쁜 걸 그리고 싶으니까.

신이치 오- 말 되네.

요시코 그렇지 않겠어?

스미코 그러게

신이치 후미코는 되는데 나는 안 되는 거야?

요시코 당연히 그렇지.

신이치 아니 근데 말야, 의외로 미친 사람이란 마음씨가 곱고 착한 사람들이거든.

요시코 자기 입으로 그렇게 말하면 어떡해?

신이치 아, 그런가?

요시코 그리구 말야, 오빠가 병에 걸린 게 아니구 주변 사람들이 환자인 거 잖아.

신이치 아 맞다 맞다, 그랬지.

요시코 그치

❖키요코, 상수 계단에서 등장.

스미코 아

키요코 일이 뭔가 이상하게 돼버렸다면서?

스미코 들었어?

키요코 방금 위에서 요코야마한테.

스미코 그렇게 됐어.

요시코 ★그럼 그려줄게.

신이치 오, 그거 고맙네.

요시코 가만히 있어야 해.

신이치 물론

키요코 뭐야, 모델?

신이치 응. 지금부터 내 내면의 아름다움을 그려주길 바래.

키요코 아-

신이치 자, 이런 포즈로

• • •

신이치 (키요코에게) 지금 비웃고 있지?

키요코 그렇지 않은데.

요시코 움직이면 안 돼

신이치 그래 그래.

• • •

신이치 중국의 공주 얘기, 내가 해줬던가?

요시코 뭔데 그게?

신이치 자기가 중국 황제의 숨겨진 딸이라고 믿고 있는 환자가 있어서 말야

요시코 아-

신이치 주변 사람들한테 이런저런 물건을 나눠주거든.

요시코 어? 뭘 주는데?

신이치 주변의 휴지나 광고지 쪼가리 같은 건데

요시코 그게 뭐야

신이치 그 여자한텐 그게 돈이고 금화고 그런가 봐.

요시코 아, 그래?

신이치 그리고 또, 또 자기가 제국대학 교수라면서 으스대는 녀석도 있었어.

스미코 그만둬. 왜 자꾸 다른 사람 병 얘길..

요시코 난 듣고 싶은데.

스미코 그만두라니까

요시코 키요코 언니도 듣고 싶지?

키요코 음.. 그러게.

요시코 거 봐. 얘기해줘

신이치 그래서 그 녀석은 말야, 조선도 타이완도 물론 만주도 필요없다, 그러고 다녀.

요시코 이상해-

신이치 그런 것 때문에 군대가 필요해진다. 일본은 작은 섬나라로 족하다. 군대를 기를 돈이 있으면 그 돈을 자기들이 연구하고 있는 로케트 연구에 투자해서 그걸로 달나라로 가면 된대.

요시코 음

신이치 달은 원래 카구야공주[71]하고 일본 천황 가가 계약을 맺은 일본 고

71 일본에서 가장 오래된 설화인 '타케토리 이야기(竹取物語)'에 나오는 여주인공이다. 대나무 장사 노인이 대나무 속에서 손가락만 한 크기의 공주를 데려다 키우게 되는데, 그녀의 이름이 카구야공주(かぐや姬)다. 카구야가 장성하자 명문가의 자제 다섯 명이 청혼을 하고 또한 천황도 친히 청혼을 해오지만, 그녀는 보름달 밤 달나라에서 온 행렬을 따라 고향인 달나라로 돌아갔다는 이야기다.

유의 영토라고.

@키요코　☆재밌는데-

@신이치　그 녀석 미치광이지만 묘하게 논리가 그럴듯한 데가 있어서 의사도 반론을 못 해.

@요시코　너무 이상해-.

❖하카마다, 상수에서 등장.

4.4.3

스미코　☆아 하카마다 씨

하카마다　네

스미코　무슨..?

하카마다　아무래도요, 제대로 얘길 해두는 편이 좋을 것 같아서요

스미코　무슨 얘기요?

하카마다　그러니까..

신이치　하카마다 씨

하카마다　네.

신이치　아까는 얘길 하다 말게 돼서 죄송했네요.

하카마다　어, 뭐가요?

신이치　주식이요. 신용거래

하카마다　아

신이치　갖고 있는 주식의 시가 9할까지를 융자해준다는 게 틀림없죠?

하카마다　예. 예?

신이치　그러면요, 득을 보고 있을 때는 알겠는데, 주가가 내려가는 경우는요?

하카마다　아뇨 아뇨, 그런 게 아니라

신이치　그, 나도 조금씩 주식을 사보려고 하거든요

하카마다　이거 봐요, 신이치 군.

신이치 네.

하카마다 현실을 봅시다.

신이치 예

하카마다 현실을 보자구.

신이치 네.

하카마다 여길 봐!

• • •

하카마다 당신은 환자야.

신이치 네.

하카마다 병에 걸린 사람한테 자산을 맡길 수는 없죠. 그런 법률도 있어.

스미코 아니..

하카마다 이를테면 그렇다는 거죠, 이를테면.

스미코 그만하세요, 그런 얘기.

하카마다 좀 더 있으면 키요코 씨도 요시코 양도 시집을 갈 거잖아요?

신이치 예, 뭐, 요시코는 어떨지 잘 모르겠지만

요시코 시끄러.

하카마다 그렇게 되면 당신을 보호해줄 사람은 이 집에서 점점 없어져버릴 거예요.

신이치 • • •

하카마다 알겠죠, 무슨 말인지?

신이치 간호부는 돌아갔어?

스미코 아직 있어, 한 명은.

신이치 아, 그런가?

하카마다 이봐

스미코 그만하세요. 신이치는 환자잖아요.

하카마다 ★지금이 딱 좋네요, 다들 모여 있으니

• • • 오늘 장부를 살펴봤습니다만, 역시나 만주 쪽으로 무리하게 상점을 낸 것이 이제 와서는 큰 부담이 되고 있습니다.

스미코 그건..

하카마다 요즘처럼 일본제품 불매운동이 계속된다면 가게를 열어놓고 있는 것만으로도 돈이 점점 만주평야로 빨려 들어가는 셈이 되죠.

신이치 말씀 한번 잘하시네

• • •

하카마다 만주에서 중국인이 없어지든가 시노자키상점이 망하든가 둘 중 하나예요. 과연 그때까지 이 집은 유지가 될까요?

스미코 그렇게 심각한가요?

하카마다 자금이 부족해요, 결정적으로. 자기 자금만으로는 힘들어요. 지금이야말로 주식을 상장해서 근대 경영에 나설 땝니다.

❖아시다, 상수에서 등장.

4.4.4

아시다 저..

스미코 왜요?

아시다 하카마다 씨, 전화 왔는데요.

하카마다 어? 누구한테서?

아시다 하카마다 씨 가게 사람인 것 같은데요

하카마다 지금 좀 중요한 얘기 중이니까 바로 다시 걸겠다고 해줘요.

아시다 꽤 급한가 보던데

하카마다 뭐라구?

아시다 잠시 후에 런던 주식시장이 시작되니까 지시를 받아야 한다고.

하카마다 아, 그건 아까 말한 대로 전부 사라고 전해줘

아시다 어.. 근데

하카마다 근데 뭐!

아시다 저.. 뭐라고 하는 건지 난 잘.. 아니 전혀 모르겠지만요, 뉴욕이 매도 일색인 상탠데 괜찮겠냐고 확인을 뭐 이러면서 걱정하는 것 같던

데요.[72]

하카마다 ☆그러니까 아까 지시한 대로 하라구요. 그렇게 전해달라니까. 세세한 지시는 곧 할 테니까 첫거래부터 다 사들이라고. 지금이 찬스니까, 빅 찬스!

아시다 네

하카마다 알겠지? "첫거래부터 다 사들여"

아시다 첫거래부터 다 사들여

하카마다 첫거래부터 다 사들여

아시다 네.

하카마다 그래 그래, 그렇게만 전해주면 돼요.

아시다 네.

❖아시다, 상수로 퇴장.

@신이치 ☆우리, 라디오 켜보자.

@키요코 뭐?

@신이치 이 시간에 좋은 음악 나오거든.

@키요코 응.

(일어나 라디오를 켜러 간다. 잡음밖에 들리지 않는다.)

하카마다 휴- • • • 뭐였더라?

스미코 저, 말씀은 잘 알겠구요.. 그런데 오늘은 신이치도 막 돌아온 참이니까

하카마다 아니, 그래도요.

스미코 아버지 일행도 돌아오신 다음에 천천히

하카마다 아뇨 그게, 구체적인 얘기는 그래야겠지만

신이치 맞다, 몸이 좀 더 튼튼해지면 촬영 여행을 가고 싶은데

72 아시다가 전하고 있는 이 상황은 1929년 10월에 일어난 뉴욕 증권시장의 주가 대폭락을 상정하고 있는 것으로 보인다. 이 '검은 목요일(Black Thursday)'의 대폭락은 세계경제 대공황의 신호탄이 된다.

스미코 ☆어?

키요코 ☆아, 그거 좋네.

요시코 움직이면 안 된다니까.

신이치 그래 그래.

키요코 그치만 이제 추워질 텐데.

신이치 그러니까 남쪽으로

요시코 난 제주도란 데 한번 가보고 싶은데

신이치 아, 거기 참 좋다더라.

요시코 그치.

신이치 그럼 요시코도 스케치 여행으로 가면 되겠다.

요시코 응, 가자.

키요코 부러워라-

@스미코 ☆☆키요코도 같이 가면 되잖아

@키요코 어, 가고야 싶지

신이치 ☆☆가는 길에 제원 집에도 들러보자.

요시코 어? 제원 집이 그쪽이었어?

신이치 그렇지. 목포인가 어딘가 그쪽이거든.

요시코 아-, 몰랐었어.

신이치 아

키요코 이제 소리 들린다.

❖라디오에서 음악이 조금 들려온다- 〈그대 그리워〉.[73]

신이치 하카마다 씨는 제주도 가본 적 있나요?

하카마다 아뇨, 없어요.

신이치 전라도는?

---

73 〈君恋し〉는 쇼와 시대 초기(1920년대 후반)에 크게 유행한 노래다. 〈도쿄 행진곡〉과 마찬가지로 레코드판 녹음 발매에 의해 널리 유행했다.

하카마다 간 적 없는데.

신이치 그래요?

하카마다 남쪽은 부산하고 대구만 가봤죠.

신이치 아, 그럼 하카마다 씨도 가요 같이, 제주도

하카마다 예?

신이치 어때요?

하카마다 아뇨 아뇨 뭐, 그럴 시간이 어디 있어야지.

신이치 거기 무슨 화산이 있어요, 후지산 같은

하카마다 어.. 아니, 안 된다니까 그러네

요시코 ★아, 그럼 신혼여행으로 가면?

하카마다 어?

키요코 아, 그럼 되겠다

하카마다 그만 하죠, 그런 얘긴

신이치 어? 왜 그러세요?

하카마다 ☆아직 예식 날짜도 정식으로 정한 게 아니니까.

키요코 하카마다 씨가 부끄럼을 타네.

하카마다 아뇨 아뇨 뭐..

@요시코 ☆움직이지 마.

@신이치 그래 그래.

키요코 스미코 언니는 어디로 가고 싶은데?

스미코 어 난 다 좋아

신이치 남양(南洋) 같은 데 좋지 않을까?

키요코 아, 멋진데

요시코 좋겠다

하카마다 거긴 무리죠.

신이치 왜요, 남양 좋잖아요? 사이판 같은 데.

하카마다 아뇨 아뇨 뭐.. 그렇게 놀고 있을 여유가 없어요, 지금이 제일 중요한 땐데

신이치 그럼 우리도 과감하게 남양으로 여행 가자.

요시코 우와-

키요코 방해하면 안 되지, 신혼여행을

하카마다 아뇨 아뇨 뭐..

요시코 언니, 수영복 사야겠다

스미코 싫어, 난 그런 거. 수영도 못 하고.

신이치 ★사이판, 파라오, 야프, 포나페, 젤루잇, 트루크, 마샬[74] • • •

❖점차 어두워진다.

라디오 소리가 조금씩 커진다.

74 1차대전 이후 일본이 점령했던 남양 제도의 대부분은 이후 제2차 세계대전에서 일본군의 전쟁터가 된다.

서울시민 1939 · 연애의 2중주
ソウル市民1939・恋愛二重奏

◆ 〈서울시민 1939 · 연애의 2중주〉는 작가 히라타 오리자 자신이 연출하여 2011년 10월~12월에 상연한 세이넨단 제64회 공연 '서울시민 5부작 연속 상연'(도쿄 키치죠지씨어터)의 네 번째 공연 작품으로서 처음 발표되었다.

◆ 이 번역 희곡은 작가로부터 제공받은 당시 공연의 상연 대본을 옮긴 것이다. 그 과정에서 세이넨단으로부터 제공받은 공연 실황의 기록 영상을 참고했다.

◆ 함께 실은 무대 사진 역시 그 공연의 기록사진으로, 아오키 쓰카사가 촬영했다.

등장인물

시노자키 켄이치(篠崎謙一)	
시노자키 료코(篠崎良子)	켄이치의 처
시노자키 스미코(篠崎寿美子)	켄이치의 맏딸[1]
시노자키 아키오(篠崎昭夫)	스미코의 남편으로, 데릴사위 식으로 결혼하여 성(姓)이 바뀌었다
시노자키 사에코(篠崎佐江子)	켄이치의 배다른 남동생인 키치지로의 아내
시노자키 야스코(篠崎泰子)	사에코의 딸, 여학교 학생
카타야마 사키치(片山佐吉)	서생
박주원(朴朱源, 보쿠 슈겐)	점원
신고철(申高鐵, 신 코-테쓰)[2]	시노자키 가의 옛 서생으로 참전을 앞두고 있다
우시지마 테쓰노스케(牛島哲之助)	점원
카키우치(垣内)	가정부
이미순(李美順)	조선인 가정부
김명화(金明花)	조선인 가정부
홋타 유미코(堀田由美子)	시노자키 가의 옛 이웃
단타 단조(段田団蔵)	일본 청년애국회
잉게보르크 아헨바흐	가짜 히틀러 청소년단[3]
타케다 유리코(竹田百合子)	야스코의 학교 친구
스기타(杉田)	야스코가 다니는 여학교의 교사

보기

☆ 가까이에 있는 같은 개수의 ☆표시 대사와 거의 동시에 말한다.

★ 앞의 대사와 겹쳐서 말한다.

○ 대사 앞에 약간 사이가 뜬다.

• • • ○보다 긴 공백.

▲ 퇴장하면서 말한다.

△ 등장하면서 말한다.

---

1 등장인물에 대한 설명의 일부는 독자의 편의를 위해 옮긴이가 덧붙인 것이다.

2 공연 기록 영상을 보면 주원과 고철의 이름은 일본어식 독음(슈겐シュゲン, 코-테쓰コウテツ)으로 불린다. 번역상으로는 한국어 독음으로 해둔다.

3 '히틀러 청소년단'(Hitlerjugend, 히틀러유겐트)은 나치스 독일의 청소년 조직이다. 1922년에 만들어진 '국가사회주의청년동맹'으로부터 시작되었고, 1936년 12월에는 '히틀러유겐트법'에 의해 독일의 모든 남녀 청소년이 가입하는 독일 유일의 청소년 조직이 되었다. 이 히틀러 청소년단은 독일과 일본 사이의 동맹이 강화되는 가운데 1938년 10월에 일본을 방문하여 일본인들로부터 열렬한 환영을 받았다.

@ 동시 진행 대사, 혹은 삽입 부분.

장면 번호는 공연 연습의 편의를 위한 것으로 특별한 의미는 없다.

❖ 무대 가운데에 큰 탁자.
탁자 주위에는 의자가 여섯 개 놓일 만한 곳에 일곱 개의 의자가 놓여 있어 조금 비좁아 보인다.

무대 뒤쪽에 큰 식기장과 또 하나의 찬장.
식기장에는 다음과 같이 표어가 쓰인 종이가 붙어 있다.
"대지란 무릇 넓은 것. 사람의 마음이 그것을 좁게 할 뿐."

무대 상수 앞쪽에 2층으로 올라가는 계단이 있다.
무대 하수에는 풍금.
하수 쪽 출입구로 나가면 현관인 것으로 보인다.
상수 뒤쪽 출입구로 나가면 부엌이 있고, 더 가면 점포가 있는 것으로 여겨진다.

편의상 의자의 위치를 아래와 같이 표기한다.

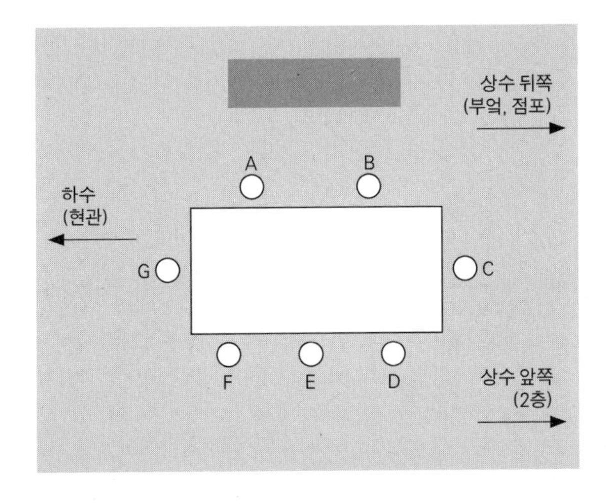

오후 2시쯤.

나무로 된 상자와 차 상자, 혹은 위문주머니[4]처럼 보이는 물건들이 쌓여 있어 실내가 비좁아 보인다.

0장

본 공연 시작 전.

(관객 입장 시간은 기본적으로 20분으로 한다.)

관객 입장이 시작되었을 때부터 가정부 카키우치와 이미순이 탁자를 닦고 있다.

3분 정도 지났을 때,

카키우치 나머지 좀 부탁해

이미순 네.

카키우치 그럼..

이미순 네.

❖카키우치, 상수로 퇴장.

남은 이미순, 혼자서 다른 곳도 닦는다.

3분 후, 점원 우시지마가 상수에서 큰 상자를 들고 등장하여 상수 구석에 겹쳐 쌓는다.

---

4 '위문주머니(慰問袋)'란 전쟁터에 나간 군인들의 사기를 북돋기 위해 후방의 민간인들이 일용품, 오락이 되는 물건, 편지 등을 주머니에 담아 보낸 것을 이른다. 해방 후 한국에서도 군인이나 이재민 등에게 위문주머니를 보내는 풍습은 이어졌지만, 특히 제2차 세계대전 때 일본은 이 위문주머니 보내기를 대대적으로 장려했다.

우시지마 안녕

이미순 수고 많으세요.

우시지마 으응

❖우시지마, 상수로 퇴장.

이내 미순도 일을 마치고 상수로 퇴장.

❖공연 시작 7분 전.

점원 우시지마가 또다시 상수에서 큰 상자를 들고 등장. 상수 쪽에 겹쳐 쌓는다.

곧이어 퇴장.

❖공연 시작 4분 전.

시노자키 스미코, 상수에서 등장.

곧바로 의자 A에 앉는다.

라디오를 켠다.

그리고 멍하니 있다.

❖공연 시작 2분 전.

점원 우시지마가 상수에서 다시 한 번 큰 상자를 들고 등장.

우시지마 어

스미코 아

우시지마 여기 계시네요

스미코 위문주머니?

우시지마 아뇨, 이건 문구류.. 수출품요

스미코　아 그래?

우시지마　네, 가게가 꽉 차서요

스미코　수고가 많네

우시지마　감사합니다.

(하수 구석에 상자를 겹쳐 쌓는다.)

실례하겠습니다.

스미코　수고해요

우시지마　실례하겠습니다.

❖우시지마, 상수로 퇴장.

스미코, 잠시 후에 일어나서 위문주머니를 바라본다.

하나를 꺼내어 안에 든 것을 본다.

또 그 안에서 편지처럼 보이는 것을 꺼낸다.

탁자 쪽으로 돌아와 그걸 읽기 시작한다.

도중에 문득문득 멍해진다.

❖본 공연 시작

1.1.1

❖상수로부터 카키우치가 접시를 여러 개 들고 등장.

카키우치　어

스미코　아

카키우치　왜 여기서..?

스미코　어, 그냥 있는 건데

카키우치　네..

스미코　그건 뭐지?

카키우치 그냥 넣어두는 걸 깜빡해서요

스미코 어 그래?

카키우치 실례합니다.

(이렇게 말하면서 식기장을 열어 접시를 넣는다.)

차라도 올릴까요?

스미코 아니야, 괜찮아.

카키우치 네.

❖상수로부터 사에코가 위문주머니가 든 상자를 들고 등장.

사에코 어?

스미코 아

사에코 뭐 하고 있어?

스미코 뭐 그냥요

사에코 아 그래?

스미코 좀 도울게요.

사에코 괜찮아.

카키우치 아 아 그럼 제가..

사에코 아 그럼 부탁해.

카키우치 네. (상자를 받아서 안에 든 위문주머니를 옮겨 넣는다.)

이쪽에 넣으면 되는 거죠?

사에코 응 맞아, 주머니에 붙은 번호 별로 나눠서.

카키우치 네 네.

스미코 죄송하네요, 좀

사에코 죄송하다니?

스미코 아주머님 손까지 빌리게 돼서

사에코 괜찮아, 어차피 할 일도 없는데

스미코 죄송해요.

사에코 괜찮다니까

• • •

사에코 아 참 참, 오늘 아침 미소국에..

스미코 예?

사에코 미소국

스미코 아

사에코 그 무를 말야 그렇게 썰어 넣었었나, 여태?

스미코 예?

사에코 채썰기? 채썰기라고 하던가?

스미코 아, 예.

사에코 이 집안은 부채썰기[5] 아니었어?

스미코 아

사에코 어 어.. 부채썰기 맞지? 부채..

스미코 예 예

사에코 아닌가?

스미코 글쎄, 모르겠네요.

사에코 아니, 스미코는 쭉 이 집에서 자랐잖아

스미코 예 뭐, 그렇죠

사에코 그런데 몰라?

스미코 그게 그러니까, 우리 집에 식모[6]가 여럿 오잖아요

사에코 아

스미코 조선인 식모도 있고

사에코 아

스미코 그러니까 써는 사람에 따라 다르지 않을까요?

카키우치 저기요

---

5 '부채썰기'란 번역을 위해 만들어낸 말이다. 원문은 '은행잎 모양으로 썰기'란 뜻의 "銀杏切り"로, 무나 인삼 등을 세로로 4등분한 후에 가로 방향으로 얇게 썰어내는 방식을 말한다.

6 지문에서는 '가성부'라 번역하는 말("女中")을 대사 중에서는 대개 이렇게 '식모'라는 말로 옮겼다.

사에코 그래도 가르치지 않나, 그걸? 윗사람이.. 뭐 대개는 시어머니가 그럴 텐데

스미코 아

사에코 식모 중에서도 위에.. 그러니까 윗사람, 전부터 있던

스미코 예

사에코 우리 친정은 전부터 채썰기였거든. 음, 그러니까 도호쿠(東北)는 채썰기 하는 거 같애. 그렇게 부채꼴이나.. 그렇게 멋들어지게 썰 줄 몰라, 북쪽 지방에선.

스미코 네..

사에코 그래서 나 이리로 시집을 왔을 때 '와, 하이칼라다' 생각했다니까

스미코 아

사에코 그랬다가 다 잊고 있었는데, 오늘 보고서.. 아니, 보고서가 아니라 먹다보니까 이게 그냥 막 썰어져 있는 거라.

스미코 예

사에코 그래서 깜짝 놀라가지고

스미코 그런데 채썰기 했을 때도 있었던 거 같은데요

카키우치 저기요

사에코 응?

카키우치 오늘은 미순이 썰었을 거예요.

사에코 아 그래?

카키우치 그래서 아마 채썰기를

사에코 응.

카키우치 네.

사에코 응.

카키우치 내일부턴 부채썰기로

사에코 그러게

카키우치 잘못했습니다.

사에코 아니, 그런 얘기가 아니야

카키우치 예?

사에코 그런 얘기가 아니라.. 난 괜찮아, 도호쿠 사람이라 채썰기가

카키우치 네..

사에코 정말 괜찮다니까[7], 채썰기 해도

카키우치 네..

사에코 그냥 어떻게 된 건가 싶은 개인적인 관심.. 관심?

스미코 예 예

사에코 호기심

스미코 예

사에코 ..같은 거

스미코 괜찮아, 가봐도

카키우치 네.

사에코 카키우치

카키우치 네.

사에코 나도 차 한 잔..

카키우치 아 죄송해요.

사에코 부탁해

카키우치 네. 실례하겠습니다.

❖카키우치, 상수로 퇴장.

1.1.2

사에코 미순네는 이름은 정했나?

스미코 아, 글쎄요.

사에코 이(李)라는 성(姓)은 어떻게 하려나?

스미코 아, 글쎄요.

---

7 원문은 쓰가루(津軽) 사투리로 말하는 것이다. 사에코가 쓰가루 출신인 것에 대해서는 전편인 〈서울시민 · 쇼와 망향 편〉의 장면 1.4.3을 참고하기 바란다.

사에코 그게 참

스미코 명화(明花)네는 카나야마래요. 카나야마 아키코(金山明子).[8]

사에코 흠, 하나코(花子)가 아니고?

스미코 아

사에코 '명화'의 '화'가 꽃 화(花) 자잖아.

스미코 아

사에코 그러니까 하나코(花子)라고 하면 될 텐데.

스미코 예

사에코 하나코가 더 좋은 거 같은데

스미코 예

사에코 하나코로 하라고 말해볼까

스미코 예, 그러게요.

사에코 • • • 하나코가 나아.

스미코 • • • • • •

사에코 카나야마(金山)는 괜찮은 거 같지

스미코 예?

사에코 돈(金)의 산(山)이니까.

스미코 아

사에코 참 참, '박'(朴)이란 성이 있잖아, 꽤 많이[9]

스미코 예

사에코 그 사람들은 '키노시타'(木の下)로 바꾼대. 나무 목(木) 자 옆에 그 카타카나 '토'(ト) 자처럼 생긴 그게 아래 하(下) 자하고 비슷하다고

스미코 아

사에코 이.. '복'(卜) 자[10]

---

8 창씨개명에 관한 대화다. 황국신민화 정책의 일환으로 1939년 11월에 개정된 조선민사령(朝鮮民事令)에 의해 조선 사람들은 일본식 성씨를 짓고 이름을 고쳐 쓰도록 강요받았다. 1940년 2월부터 시행되었다.

9 공연 기록 영상을 보면, '박'(朴)이란 성을 일본어식 독음으로 읽어서 "보쿠(ぼく)"라고 발음하고 있다.

스미코	예
사에코	으앗
스미코	예?
사에코	그럼 '이'(李)는 키노코(木の子)?
스미코	예?
사에코	아니, 한자가 그렇잖아, 이(李)라는 성이
스미코	아
사에코	안 그래?
스미코	예
사에코	키노코 씨는 이상한데[11]
	• • •
사에코	키노코 쥰코(木の子順子)[12] • • •
	• • •
사에코	참, 스미코 아가씨, 오늘 어떻게 해, 부인회는?
스미코	어 어떡하다뇨?
사에코	나가볼 거지?
스미코	아, 그야 가야죠
사에코	그야 나도 갈 건데
스미코	예
사에코	가긴 갈 건데, 어쩌지?
스미코	네..?
사에코	아니, 옷 말야, 옷
스미코	아
사에코	또 누구한테 지적당하면..

10 사에코가 한자에 관해 설명하는 이 부분은 적절히 의역한 부분이 있다. 공연 기록 영상을 보면 사에코는 허공에 글자를 써가며 스미코에게 설명하고 있다.

11 '키노코'란 일본 말로 '버섯'이란 뜻이 되기 때문이다.

12 '미순(美順)'이란 이름에서 '순(順)' 자를 취해 '쥰코(順子)'라는 일본어식 이름을 지어보는 것이다.

스미코 그러게요

사에코 내지에선 머리에 퍼머넌트도 못 한다며?

스미코 그렇대요?

사에코 그렇대

스미코 그래요?

사에코 난 말야, 그런 밋밋한 옷은 가진 게 없거든.

스미코 예

• • •

❖김명화, 하수에서 등장.

1.1.3

김명화 실례하겠습니다.

스미코 무슨 일 있어?

김명화 어르신께서 돌아오세요.

스미코 아 그래?

김명화 사모님도

스미코 응

김명화 전 차 준비를..

스미코 그래

김명화 실례할게요.

❖김명화, 상수로 퇴장.

사에코 빨리 오셨네

스미코 어디 갔던 건데요?

사에코 미쓰코시백화점에서 무슨 내람회(內覽會)[13]가 있어서

스미코 아

사에코 나도 가고 싶었는데.

스미코 예 • • • 참, 야스코는 아직인가?

사에코 안 왔어. 그래서 기다리는 중이야.

스미코 아, 오늘 학교에서 친구도 온다고 했죠?

사에코 어, 그 무슨 손님 데리고

스미코 예

사에코 독일 사람이래

스미코 아-

사에코 학교에서 하는 일종의 행사라는데

스미코 예

• • •

사에코 야스코도 슬슬 자릴 정해야 할 텐데

스미코 예? 벌써요?

사에코 그럼, 요새 세상 같아선 쉽지가 않잖아?

스미코 예, 뭐

사에코 어떤 집으로 시집을 보내야 할지

스미코 그러게요

사에코 옛날하고 달라서

스미코 예

❖그때 켄이치와 료코 부부, 하수에서 등장.

1.1.4

켄이치 다녀왔습니다-

사에코 ☆오셨어요?

스미코 ☆오셨어요?

---

13 제한된 사람들을 대상으로 상품 등을 공개하는 자리를 뜻한다.

료코　다녀왔습니다-
사에코　금방 오셨네요
료코　어, 그렇게 물건도 많질 않아서
사에코　그래요?
료코　이래저래 문제가 되니까 꺼내놓질 못한다고
사에코　아, 그랬군요
켄이치　뭐, 있는 데는 많이 있을 텐데
사에코　☆☆예
료코　뭐, 다음에 또 보여달라 해야겠어.
스미코　내람횐데도 그랬어요?
료코　응, 뭐
켄이치　음, 그게 누가 시비를 걸지 모르는 노릇이니까
료코　예

❖카키우치, 상수에서 차를 들고 등장.

@카키우치 ☆☆실례하겠습니다.
@사에코　고마워.
@카키우치 어르신 차는 지금 명화가..
@켄이치　응 그래
@카키우치 실례하겠습니다.

❖카키우치, 상수로 퇴장.

1.2.1

사에코　아, 참 참
켄이치　뭐죠?
사에코　방금 고철(高鐵) 군한테서 전화가 왔는데

켄이치　그래요?

사에코　인사하러 온다고요

켄이치　아

료코　아, 갈 때가 다 됐지

사에코　예.

켄이치　그렇군.

사에코　그런데 우선은 내지(內地)에 먼저 들른다죠

켄이치　응, 그렇다는데

료코　역시 중국 쪽으로 가게 되나요?

켄이치　음, 그렇지 않을까?

료코　예

켄이치　기왕이면 공적도 하나쯤 세워주면 좋겠는데

료코　예

사에코　(위문주머니를 들고) 이거를 한 세 개쯤 들려 보낼까요?

켄이치　어, 안 되죠

사에코　왜 안 돼요?

켄이치　그랬다가 걸리면 상관한테 따귀 백 댈걸.

사에코　아

켄이치　당연하죠

사에코　설마요

료코　그런데 뭔가 들려 보내야 할 텐데

스미코　네.

료코　저녁 식사는 어쩌나?

스미코　아

@료코　☆☆☆고철 군이 어떤 음식을 좋아했더라?

@스미코　아

사에코　☆☆☆그런데 위문주머니에 연필하고 편지지 넣게 된 건 정말 잘된 일이에요

케이치 그러게요

료코 편지 보내는 쪽에서도 벌고 연필, 지우개 넣는 쪽에서도 버는 일이니까 말야.

사에코 정말로요

케이치 뭐, 나라를 위해서 일하면서 돈도 버니까 참 고마운 일이지.

료코 네.

사에코 아 아, 어쩔 생각이세요? 오늘 부인회요

료코 어?

사에코 옷요, 옷

료코 아

사에코 신경을 쓰려니까 자꾸 자꾸 고민이 돼서요

료코 그러게 그게..

사에코 요새 군인들 부인들도 오잖아요

료코 어

사에코 ☆그 사람들 왜, 돈도 있으면서 너무 이상한 옷을 입고 오잖아요.

료코 아, 뭐

사에코 난 그게 더 웃긴 일인 거 같은데

케이치 오늘 무슨 봉사 활동 같은 게 있나?

료코 아뇨, 그게 아니라

케이치 아니야?

료코 그런 건 아닌데요

케이치 그럼 무슨 옷차림으로 가든 상관없잖아

료코 그렇지 않으니까 문제죠.

케이치 어 그래?

❖김명화, 차를 들고 상수에서 등장.

@김명화 ☆차 갖고 왔습니다.

@켄이치 응.

@김명화 실례하겠습니다.

@료코 고마워.

@김명화 실례했습니다.

❖김명화, 상수로 퇴장.

1.2.2

사에코 그렇지가 않으니까 문제죠.

켄이치 그래요?

사에코 예 (료코에게) 맞죠?

료코 그럼.

켄이치 참, 야스코하고는?

사에코 예, 아직이에요.

켄이치 그래요?

사에코 도대체 왜 그렇게 늦은 시간에 오는지

스미코 아

료코 그러게

스미코 요새는 일을 하는 부인들도 많으니까 그렇대요

료코 아무리 그래도

스미코 군인들 집에는 어차피 주인이 집에 안 들어오니까

료코 ☆☆아, 그런가

스미코 예

@사에코 ☆☆그럼 전 가게로 돌아갈게요.

@스미코 아, 그러실래요?

켄이치 좀 미안하네요.

사에코 아녜요, 전 일하는 게 좋아요

켄이치 그래도 미안하죠.

료코　정말 고마워.

사에코　그럼

스미코　수고하세요.

❖사에코, 상수로 퇴장.

켄이치　(차를 마시며) ☆☆☆뜨거워라

료코　☆☆☆기운이 넘친단 말야

스미코　예?

료코　야스코 엄마 말야

스미코　예, 좀 미안한 마음이 들어요

료코　응

켄이치　뭐, 그래도 일을 하는 편이 낫겠지.

료코　예

스미코　키치지로 삼촌은 이젠 집으로 안 돌아오려나

켄이치　뭐, 좀 어렵겠지.

스미코　예

켄이치　젊은 시절부터 병이 들었으니

스미코　그래도..

켄이치　뭐, 첩의 자식이란 건 그런 법이야, 별수 없이

스미코　• • •

켄이치　옛날에 만주로 가지 않겠냐는 얘기를 한 적 있는데 말야

스미코　키치지로 삼촌한테?

켄이치　그렇지. 아직 만주가 중국 땅이었을 땐데, 지점을 내자는 얘기가 나와서

스미코　아-

켄이치　그치만 그때도 이상한 여자하고 사귀고 그래서 결국 잘 안됐지.

스미코　사에코 아주머니가 불쌍해.

켄이치 뭐, 진작에 포기했을걸

료코 여보..

스미코 그래도 야스코가 있으니까

료코 아무렴

켄이치 그러게 • • •

스미코 어디에 있는지도 모르는 건가요?

켄이치 저기 평양쯤에 있다고 하던데

스미코 그렇담..

켄이치 어디에 있든 뭐

스미코 예..

• • •

스미코 그럼 저도 그만..

켄이치 들어가게?

스미코 안에 좀 저희 일도 있어서

켄이치 응.

료코 그래.

켄이치 오늘 야스코 학교에서 사람들 오는 거 알지?

스미코 예, 곧 도착할 거 같던데요

켄이치 응.

스미코 그럼..

켄이치 응.

❖스미코, 위문주머니를 상자에 도로 넣어두고, 상수로 퇴장.

1.2.3

켄이치 여럿이 오나?

료코 예?

켄이치 손님들

료코　글쎄, 모르겠네요.

켄이치　그래?

• • •

료코　말을 그렇게 하면 어떡해요, 당신?

켄이치　어? 뭐가?

료코　키치지로 서방님 얘기

켄이치　아니 왜, 내가 틀린 말 했나?

료코　그래도, 스미코도 남편 때문에 속상해 있는 참인데

켄이치　아

료코　안 그래요?

켄이치　그런데 키치지로 얘길 꺼낸 건 스미코라구

료코　그래도 그렇지

켄이치　그리고 아키오 군[14]은 그냥 좀 노는 것뿐이잖아.

료코　그냥 좀 놀다뇨?

켄이치　집에 안 들어오는 것도 아니구

료코　요샌 아침에 들어오기도 한단 말예요.

켄이치　음.

료코　남자들한텐 별일 아닐지 몰라도..

켄이치　뭐 헌데 아키오 군 경우는 전쟁터에서 막 돌아왔으니까

료코　막 돌아오긴요, 벌써 두 달인데

켄이치　그러니까, 얼마나 힘이 들었으면 그러겠어?

료코　그래도 그렇지

켄이치　• • • 뭐, 슬슬 가게 일도 해줘야 할 때가 됐지만 말야.

료코　내 말이요

켄이치　그러게

료코　요샌 대낮부터 술 냄새 풀풀 풍기고 그런다니까요

---

14 사위를 '아키오 군'이라 부르는 것이 한국의 가족 관계에서라면 어색한 일일 수 있지만, 달리 번역하기에는 적절하지 않기에 그대로 이렇게 해둔다.

켄이치 음.

료코 정말 무슨 일이 있었던 걸까요?

켄이치 그야 뭐, 착실한 사람일수록 그런 시간이 필요한 거겠지

료코 그런가요?

켄이치 곧 원래의 아키오 군으로 돌아올 거야

료코 그러면 좋겠지만, 그게.. 어딘가 모르게

켄이치 음..

료코 망가졌달까..

켄이치 그러니까 그게, 나랄 위해서 그렇게 사람을 많이 죽이고 온 거니까 말야, 금방 예전처럼 될 수야 없는 법이라구.

❖박주원, 상자를 들고 상수에서 등장.

1.2.4

박주원 실례하겠습니다.

켄이치 오우

박주원 실례하겠습니다.

켄이치 더 놔둘 자리가 없나, 가게엔?

박주원 네. 문구류 재고만으로도 꽉 차서요.

켄이치 그래?

박주원 네.

켄이치 아키오 군은 오늘 가게에 나왔나?

박주원 아뇨, 못 봤는데요

켄이치 그래?

료코 자고 있을지도 몰라요

켄이치 응

료코 주원

박주원 네.

료코　오늘 고철 군이 온대

박주원　어, 정말이에요?

료코　응, 방금 전화가 왔대요

박주원　그래요?

료코　드디어 내지로 가나 봐.

박주원　아

료코　주원은?

박주원　예?

료코　주원은 안 갈 거야, 군대?

박주원　아뇨 저는

료코　그래?

박주원　여기에서 오래 일하게 해주시면 좋겠는데..

료코　하긴 그래.

박주원　네.

켄이치　★그게, 우리 입장에서도 주원까지 없어지면 힘들어진다구.

료코　좀 그렇죠.

박주원　감사합니다.

❖김명화, 상수에서 등장.

1.3.1

김명화　다녀오겠습니다.

료코　어? 어디 가?

김명화　두부를 깜빡 안 사와서요

료코　아, 그래?

김명화　죄송해요.

료코　수고 많네

김명화　다녀오겠습니다.

료코 아 아, 명화

김명화 네.

료코 오늘 고철 군이 온대

김명화 어, 정말요?

료코 방금 전화가 왔다는데

김명화 와, 미순은 아나요 그걸?

료코 글쎄?

김명화 어 그럼, 말해줘야겠다

료코 그래줘

김명화 네. 아 근데..

박주원 [한국어]그럼 내가 말해주고 올게.

김명화 [한국어]어 그래줄래요?

박주원 [한국어]응.

김명화 부엌에 있을 거예요.

박주원 알았어

료코 가보지그래, 그만

김명화 네.

료코 금방 다녀오도록 해.

김명화 네. 다녀오겠습니다.

켄이치 갔다 와

김명화 네, 다녀오겠습니다.

❖김명화, 하수로 퇴장.

1.3.2

박주원 그럼 저도 안에 좀..

료코 주원

박주원 네.

료코 미순은 말야, 역시 고철 군을 좋아했던 건가?

박주원 그게..

료코 몰라?

박주원 네.

켄이치 어? 그랬어?

료코 그럼요.

켄이치 난 몰랐는데.

료코 ★당신도 참 둔하긴

켄이치 아니, 어떻게 그걸 알겠어?

료코 ★딱 보면 아는 일을

켄이치 음..

료코 하지만 조선에선 부모가 정한 사람하고 맺어지는 거 아닌가?

박주원 아, 뭐, 글쎄요, 요사인 꼭 그렇지도 않을걸요

료코 그래?

박주원 네.

켄이치 음, 그런가?

• • •

켄이치 그럼 딱한 처질 만들었군

료코 그러게요

켄이치 음.

료코 어땠지? 서로 좋아했던 건가?

박주원 글쎄, 그것까진 제가..

료코 모른다구?

박주원 네, 전 잘..

료코 왜 모르지? 조선 사람끼린데

박주원 그게, 고철은 서생이잖아요.

료코 그런가

박주원 그리구 맨날 달리기만 했으니까요.

료코　아

켄이치　하지만 서로 좋아했던 거면 굳이 지원을 해서 가겠어, 군대에?

료코　하긴요

박주원　그러게요

• • •

켄이치　뭐, 갔다 오라구.

박주원　네.

료코　좀 어떤지 알려줘

박주원　예?

료코　미순 말야

박주원　아..

료코　반응이 어떤지

켄이치　그런데 서로 좋아했던 거면 이미 알고 있지 않겠어, 오늘 들른다는 것두?

료코　내 말이요

켄이치　어?

료코　나 참. 그러니까 그걸 듣고 알고 있는지 몰랐는지 보고 알려달라는 거잖아요, 주원한테

켄이치　아

박주원　아

료코　'아'는 무슨 '아'

박주원　네.

료코　'아'는 무슨 '아'

박주원　네.

료코　정신 좀 차려

박주원　네.

료코　그래, 가봐

박주원　네.

켄이치　응, 갔다 오라구

박주원　네. 실례하겠습니다.

❖박주원, 상수로 퇴장.

1.3.3

료코　이 집 남자들은 어째 하나같이.. • • •

켄이치　• • •

료코　고철 군을 사실은 만주로 보내고 싶었던 거 아닌가요?

켄이치　뭐 그야

료코　맞죠?

켄이치　하지만 올림픽에 나가는 줄 알았으니까

료코　하긴요

켄이치　그런 줄 알았더라면 미순하고 짝을 지어서 신경(新京)의 상점이라도 맡길 걸 그랬나?

료코　그랬어야죠

켄이치　음, 근데 제 입으로 육군에 가겠다고 말을 하니 뭘 어쩌겠어.

료코　그건 그런데 당신이 그런 말을 안 하니까 그랬던 거 아닐까요?

켄이치　글쎄, 과연 그럴까?

료코　아니면요?

켄이치　조선인들 중엔 만주에 안 가고 싶어 하는 사람도 많으니까 말야.

료코　아

켄이치　중국 사람한테 무시당하고 사느니 차라리 내지가 낫다 그러는 사람도 많아요.

료코　근데 그래서, 그게 싫어서 이름도 바꾸는 거잖아요?

켄이치　그건 그래. 고철도 이름만 좀 바꾸면 누가 봐도 일본 사람이니까 말야.

료코　그건 그렇죠. 이 집에서 자라났으니까

켄이치 그러게

료코 아, 그럼 상해(上海)는 어떨까요?

켄이치 어?

료코 상해에서도 따돌림을 당하나, 조선 사람이?

켄이치 글쎄, 어떨까?

료코 상해라면 괜찮지 않을까요?

켄이치 음, 하지만 상해는 아직 가겔 낼지 말지도 정해진 게 아니니까.

료코 어? 왜요?

켄이치 왜긴 왜야. 지점이란 게 그렇게 쉽게 낼 수 있는 게 아니라구.

료코 그래도, 위문주머니를 이렇게 많이 보내봤자 저쪽서 받는 사람만 득 보는 일이잖아요

켄이치 아니, 우리도 득을 보잖아, 이렇게 모아 보내는 일까지 맡아서

료코 하지만 보내는 일, 받는 일 둘 다를 하면 양쪽에서 돈을 벌 거 아녜요?

켄이치 당신, 장사란 게 그렇게 단순한 일인 줄 알면 곤란해.

료코 그게 아니면요?

켄이치 아니지, 그야. 원래 위문주머니란 게 장사하자고 벌인 일도 아니었고

료코 그래도 아까운 구석이 너무 많아

켄이치 아니 무엇보다두, 이런 위문주머니 호황이란 게 언제까지 지속될지 모르는 일이라구.

료코 아니 왜요?

켄이치 이봐, 이렇게까지 이겨가는데 이러다간 전쟁도 끝날 거 아냐.

료코 서생들은 다음 차롄 인도차이나네 동인도네 그러던데요?[15]

켄이치 아

❖아키오, 하수에서 등장.

---

15 '인도차이나'와 '동인도'의 원문은 "仏印"(프랑스령 인도차이나)과 "蘭印"(네덜란드령 동인도). '네덜란드령 동인도'는 지금의 인도네시아 지역에 해당한다.

1.3.3

료코　아

아키오　여기들 계시네요

료코　어 자네, 지금 들어오는 길?

아키오　예, 죄송합니다.

료코　아..

켄이치　• • •

아키오　죄송합니다.

켄이치　아니 뭐 나야..

아키오　그, 스미코는요?

켄이치　아 아, 지금 안에..

아키오　그래요?

• • •

료코　차라도 가져오라 할까요?

켄이치　아 아 그러지

아키오　아, 네.

료코　내가 말하고 올게요.

켄이치　아 그래. 어?

료코　잠시만..

켄이치　응.

❖료코, 상수로 퇴장.

• • •

아키오　면목이 없네요

켄이치　어?

아키오　이래저래 신경 쓰이게만 하고

켄이치　아니 뭐

아키오　참, 이거 찐빵이에요, 봉월당(鳳月堂) 거

켄이치　아 아 아, 고마워.

아키오　• • • 제대로 일을 해야겠다 생각은 합니다만

켄이치　응. 뭐..

아키오　일을 하자 마음을 먹어도 왠지 맥이 풀려버려서

켄이치　아

아키오　몸이 안 움직여지거든요.

켄이치　음.. 뭐, 아직 돌아온 지 얼마 안 됐으니까.

아키오　아뇨 아뇨, 벌써 두 달이 됐으니 더 그렇게도 말 못하죠.

켄이치　아, 벌써 그렇게 됐나?

아키오　그쪽 있는 동안 더위를 먹었나 봐요. 기력이 확 떨어져갖구요

켄이치　아

아키오　중국의 여름은 아주 덥거든요.

켄이치　그렇군

아키오　오줌발도 타들어가는 더위예요.

켄이치　아하하하

아키오　저.. 아버님

켄이치　어?

아키오　저.. 정말 드리기 어려운 말씀입니다만, 그냥 남자들끼리 얘긴데..

켄이치　뭐지?

아키오　저.. 용돈을 좀 주실 수 없을까요?

켄이치　어 아..

아키오　다달이 정해진 만큼 스미코한테서 받고는 있는데 아무래도 좀 부족해서요, 요즘 같아선

켄이치　아

아키오　스미코한테 더 말하기도 어려운 노릇이라

켄이치　어, 어..

아키오　일하기 시작하면 바로 갚겠습니다
켄이치　아니 뭐, 그야
아키오　아뇨, 이제 곧 일을 하게 될 거라 생각하니까요
켄이치　응

❖료코, 상수에서 돌아온다.
그 뒤로 카타야마도 등장.
1.4.1

료코　차, 갖고 올 거예요.
켄이치　응.
카타야마　어서 오세요
아키오　아
료코　좀 오라 하는 게 좋겠다 싶어서
켄이치　어 어.. 왜?
료코　글쎄, 그냥요
켄이치　아, 뭐, 잘했어.
료코　예
• • •
켄이치　오늘은 고철 군이 집에 온다는데
아키오　아, 그래요?
켄이치　떠날 때가 됐으니까.
카타야마　네.
켄이치　그, 지원병도 기간이 정해져 있나?
아키오　아마 뭐, 그럴걸요.
켄이치　그래?
아키오　3년까지는 안 될 거구요, 그러고 나서 남을 사람은 남을 테고
켄이치　그렇군

아키오 2년인가
켄이치 아
아키오 그치?
카타야마 아, 글쎄 모르겠네요.
료코 카타야마한테는 아직 안 왔어?
카타야마 영장요?
료코 응
카타야마 예, 아직
켄이치 그런 건 원래 갑자기 오는 법이니까
료코 그렇기는 하죠
아키오 음, 나 때는 깜짝 놀랐었죠.
켄이치 어, 정말 놀랐지.
료코 예
아키오 아니 왜 나 같은 놈을 부르고 카타야마 같은 친군 안 부르는지
카타야마 아..
켄이치 ☆뭐, 이렇게 튼튼해 보이는 젊은이는 미국과의 결전 때 데려가지 않겠어?
아키오 그렇군요

❖카키우치, 상수에서 차를 들고 등장.

1.4.2

@카키우치 ☆실례하겠습니다.
카키우치 오래 기다리셨습니다.
아키오 오우
카키우치 오래 기다리셨습니다.
아키오 어? 아버님 어머님 차는요?
료코 아니 아니 됐어. 우린 가게로 가봐야 해서

아키오 어?

료코 그쵸?

켄이치 그럼 그럼

아키오 그래요?

켄이치 응.

카키우치 실례했습니다.

❖카키우치, 상수로 퇴장.

아키오 뭐, 남자 일손이 필요할 땐 얘기해주세요.

켄이치 어?

아키오 위문주머니 옮겨 쌓는 일 정돈 할게요.

켄이치 아, 고맙네.

아키오 고맙긴요

료코 그럼 우린 슬슬

아키오 예

켄이치 그만 좀 기운을 내게

아키오 예, 어 뭐, 기운이 없진 않아요

켄이치 응. 아 참 이거 들고 왔어

료코 어?

켄이치 아키오 군이

료코 아, 아, 아, 고마워.

아키오 아뇨 아뇨 뭘요

켄이치 그럼

아키오 네.

료코 ★그럼

카타야마 네.

❖료코와 켄이치, 상수로 퇴장.

아키오　기운이 그렇게 없진 않은데 말야

카타야마 이제 온 거예요?

아키오　응.

카타야마 사모님 불러올까요?

아키오　아니 됐어. 내 발로 들어갈 테니까

카타야마 네..

아키오　남의 집도 아니고

카타야마 물론 그렇죠

아키오　기운은 남아돈다고

• • •

카타야마 밤마다 참 대단하세요

아키오　아, 그런데 돈이 모자라, 역시.

카타야마 아

아키오　일을 해야 할까 봐

카타야마 • • •

아키오　옛날엔 일 하나도 안 하는 서생도 많았다던데, 이 집에도.

카타야마 네.

• • •

아키오　위문주머니 속에 말야, 미인도가 들어 있고 그렇잖아

카타야마 아

아키오　어떨 땐 사진이 들어 있고

카타야마 예

아키오　왜 미인도를 넣어 보내지?

카타야마 그게, 사진은 너무 좀 생생해서겠죠.

아키오　하긴 그래

카타야마 이게요, 고를 수가 있나요?

아키오 뭐를?

카타야마 위문주머니

아키오 못 고르지

카타야마 아

아키오 대개 말야, 여학생들한테서 온 건 힘센 군조(軍曹)[16] 있는 부대가 가져가버려

카타야마 그렇구나

아키오 뭐, 신병들은 미인도라도 들어 있으면 아주 만만세지.

카타야마 네.

아키오 아, 그리고 말야, 수수께끼 같은 게 써 있거든.

카타야마 예?

아키오 수수께끼

카타야마 아

아키오 보통은 편지가 들어 있지만, 그 속에.. 수수께끼, 난센스 퀴즈 이런 게 쓰인 게 있어요

카타야마 난센스 퀴즈란 게 그런 거던가?

아키오 이것은 뭐뭐에 관한 퀴즈로.. 이러는 거

카타야마 아, 아

❖상수에서 위문주머니를 든 우시지마가 등장.

1.4.3

아키오 뭐, 대개는 시시해. 어떤 게 있었더라? '늘 연전연승하는 악기는 무엇일까요?'

카타야마 예?

아키오 뭐게?

16 옛 일본 육군의 부사관 계급의 하나. 한국 군대의 중사 정도에 해당한다.

카타야마 다시 한 번 말해주세요.

아키오 늘 연전연승하는 악기는 무엇일까요?

카타야마 • • • 예?

아키오 아니, 모르겠어?

카타야마 어? 어?

우시지마 승승장구[17]

아키오 맞았어

카타야마 이런..

아키오 뭐가?

카타야마 겨우 그런 거예요?

아키오 뭐가 어때서.

카타야마 이런..

아키오 못 맞힌 주제에 가만있으라구

카타야마 맞힐 수 있어요, 그 정돈

아키오 좋아 그럼, 다음 퀴즈!

카타야마 네.

아키오 제일 쉬운 걸로 낼게

카타야마 네.

아키오 음.. 이것은 장제스(蔣介石)와 관련된 퀴즈로.. 그게 중국 사람이 나오던가? 뭐, 아무튼. 장제스와 관련된 퀴즈로 남양(南洋)의 겨울 하면 떠오르는 것은?

• • •

아키오 떠오르는 것은?

카타야마 예?

아키오 맞혀봐

카타야마 뭐예요, 그게?

---

17 원문은 '늘 승승장구하는 산은 무엇일까'란 수수께끼에 대해 '자꾸 이기는 산'이란 뜻으로 들릴 수 있는 "カチカチ山"(일본의 옛 이야기 제목)라고 답하는 것이다. 이것을 한국어의 언어유희로 의역했다.

아키오 또 못 맞히네

카타야마 잠깐만요.

우시지마 모르겠다.

아키오 눈이 없다

카타야마 네에?

아키오 눈이 없다

카타야마 네..?

아키오 눈(雪)이.. 눈(目)이 없다.[18]

카타야마 아

아키오 자, 하나 더. 이건 나도 뜻을 잘 모르겠는데, 후타바야마(双葉山)[19]가.. 음, 후타바야마가 아침에 나오다가 우유 배달하는 사람하고 부딪쳐서 우유병이 다 쓰러졌어.

카타야마 예?

아키오 아무튼 그래. 그때 우유 배달부가 부른 노래는 무엇일까요?

카타야마 • • •

아키오 모르겠지?

카타야마 네.

아키오 이건 답을 들어도 잘 모를걸.

카타야마 예?

아키오 알겠어?

우시지마 어 아뇨

아키오 어림짐작이라도 대충 말해봐, 어차피 못 맞힐 거

우시지마 후타바야마랬죠..

아키오 응.

우시지마 나의 창공[20]

---

18 원문은 일본어로 '눈(雪)이 없다'와 '용기(勇気)가 없다'는 말의 발음이 비슷한 것을 활용한 언어유희다. 장제스가 '용기가 없다'며 폄하하는 것이다.

19 후타바야마 사다시(双葉山定次, 1912~1968)는 제35대 요코즈나를 지낸 스모 선수다. 1936년 1월부터 1939년 1월까지 69연승이라는 진기록을 세웠다.

아키오　• • • 어째서?

우시지마　그냥 내가 좋아해서요, 그 노랜

아키오　누가 자기 좋아하는 노래 말하래?

우시지마　아니, 대충 말해보라면서요 방금

아키오　아무리 그래도 그렇지, 관계가 너무 없잖아.

카타야마　저기요

아키오　왜?

카타야마　저기, 그 이전에 왜 후타바야마가 우유 배달부하고 부딪칠까요?

아키오　뭐?

카타야마　그럴 일이 없을 거 같은데, 후타바야마 선수는

아키오　무슨 상관이야, 그냥 수수께낀데

카타야마　별 상관은 없지만요

우시지마　정답은 뭡니까?

아키오　"그가 승리한 이유"

• • •

아키오　영문 모르겠지?

카타야마　모르겠는데요

우시지마　음, '이유'라는 건 '우유' 할 때 유(乳) 자겠네요

아키오　그 정돈 알겠더라, 나도

우시지마　아, 죄송해요.

카타야마　그런데 왜 후타바야마죠?

우시지마　음

아키오　뭐, 후타바야마가 우유병한테 이겼다는 거겠지?[21]

---

20 〈私の青空〉. 1928년에 미국에서 발표되어 크게 히트한 노래 〈My Blue Heaven〉을 일본어로 번안한 곡이다. 여러 일본 가수에 의해 녹음되며 인기를 끌었다. 조선에서는 1935년에 작곡가 김해송이 조선어로 번안한 〈나의 푸른 창공〉을 직접 노래하여 녹음했다.

21 원문에서 이 후타바야마에 관한 언어유희 퀴즈는 '아버지(父)'란 일본어 단어의 발음이 '젖(ちち)'과 같은 것을 바탕으로 한다. 원문에 나오는 노래 제목은 〈父よあなたは強かった(아버지여, 당신은 강했다)〉로 1939년 1월에 발표된 군가다. 아쉬운 대로 이를 적당히 의역했다. "그가 승리한 이유"란 제목의 노래가 실제로 있는 것은 아니다.

우시지마 음.. (상수로 퇴장하려 한다.)

아키오 이봐

우시지마 네.

아키오 일이 뭐 있을까?

우시지마 예?

아키오 내가 할 만한

우시지마 있겠죠, 많이

아키오 그래?

우시지마 작은어르신이 일을 꽤 했었잖아요, 예전에?

아키오 응, 그렇긴 한데

우시지마 다들 그러길 기다리는데

아키오 기다리긴 누가

우시지마 아뇨 아뇨, 다들 그런데

아키오 기다리지 말아줘

우시지마 무슨 말씀을..

아키오 농담

우시지마 • • • 실례할게요.

아키오 응.

❖우시지마, 상수로 퇴장.

1.4.4

아키오 • • • 음

카타야마 뭐, 우선은 별채로 가보시는 게 어때요?

아키오 응.

카타야마 스미코 사모님도 걱정하실 텐데

아키오 응.

카타야마 • • •

아키오 저기 말야, 아이가 안 생기고 그러면 며느리가 이혼을 당하는 일이 있잖아.

카타야마 어, 예?

아키오 뭐, 요샌 그런 일이 잘 없겠지만, 석녀네 어쩌네..

카타야마 아

아키오 그거, 사위 경우는 어떠려나?

카타야마 예?

아키오 • • • 내가 그렇거든

카타야마 뭐가요?

아키오 그게 말야, 중국이나 조선 계집이 아니면 그게 안 선다구.

카타야마 • • •

아키오 저쪽에 가 있을 적엔 스미코 생각만 했었는데 말야

카타야마 예

아키오 뭐라고 해야 하나, 아무튼지 그게.. 돌아오는 배에서도 다들 자기 마누라 얘기만 해댔거든, 그.. 장가든 놈들은 다

카타야마 • • •

아키오 처음엔 그냥 지쳐서 그런가 보다 싶었는데.. 그 왜 조선호텔 건너편에 찻집 같은 데가 있잖아.

카타야마 어 그래요?

아키오 몰라?

카타야마 예

아키오 기생(妓生)이 있어. 뭐, 좀 고급스런 갈보집인데. 그, 이즈카(飯塚)씨한테 인사 갔다가 돌아오는 길에 그 가게 앞을 지나는데 조선인 여자가 날 스쳐 지나갔거든. 그런데 갑자기, 뭐랄까 이게.. 어, 이거 될 거 같은데 싶어지는 거야

카타야마 • • •

아키오 너, 풍금 탈 줄 안다면서?

카타야마 아 예, 뭐 조금요

아키오 어디서 배웠지, 그런 걸?

카타야마 그게요, 어머니가 소학교 교원을 했었거든요

아키오 아, 그래?

카타야마 예

아키오 좀 들려줘

카타야마 예?

아키오 한 곡 해보라구

카타야마 어 어떤 거를요?

아키오 음.. 그럼 그거, 〈나의 창공〉

카타야마 아, 음.. (풍금 쪽으로 간다.)

아키오 어떻게 되더라? '해 질 녘에~'

카타야마 예

❖카타야마, 풍금을 타기 시작한다.
아키오, 띄엄띄엄 노래를 부른다.

홋타 (하수에서 목소리가 들린다.) △계십니까?

카타야마 어라?

아키오 어?

카타야마 지금 무슨 소리 안 났어요?

아키오 그랬어?

홋타 △계십니까?

아키오 정말이네

카타야마 내가.. (일어선다.)

아키오 응.

❖상수에서 이미순, 등장.

2.1.1

이미순 아, 제가..

아키오 응.

카타야마 아

아키오 *~비좁기는 하여도 즐거운 우리 집*

• • •

❖이미순, 홋타, 하수에서 등장.

이미순 저기, 손님이 오셨어요.

아키오 응.

홋타 저.. 실례합니다

아키오 네.

홋타 그.. 전에 이 댁에 신세를 많이 졌던 사람인데요, 홋타라고 합니다만

아키오 네..

홋타 저.. 시노자키 켄이치 씨께선..?

아키오 네, 음, 신세를 졌다는 게..?

홋타 가까운 데서 전에 인쇄소를 했었는데요

아키오 아, 그럼.. 예, 들어본 적 있는 거 같은데

홋타 네.

아키오 아 아 그럼 좀 오시라고..

홋타 고맙습니다.

아키오 저기, 장인어른 좀 오시라 하지

이미순 네.

아키오 큰어르신

이미순 네.

아키오 어.. 홋타 씨라고요?

홋타 네.

아키오 홋타 씨란 분이 오셨다고 전해

이미순 네.

아키오 좀 앉으셔서 기다리시죠.

홋타 네.

이미순 실례하겠습니다.

아키오 아 그리고 차도 좀

이미순 ▲네

홋타 고맙습니다

❖이미순, 상수로 퇴장.

2.1.2

아키오 곧 올 겁니다.

홋타 네, 고맙습니다 (앉는다.)

아키오 인쇄소를..?

홋타 예, 예, 시노자키상점하곤 오래 전부터 인연이

아키오 그런가요?

홋타 저희가 도중에 만주로 가버리게 됐지만요.

아키오 아

홋타 10년쯤 전에

아키오 아니 그럼 우리 스미코도..

홋타 아, 스미코 씨.. 예

아키오 ★아십니까?

홋타 네, 잘 알죠, 어릴 적부터

아키오 아 • • • 저.. 전 스미코 남편 시노자키 아키오라고 합니다.

홋타 어머

아키오 안녕하세요

홋타 아니 그런데 그게, 음..

아키오 데릴사윕니다.

홋타 예, 아

아키오 네. (카타야마에게) 그럼 말야, 스미코도 오라고 하지

카타야마 네.

홋타 아 감사합니다.

아키오 아뇨..

카타야마 불러올게요.

아키오 응.

❖카타야마, 상수로 퇴장.

아키오 반가워하겠는데요

홋타 저..

아키오 네?

홋타 주식 같은 걸 하시는 분인 거죠?

아키오 예?

홋타 주식요

아키오 아, 아, 그게 아마, 예전 약혼자 얘기네요.

홋타 예?

아키오 스미코 약혼자 얘기요.

홋타 네에?

아키오 전에 정했던 혼처가 있었다고 들었어요.

홋타 아

아키오 그, 대공황으로 파산을 해서

홋타 예..

아키오 저는 그.. 대탑니다.

홋타 아

아키오 대타잔데 헛스윙 삼진.

홋타	☆예?

❖켄이치와 료코, 상수에서 등장.

2.1.3

켄이치	☆아, 이게..
료코	☆어머나-
홋타	안녕하세요
켄이치	★아니 아니 이게..
료코	유미코 씨
홋타	료코 씨
료코	오랜만이에요
홋타	안녕하셨죠
켄이치	이게 몇 년 만이지? 어..
홋타	10년.. 11년 만인가요, 이게?
켄이치	★예, 예

료코 ★참 잘 와줬어요.

홋타 네.

켄이치 아니 그, 만주 쪽은요?

홋타 덕분에 그럭저럭..

켄이치 예, 오-

홋타 그럭저럭 가게도 자릴 잡아서요

켄이치 잘됐네요, 그것 참

홋타 10년 걸려서 겨우

켄이치 아니 그럼, 10년이라면 그 사이..

홋타 ★예, 그 사이 사변이 나고..

켄이치 그게 그러면, 사변이란 게 지금이면 지나사변[22]이겠지만

홋타 예, 그렇죠

켄이치 그렇군. 아직 10년이 안 지났구나.[23]

홋타 예

료코 아 정말

켄이치 하도 많은 일들이 있어서 말이죠..

홋타 예, 정말

켄이치 그렇군, 그럼 그럴 때 만주에 갔다는 건..

홋타 예, 지금 생각하면 참

켄이치 ★큰일이죠.

홋타 그래도요, 과감하게 그리로 가길 잘 했어요.

켄이치 그런가요?

홋타 네.

켄이치 아니 저도 하얼빈 지점에는 거의 해마다 가는데, 찾아봬야겠다 생각만 하고

---

22 1937년에 발발한 중일전쟁을 당시 일본에서는 '지나사변(支那事変)'이라 불렀다.

23 이 대사에서는 일본이 만주에 괴뢰 정부를 세우는 1931년의 '만주사변'에 관해서 말하고 있는 것으로 보인다.

홋타　아 아뇨..

켄이치　봉천(奉天)은 인연이 없어서요

홋타　실은 처음엔 봉천에서 어떻게 해보려고 하다가요, 역시 조선하고 인연이 닿는 곳이 좋겠다 싶어져서 연길(延吉)로 옮겼거든요.

켄이치　아

홋타　죄송해요, 연락도 한번 못 드리고

켄이치　아뇨 아뇨, 별말씀을요

홋타　제가요, 중국 사람하곤 잘 안 맞아서요

켄이치　그럴 수 있죠

홋타　그 왜, 할 줄 아는 것도 없으면서 으스대잖아요

켄이치　예, 예, 예

료코　그래도 연길이라면 좀..

켄이치　그렇지

료코　가까운 편이지요?

홋타　예

켄이치　조선말도 좀 통하죠?

홋타　네, 맞아요.

료코　그럼 좀 낫지

홋타　아, 언제 한번 놀러와주세요.

켄이치　네.

홋타　료코 씨도 같이

료코　감사합니다.

켄이치　오늘은 그럼 혼자서..?

홋타　예, 사람 하나만 데리고

켄이치　아

홋타　이제 겨우 인쇄소도 자릴 잡은 참이라 성묘라도 하려고요

켄이치　아

료코　★아, 어?

호타　어머니 묘는 경성에 있거든요.
료코　아, 그래요?
호타　10년 만이에요, 경성이.
료코　예, 많이 달라졌죠?
호타　무척요. 깜짝 놀랐어요.
켄이치　음, 10년 전이라면..
호타　미쓰코시백화점이 생겼죠, 본관이? 저 때는 공사 중이었는데
켄이치　아
료코　★총독부는?
호타　총독부는 그때도 있었는데요, 그래도 역시 거리가요.. 가게들이 다 깔끔해졌어요
료코　☆아, 그렇죠

❖상수에서 스미코가 등장.
그 뒤로 이미순이 차를 들고 등장. 차를 나눠준다.
2.1.4

아키오　☆아
스미코　아, 유미코 씨
호타　스미코
스미코　오랜만이에요.
호타　네 정말
스미코　잘 있었어요?
호타　그럼요
스미코　아 우리 남편이에요.
호타　네, 방금..
아키오　예
켄이치　연길에서 성공을 거두고 성묘하러 온 길이래

스미코 아

홋타 아뇨, 성공까지는 아니구요, 겨우 자리만 잡았죠

스미코 축하드려요.

홋타 고마워요.

스미코 이제 왔어요?

아키오 어 왔어[24]

• • •

홋타 저, 이거 변변치 않은 겁니다만

료코 어머

홋타 러시아 사람이 만든 구운 과자예요.

료코 세상에

홋타 나카무라상점보다도 맛있다고 조선에서 일부러 사러 오는 사람이 있을 정도거든요.

료코 감사합니다.

홋타 기차에서 흔들려서 좀 부서졌을지도 몰라요

스미코 감사합니다.

켄이치 역시 연길에도 러시아 사람이 많은가요?

홋타 아뇨, 그렇게 많지는 않지만요, 그래도 국경이 가까우니까

켄이치 예

아키오 최근엔 소비에트 간첩도 있다고 하더군요

홋타 소문에는 그래요. 조선인 '주의자(主義者)'도 있다고 하구요

아키오 예, 들었습니다

홋타 하지만 우리들은 그런 건 별 상관없이..

아키오 뭐, 그렇겠지요.

홋타 네. 역시 봉천이나 하얼빈 쪽 가면 백계(白系)[25]나 유대인도 꽤 들어

24 원문은 "어서 오세요", "다녀왔어" 하는 관용적인 인사말을 나누는 것이다.

25 백계 러시아인. 1917년 러시아혁명 때 혁명을 반대하고 혁명 후 국외 망명을 한 비(非)소비에트파 러시아제국 국민을 일컫는다.

와 있을 거예요.

켄이치　아, 역시 유대인들은..

홋타　예

료코　연길에서부터는 얼마나 걸렸어요?

홋타　열두세 시간 정도였어요.

료코　아

홋타　단동(丹東)에서 한 번 갈아타고..

료코　아 근데 금방 왔네요

홋타　☆예, 생각보다 가까워서

@아키오　☆빨라졌네요

@켄이치　아, 응.

❖상수에서 사에코, 뒤이어 카타야마가 등장.

2.2.1

사에코　☆어서 오세요

홋타　안녕하세요

사에코　저 기억하세요?

홋타　아, 그..

사에코　사에코예요. 키치지로의 처요.

홋타　아, 키치지로 씨..

사에코　지금 카타야마한테 듣고서

켄이치　아

카타야마　네.

홋타　키치지로 씨도 잘 계세요?

료코　아, 예, 뭐

홋타　오늘은요?

료코　그..

사에코 남편은 따로 여자가 생겨서요

훗타 • • • 네..

사에코 집을 나가버려서

훗타 아

사에코 죄송해요.

훗타 • • • 아 아뇨, 제가 오히려..

이미순 지금 차를..

사에코 고마워.

이미순 실례했습니다.

료코 미순

이미순 네.

료코 이거 선물로 주신 건데, 안에다..

이미순 네.

료코 부탁해

이미순 알겠습니다 • • • 실례하겠습니다.

❖이미순, 상수로 퇴장.

훗타 저희도 봉천에선 중국인 식모를 써봤는데요, 너무 힘들어서

사에코 아

훗타 물건을 막 훔쳐가는 거예요

사에코 아, 역시

훗타 역시 식모도 조선인이 나아요

사에코 예

켄이치 아키오 군은 최근까지 중국에 있었습니다

훗타 아

아키오 예..

켄이치 ★군인으로

홋타 아, 고생 많으셨겠어요.

아키오 아뇨..

홋타 수고하셨습니다.

아키오 네.

홋타 그런데요, 중국은 저렇게 계속 지면서도 왜 항복을 안 하는 걸까요?

아키오 아

켄이치 그게, 뒤에서 영국이나 미국이 받쳐주니까요.

홋타 그래두요

켄이치 그리고 그거야말로 유대인이 뒤에 있는 걸 테지

아키오 예, 뭐

켄이치 아니, 뒤에 있다는 게 결국 자기들 이권을 지키려고 그러는 거란 말야.

홋타 그렇죠.

켄이치 일본 사람처럼 아시아를 위해서 그러는 게 아니라구.

홋타 그럼 왜 그러죠?

켄이치 음, 그걸 잘 모르겠다는 게 중국 사람들의 문제 아니겠어요?

홋타 네.

켄이치 중국 사람들도요, 싱가포르나 홍콩 같은 데 상인들은 원래 다 유대인하고 결탁이 돼 있어요.

홋타 아, 그렇군요

사에코 근데 보세요, 일본이 하라는 대로만 하면 상해도 남경도 다 경성처럼 잘됐잖아?

스미코 예

사에코 바보들

홋타 바로 그거예요. 방금도 거리가 참 깨끗해졌단 얘길 한 참이지만요

스미코 아, 그렇죠?

료코 시노자키 집안이 경성에 처음 왔을 땐 비만 오면 길이 진창이 됐다 그러잖아요

사에코　들었어요, 그 얘기 저도

스미코　옛날 생각 나시겠다

홋타　예, 아무래도 저한텐 경성이 고향이니까

스미코　예

켄이치　그럴 만도 하지.

홋타　정말 감회가 새로운 게, 이렇게 자동차도 많아지고..

료코　앞으론 더 자주 올 수 있게 되지 않겠어요?

홋타　네, 실제로 와보니까 생각보다 가까워서

료코　맞아요.

켄이치　아니 그럼, 유미코 씬 내지에는 가본 적이 없는 건가요?

홋타　물론이죠

스미코　☆아

켄이치　☆그럼..

홋타　★남편은 내지 출신이니까 언제 한번 가볼 일도 있을 것 같지만요, 그리론 발길이 잘..

켄이치　예

료코　지금은 내지가 더 힘들지 않나요?

홋타　그렇다고 하죠?

료코　조선이 훨씬 더 편할걸요

홋타　예

켄이치　이번엔 그래서 며칠이나?

홋타　이삼일 있다가 개성 쪽으로.. 오래된 친구가 있거든요. 거기 좀 들르려고

켄이치　아

홋타　집을 너무 비울 수도 없는 노릇이라

켄이치　다음에 또 여유 있게 와주세요

홋타　네, 감사합니다.

료코　예

• • •

홋타 저, 전 이제 슬슬

료코 어 벌써요?

스미코 이제 막 오신 거 아니었어요?

홋타 바깥에 차도 기다리고 있어서요

스미코 아

홋타 이제 여기저기 친척들한테도 인사하러 다녀야 해서

켄이치 아

홋타 정말로 오랜만에 온 길이니까요

켄이치 그렇겠네요

홋타 네

료코 그래도 참 잘 찾아와줬어요.

홋타 아뇨, 그, 시노자키 씨 댁만큼은 꼭.. 하고 늘 생각했거든요

료코 고맙습니다.

스미코 ★고맙습니다.

홋타 정말..

켄이치 고맙습니다.

료코 유미코 씨, 그럼 또

홋타 예, 꼭요

켄이치 우리도 한번 가지요, 그리로

홋타 예, 정말로 와주세요. 볼 건 아무것도 없지만요, 경치 하나는 참 좋거든요

켄이치 네.

홋타 그럼 이만

켄이치 요 앞까지 같이

홋타 아녜요, 그냥..

켄이치 아니긴요

홋타 죄송합니다.

켄이치 연길이 그렇다면서요? 겨울엔 상당히 춥다고

홋타 예, 많이 그래요

켄이치 그럼 이제부터가 고생이겠네

홋타 ▲눈이 벌써부터 오고 있어요.

켄이치 ▲아

료코 ▲벌써?

스미코 ▲쌓이나요?

홋타 ▲예, 그리고 얼어붙어요.

스미코 ▲아

❖홋타, 켄이치, 료코, 스미코, 사에코가 하수로 퇴장.
아키오와 카타야마만이 남는다.

2.2.2

아키오 알아?

카타야마 예?

아키오 저 사람?

카타야마 아뇨

아키오 아 그래?

카타야마 10년 전 사람이라잖아요.

아키오 아, 그런가?

카타야마 네.

아키오 카타야마 자넨 만주에 가본 적 있나?

카타야마 아뇨, 없어요.

아키오 아 그래?

카타야마 네.

아키오 많이 춥겠지..?

카타야마 예

아키오 노몬한 얘긴 들었어?[26]

카타야마 어 아뇨

아키오 그, 소비에트 전차가 아주 대단하다네.

카타야마 네..

아키오 철(鐵)의 요새가 움직이는 것 같다고

카타야마 아

아키오 그거에다 일본 군인이 지뢰를 껴안고 달려든다는데

카타야마 그렇군요

아키오 전차에 달려들어봤자 소용이 없지

카타야마 네.

아키오 대일본 정신[27] 어쩌구 해봤자

❖켄이치와 료코, 하수에서 돌아온다.

아키오 아

료코 돌아갔어.

아키오 예

켄이치 음, 참 잘도 찾아와 줬어.

료코 네.

켄이치 고생이 정말 많았을 텐데

아키오 네.

• • •

켄이치 자 그럼..

---

26 1939년 5월, 몽골과 만주국의 국경 분쟁 지역이었던 노몬한(Nomonhan) 부근의 할하강에서 일본 관동군이 외몽골군을 공격하였고, 이에 소련군이 기계화부대를 투입함으로써 이 무력 충돌은 전쟁에 가깝게 확대되었다. 소련군의 화력에 관동군이 잇달아 패퇴하는 양상이었다. 독일의 폴란드 침공 등 제2차 세계대전이 발발하는 어지러운 정세 속에서 9월 15일 일본은 소련과 서둘러 정전협정을 맺었고, 이 지역의 국경 분쟁은 대체로 소련 측의 뜻대로 정리되었다. 이 일을 일본에서는 '노몬한 사건'이라 부른다. 몽골이나 중국에서는 '할하강 전쟁'이라는 명칭으로 부르기도 한다.

27 '대일본 정신'의 원문은 "大和魂"으로, '야마토 민족의 혼' 정도의 뜻이다.

아키오 네.

료코 실례..

아키오 네. 근데..?

료코 스미코는 배웅을 좀 더 하러..

아키오 아

❖켄이치와 료코, 그대로 상수로 퇴장.

• • •

카타야마 어디에서 들었어요?

아키오 어?

카타야마 노몬한 얘기요

아키오 아, 그런 소문이야 많이 흘러들어 오니까, 전장에.

카타야마 아, 그렇구나

아키오 응. 아 아 그랬지 참.. 공병대에 있는 친구한테서 들은 얘긴데, 해군 쪽에서 아주 참 대단한 전투기를 만들고 있대[28]

카타야마 어 정말요?

아키오 그거라면은 아마 미국한테도 질 일이 없을 거라던데

카타야마 와.. 아

❖스미코, 사에코, 하수에서 등장.

아키오 아

스미코 어..

사에코 떠났어요.

---

28 흔히 '제로센(零戰)'으로 불리는 일본 해군의 '영식 함상전투기(零式艦上戰鬪機)'에 대해서 이야기하고 있는 것으로 보인다. 제로센은 1939년에 처음 만들어져서 태평양전쟁 초기에 많은 전과를 올렸다. 나중에는 가미카제 특공대의 자살 공격에 사용된 것으로도 잘 알려져 있다.

아키오 네.

❖스미코, 사에코, 앉는다.

사에코 참 잘도 찾아와줬지?
스미코 정말 그래요
아키오 오래 전부터 알고 지냈었나보죠?
사에코 그.. 옛날엔 위세가 대단했다던데
아키오 아
• • •
사에코 아키오 씬 이제 들어왔어요?
아키오 예, 뭐 아까
사에코 수고 많네요.
아키오 아뇨 • • • 죄송해요.
사에코 이젠 일도 좀 시작해야 할 텐데.
아키오 네. 참, 사에코 아주머니도 가게 일을 도와주신다고..
사에코 나는 신경 쓰지 말아요
아키오 죄송해요.
사에코 나는 신경 쓰지 말아요
스미코 ☆어?

❖카키우치, 상수에서 차를 들고 등장.

2.2.3

카키우치 ☆아
사에코 내 거?
카키우치 네.
사에코 됐는데, 난

카키우치 네.

사에코 아키오 씨, 드세요

아키오 아뇨, 난..

사에코 그럼 카타야마

카타야마 아..

사에코 난 이만

카타야마 네.

카키우치 실례했습니다.

사에코 이따 봐

스미코 네.

❖사에코, 상수로 퇴장.

• • •

카키우치 어떻게 할까요?

스미코 음, 여기를 치워줘

카키우치 네.

스미코 카타야마, 차 마실래요?

카타야마 어 아뇨

스미코 그래요?

카키우치 실례하겠습니다 (탁자 위를 치우기 시작한다.)

아키오 그냥 마시지 그래?

카타야마 아니에요

아키오 아 그래?

• • •

스미코 당신, 점심은요?

아키오 먹고 왔어.

스미코 그래요?

• • •

©青木司

스미코 저녁은?

아키오 음.. 모르겠는데

• • •

스미코 밖에서 식사하는 건 상관이 없지만요, 미리 말을 해줘야 해요

아키오 그렇겠지

스미코 식모들도 곤란하니까

아키오 응

스미코 그치?

카키우치 아..

• • •

스미코 나도 저녁 먹고 부인회에 가봐야 해서

아키오 응. 어? 그 시간에?

스미코 다들 그때가 모이기가 쉽다고

아키오 아, 그래?

카타야마 저도 이만 실례를..

카키우치 어?

카타야마 할 일이 좀 있어서

아키오 그래?

카타야마 그럼..

아키오 응.

카타야마 네.

아키오 응.

카타야마 실례할게요.

아키오 카타야마

카타야마 네

아키오 해군은 다음 전투기 이름은 뭐라고 붙일까?

카타야마 예?

아키오 무슨 무슨 식(式) 하는 건 부르기 힘들잖아.

카타야마 아, 하긴요

아키오 안 그래?

카타야마 일본도 이제는 이름으로 부르면 좋지 않을까 생각하는데요

아키오 어 어떻게?

카타야마 메서슈미트[29] 같은 이름, 멋있지 않아요?

아키오 아, 그런데 그건 사람 이름이잖아.

카타야마 어 그런가요?

아키오 그럼

카타야마 네..

아키오 카타야마 6호 같으면..

카타야마 아

---

29 Messerschmitt. 독일인 항공 기술자의 이름이면서 그가 설립한 비행기 제조사의 이름. 또한 그 비행기의 이름. 1938년에 이 이름으로 회사명을 바꾸었고, 제2차 세계대전 때 독일 정부에 전투기를 납품했다.

아키오　강한 느낌이 안 들겠다
카타야마　예
아키오　자네, 비행기를 타는 건 좀 어때?
카타야마　아, 제가 눈이 나빠서요
아키오　아, 그런가?
카타야마　네.
아키오　도움이 안 되는군, 자네나 나나.
카타야마　네. 죄송합니다.
아키오　아니야, 가봐
카타야마　네, 실례하겠습니다.

❖카타야마, 상수로 퇴장.

2.2.4

• • •

아키오　카키우치는?
카키우치　네?
아키오　카키우치 6호는?
카키우치　어, 예?
아키오　카키우치는 조선에서 자랐던가?
카키우치　예, 그, 네 살 때 가족이 이쪽으로 와서요
아키오　그래?
카키우치　네.
아키오　저기 어디 도호쿠 쪽이랬지, 카키우치도
카키우치　네, 야마가타(山形)요.
아키오　아 • • • 전쟁 나가 있을 때, 이번에 괜찮은 식모가 왔다고, 스미코 6호한테서 편지가 왔었지
카키우치　예?

아키오　일본 사람 식모를 찾는 게 쉬운 일이 아니니까 말야

카키우치　어, 제 얘긴가요?

아키오　그렇지.

스미코　맞아.

카키우치　감사합니다.

아키오　고마워 정말로, 이 집에 와줘서

카키우치　아뇨, 저야말로 감사하죠.

아키오　• • • 많이 춥지, 야마가타도?

카키우치　아, 경성에 비하면 어떨까요? 눈은 야마가타가 많이 오는데요

아키오　아, 그런가?

카키우치　어쩌면 그게 제가 눈 온 거밖에 기억이 안 나서 그런 건데요

스미코　★아버진 만세 사건으로 돌아가셨다지?

카키우치　네..

아키오　아니, 그랬어?

카키우치　저기 천안에서 순사 일을 했었거든요

아키오　아

카키우치　어쩌다가 소동에 휘말려서 그렇게 됐다고

아키오　그렇군

카키우치　평소엔 사이좋게 잘 지냈던 거 같은데

아키오　그야 그렇겠지.

카키우치　갑자기 난폭하게들 돼서..

아키오　기억이 나나 봐.

카키우치　그냥 조금요

스미코　무서웠어?

카키우치　네, 좀.

아키오　• • • 그럼 지금도 조선 사람은 싫겠네?

카키우치　뭐, 그런 조선인도 있다고 생각하는 수밖에 없잖아요 • • • 조선에서 살아야 하니까.

아키오　훌륭하네
카키우치　아뇨..
스미코　이젠 그런 일도 없잖아요, 근데
아키오　스미코 6호도 기억이 나나?
스미코　당연히 기억나죠
아키오　그래?
스미코　며칠 동안 집에서 못 나가게 했으니까
아키오　아
스미코　부리던 조선 사람들도 집에서 안 보이게 되고
아키오　응.
스미코　그때까지만 해도 뭐, 일본도 너무 심하게 굴었던 면이 있었던 거 같은데
카키우치　네.
스미코　지금은 정말로 마음까지 같은 나라가 돼 있으니까
카키우치　네.
스미코　뭐, 카키우치한텐 괴로운 점도 많겠지만
카키우치　아네요, 그때는 너무 어렸던 데다가..
스미코　그래?
카키우치　네.
아키오　(일어선다.)
스미코　• • •
아키오　방으로 갈게
스미코　네. 그럼 옷을 좀..
아키오　아니 됐어, 내가 갈아입을게.
스미코　그래도
아키오　됐다니까, 바쁠 텐데 뭘
스미코　• • •
아키오　됐어요

스미코 ・・・ 네.

아키오 응.

❖아키오, 상수로 퇴장.

2.3.1

・・・

스미코 남편한테서 편지는 와?

카키우치 왔어요, 지난주에 오랜만에

스미코 아 그래? 잘됐네.

카키우치 그게 뭔가 분명하게 쓰면 안 되나 본데요, 중국의 저 안쪽에 가 있는 거 같아요.

스미코 그래? ・・・ 고생이 많네.

카키우치 뭘요

스미코 어서 돌아오면 좋겠다

카키우치 네, 이제 곧 제대할 때가 된 거 같은데요

스미코 그래?

카키우치 네.

스미코 그런데 그렇게 되면 카키우치도 여기 안 오게 되는 거 아닌가?

카키우치 예?

스미코 남편이 돌아오게 되면

카키우치 아, 아뇨, 괜찮다면 이대로 써주시면 좋겠는데

스미코 정말 그래?

카키우치 네, 괜찮으시다면 낮 시간만이라도

스미코 그러면 우리는 좋지

카키우치 고맙습니다.

스미코 응

카키우치 네.

스미코　• • • 무사히 돌아오면 좋겠다

카키우치　네 뭐, 사지 멀쩡하게 돌아오기만 하면 좋죠

스미코　어째 요즘엔 전사하는 사람도 많은 것 같애.

카키우치　네, 우리 이웃 중에서도 얼마 전에 한 사람..

스미코　그치

카키우치　네.

스미코　전쟁이란 게 이긴다고 한들 사람이 이렇게 죽어야 하는 건가

카키우치　아

❖김명화, 하수에서 등장.

김명화　다녀왔습니다.

스미코　아, 어서 와

카키우치　이제 와?

김명화　네, 다녀왔어요.

스미코　수고 많았어

김명화　실례하겠습니다.

❖김명화, 그대로 상수로 퇴장.

• • •

스미코　명화네 집에서도 만세 사건으로 숙부가 한 분 죽었다지?

카키우치　네, 그렇다면서요.

스미코　다 싫다..

카키우치　네.

• • •

스미코　옛날엔 말야, 조선에 있으면 웬만해서는 징병을 안 당했거든.

카키우치　그랬어요?

스미코 그래서 우리 집에도 징병을 기피해서 온 서생이 많이 있었어

카키우치 아..

스미코 믿을 수 없는 얘기지

카키우치 지금은 조선인들도 지원을 해서 군인이 되니까요.

스미코 그러게 말야

카키우치 참, 고철 씨는 아직인가요?

스미코 아, 그러게.

카키우치 손님도 아직이구

스미코 응, 야스코 아가씨도 아직 안 왔으니까

카키우치 그러게요.

스미코 히틀러 청소년단은 봤어?

카키우치 아, 네, 뉴스영화에서

스미코 그러니까 오늘 오는 게 그 단원들이래

카키우치 네, 안에서도 그 얘기가 돌아서

스미코 응

카키우치 그게 대단하던데요, 이-러면서[30]

스미코 맞아 맞아, 나도 봤어.

카키우치 그쵸. 어?

❖이미순, 상수에서 등장.

2.3.2

이미순 실례하겠습니다.

스미코 무슨 일인데?

이미순 여기 치우는 걸 도우라고 그러던데요

카키우치 아

---

30 공연 기록 영상을 보면 여기에서 카키우치는 나치스 특유의 제스처를 흉내낸다.

스미코 고마워.

카키우치 ★그럼 여기 좀 닦아

이미순 네.

• • •

스미코 미순

이미순 네.

스미코 들었어?

이미순 예?

스미코 고철 군이 온대

이미순 아 네, 방금 주원 씨한테요.

스미코 잘됐지

이미순 네.

• • •

카키우치 미순은 봤어?

이미순 예?

카키우치 히틀러 청소년단

이미순 아뇨

카키우치 이-러는 거[31]

이미순 아, 네

카키우치 오늘 온대, 그 사람들이

이미순 네

카키우치 별 관심 없어?

이미순 아뇨, 꼭 그렇지도 않은데요

카키우치 응.

이미순 잘 몰라서

카키우치 음, 그래?

31 역시 나치스 특유의 제스처를 흉내 내며 하는 말이다.

• • •

스미코　고철 군하곤 계속 못 만난 거지?

이미순　네.

스미코　그럼 고철 쪽이 더 기다려지겠다

이미순　네. 실례하겠습니다.

• • •

카키우치　아, 그럼 이것도 치워줘

이미순　네 • • • 실례하겠습니다.

❖이미순, 찻종 등이 담긴 쟁반을 들고 상수로 퇴장.

2.3.3

• • •

스미코　저기 말야, 미순은 고철 군을 좋아했던 거 맞지?

카키우치　당연히 그렇죠

스미코　그럼 고철은?

카키우치　그걸 잘 모르겠어요

스미코　그렇군

카키우치　네.

스미코　아무튼 부럽다, 젊은 사람들

카키우치　네.

• • •

스미코　근데 더 힘들지도 몰라, 지금 같아선

• • •

카키우치　어르신께선 아직도 건강이 안 좋나요?

스미코　음, 글쎄 어떨까

카키우치　빨리 좋아지면 좋겠는데요.

스미코　그러게

• • •

스미코 전엔 말야, 어땠었는지 생각이 안 나

카키우치 예?

스미코 데릴사위로 와달라고 부탁을 해서 온 사람이라.. 서로 좋아한다거나 그런 건 없었거든

카키우치 • • •

스미코 그치만 둘이서 7년도 더 살아왔는데

카키우치 네.

스미코 아마도 즐거운 때도 있었을 텐데 말야

카키우치 그야 그랬겠죠

스미코 그런데 생각이 안 나

카키우치 • • •

스미코 미안해. 카키우치는 지금 혼자 있는데

카키우치 아뇨 아뇨 아뇨, 뭐 어때요

스미코 곧 돌아올 거야, 틀림없이

카키우치 네.

• • •

스미코 아, 근데..

카키우치 예?

스미코 음 • • • 언제 즐거웠는지는 생각이 안 나지만 말야

카키우치 아

스미코 그게, 길을 걷거나 그러고 있으면 말야, 아, 이 간판 같이 봤었는데 둘이.. • • • 그런 건 생각이 나거든. 아, 이 간장 조림 같이 먹었었지.. 그런 거

카키우치 네.

스미코 또 뜰에 나무 심을 때 일 같은 거

카키우치 아, 예.

스미코 지금은 그런 거 안 해주지만

카키우치 아뇨, 뭐 곧..

스미코 이상하지. 이렇게 잘 돌아와줬는데..

카키우치 그래두요, 살아서 돌아와주셨으니까요

스미코 응 • • • 하지만 어딘가 다른 사람이 돼버려서

카키우치 • • •

타케다 (하수에서) △계십니까?

스미코 어?

카키우치 아 제가 그럼..

스미코 응.

❖카키우치, 하수로 퇴장.

스미코, 풍금의 뚜껑을 열고 띄엄띄엄 연주한다. 〈두 사람은 젊어〉[32].

카키우치, 그리고 그 뒤로 타케다, 하수에서 등장.

2.3.4

카키우치 △들어와요 어서, 이쪽으로

타케다 △고맙습니다.

카키우치 △이쪽요

타케다 △☆네.

스미코 ☆아니..

카키우치 저, 타케다 씨 댁 아가씨가..

스미코 아

---

32 〈二人は若い〉. 1935년에 발표된 딕 미네(ディック・ミネ)와 호시 레이코(星玲子)의 혼성 듀엣곡. 젊은 남녀의 연애 감정을 노래한 경쾌한 노래다. 한편, 딕 미네(예명은 서양 사람 같지만 일본인 가수 겸 배우)는 1935년 이후 조선에서 조선어 노래를 녹음하여 발표하기도 했다. 이 노래를 작곡한 당대의 유명한 작곡가 코가 마사오(古賀政男)의 경우는 유년기를 조선에서 보낸 것으로 알려져 있다.

타케다　죄송해요, 어쩌다 저만 먼저 오게 돼서
스미코　어, 야스코는?
타케다　전 자전거를 타고 온 길이라
스미코　아
타케다　야스코는 독일 사람들하고 같이
스미코　예
타케다　곧 있으면 도착할 텐데요
스미코　예
타케다　실례가 많습니다
스미코　자 자, 좀 앉아요 그럼
타케다　네.

• • •

스미코　그럼 차를..
카키우치　네.
타케다　아 그냥 두세요
스미코　★그리고 사에코 아주머닐 불러줘.
카키우치　네.
타케다　★죄송합니다.
스미코　조금만 기다려줘요.
타케다　감사합니다.

❖카키우치, 상수로 퇴장.

스미코　유리코 양은 자전거로 다녀요?
타케다　아뇨, 꼭 그렇진 않구요
스미코　그래?
타케다　오늘은 아침에 지각을 할 거 같아서요
스미코　저런

타케다 그래서

스미코 잘했네

타케다 학교에선 자전거가 금진데요

스미코 예.

타케다 학교 근처 막과자 가게에서 맡아주거든요.

스미코 그거 좋다

타케다 그래요?

스미코 부러워요. 우리 땐 그런 거 못 해봤는데.

타케다 그런데 요샌 학교 분위기도 점점 엄격해져서요

스미코 그래요?

타케다 학교에 군인이 자주 와서

스미코 여학교에도?

타케다 네. 그래서 연설을 하고 가고 그래요.

스미코 음, 교련도 힘들게 시킨다면서?

타케다 아, 우린 별로 심한 편은 아닌가 봐요. 내지에선 아주 엄격하게 한다는데요.

스미코 그래요?

타케다 엊그제는 들것으로 군인을 실어 나르는 연습을 했어요.

스미코 어머-

타케다 그게 우리 반 경우는요, 뚱뚱한 애가 군인 역할이 돼서요

스미코 아

타케다 무거워갖구

스미코 힘들었겠다

타케다 네.

스미코 아, 그런데 다음번에 우리 동네에서도 무슨 그런 훈련을 한다던데.

타케다 정말요?

스미코 공습? 공습이라고 하던가?

타케다 아

스미코　그 훈련이라는데
타케다　아..
스미코　훈련을 하라고 하는데 뭘 해야 되는 건지
타케다　그럼 그게 온다는 거예요, 공습이?
스미코　그게 중국 같은 덴 비행기가 없다잖아요?
타케다　그렇다면서요
스미코　미국이나 영국은 아주 멀잖아요?
타케다　그렇죠
스미코　그런데 무슨 비행기가 오겠어요?
타케다　그러게 말예요
스미코　바보 같애

❖상수에서 사에코, 등장.

2.4.1

사에코　어머, 왔구나.
타케다　안녕하세요
사에코　길이 좀 엇갈린 게 아닌가 몰라
타케다　아뇨, 제가 그냥 좀 먼저 와버렸어요
사에코　그래?
타케다　이제 곧 도착할 거 같은데요
사에코　어
타케다　그, 야스코는 손님하고 같이 오느라
사에코　아 아 어땠어?
타케다　예?
사에코　독일 사람..?
타케다　아, 꽤 멋있었어요
사에코　역시

타케다 네.

사에코 진짜 그건 거지? 히틀러 청소년단?

타케다 네. 또 무슨 일본 사람도 있고요

사에코 어 무슨..?

타케다 글쎄요, 복장이 같은 사람

사에코 아-

스미코 기대되죠

사에코 응

❖김명화, 상수에서 차를 들고 등장.

김명화 오래 기다리셨습니다.

사에코 고마워.

타케다 아, 감사해요.

김명화 오래 기다리셨습니다.

사에코 명화는 본 적 있어?

김명화 예?

사에코 히틀러 청소년단

김명화 아, 이-러는 거 말씀이죠?

사에코 그래 맞아

김명화 뉴스영화에서 봤어요.

사에코 아, 역시

김명화 정말로 오는 거예요, 여기?

@사에코 ☆그럼

@김명화 우와

❖박주원, 상수에서 위문주머니를 들고 등장.
위문주머니를 쌓아올린다.

2.4.2

스미코 ☆수고 많네
박주원 어 아뇨. 어서 오세요
타케다 안녕하세요
박주원 안녕하세요
타케다 지난번에 고마웠어요
박주원 아, 아니에요
사에코 ★아니, 서로 알아?
타케다 우리 반 조선인 아이가 주원 씨 친척이래요
사에코 어머
타케다 저번에 그 애 집에 놀러갔어서
사에코 아-
타케다 엄청난 부자예요.
사에코 어머 그래?
박주원 먼 친척이에요.
사에코 그으래?
박주원 원래는 우리가 본가인데요
사에코 아, 그러면..
박주원 네.
타케다 ★다음엔 주원 씨도 같이 가요.
박주원 아 네.
사에코 아니, 저번엔 같이 간 게 아니고?
박주원 예, 전 가게 일이 있으니까
사에코 아, 그랬어?
박주원 집 앞까지 모셔다만 드리고, 야스코 양을
사에코 그래?
타케다 같이 들어왔다 가도 좋았을걸

박주원 아뇨 아뇨, 뭐 하려요

❖우시지마, 상수에서 위문주머니를 들고 등장.

우시지마 주원, 이거 빠뜨렸어

박주원 아, 네 네.

우시지마 잘 좀 부탁해

박주원 네.

우시지마 응.

박주원 네 네 (위문주머니를 상자에 넣는다.)

우시지마 실례했습니다.

사에코 예

❖우시지마, 상수로 퇴장.

사에코 조선인 아이가 몇 명이나 있지?

타케다 우리 반은 네 명요.

사에코 그래?

박주원 실례하겠습니다.

사에코 들어가?

박주원 네. 지금 너무 바쁘거든요.

사에코 응.

❖박주원, 상수로 퇴장.

• • •

스미코 그럼 저도 좀..

사에코 아 들어가려구?

스미코　남편도 와 있어서요
사에코　아
스미코　네.
사에코　고생이네, 우리 둘 다
스미코　예, 뭐
사에코　그게 뭐, 별 수가 없지
스미코　예..
사에코　별 수가 없지, 없어
스미코　그럼..
사에코　응.
스미코　그럼 유리코 양, 또 봐
타케다　네.

❖스미코, 상수로 퇴장.

2.4.3

사에코　그래서, 독일 말로 얘기했어?
타케다　예?
사에코　그 청소년단 사람하고
타케다　아, 할 줄 알아요, 일본 말
사에코　어?
타케다　그 독일 사람
사에코　정말?
타케다　굉장히 잘해요, 독일 사람인데
사에코　어 그래?
타케다　역시 독일 사람들은 굉장한가 봐요.
사에코　그러게
타케다　그쵸?

김명화 아, 글쎄요.

타케다 아주 굉장해요, 이러구 탁 서서

김명화 네.

타케다 저기요, 잘 모르겠는 게 있는데요

사에코 뭔데?

타케다 왜 독일은요..

김명화 ★아

사에코 ☆어?

타케다 ☆아

❖박주원, 상수에서 등장.

박주원 죄송합니다.

사에코 무슨 일 있어?

박주원 좀 잊은 게 있어서

사에코 아 그래?

박주원 네 (아까 넣은 위문주머니를 두 개 정도 꺼내 든다.)

• • •

박주원 실례하겠습니다.

타케다 주원 씨

박주원 네.

타케다 저기, 내가 잘 모르겠는 게 있는데요

박주원 네.

타케다 음, 독일은 영국하고 미국이랑 싸우고 있잖아요, 지금?

박주원 ○네.

타케다 나쁜 쪽은 영국하고 미국인 거잖아요

박주원 네 네.

타케다 또 네덜란드도

박주원 예

타케다 그럼 왜 일본은 중국하고 싸우고 있죠?

박주원 아

타케다 안 그래요?

박주원 글쎄, 전 어려운 얘긴 잘..

타케다 왜 조선은.. /

박주원 (꺼내 든 위문주머니를 상자에 넣고는) ★실례하겠습니다.

타케다 예?

박주원 실례하겠습니다.

❖박주원, 상수로 퇴장.

2.4.4

타케다 좀 이상한데

사에코 그런데 그, 중국 사람들이 영국이나 미국한테 속고 있다는 건 학교에서 배웠어?

타케다 배우긴 했는데요

사에코 그치? 또 유대인한테도

타케다 주원 씨한테 묻고 싶었던 것두, 조선 사람들만 어쩜 그렇게 똑똑하게 구냐는 거였어요.

사에코 아

타케다 안 그래요?

김명화 네..

사에코 유리코네 집은 언제 조선으로 왔다고 했지?

타케다 쇼와(昭和) 시작 무렵요

사에코 아, 그렇다면..

타케다 왜요?

사에코 조선도 처음에는 아주 힘들었대요

타케다 아, 예

사에코 그러니까 그런 거를 알게 하는 건 아주 아주 시간이 걸리는 일이거든

타케다 그래도요..

사에코 그리고 말야, 이렇게 그걸 가르쳐주는 쪽은 무척 인내하면서 상대방이 알 때까지 기다려주지 않으면 안 되는 법이거든.

타케다 네.

사에코 아, 또 있다. 조선엔 유대인이 적었기 때문이 아닐까?

타케다 아, 예?

사에코 그러니까 유대인의 음모가 퍼지기 전에 일본이 됐던 거지, 다행히.

타케다 아, 근데 하늘상점[33]에서 물건을 사면 안 된대요

사에코 당연하지. 거긴 유대인 자본이 들어와 있단 말야

타케다 네, 들었어요.

사에코 안 그럼 조선인 가게가 그렇게 급성장할 수가 있겠어?

타케다 네.

사에코 좀 불편하더라도 다 같이 불매운동 벌여야 돼, 확실하게

타케다 네.

사에코 아 참

김명화 네.

사에코 주원은 방금 왜 다시 온 거지?

김명화 글쎄요

사에코 왤까

타케다 어..

김명화 저-기, 그냥 짐작인데요

사에코 응.

김명화 아마 유리코 양을 좋아하는 거 아닐까 싶어요.

---

33 이 상점은 조선 사람의 가게인 것으로 보인다. '하늘'이란 가게 이름도 한국말의 발음 그대로("ハヌル商店") 말하고 있다.

타케다 예?

김명화 주원 씨가

사에코 어 그런 거야?

김명화 네.

사에코 어머나-

타케다 그러지 마요

사에코 왜, 싫어?

타케다 아뇨, 싫고 좋고가 아니라요

사에코 주원 군은 지금이야 그저 이 집 고용인이지만, 집안이 좋다고 하던데.

타케다 아니..

사에코 그치?

타케다 아뇨 그게..

김명화 네.

사에코 아이구야

김명화 마음이 뻔히 보이죠

사에코 어?

김명화 자꾸 왔다 갔다

사에코 그러게

김명화 네.

타케다 이러지 마세요, 정말

사에코 자, 한 번쯤 더 오려나 몰라

김명화 아마 올걸요.

사에코 그렇겠지?

타케다 ☆정말..

❖야스코, 하수에서 등장.

뒤이어 잉게보르크 아헨바흐, 단타 단조, 하수에서 등장.

3.1.1

야스코 ☆△저 왔어요

사에코 아 야스코 왔다.

김명화 ☆☆예

@야스코 ☆☆들어와요, 이리로

@잉게보르크 고마워요.

@단타 ★당케 쉰(Danke Schön)

야스코 학교 다녀왔습니다.

사에코 어서 와

야스코 아

타케다 나, 먼저 와 있었어

야스코 그러네

타케다 어.

야스코 어서 들어오세요

잉게보르크 네.

단타 당케 쉰

야스코 • • • 독일에서 온 손님이에요.

사에코 그래 그래.

잉게보르크 안녕하세요

사에코 아 아 어..

단타 구텐 탁

사에코 어 어 어라?

잉게보르크 일본 말 할 수 있습니다.

사에코 아, 아, 아

야스코 일본 말 잘해요.

사에코 아, 그렇다고는 들었는데

잉게보르크 많이 부족합니다.

사에코 네.

잉게보르크 독일청년애국동맹 극동 지부의 잉게보르크 아헨바흐라고 합니다.

잘 부탁드립니다.

사에코 네 네

단타 일·독(日獨)청년우호동맹의 단타입니다.

사에코 야스코의 엄마예요.

단타 안녕하세요

사에코 아 그럼 차를..

@김명화 ☆아 네.

@사에코 켄이치 서방님네에도 말씀드려.

@김명화 네.

야스코 ☆좀 앉으세요.

잉게보르크 감사합니다.

야스코 여기요

단타 당케 쉰

야스코 비테 쉰(Bitte Schön)

사에코 앉으세요

단타 당케 쉰

사에코 네 네.

❖김명화, 상수로 퇴장.

3.1.2

사에코 오늘 도착을 하신 건가요?

잉게보르크 아뇨, 어젯밤에 경성에 들어왔어요.

단타 야-(Ja)

사에코 아

야스코 어젠 호텔에 묵고 오늘부터 홈스테이를 해

사에코 홈..?

야스코 집에서 묵는 거

사에코 아, 아, 아

타케다 우리 집은 너무 좁아서 받지를 못하죠

사에코 아, 우리 경우는 그래도 방은 남아도니까

타케다 아, 아뇨..

잉게보르크 ★감사합니다.

단타 당케 쉰

사에코 아뇨 아뇨 아뇨

타케다 비테 쉰

단타 야-

사에코 무슨 소리지?

타케다 당케 쉰 하는 말이 감사합니다고요, 그러면 이쪽에선 비테 쉰이라고 하래요

사에코 아

야스코 천만에요 하는 뜻이지.

사에코 아, 그렇군. 비테 쇠

단타 야-

야스코 쉰

사에코 어?

야스코 '쇠'가 아니라 '쉰'

사에코 아, 아, 아, 쉰

단타 야-

• • •

사에코 꽤 여러 분들이 온 건가요?

단타 어 그게..

잉게보르크 스물여덟 명이죠. 독일 사람이 열아홉 명, 일본 청년들이 아홉 명요. 일·독 혼혈아도 네 명 있습니다.

사에코 그렇군요

단타 야-

잉게보르크 오늘부터 사흘 동안 민간의 가정에 신세를 지면서 조선에 사는 여러분의 서민 생활을 접해보고 싶다고 생각하고 있습니다.

사에코 네, 아주 많이 많이 접해주세요.

잉게보르크 감사합니다.

단타 당케 쇤

사에코 비테 쉰

단타 네.

• • •

사에코 그래서 오늘 환영회는 잘 된 거니?

야스코 응.

사에코 그래?

타케다 ★그럭저럭요

사에코 그래? 어떠셨어요?

잉게보르크 훌륭했습니다.

사에코 무얼 했는데?

타케다 우린.. 노래하고 환영의 일본 무용요.

사에코 아

잉게보르크 ★일본 무용, 훌륭했습니다. 분더바(Wunderbar)!

단타 야-

사에코 노래는? 연습했던 그걸 한 거지?

야스코 맞아, 〈만세 히틀러 청소년단〉

잉게보르크 그것도 훌륭했어요. 키타하라 하쿠슈[34] 선생의 가사가 아주 아름다웠어.

사에코 네.

---

34 北原白秋, 1885~1942. 일본의 유명한 시인이자 가인(歌人). 이즈음 국가주의에 경도되어 갔던 그는 히틀러 청소년단의 방일(訪日)을 축하하는 노래인 〈만세 히틀러 청소년단(万歳ヒットラーユーゲント)〉의 가사를 지었다.

❖상수에서 켄이치와 료코, 등장.

3.1.3

켄이치 이거, 잘 오셨습니다

잉게보르크 실례가 많습니다.

료코 잘 오셨어요

잉게보르크 감사합니다.

켄이치 이쪽이..

잉게보르크 독일청년애국동맹 극동 지부의 잉게보르크 아헨바흐라고 합니다. 잘 부탁드립니다.

켄이치 이 집 주인 시노자키 켄이치입니다.

단타 일·독청년우호동맹의 단타입니다.

켄이치 환영합니다. 여긴 제 처 료코구요.

잉게보르크 처음 뵙겠습니다

료코 처음 뵙겠습니다

©青木司

켄이치 자 자, 좀 앉아서 얘기하죠

잉게보르크 실례하겠습니다.

단타 당케 쇤

사에코 비테 쇤

단타 네.

야스코 오늘부터 사흘 동안 우리 집에 묵으시게 될 거예요.

켄이치 ☆네 네.

료코 ☆유리코 양도 어서 와

타케다 실례가 많습니다.

료코 학교에서 바로?

타케다 네.

사에코 학교에서 오늘 그, 환영회가 있었대요.

켄이치 아, 그랬다면서?

야스코 내일은 경성사범하고 합동운동회예요.

료코 아-

켄이치 아 저 우리 집 서생 중에도 도쿄올림픽을 목표로 하던 사람이 있었는데요

잉게보르크 오우

켄이치 중거리 선수요. 경성의 무라코소[35]라고 할 정도였죠.

잉게보르크 오- 무라코소.. 독일에서도 아주 인기가 많았습니다.

켄이치 그런가요?

잉게보르크 네.

료코 이름이 잉게..?

잉게보르크 잉게보르크라고 합니다.

료코 아, 아, 그 잉게보르.. 씨도 무슨 선수인가요?

잉게보르크 저는 높이뛰기를 하죠.

---

35 무라코소 코헤이(村社講平, 1905~1998). 일본의 육상 장거리 선수. 1936년 베를린올림픽에 일본 국가 대표로 출전해서 5천 미터와 1만 미터 종목에서 4위를 기록했다.

료코　아

켄이치　호-

료코　그런데 정말로 일본 말을 잘하시네요

잉게보르크　아, 저는 열두 살 때부터 고베(神戸)에서 자랐거든요.

료코　아

사에코　그럼 그럴 만도 하겠다

잉게보르크　네. 아버지도 어머니도 독일 사람이지만요.

켄이치　그래요?

료코　단타 씨는요?

단타　네?

료코　단타 씨는 독일하고 무슨..?

단타　아뇨 아뇨, 나인(Nein), 나인..

료코　아

단타　저는 토종 일본 남잡니다.

료코　☆☆네..

단타　네.

❖김명화, 이미순, 상수에서 차를 들고 등장.
그 뒤로 박주원도 등장.

3.1.4

@김명화　☆☆오래 기다리셨습니다.

@이미순　☆☆오래 기다리셨습니다.

켄이치　그러면, 노래를 불러보면 어떨까?

야스코　예?

켄이치　노래 말야, 노래. 오늘도 불렀지?

야스코　어 싫어요

켄이치　☆☆☆싫다니, 환영을 해야지

야스코 벌써 다 불렀거든요, 학교에서

켄이치 그건 그거고

사에코 아, 그래

료코 그래

잉게보르크 저도 한 번 더 듣고 싶어요.

야스코 어..

@사에코 ☆☆☆(박주원이 나타난 것을 보고) 아 정말 또 왔네.

@김명화 네.

사에코 주원 군도 듣고 싶지?

박주원 어 어 네.

켄이치 오- 주원, 무슨 일이지?

박주원 아뇨 그..

켄이치 응?

박주원 손님이 오셨다고 들어서요

켄이치 아, 그래?

박주원 네. (잉게보르크에게) 안녕하세요

잉게보르크 안녕하세요

료코 우리 조선인 점원이에요.

잉게보르크 아, 잘 부탁드립니다.

박주원 네.

켄이치 좋아, 그럼 노래를

야스코 예-?

켄이치 어서 어서, 너무 빼지 말구

야스코 아니..

켄이치 그냥 하렴

야스코 나 참

켄이치 다 같이 박수

(모두들 박수 친다.)

야스코 그럼 유리코, 반주를

타케다 응.

야스코 부탁해

타케다 그래.

❖타케다, 풍금을 연주하기 시작한다.
타케다와 야스코가 〈만세 히틀러 청소년단〉을 노래하고, 곧 잉게보르크와 단타도 따라 부르기 시작한다.
중간부터는 흥이 오른 단타가 거의 혼자 부른다.

켄이치 (노래 중간에) 꽤 기네

사에코 예

켄이치 대단하군.

❖노래 중간에 스미코, 등장.

스미코 독일 사람?

료코 맞아

켄이치 오우

스미코 오셨다는 얘길 들어서 와봤는데

켄이치 응, 방금

스미코 뭐지 이게?

켄이치 환영의 노래래

스미코 아

사에코 〈만세 히틀러 청소년단〉

스미코 아-

• • •

스미코 길다

료코 그러게

김명화 ☆실례하겠습니다.
이미순 ☆실례하겠습니다.
료코 수고해

❖노래 중간에 가정부 두 사람은 상수로 퇴장.

3.2.1

그리고 노래 중간에 카타야마 등장.

켄이치 오우 오우
카타야마 오셨다는 얘길 들어서
켄이치 응.
카타야마 독일분?
켄이치 맞아
카타야마 오- • • • 이거 〈만세 히틀러 청소년단〉이네요
사에코 맞아요
켄이치 이 노랠 아나?
카타야마 좀 알죠
켄이치 흠..
• • •
켄이치 너무 길다
카타야마 네, 조금

❖카타야마, 노래를 같이 부르지만, 중간부터는 단타의 박력에 밀리고 만다.

❖또한 노래 중간에 위문주머니를 안고 우시지마도 등장.

이윽고 노래가 끝난다.
모두들 박수 친다.

• • •

켄이치 아.. 아주 훌륭한데
료코 예
타케다 고맙습니다.
켄이치 훌륭해!
타케다 감사합니다.
잉게보르크 ★당케 쉰
단타 당케 쉰
사에코 비테 쉰
단타 자, 한 곡 더요. 다음 노래는 독일 민족 전통의/
켄이치 ★아 아뇨 아뇨 아뇨
단타 예?
켄이치 그거는 저녁 식사 후에 듣죠
단타 아뇨..
켄이치 어때?
료코 좋아요.
켄이치 그치?
카타야마 네.
단타 아..
사에코 그럼 이제 그만 여러분, 방으로
켄이치 아, 아
료코 그래야지
사에코 네.

켄이치　음, 그러면..

사에코　야스코, 안내를 해줘

야스코　네. 어.. 잉게보르크 양은 2층이에요.

잉게보르크　감사합니다.

야스코　단타 씨는 안쪽의 도라지실이란 방이구요

사에코　아

카타야마　아 거긴 제가 안내를

사에코　그래요?

카타야마　네.

야스코　그럼 부탁할게요.

카타야마　네.

단타　당케 쇤

카타야마　오-케이, 오-케이

야스코　그럼 이쪽으로

잉게보르크　네

야스코　오세요

카타야마　가시죠

잉게보르크　★하일 히틀러

사람들　• • •

❖모두 일어선다.

잉게보르크, 단타가 나란히 서서 〈옛 친구〉[36]를 부르며 행진하듯 상수 쪽을 향한다.

야스코　유리코도 이리 와

타케다　응.

---

36 〈Alte Kameraden〉. 독일의 군대 행진곡.

❖야스코, 타케다, 잉게보르크는 상수 계단으로 퇴장.
카타야마와 단타는 상수로 퇴장.

우시지마 (위문주머니를 상자에 넣고) 실례하겠습니다.

❖우시지마도 상수로 퇴장.

3.2.2

켄이치 음
료코 하일 히틀러
박주원 하일 히틀러
료코 응 그래
박주원 네
켄이치 ★뭐, 역시 승전 중인 나라는 활기가 넘쳐
료코 예
사에코 아니, 일본도 승전 중 아닌가요?
켄이치 그렇기는 하지만 뭐, 중국하고 싸우는 거니까
사에코 하긴요
스미코 예
료코 그러게요
• • •
사에코 주원 군, 이제 됐지 않아?
박주원 예?
사에코 가게 일은?
박주원 네 네. 이제
사에코 응.
박주원 실례하겠습니다.
사에코 응.

박주원　(상수로 향한다.)

사에코　주원 군한테도요, 마음 가는 데가 있다나 봐요

켄이치　★☆어 뭐?

박주원　☆예? 뭐라고요?

사에코　아, 아무것도 아네요

박주원　예? 뭐라고요?

사에코　됐으니까 가서 가게 일 봐.

박주원　네.

사에코　나도 곧 갈 테니까

박주원　네.

료코　아 아, 애들한테 여기 좀 치우라고 전해줘

박주원　네.

❖박주원, 상수로 퇴장.

료코　그게 누구길래?

사에코　유리코 양요

료코　☆☆뭐-?

켄이치　☆☆뭐-?

사에코　아뇨 뭐 그냥 그런 정도일 텐데요

켄이치　그런 정도?

사에코　아주 심각한 그런 게 아니라요

켄이치　과연?

사에코　아무렴 좀 어때요?

켄이치　음, 심각한 게 아니라도 그렇지 /

사에코　★그럼 전

켄이치　어.. 어?

료코　어딜 가려구

사에코 비테 쇤

켄이치 에?

사에코 ▲아우프(Auf) 어쩌구-[37]

❖사에코, 상수로 퇴장.

3.2.3

• • •

켄이치 곤란한데, 그거

료코 뭐가요?

켄이치 얘기가 타케다 씨 댁에 들어가면 말야

료코 에이, 진지한 그런 건 아니니까

켄이치 그래도 말야

스미코 네, 그게..

켄이치 아무리 '내선일체(內鮮一體)'를 외쳐도 그렇지

스미코 하지만 조선인하고 결혼하는 여자도 많아지고 있잖아요

켄이치 그건 저 촌사람들 얘기지

스미코 뭐, 그렇겠지만

료코 조선 사람 며느리 보는 얘기는 자주 듣게 되는데, 요새

켄이치 그런 경우도 있겠지만, 타케다 씨 댁 따님이면 어디..

료코 그러니까 뭐 그런 얘긴 못 되는 거죠

켄이치 과연 그럴까?

료코 걱정 말아요

켄이치 음.

료코 그치?

스미코 네 뭐

37 헤어질 때 말하는 독일어 인사말(Auf Wiedersehen)을 말해보고 싶었던 것으로 보인다.

• • •

료코　그보다는.. • • •

켄이치　어?

료코　어때, 아키오 군은 좀?

스미코　그게.. 죄송해요.

료코　아니, 우리가 문제가 아니라

켄이치　그럼.

스미코　정말 죄송해요.

• • •

켄이치　뭐, 조금 더 기다려보자구

스미코　그래야겠죠

료코　스미코가 뭘 잘못한 건 아니잖아

켄이치　• • • 그게, 처음에 혼담 때부터 미안한 데가 있어서.. • • • 아키오 군이 활달한 성격은 아니어도 착하고 또 괜찮다 싶었는데

스미코　그게..

료코　괜찮잖아요 지금도

켄이치　뭐, 아니진 않지

• • •

료코　난폭하게 굴고 그러진 않는 거지?

스미코　집에선.. 네.

료코　그래?

스미코　하나 문제가요, 집에는 있고 싶지가 않은가 봐요

료코　응.

켄이치　밖에 어디 만나는 여자가 있는 건 아니지 않아?

료코　여보..

스미코　아마도요

켄이치　그럼 좀 더 두고 보자구

스미코　네.

켄이치 괜찮아지겠지

스미코 네.

❖카키우치, 상수에서 등장.

3.2.4

카키우치 실례하겠습니다.

료코 아 여기 좀 치워줘

카키우치 네.

• • •

켄이치 여행이라도 좀 갔다 오면 어떨까?

스미코 예?

켄이치 아예 내지에 다녀오든가

스미코 어 그게..

켄이치 아키오 군 고향 집에도 가고

스미코 아

료코 하지만 지금 내지 형편이 말이 아니잖아요?

켄이치 그렇긴 해도, 그래도 고향 쪽이라면

료코 예

켄이치 온천도 좋은 데가 있다던데

료코 그건 좀 괜찮겠네

켄이치 미카사? 미마사? 미사마?[38]

스미코 ★같은 연대에서 죽은 사람도 있어서 인사하러 가보고 싶다는 얘기는 했었는데

켄이치 거 보라구

료코 예

38 아키오의 고향 근처 온천의 지명을 헷갈려하는 것으로 보인다.

스미코　하지만 공연히 생각나고 그러는 건 아닐까요?
켄이치　• • • 아
스미코　혹시
켄이치　그렇게 되려나?
스미코　예..
켄이치　그렇게 끔찍한 기억인 건가
스미코　그걸 도저히 모르겠어요.
켄이치　음.
스미코　다른 사람에 비해선 심한 편이 아니었다고 말하는데
켄이치　그러게
료코　다른 사람?
스미코　그러니까 더 심한, 끔찍한 일도 겪고 그렇다는데요
료코　아
켄이치　뭐, 전쟁이란 게 그런 거니까
스미코　예
켄이치　카키우치는?
카키우치　네?
켄이치　또 달리 군대에 간 경우가 있나?
카키우치　아, 네, 사촌요.
켄이치　아 그래?
카키우치　또 남편 외가 쪽 친척이라 잘 알지는 못하는데요
켄이치　응.
카키우치　만·몽(滿蒙) 소년의용군에 가 있다고
켄이치　★아, 그쪽은 좀 어떠려나
카키우치　예, 뭐 별 탈 없이 잘하고 있나 봐요.
켄이치　응.
카키우치　처음에 간 사람들은 마적한테 습격당하고 그랬다는데요
켄이치　아

카키우치 지금은 괜찮다고

켄이치 당연히 그렇겠지

신고철 (하수 쪽에서) △실례합니다.

료코 어?

켄이치 ★중국도 이제 곧 그렇게 될 거야

스미코 고철 군인가

료코 응

신고철 (하수에서) △실례합니다.

카키우치 아 그럼 제가..

료코 응.

스미코 그냥 들어오지 왜

료코 예의 차리는 거지

스미코 뭐 하러..

❖카키우치, 하수로 퇴장.

3.3.1

• • •

켄이치 음, 조금만 더 두고 보자구

료코 예

스미코 죄송해요.

• • •

켄이치 조선에 좋은 온천이라도 있으면 좋을걸

료코 아

• • •

켄이치 의주 쪽엔 몇 군데 있다던데 말야

료코 예?

켄이치 온천

료코　아

켄이치　그게 더 저쪽인가, 백두산 쪽?

❖하수에서 카키우치, 그 뒤로 신고철, 등장.

신고철　★실례하겠습니다.

켄이치　오 오 왔다

신고철　너무 늦게 찾아봬서..

료코　어서 와요

신고철　실례 좀 하겠습니다.

료코　☆왜 그렇게 남처럼 굴어?

신고철　아뇨..

@스미코　☆다들 좀 오라고 하지

@카키우치 네.

@스미코　식모들도

@카키우치 네.

켄이치　자 자, 좀 앉지

신고철　네.

켄이치　그냥 거기 앉지그래

신고철　네

켄이치　거기

신고철　송구스럽습니다.

켄이치　아니..

❖카키우치, 상수로 퇴장.

3.3.2

켄이치　그래서, 내일모레던가?

신고철 네.

켄이치 드디어..

신고철 네.

켄이치 고생이 많겠네.

신고철 아뇨..

료코, 스미코 수고가 많아요.[39]

신고철 네.

료코 ☆☆정말로

켄이치 ☆☆뭐, 올림픽이 중지가 된 건 유감스럽지만 말야, 그 대신에 나라를 위해서 싸우고 돌아와주게나.[40]

신고철 감사합니다.

료코 부디 건강하게.

신고철 네.

스미코 가족들은 좀 어때요?

신고철 네, 다들 잘 있어요

스미코 그래요?

켄이치 인사는 하고 왔나?

신고철 예, 사흘 정도 휴가를 받아서요, 가족들하고 잘 있다 왔습니다.

켄이치 명철(明鐵) 군도 잘 있고?

신고철 네, 덕분에요

켄이치 그래?

스미코 그래도 걱정이 크실 텐데

신고철 아뇨, 다들 기뻐해요.

스미코 정말?

• • •

---

39 관용적인 인사말을 건네는 것이다.

40 1940년 도쿄올림픽은 1936년 7월에 유치가 결정되었다. 그리고 1938년 7월, 중일전쟁 수행의 부담과 국내외 여론 악화에 따라 일본은 이 개최권을 반납했다.

신고철　아버지 대 때부터 신세를 져왔는데 제대로 은혜도 갚질 못하고.. 송구스럽습니다.

켄이치　아냐 아냐, 나라를 위해서 싸워주는 것 이상의 보은이 어딨겠나.

신고철　네.

켄이치　아침 일곱 시랬지

신고철　예?

켄이치　출발이 말야. 경성역에서.. 모레지?

신고철　네, 그런데..

켄이치　★아니, 다들 나가봐야지

신고철　고맙습니다.

켄이치　가족들은 못 와볼 테지

신고철　네. 경성에 와 있는 여동생만 오기로

켄이치　아, 그래, 그렇지. 여동생이 있었지.

신고철　뭐 저야 이 집에서 자라나서 여러분이 가족이나 다름없지만요

켄이치　그래, 그랬지.

❖사에코, 상수에서 등장.

3.3.3

사에코　★고철 군

신고철　아 안녕하세요

사에코　어서 와요

신고철　실례가 많습니다

사에코　실례라니

신고철　그야..

사에코　아, 이렇게 훌륭한 사람이 되다니

신고철　그런가요?

사에코　그럼

켄이치　그렇구말구. 아무나 지원병에 뽑히는 게 아니잖아

신고철　아뇨..

켄이치　20 대 1이라구, 20 대 1

❖이야기 도중에 카타야마, 박주원, 상수에서 등장.

사에코　☆그 얘긴 벌써 여러 번 하셨어요

켄이치　대단한 거라니까요, 그게

사에코　예

@카타야마 ☆실례합니다.

@박주원　★실례합니다.

켄이치　오

카타야마　왔어요?

켄이치　다들 왔나?

카타야마　네.

켄이치　주원 군도..

박주원　네.

신고철　모두들 고마워.

카타야마　고맙긴

켄이치　음, 참 경사야, 경사

료코　네.

• • •

켄이치　경사

❖카키우치와 김명화, 상수에서 차와 과자를 들고 등장.

3.3.4

켄이치　오 오 차, 차가 왔네.

카키우치 오래 기다리셨습니다.
켄이치 응. 저기.. 아
료코 뭐요?
켄이치 고철 군은 술을 할 걸 그랬나?
신고철 아뇨
켄이치 아니 그래도 이럴 땐 술 한잔해야지
신고철 아닙니다, 차가 좋습니다
켄이치 그래?
신고철 네.
켄이치 그래도 될까?
카타야마 아..
켄이치 뭐 그럴까?
카타야마 네
켄이치 너무 이르지?
카타야마 네.
료코 예
켄이치 아무튼지 경사야.
료코 네.
켄이치 그렇죠?
사에코 예

• • •

사에코 우리 야스코도 불러볼까요?
켄이치 그래, 그래야지
사에코 예
켄이치 불러와야지
사에코 저기, 야스코 쪽에도 오라 해주겠어?
카키우치 네
사에코 방에 있거든

카키우치 네.

❖카키우치, 상수 계단으로 퇴장.

스미코 우리 집 양반은?

김명화 그.. 말씀은 전해드렸는데요

스미코 그래?

신고철 아키오 씨요?

스미코 미안해요

신고철 아뇨..

• • •

켄이치 자 그러면, 건배라도 할까?

카타야마 아 네 네.

신고철 네.

모두 건배!

• • •

켄이치 아무래도 좀 그런데

료코 예?

켄이치 술은 저녁 먹으며 곁들인다 치고..

료코 그리구요?

켄이치 뭐 좀 없나, 분위기 띄울 게?

카타야마 어.. 예?

켄이치 노래라든가

카타야마 아..

켄이치 만세 같은 건 역에서 부를 테니 놔두고

카타야마 네.

료코 오늘도 하면 좋겠지만, 마지막에 불러야죠 만세는

켄이치 그렇지.

료코　네.

켄이치　그럼 역시 노래다.

료코　맞아요

켄이치　군가는 계속 부를 테니까, 역에서.. 다른 노래로

카타야마　아..

사에코　카타야마 군, 그걸 들려줘요

카타야마　어 뭘요?

사에코　그.. 〈도쿄 랩소디〉[41]. 고철 군도 좋아했잖아?

신고철　아

사에코　☆자주 부르던 노래 맞죠?

신고철　예

켄이치　아, 그래 그렇지, 그 노래

카타야마　네..

켄이치　그거 부르지

카타야마　네, 하지만 풍금은 스미코 씨가 잘 타는데

스미코　싫어요, 난

카타야마　아..

켄이치　그냥 해

카타야마　네, 그럼

　　@료코　☆미순은 어딨지?

　　@김명화　안에 있긴 한데요

　　@료코　뭐?

　　@김명화　안에 틀어박혀갖구요

　　@료코　아니 왜?

　　@사에코　미순이?

41 〈東京ラプソディ〉. 1936년에 발표된 가요곡으로, 앞서 나온 〈두 사람은 젊어〉와 마찬가지로 코가 마사오(古賀政男)가 작곡했다. 그는 '1929년에 발표된 노래 〈도쿄 행진곡〉 때보다 조금 더 모던하게 변한 도쿄의 모습을 담고 싶다'는 취지로 이 곡을 만들었다고 한다. 참고로 〈도쿄 행진곡〉은 전편 「서울시민·쇼와 망향 편」의 장면 3.1.3에 나온다.

@료코　어
@사에코　끌고 나와야지
@김명화　네.

❖카타야마, 풍금 쪽으로 간다.
전주를 연주한다.

켄이치　잠깐만 멈춰
카타야마　네.
켄이치　자, 신고철 군의 무운장구(武運長久)를 빌며 다 함께 〈도쿄 랩소디〉를..
료코　경성요
켄이치　어.. 뭐?
료코　경성 랩소디요
켄이치　아 옳지 그래. 어.. 〈경성 랩소디〉를 복창하겠습니다. 어? 복창이 맞나?
신고철　예?
켄이치　이건 복창이 아닌가?
신고철　네..
켄이치　아무튼 다 같이 부르겠습니다.
모두　네.

❖〈도쿄 랩소디〉를 다 같이 부른다.
노래 도중에 야스코, 타케다, 그리고 카카우치, 상수 계단으로부터 등장.
아키오, 상수에서 등장.
이미순, 상수에서 등장.
어쩐 일인지 단타도 상수에서 등장.
한층 더 큰 목소리로 노래한다.

곡이 끝날 무렵, 아키오는 상수로 퇴장한다.

3.4.1

• • •

케이치　좋아

신고철　감사합니다.

케이치　역시 이렇게 떠들썩해야 좋아

신고철　네.

케이치　응.

• • •

단타　당케 쉔

사에코　비테 쉔

• • •

단타　아우프 비더제엔(Auf Wiedersehen)

❖단타, 상수로 퇴장.

켄이치 일단은 괜찮아, 들어가서 일 봐도

카키우치 네.

켄이치 이따가 점포 쪽으로도 들를 테니까

박주원 네.

카타야마 그럼 실례하겠습니다.

켄이치 그래 그래, 돌아갈 때 또..

카타야마 네

신고철 예

사에코 미순

이미순 네.

사에코 잠시만

이미순 네.

❖카타야마, 박주원, 카키우치, 김명화, 각자 인사를 하며 상수로 퇴장 한다.

켄이치 야스코하고도 인사를 하지

야스코 안녕하세요

신고철 안녕하세요, 오랜만에 보네요.

야스코 무운(武運)을 빌겠습니다.

신고철 감사합니다.

타케다 무운을 빌겠습니다.

신고철 감사합니다.

켄이치 자네도 알지? 타케다 씨 댁..

신고철 네, 물론 알죠

타케다 안녕하세요

신고철 안녕하세요

켄이치 ★괜찮아, 방으로 돌아가 있어도

야스코 네

켄이치 모레 아침엔 다 같이 배웅 나갈 테니

신고철 감사합니다

야스코 가자

타케다 ☆응.

야스코 그럼 또 봬요

신고철 네.

@켄이치 ☆아 아 참, 밥도 같이 먹을 거지

@료코 그럼요

@켄이치 응.

❖야스코, 타케다, 상수 계단으로 퇴장.

3.4.2

사에코 ☆미순

이미순 네.

사에코 여기 좀 치워주고 가

이미순 네.

사에코 알겠지?

이미순 네.

• • •

켄이치 지원병이란 것도 임기가 있다며?

신고철 네.

켄이치 2년 정돈가?

신고철 그 정도죠.

켄이치 응.

신고철 어디로 보내지느냐에 따라 다를 텐데요

켄이치 음, 그러게

스미코 꼭 무사히 돌아올 거예요

켄이치 그야 당연히 그렇겠지

스미코 예

신고철 네.

• • •

스미코 하지만 내지에선 돌아오라고 말하면 안 된다는 거예요

사에코 어? 그건 왜?

스미코 나라를 위해서 죽어서 돌아와야 한다고

사에코 너무한데

스미코 정말이에요

사에코 아니, 이겨서 돌아와주면 되잖아

스미코 예, 물론 그렇지만

사에코 이상한 얘기야

켄이치 음, 그런 말은 대놓고 안 하는 게 좋아요

사에코 예, 그런데 내지에선 그렇더라도 조선에선 괜찮지 않나

켄이치 아뇨, 그렇지가 않아요, 앞으론 조선에서도

사에코 세상에

료코 뭐, 집 안에선 괜찮겠지

스미코 예

료코 이겨서 공을 세우고 돌아와줘요.

신고철 네.

사에코 그럼 우린 그만

켄이치 예?

사에코 들어가죠

료코 아, 그래야지

신고철 예?

스미코 아

켄이치 어? 왜지?

료코　들어가야죠
켄이치　아
신고철　왜.. 그러시죠?
료코　고철 군
신고철　네.
료코　저녁 먹을 때 봐요.
신고철　네, 아.. 고맙습니다.
료코　우리도 바쁜 일이 있어서
신고철　네
료코　이따가 봐
신고철　네.
사에코　미순
이미순　네
사에코　이거 다 잘 치워
이미순　네.
사에코　깨끗하게 닦아야 해.
이미순　네.
사에코　윤이 날 정도로. 그럼..
신고철　네.
스미코　그럼 좀 이따
신고철　네.

❖켄이치, 료코, 사에코, 스미코, 상수로 퇴장.

3.4.3

• • •

신고철　뭐, 갔다 올게.
이미순　네.

신고철 사람들한테 편지 보내달라고 말해줘

이미순 네.

신고철 한글 편지는 안 된다네

이미순 예?

신고철 편질 한글로 쓰면 전쟁터로 배달을 안 해준대

이미순 그래요?

신고철 정말인지 아닌지 몰라도 • • • 아마 맞겠지

이미순 예

신고철 동생은 일본어 공불 하겠대

이미순 여동생이 일본어를 못 하나요?

신고철 조금은 할 줄 알지만, 어렸을 때 이 집을 떠났으니까

이미순 그랬어요?

신고철 응, 나만 남고

이미순 아

신고철 뭐, 난 학교에도 보내주고.. 고마웠지

이미순 • • •

신고철 고마운 일이야 • • • 어젠 손(孫) 선생께도 인사드렸어

이미순 어? 만났어요?

신고철 응.

이미순 우와

신고철 응, 다행히.

이미순 좋았겠다

신고철 응

이미순 그럼..

신고철 가?

이미순 네.

신고철 그럼 이따 또..

이미순 네.

신고철　오늘 반찬은 뭐지?

이미순　스키야키[42] 요.

신고철　오-

이미순　잔칫날이니까

신고철　응.

이미순　달걀도 더 드셔도 된대요.

신고철　정말로?

이미순　네, 고철 씨만 특별히

신고철　고맙네

이미순　운동 경기 날 생각나네요.

신고철　아, 그러게. 달걀 세 개 먹고 배탈 났었지.

이미순　예

신고철　큰어르신께서 시합 날 전날 저녁만 되면 인심을 쓰셔서

이미순　네.

---

42 일본식 전골 요리.

신고철　오늘은 그럼 뭐, 두 개만 먹어야겠다

이미순　예

신고철　아

❖상수에서 박주원, 등장.

3.4.4

박주원　어

신고철　아

박주원　[한국어]다녀와

신고철　[한국어]응, 고마워

박주원　[한국어]조심해서

신고철　• • • 군대에선 조선어는 금지래

박주원　어, 들었어.

신고철　응

박주원　뭐, 당연히 그렇겠지

신고철　응.

이미순　그럼 전..

박주원　얘긴 잘했어?

이미순　어, 무슨 얘기요?

박주원　아니.. • • • 인사를 제대로 했냐고

이미순　네.

박주원　• • • (〈애국 행진곡〉[43]을 부른다.)

❖노래 도중에 하수에서 스기타의 목소리가 들린다.

---

43 〈愛国行進曲〉. 1937년에 일본의 내각정보국이 '국민정신총동원' 방침에 따라 이른바 '국민가요'를 만들 목적으로 공모해 뽑아 보급한 군가풍의 노래.

스기타　(하수에서) △계십니까

・・・

스기타　△계십니까

신고철　어?

이미순　제가..

신고철　응.

❖이미순, 하수로 퇴장.

박주원, 다시 노래하기 시작한다.

4.1.1

신고철　그만 불러

・・・ 그만 불러

박주원　응.

신고철　고마워.

박주원　살아서 돌아와

신고철　응. 도망치는 건 빠르니까 내가

박주원　그런가?

・・・

박주원　무슨 손님이지?

신고철　음.

・・・

박주원　돌아오면 뭘 할 거야?

신고철　그런 생각 안 해봤는데

박주원　그래?

신고철　・・・ 선생이 될까?

박주원　응. 체육 선생님?

신고철　☆어쩌면

❖이미순, 스기타, 하수에서 등장.

이미순 ☆△오세요, 이쪽으로

스기타 △감사합니다.

이미순 △들어오세요

스기타 △고맙습니다

이미순 야스코 아가씨의 선생님이시라고

박주원 아

이미순 아가씰 좀 불러올게요

스기타 고맙습니다.

❖이미순, 상수 계단으로 퇴장.

박주원 거기 좀 앉으시겠어요?

스기타 네.

박주원 좀 앉으세요

스기타 네 (앉는다.)

• • •

박주원 시노자키상점의 박주원이라고 합니다.

스기타 안녕하세요, 스기타예요.

박주원 야스코 양의..?

스기타 네.

신고철 예전에 이 집에서 서생으로 있던 신고철입니다.

스기타 아, 안녕하세요

• • •

스기타 저..

박주원 네

스기타 독일 사람들은 도착을 했나요?

박주원 아, 네 네.
스기타 아
박주원 하일 히틀러
스기타 예

• • •

박주원 무슨 일로..?
스기타 아 아뇨

❖상수 계단에서 야스코와 타케다, 등장.
그 뒤로 이미순도 등장.

4.1.2

야스코 아, 선생님
스기타 야스코 양
야스코 어서 오세요
타케다 안녕하세요
스기타 아 유리코 양도
타케다 네.
스기타 와 있었구나
타케다 네, 같이
스기타 응. 미안해, 불쑥 와서
타케다 아뇨
스기타 그.. 좀 난처한 일이 생겨서
야스코 어 뭔데요?
스기타 그게 음.. 어머님은?
야스코 아
스기타 좀 오시라고 할 수 있을까?
야스코 네.

이미순 아 그럼 제가..

야스코 응.

❖이미순, 상수로 퇴장.

야스코 무슨 일인데요?

스기타 음, 일단 앉을까?

야스코 ☆네. (앉는다.)

타케다 ☆네. (앉는다.)

스기타 독일 분들은?

야스코 네, 같이 왔어요

스기타 지금은?

야스코 방 안에 들어가 있는데요

스기타 아 그래?

야스코 그 사람들이 왜요?

스기타 그게, 뭐가 뭔지 나도 잘 모르겠는데

야스코 예?

스기타 그게 말야, 오늘 한꺼번에 온 분들 중에 가짜가 섞여 있다는 거야

야스코 ☆☆예?

타케다 ☆☆예?

신고철 ☆☆예?

박주원 네에?

스기타 그 사람들 속에 가짜가 있다는 거야.

타케다 어 어.. 그게 무슨 말이죠?

스기타 그러니까 잘 모르겠어 우리도

타케다 예?

야스코 그게 무슨..

스기타 지금 선생들이 분담을 해서 홈스테이 하는 집들을 돌고 있는데

야스코 아, 그래서..

스기타 응.

타케다 하지만 가짜라는 게 어떤 건데요?

스기타 모르겠어.

야스코 그것도 모른다구요?

스기타 응.

타케다 그건 그 사람들이 독일 사람이 아니라는 건가요?

스기타 아니, 그건 아니라는데

박주원 간첩인가요?

타케다 아

스기타 그건 아냐

타케다 어 그래요?

스기타 아마

박주원 근데 좀 이상하지 않아요?

스기타 물론 이상하죠

야스코 그런데 단장님도 있고 그랬잖아요

스기타 일본 곳곳에서 와서 경성에서 처음 같이 만난 거라 잘 모르겠다는 거야, 단장도

야스코 아

스기타 다만 명단보다 두 사람이 많대요, 숫자가.

야스코 세상에

스기타 지금 일단 도쿄에 있는 독일대사관에 문의를 해놨는데

야스코 아

타케다 불러올까요?

스기타 어?

타케다 잉게보르크 양요

스기타 아

타케다 갔다 올게요

박주원 잠깐만 기다려요

타케다 왜요?

박주원 아니, 난폭하게 굴고 그럼 어떡해요

타케다 예?

박주원 혹시라도 유대인 간첩이라면

스기타 아뇨, 그러니까 간첩은 아닐 거 같아요

박주원 혹시 모르잖아요, 그래도

스기타 설마

박주원 보통이 아니거든요, 간첩들이

스기타 어떻게요?

박주원 최면 가스 같은 걸로 사람들을 다 쓰러뜨린대요.

스기타 설마요

박주원 그치?

신고철 어 아..

❖사에코, 상수에서 등장.

4.1.3

사에코 어머, 선생님

스기타 예, 실례합니다

사에코 아뇨, 어서 오세요

스기타 고맙습니다.

사에코 자 일단 좀..

스기타 네.

사에코 야스코가 또 뭔가..?

스기타 아뇨 아뇨 아뇨

야스코 ★'또 뭔가'라니?

사에코 그야..

스기타 아뇨, 그런 게 아니라요

사에코 네.

야스코 그게 저.. 독일 사람이 가짜일지도 모른대

사에코 뭐?

야스코 우리 집에 와 있는 독일 사람

사에코 어 무슨 말이지?

야스코 가짜라는 거야

스기타 아 아뇨, 가짜란 건../

사에코 ★아..

스기타 '아..'라뇨?

사에코 그러게 좀 이상하지 않았어?

야스코 어?

스기타 어 정말요?

사에코 그게 음.. 네.

스기타 역시

야스코 어 아뇨, 이상할 게 없었지 않나?

사에코 그래?

야스코 좀 전까지 어머니도 아주 흥분해서 그랬잖아.

사에코 그거야 손님들이 왔으니까

야스코 뭐?

사에코 좀 그렇게 맞아주는 거지

타케다 아, 그게

사에코 음, 난 어딘가 이상하단 생각은 했었어요

야스코 ☆설마

스기타 아뇨, 그.. 아직 이 집에 온 사람이 가짠지 아닌지는 모르는 일이거든요

사에코 아니 그런 거예요?

스기타 네.

사에코 난 또

@신고철 ☆다른 사람을 불러올까, 내가 좀?

@박주원 아

@신고철 그렇게 할게

@박주원 응.

❖신고철이 상수로 퇴장하려 할 때 이미순, 차를 들고 등장. 뒤따라 우시지마, 위문주머니를 안고 등장.

신고철 아

이미순 차를

신고철 응. 곧 다시 올게.

이미순 네.

신고철 잠시만.

우시지마 아, 그래.

❖신고철, 상수로 퇴장.

4.1.4

@이미순 ☆차를 좀..

@스기타 고마워요.

@이미순 차 더 내올게요

@사에코 응

야스코 ☆주원은 간첩 아니냐고 그러는데요

사에코 어 그런 거야?

박주원 네, 틀림없이

타케다 그치만 간첩 같지는 않았잖아?

야스코 응.

박주원 네, 그렇죠

사에코 왜 왔다 갔다 해?

박주원 아뇨 아뇨, 그런 의심도 할 수 있다는 얘기예요.

사에코 뭐어?

스기타 ★아무래도 일단 오라고 해보자.

야스코 네.

우시지마 주원, 뭘 하는 거야?

박주원 예?

우시지마 가겐 어쩌구?

@박주원 ☆☆아뇨 지금 가게가 문제가 아니에요.

@우시지마 뭐?

타케다 ☆☆그러면요, 한 사람씩 부르는 게 어때요?

야스코 아, 그러자.

스기타 그래, 그렇게 하자.

야스코 누구부터 부를까요?

스기타 역시 음, 여자 쪽부터.

야스코 ☆☆☆좋아요

@이미순 ☆☆☆실례했습니다.

❖이미순, 상수로 퇴장.

스기타 남자 쪽은 난동을 부릴 수도 있잖아

야스코 네.

타케다 그럼 제가..

스기타 괜찮겠어?

타케다 네.

박주원 아뇨 아뇨, 제가 가죠

타케다 예?

박주원 제가 가서..

야스코 그럼 갔다 와줘요

박주원 네.

야스코 조심해서

박주원 네.

❖박주원, 상수 계단으로 퇴장.

4.2.1

사에코 너무 속 보이지

야스코 예

타케다 그러지 마세요.

스기타 어.. 어? 뭐지?

우시지마 ★무슨 말이죠?

사에코 아니에요

우시지마 예..?

사에코 선생님

스기타 네.

사에코 어찌 되어 있습니까, 여학교에선 남녀의 교제에 관해서?

스기타 그게 우리 학교 아주 엄격하죠

사에코 그렇지요?

스기타 네.

타케다 당연하죠.

사에코 그런 것 같더라.

스기타 그건 왜..?

사에코 아뇨 아뇨 뭐

타케다 ★그러지 좀 마

야스코 알았어

사에코　★하지만 요사인 정말 자주 듣게 되네요

타케다　아주머님!

사에코　유대인 얘기요

스기타　예..

사에코　정말 걱정돼

스기타　네

야스코　맞아요, 설마 그 하늘상점이..

타케다　응.

사에코　설마가 사람을 잡는 법이야

야스코　그렇긴 한데 거기서 파는 화장수가 싸더라구

타케다　그렇더라

사에코　사면 안 돼, 그런 데선 이제

야스코　응.

우시지마　타카기(高木)상점도 수상하대요

사에코　어 설마

우시지마　아니에요, 그 집 마크에 무슨 별표 같은 게 있잖아요, 하이칼라스러운

사에코　아

우시지마　그게 유대인 표시라는 거예요

사에코　어 정말이야?

우시지마　아는 사람이 보면 알아본다는데요.

스기타　저번에 학교에 온 장교도 그런 말 했어요, 상해에서 유대인이 조선의 독립을 돕는다고.

사에코　세상에-

우시지마　그리고 라디오의 조선어 방송요

사에코　☆아 아 들었어, 그 얘기

스기타　저도 들었어요.

우시지마　거기에 암호가 섞여 있다는 거죠.

야스코　맞아요

❖스미코, 상수에서 등장.

4.2.2

스미코　☆무슨 일이죠?

사에코　아, 스미코 아가씨

스미코　네?

사에코　이상한 얘기가 있다우

스미코　안녕하세요

스기타　안녕하세요

사에코　여긴 야스코 학교 선생님..

스미코　아

스기타　처음 뵙습니다, 스기타예요.

스미코　네, 야스코하고 사촌 사이 되는 사람인데요

스기타　네.

스미코　본가의 시노자키 스미코라고 합니다.

스기타　잘 부탁드립니다.

사에코　★그러니까 독일 사람이 독일 사람이 아니란 거야

스미코　뭐가.. 뭐라구요?

스기타　그러니까..

야스코　★그건 아닌데.

사에코　모르겠어, 뭐가 뭔지

스미코　무슨 일인데요?

스기타　죄송합니다.

야스코　★어머닌 가만히 좀 있어봐

사에코　내가 왜?

야스코　제발

사에코　★유대인 간첩이래요

스미코　그게 정말이에요?

사에코 아마도
야스코 ★그게 아닌데
스미코 ★세상에
스기타 아 아니..
우시지마 ★헌병대에다 연락할까요?
스기타 아뇨 아뇨, 아직은 잘 모르니까요
우시지마 그래도..

❖상수 계단에서 박주원이 굴러떨어지듯 내려온다.
뒤이어 잉게보르크도 등장.
모두들 긴장한다.
4.2.3

잉게보르크 [독일어로]독일 제국에 영광 있으라!
이 싸움은 게르만 정신의 싸움이다.
사상적으로 명확한 세계관을 가져야 한다.
☆싸움에 타협이 있어서는 안 된다.
연약함을 허락해서는 안 된다.
우리는 뛰어난 독일 민족에 걸맞은 영토를 확보해야 한다.
우리 민족을 위해 흘린 피는 반드시 정당화될 것이다.
지금 단 한 사람의 피가 흘러 먼 훗날 이 독일을 짊어질 천 명의 어린이의 피가 지켜진다면, 그것은 반드시 찬양을 받으리라.
금융계를 독점하는 유대인은 독일 경제의 파괴를 획책하고 있다.
☆☆기생충 같은 유대인은 젊은 백인 여성을 욕보여 더없이 소중한 우리의 우수한 피를 더럽혀온 것이다.
앞선 큰 전쟁에서 독일이 패배한 것은 우리 독일인들의 순결한 피를 지키지 못했기 때문이다.
전쟁에 돌입하기 전에 우리가 유대인을 독가스로 죽여버렸더라면 그와 같은 치욕을 맛볼 일도 없었을 것이다.
독일 국민은 불명예를 감수할 수 없다.
우리는 그 모든 굴욕으로부터 해방된 것이다.
독일 국민은 또다시 강해졌다.
그 정신에 있어 강해지고, 그 의지에 있어 강해지고, 그 불굴함에 있어 강해지고, 인내력에 있어 강해졌다.
우리 독일 민족과 그 조국에, 그 자유에 축복을.

❖잉게보르크의 독일어 연설이 이어지는 동안,

사에코 ☆어떻게 된 거지?
박주원 잘 모르겠어요.
사에코 가서 뭐라고 했길래?
박주원 아뇨 그냥, 좀 아래로 내려와 달라고
사에코 정말로?
박주원 정말이에요.
사에코 그럼 왜 좀 전에 굴러떨어진 거지?
박주원 예?
사에코 계단에서
박주원 그건 제가 발을 좀 헛디뎌서요.
사에코 • • • 바보

사에코 ☆☆뭐라고 떠드는 거야?
우시지마 글쎄요
사에코 선생님?
스기타 알 수 없죠, 저도
야스코 고철 씨라면 알지도 몰라
사에코 아 그런가?

야스코 육군이니까

사에코 그러게

야스코 고철 씨를 오라고 해요

우시지마 네.

❖우시지마, 상수로 퇴장.

사에코 아무래도 이상하죠

스기타 네.

사에코 주원, 어떻게 좀 해봐.

박주원 어.. 네 (잉게보르크에게) 저기요..

잉게보르크 (연설을 계속하고 있다.)

박주원 실례합니다. [한국어]안녕하십니까?

니- 하오? 하일 히틀러!

잉게보르크 예?

박주원 하일 히틀러!

잉게보르크 하일 히틀러!

박주원 아 아 저기, 어.. 당신은 독일 사람입니까?

잉게보르크 • • • !

박주원 알았어요, 미안해

사에코 그런 식으로 말 걸면 어떡해?

박주원 어 어.. 그런가요?

사에코 좀 비켜봐

박주원 네.

사에코 저기..

잉게보르크 네.

사에코 비테 쉰 (악수를 한다.)

잉게보르크 당케 쉰

사에코 환영해요. 참 잘 오셨습니다.

잉게보르크 감사합니다.

사에코 (모두에게) 봤지?

(잉게보르크에게) 좀 앉으세요, 앉아

잉게보르크 네 (앉는다.)

사에코 그, 잉게..

잉게보르크 잉게보르크 아헨바흐라고 합니다.

사에코 네 네, 음..

스기타 저기, 잉게보르크 씨는 고베에서 태어나셨다고..

잉게보르크 아, 선생님이시죠?

스기타 네 네.

잉게보르크 아까는 무척 감사했습니다.

스기타 안녕하세요

사에코 ★저기 그, 고베에서..

잉게보르크 네. 열두 살 때부터 고베에서 자랐습니다.

사에코 그렇군요 (스기타에게) 선생님?

스기타 어.. 예? 예?

사에코 어서 더..

스기타 음, 하일 히틀러

잉게보르크 하일 히틀러

스기타 네.

사에코 저기요, 그, 잉게보르크 씨는 유대인이 아닌 거죠?

잉게보르크 ! (일어서서 연설을 되풀이하기 시작한다.)

사에코 아 아 아 아

야스코 저거, 그게 아니란 소릴 하는 거겠지?

타케다 응, 아마

스기타 뭐, 그럴 테지.

사에코 근데 이 사람, 곤란해지면 독일 말 하지 않아?

야스코 가만, 저 사람 일본 말도 다 알아듣잖아

사에코 아 맞다.

❖상수에서 신고철, 등장.
우시지마도 위문주머니를 안은 채 등장.

4.2.4

야스코 아, 고철 씨

신고철 네.

야스코 번역 좀 해줘요

신고철 예?

야스코 이 독일 말

신고철 • • • 모르겠는데요.

야스코 예?

신고철 어떻게 알아들어요, 학교에서 2년밖에 안 배웠는데

야스코 2년이나 배웠으면..

신고철 아니 그게..

• • •

신고철 아, 이거 연설이네요

사에코 그건 누가 봐도 알아

신고철 그게 아니라요, 히틀러인가 누군가가 한 유명한 연설인 것 같아요.

사에코 그으래?

신고철 아마도.

• • •

신고철 유대인의 모략과 싸운다고 말하고 있어요.

• • •

사에코 정말?

신고철 네, 아마도.

사에코 그래?

스기타 역시 아닌 게 아닐까요?

사에코 음..

우시지마 남자 쪽도 불러와 볼까요?

사에코 아, 그러자

우시지마 이렇게 된 이상

사에코 그렇게 하죠.

우시지마 불러올게요.

사에코 잠깐만요

우시지마 네

사에코 주원하고 둘이 가봐요.

우시지마 예?

사에코 난동 부리면 곤란하니까

우시지마 네.

박주원 네.

사에코 조심해서

우시지마, 박주원 ▲네.

사에코 카타야마도 불러줘요.

우시지마 ▲네.

❖박주원과 우시지마, 상수로 퇴장.

4.3.1

조금 더 연설이 이어지다가, 드디어 끝난다.

잉게보르크 • • •

사에코 어라?

• • •

사에코 왜 이러지?

야스코 피곤해진 거 아닌가

사에코 아 뭐, 그런가?

야스코 응.

• • •

사에코 그런데 역시 독일 말은 말야, 연설을 하면 아주 멋져

스기타 예

사에코 근위대원[44]도 멋있다 싶었는데, 역시 이쪽이 나아.

야스코 그야..

• • •

44 일왕의 근위부대를 말하고 있다.

사에코 이 사람 독일 사람 맞나 봐.

스기타 네..

야스코 그야 그렇겠지.

• • •

사에코 당케 쉰

잉게보르크 비테 쉰

• • •

야스코 아 아, 이 사람 고철이라고 하는 우리 집 서생인데요, 모레 출정을 떠나요.

스기타 어머

신고철 네.

스기타 수고 많으세요.

신고철 네.

야스코 지원병으로요

스기타 무운을 빌겠습니다.

신고철 네, 감사합니다.

사에코 음, 독일을 본받아서 잘해줘야 해요.

신고철 네.

❖단타, 상수에서 등장.
그 뒤로 박주원과 우시지마, 카타야마도 등장.
뒤따라 이미순도 등장.

4.3.2

야스코 아 왔다.

타케다 아

단타 실례합니다

사에코 아

단타　무슨 일이 있나요?

스기타　저..

잉게보르크　[독일어]이 사람들이 우릴 간첩이라고 의심하고 있어.

단타　야-

잉게보르크　[독일어]설명을 좀 해줘

단타　야-

잉게보르크　[독일어로]빨리

단타　야-

신고철　'빨리'라고 말한 것 같애.

　@카타야마 ☆뭘 빨리 하라고?

　@신고철　모르지.

단타　☆(사람들에게) 그.. 무슨 일이죠?

스기타　그러니까 그게..

단타　★아 선생님

스기타　네.

단타　무슨..?

스기타　그게 그러니까요, 아직 잘 모르겠지만요, 가짜가 섞여 있다는 거예요, 여러분 중에.

단타　네에?

스기타　아뇨 그게, 아직 잘 모르는 일인데요

단타　네.

스기타　대사관 쪽도 혼란스러워 한다는데

단타　저.. 우리들 독일애국청년동맹 극동 지부는 말이죠, 발족한 지 얼마 안 되는 단체로서

잉게보르크　[독일어]내 말 들어보세요

신고철　들어보라는데.

잉게보르크　[일본어]저기 말이죠, 일본은 언제 미국과 전쟁을 할 거죠?

스기타　예?

단타 ★물론 본국의 히틀러 청소년단은 엄정한 선발과 훈련을 거쳐 정식 회원이 될 수 있습니다만..

잉게보르크 대일본 정신은 어디 가고 한심하지 않나요?

단타 뭐, 우리들 조직은 이제부터가 시작인 셈이지요.

잉게보르크 ★약한 중국하고만 전쟁을 하고 왜 강한 미국이나 영국하고는 싸우지 않는 겁니까?

• • •

잉게보르크 이거 봐요 (하면서 카타야마가 있는 쪽을 가리킨다.)

카타야마 네.. 나 말인가?

잉게보르크 일본 남자

카타야마 나구나

신고철 우린 조선인이니까

박주원 응.

카타야마 아니 그게..

잉게보르크 [독일어]고추 달린 거 맞아?!

카타야마 야-[45]

잉게보르크 [독일어]고추 달린 거 맞아?!

카타야마 뭐라는 거죠?

단타 고추 달린 거 맞냐고 하는 거예요.

카타야마 • • • 아

잉게보르크 독일군 기동부대는 빠르면 내년 벽두에는 네덜란드, 그리고 프랑스로 진군할 겁니다.

• • •

잉게보르크 일본은 팔짱이나 끼고 있다가 인도차이나, 동인도에 진군을 하면 되겠네요.

• • •

45 카타야마는 독일어를 알아듣지 못하면서도 단타를 흉내 내어 대답하는 것이다.

한심해! [독일어]이래서 아시아 녀석들은.. • • •

카타야마 뭐 뭐요?

단타 아시아 사람들도 힘냈으면 좋겠다고 하네요.

카타야마 어 아니.. 지금 더 나쁜 말 뭐 안 했어요?

단타 아닌데요

카타야마 아니라구?

신고철 맞는 거 같은데.

잉게보르크 방으로 돌아가겠어요.

단타 네.

❖잉게보르크, 상수 계단으로 퇴장.

4.3.3

• • •

사에코 어머머

단타 그럼 이 정도로 해두고..

• • •

사에코 뭘요?

단타 예?

스기타 좋아요.

사에코 예?

스기타 아니, 저기, 잘 모르겠지만요, 여기에 있어 주세요.

단타 네.

스기타 저는 다음 집에 또 가봐야 하거든요

사에코 아

스기타 전화가 올 거예요 아마, 학교에서

사에코 아, 예

스기타 알겠지?

야스코 네.

스기타 타케다는 집으로 돌아가렴.

타케다 네 • • •

• • •

스기타 방으로 가 있어주세요.

단타 네.

스기타 죄송하지만, 해결될 때까지 밖에는 나가지 않도록 해주세요.

사에코 네.

스기타 그럼 실례하겠습니다.

야스코 다음은 누구네로 가세요?

스기타 모리노미야(森ノ宮) 씨 댁

야스코 아

타케다 아 그럼 저도 같이 가요, 중간까지

스기타 그럴래?

타케다 길이 같으니까

스기타 어

타케다 가방을 갖고 올게요.

스기타 그래

❖타케다, 상수 계단으로 퇴장.

단타 그러면 저는..

스기타 예

단타 실례하겠습니다.

스기타 네.

단타 당케 쉔

사에코 비테 쉔

❖단타, 상수로 퇴장.

사에코 자네들이 좀..
카타야마 ☆네
박주원 ☆네
사에코 감시를 해줘요.
카타야마 네.
박주원 네.
카타야마 그럼 내가 1층을 맡지
박주원 아..
카타야마 괜찮지?
박주원 네. 우시지마 씨는?
우시지마 아니 난 위문주머니 일 해야지
박주원 아
카타야마 가지
박주원 네.

❖카타야마, 상수로 퇴장.
박주원, 상수 계단으로 퇴장하려는데 타케다가 등장한다.

박주원 아
타케다 안녕히 계세요
박주원 안녕히 가세요
타케다 선생님, 그럼..
스기타 그럼 갈까?
타케다 네.

❖박주원, 상수 계단으로 퇴장.

야스코　조심해서 가세요

스기타　고마워

타케다　실례가 많았습니다.

사에코　유리코, 또 봐

타케다　네.

스기타　참, 유리코

타케다　네.

스기타　자전거는 어디에 세워놨지?

타케다　어 그게..

스기타　뒤에 좀 태워줄래

타케다　예?

스기타　그래도 되지?

타케다　아 네.

스기타　괜찮을까? 내가 무거운데

타케다　괜찮아요.

스기타　가자.

타케다　네.

스기타　실례가 많았습니다.

사에코　선생님, 수고하셨습니다.

스미코　수고하셨습니다.

스기타　실례할게요. (타케다에게) 가지

타케다　☆네.

　@야스코　☆내가 저기까지

　@사에코　☆☆응

　@야스코　배웅하고 올게요

　@스미코　그래.

스기타　☆☆늘 백운당(白雲堂)에 자전거 맡겨놓지?

타케다　네.

스기타　▲나 학생 때하고 똑같네.

타케다　▲어 그랬어요?

스기타　▲걸리지 않도록 조심해

타케다　▲네.

야스코　▲전에 한번 카토(加藤) 선생님한테 걸렸었어요

스기타　▲저런

❖스기타, 타케다, 야스코, 하수로 퇴장.

4.3.4

• • •

우시지마　음, 그런데 그런 말을 들으면 우리도 참..

스미코　예?

우시지마　독일 사람한테

스미코　그렇긴 하지만 이기고 있는 나라 위세가 당당한 건 당연한 거니까

우시지마　네..

사에코　하지만 일본도 이기고 있잖아, 이렇게

스미코　그래도 중국한테 이기는 걸로는.. • • • 아무리 이겨봤자

사에코　역시 부녀(父女)가..

스미코　예?

사에코　좀 전에 켄이치 서방님도 같은 얘기 했잖아

스미코　그랬나요?

사에코　응.

스미코　그건 좀 싫다

사에코　그런데 사실 말야, 처음엔 이겼다 이겼다 막 그랬는데 말야

스미코　예?

사에코　이기고 있기는 하겠지만 말야

스미코　아주머니, 고철 앞에서 그러시면..

사에코　어?

스미코　이제부터 나라를 위해 싸워줄 사람인데

사에코　아, 미안

신고철　아뇨

사에코　미안해요

신고철　아닙니다

우시지마　뭐, 일본 남아(男兒)의 기상을 보여주고 오라구.

신고철　네.

우시지마　독일 사람한테 바보 취급 안 당하게 말야

신고철　네.

우시지마　그럼 또..

신고철　예.

우시지마　실례할게요.
(노래한다.) ~*'환호는 높아라 하늘을 찌르리*
자, 가거라 용사야 일본의 남아'[46]

❖ 우시지마, 상수로 퇴장.

• • •

이미순　이거 좀 치워도 괜찮을까요?

스미코　아 그래줘

이미순　네.

• • •

사에코　그럼 중국이 아니라 그런 데로 가면 좋겠다, 고철 군도

스미코　그런 데라뇨?

46 당시 널리 불려졌던 〈출정 병사를 보내는 노래(出征兵士を送る歌)〉의 가사 중 일부다. 이 노래는 출판사인 대일본웅변회강담사(大日本雄辯會講談社)가 육군성(陸軍省)과 제휴하여 대대적인 공모를 통해 선정하여 1939년 10월에 발표했다.

사에코 저기 노몬한이나, 또 어디더라.. 차라리 인도차이나나

신고철 인도차이나는 아직 공격이 정해진 게 아닐걸요

사에코 아니 그.. 뭐더라? 그 무슨 루트라는..

신고철 장제스 원조 루트요?[47]

사에코 맞아요, 그걸 때리지 않으면 안 된다면서요, 결국

신고철 예, 뭐

사에코 그럼 가서 없어버려 줘요, 빨리

신고철 네..

사에코 그치?

스미코 예

사에코 프랑스 군대도 중국보다 약할걸, 아마도

신고철 네..

사에코 코쟁이들이 '사람 살려-' 하게 때려눕히고는 빨리 돌아와줘요, 미순을 위해서

신고철 예?

사에코 아니 뭐, 모두 기다릴 테니까

신고철 네.

사에코 그치?

이미순 네.

사에코 • • • 정말로

신고철 네.

사에코 사람 살려- 하게

❖하수에서 야스코가 돌아온다.

4.4.1

---

47 '원장 루트(援蒋ルート)', 즉 '장제스를 원조하는 루트'는 미국, 영국, 소련이 장제스의 중화민국을 군사 원조하기 위해 사용하던 수송로를 말한다. 홍콩 루트, 인도차이나로부터의 루트, 소련으로부터의 루트, 버마(미얀마) 루트의 네 가지가 있었다. 일본이 이른바 태평양전쟁을 일으킨 중요한 목적 중 하나가 이것을 차단하려는 것이었다고 할 정도로 이 수송로는 일본에게 큰 골칫거리였다.

사에코 보내고 왔어?

야스코 네.

• • •

사에코 어떻게 된 걸까?

스미코 예?

사에코 진짜일 거 같아?

스미코 음, 어떨까요?

사에코 • • • 헌데 진짜란 게 뭐지?

스미코 예?

사에코 뭘까?

야스코 몰라, 난 그런 거

사에코 아니, 원래가 히틀러 청소년단이 아닌 거잖아?

야스코 그게 히틀러 청소년단을 본떠서 만든 조직이라는데

사에코 그럼 알 수가 없는 거잖아, 진짠지 아닌지

스미코 뭐, 그러게 말예요

사에코 생각해봐. 고철 군은 이제 훌륭한 일본인이잖아?

스미코 그야 그렇죠

사에코 그래서 군인도 됐잖아?

스미코 예

사에코 그럼 미순은?

스미코 미순도 훌륭한 일본인이죠.

사에코 그러면 말야, 미순이 만약 만주에 가면 어디 사람?

스미코 예?

사에코 만주인?

스미코 아

사에코 조선인?

야스코 음..

사에코 유대인도 독일인이었던 거잖아.

• • •

사에코　잘 모르겠는데

스미코　예

• • •

사에코　괜찮을까

스미코　예..

• • •

사에코　모레, 날씨가 맑으면 좋겠다

신고철　네.

스미코　춥지 않았으면 좋겠는데

야스코　예

• • •

사에코　어떻게 할래?

야스코　어?

사에코　난 방에 들어가려구

야스코　뭐, 나도

사에코　그러자

야스코　응.

사에코　그럼 고철 군, 이따 봐

신고철　네.

야스코　그럼..

사에코　오늘 저녁 스키야키라며?

이미순　네.

사에코　우무를 많이 넣어줘

이미순　네.

사에코　그럼..

스미코　네.

야스코　그럼 이따 봬요

스미코　그래.

사에코　숙제라도 하렴

야스코　▲내일 운동회라니까

사에코　▲아 그랬나

❖사에코, 상수로 퇴장.

야스코, 상수 계단으로 퇴장.

4.4.2

스미코　괜찮을까?

신고철　괜찮겠죠.

스미코　그렇겠죠?

• • •

스미코　이 집엔 가짜들이 많이 드나드니까요

신고철　네.

• • •

신고철　저..

스미코　왜?

신고철　전골 요리란 게 방법이 많이 있는 거죠?

스미코　아

신고철　시노자키 집안은 고기부터 넣잖아요.

스미코　그렇죠

신고철　그, 그걸 장(醬)이라고 해야 하나요?

스미코　어?

신고철　넣어서 맛 내는 거, 냄비에

스미코　아, 와리시타[48]요

48 "割り下". 전골, 냄비 요리 따위에 쓰기 위해 간장, 멸치 국물, 설탕, 미림 따위를 섞어 끓여놓은 국물.

신고철　맞아요, 와리시타

이미순　뭐예요, 와리시타란 게?

스미코　몰라?

이미순　네

스미코　참, 스키야키란 게 없구나, 조선에?

신고철　아, 비슷한 건 있는데요

스미코　그래?

이미순　좀 달라요.

스미코　그렇구나. 그러니까 와리시타라고 양념장 같은 걸 만들어서 미리 넣는 거랄까?

신고철　그렇군요

스미코　그리고 고기든가?

신고철　네, 고기하고 우무하고 파죠.

스미코　맞아요.

신고철　와리시타를 넣어야 안 눌러붙는다고.

스미코　그렇죠.

• • •

스미코　둘이 산책이라도 좀 하고 오죠?

신고철　예?

스미코　집에 있으면 계속 부산할 텐데

신고철　그게 그래도..

스미코　★신경 쓰지 말구요, 남의 눈 같은 건

신고철　아 그게..

• • •

스미코　마지막이니까

신고철　아..

이미순　• • •

❖아키오, 상수에서 위문주머니를 들고 등장.

4.4.3

스미코　아

아키오　어.

• • •

스미코　왜 그러죠?

아키오　꽤 시끄럽던데

스미코　예, 뭐가 좀 이상한 일이 생겨서

아키오　응, 우시지마한테 들었어.

스미코　아 그랬어요?

아키오　응.

스미코　가게에 나갔었어요?

아키오　응, 가게 앞에서 그냥 담배 한 대 피우고 있었더니 우시지마가 와서는

스미코　아

아키오　이걸 좀 나르래

스미코　아

아키오　일 할 거야, 나도

신고철　네.

• • •

아키오　뭘 하고 있었지?

신고철　아뇨..

스미코　지금 두 사람한테 산책이라도 좀 하고 오라고 한 참인데

아키오　아

신고철　그게..

아키오　좀 나갔다 오지그래

신고철　예..

스미코 두 사람 다 쭈뼛쭈뼛대기만 하구..

아키오 아

스미코 당신 돈 좀 없어요?

아키오 뭐라구?

스미코 용돈요

신고철 ○아, 아뇨..

아키오 ★그러면 음.. (주머니에서 동전 지갑을 꺼내며) 돈은 고철 군이 많지 않을까?

• • • 미안, 이게 다야

신고철 왜 이런 걸..

아키오 뭐 군것질이라도 하고 오라구

신고철 예?

아키오 자

신고철 네.

스미코 저녁 먹을 때까지 돌아오면 되니까

이미순 그게 저기..

스미코 괜찮아요, 카키우치한테 말해놓을게

이미순 아니 그래도

스미코 괜찮다니까

이미순 • • •

신고철 그럼 그냥 잠시만

아키오 ☆응.

이미순 ☆예?

신고철 좀 나갔다 올까?

이미순 • • • 네.

스미코 갔다 오라구

이미순 네.

신고철 다녀올게요.

아키오 무운을 빌겠어.

신고철 농담 마세요

아키오 아니 아니 왜

스미코 여보-

아키오 아니 아니 왜

신고철 다녀올게요.

아키오 응.

이미순 다녀오겠습니다.

스미코 잘 갔다 와

❖신고철과 이미순, 하수로 퇴장.

4.4.4

• • •

스미코 조선신궁[49] 경내에 와비스케[50]가 폈더라구요

아키오 • • • 아, 벌써 계절이 그렇게..

스미코 예

아키오 음.

• • •

스미코 그거 일본 사람이 가져온 꽃일까요?

아키오 어 뭐가?

스미코 이름부터가 좀 이상한 게 어째

아키오 아, 헌데 그게 아냐

스미코 그래요?

아키오 반대야

49 1925년에 일제가 남산 중턱에 만든 큰 신궁.

50 "わび助け". 동백나무의 일종으로, 임진왜란 때 '侘助'라고 알려진 조선 사람이 일본으로 가져갔다는 설이 있다.

스미코 반대라뇨?

아키오 그게 아마, 조선 정벌[51] 때 히데요시 공[52]이 갖고 왔을걸, 조선에서

스미코 아

아키오 맞을 거야.

• • •

❖스미코, 풍금을 띄엄띄엄 탄다.
〈언덕을 넘어서〉.[53]

아키오 중국 사람도 동백꽃은 좋아하나 보던데

스미코 그래요?

아키오 농가 같은 데 나무 울타리에 많이 피어 있더라

스미코 예

• • •

아키오 *(풍금 소리가 끊어진 후에) ~'언덕을 넘어서 가자, 맑디 맑은 하늘은 쾌청도 하지'*

• • •

아키오 산책은 못 할 거 같아.

스미코 예?

아키오 • • •

스미코 왜요?

아키오 평생 걸을 걸 다 걸었어

• • •

아키오 요미우리신문에 "태각기"는 언제까지 가려나?[54]

---

51 임진왜란을 말한다.

52 토요토미 히데요시(豊臣秀吉, 1536~1598). 1590년에 일본 전국을 통일한 후 1592년에 임진왜란을 일으켰다.

53 〈丘をこえて〉. 작곡가 코가 마사오(古賀政男)가 하이킹을 다녀온 경험을 바탕으로 지은 경쾌한 노래로, 1931년에 발표되었다.

• • •

아키오 그게 이번에 영환가 연극인가로 만들어진다는데

스미코 예?

아키오 "태각기"가

스미코 아

아키오 아무리 그래도 "미야모토 무사시"[55] 만 한 인기는 못 끌겠지?

• • •

ⓒ青木司

아키오 내가 없는 사이에 오카야마(岡山)[56] 쪽에서 엄청난 사건이 있었다며?

---

54 요시카와 에이지(吉川英治, 1892~1962)의 소설 『신서 태각기(新書太閤記)』는 1939년 1월부터 1945년 8월까지 《요미우리신문》에 연재되었다. 토요토미 히데요시의 일생을 소재로 한 역사소설이다.

55 『미야모토 무사시』는 요시카와 에이지가 『신서 태각기』에 앞서 1935년 8월부터 1939년 7월까지 《아사히신문》에 연재하여 큰 인기를 끌었던 역사소설이며, 여러 번 영화로 만들어지기도 했다. 주인공 미야모토 무사시(宮本武蔵, 1584?~1645)는 에도 시대 초기의 검술가이자 병법가다. 대중적 감각을 지닌 역사소설을 썼던 요시카와 에이지의 이런 신문 연재소설은 당시 중일전쟁, 제2차 세계대전의 와중에 있던 일본 사람들에게 옛 전쟁의 역사를 상기시키며 인기를 얻었다.

56 일본 혼슈(本州) 서쪽에 위치한 지방.

스미코　예?

아키오　그, 징병검사에서 떨어진 폐병쟁이가 마을 사람들을 죄다 죽여버린 일

스미코　아, 있었어요

아키오　응.

스미코　작년 일이죠?

아키오　작년, 작년이지

스미코　예

아키오　서른 명쯤 죽였다며

스미코　예

아키오　얘기는 들은 적 있는데, 어제 도서관에서 예전 잡지를 읽었거든.

스미코　아

아키오　우리 고향에서 그렇게 안 먼 곳이야

스미코　그래요?

아키오　그쪽 지방에선 이따금씩 그런 이상한 사건이 생긴단 말야

스미코　• • •

아키오　노몬한에서 흘러온 오장(伍長)[57]이 있었는데, 전쟁 얘기는 하나도 안 했지만.. 얘길 하면 안 돼서 그랬는지 아무튼 안 했는데, 그런데 그 몽골 사람들 집이란 게.. 그것도 집이랄까? 텐트 같은 거란 말야.

스미코　예.

아키오　그 텐트엔 목욕탕도 변소도 없대

스미코　어, 그렇대요?

아키오　응, 그래서 말야, 몽골 사람은 뭐 변소는 다 밖인데.. 남자들은 소변보러 갈 때 말(馬)을 좀 보고 오겠다고 말을 한다는 거야 • • • 말을 좀 보고 올게.

• • •

---

57 옛 일본 육군의 계급. 오늘날 한국군의 '하사'와 같다.

아키오　헌데 서른 명이라니 엄청나지

스미코　예

아키오　그렇게 죽일 수 있다면 군대에 가면 좋았을걸

스미코　• • • 목욕은요?

아키오　벌써 목욕을 하라고?

스미코　그게 아니라요, 몽골 사람들 목욕탕은..?

아키오　아 • • • 하질 않는데, 평생 목욕은

스미코　아

• • •

아키오　오늘 스키야키에 표고버섯은 넣나?

스미코　당연히 넣죠.

아키오　그래?

• • • 스키야키는 시노자키 집안이 제일 맛있더라

스미코　그래요?

아키오　응.

부록 1

역사를, 어떻게 다시 엮어낼까[1]

'서울시민 3부작'은 17년이란 세월을 거치며 쓰여졌기에 그때그때 일본의 상황이나 한일 관계가 어떤 식으로든 작품에 반영되곤 했던 것 같습니다. 먼저 한일 관계에 관해서 말하자면, 우선 1988년 서울올림픽을 전후로 제1차 한국 붐이라 부를 만한 현상이 있었죠. 그런데 「서울시민」을 썼던 1989년은 그 붐이 급속히 식어가는 시기에 해당합니다. 달리 보면 그즈음 일본 전국은 버블경제의 광기와 취기에 사로잡혀 다른 나라에서 무슨 일이 일어나든 상관없다는 식의 분위기였습니다. 이 책자의 다른 글(「서울시민 3부작 연속 상연을 올리며」)에서도 밝혔듯이, 그런 상황 속에서 어떻게 하면 호소력 있는 작품을 쓸 수 있을지가 당시 제게 주어진 과제였습니다.

2000년, 「서울시민 1919」를 쓸 당시는 월드컵을 앞두고 조금씩 한일 우호의 기운이 높아지기 시작한 때였습니다. 한일 월드컵 공동 주최, 그

1 이 글은 세이넨단 제52회 공연 '서울시민 3부작 연속 상연'의 프로그램북에 실린 히라타 오리자의 글을 옮긴 것이다.

리고 생각도 못 했던 한국 드라마 붐에 의해 한일 관계는 '19세기 이후 가장 좋은 상태'라 말할 정도가 되었습니다. 이른바 이 한류 붐의 시기에 제게도 많은 인터뷰 요청이 왔습니다. 그때 일본과 한국, 양쪽의 언론과 인터뷰를 할 때면 저는 대략 다음과 같은 식으로 답했습니다.

한일 관계가 지금처럼 우호적이 된 것은 아무튼 바람직한 일로, 반일 감정이 거셀 무렵 서울에서 생활을 했던 사람으로서는 정말 꿈같은 일처럼 여겨진다. 다만 지금부터는 한일의 역사 인식의 차이가 지금까지와는 다른 식으로 표면화되지 않을까 싶다. 예전에는 한국에 관심을 가진다는 것은 한국 전체에 관해, 그러니까 역사, 풍속, 인물까지를 포함하여 받아들이는 것이었다. 그러나 지금은, 축구가 좋다, 드라마가 좋다, 한국 요리가 좋다 하는 식으로 한국 문화에 대한 접근 방식이 저마다 다양하다. 나는 이것 역시 크게 보아 좋은 일이라고 생각한다. 그러나 주의해야 할 것은 예를 들어 다음과 같은 경우다. 축구 응원을 통해 친구가 된 한일의 젊은이들이 있다고 치자. 2, 3년 동안 왕래를 하여 신뢰 관계도 깊어졌다. 그러던 어느 날, 우연히 역사에 관한 이야기가 화제에 올랐을 때, "어? 3·1독립운동도 모른다고?" 이렇게 되었을 때 한국 젊은이의 낙담은 예전에 한국 사람들이 일본인의 무지에 대해서나 역사 인식의 차이에 대해 화를 냈던 것과는 조금 다른 유의 것이 되지 않겠는가. 그건 이를테면 '배신당했다'는 감정에 가까운 것일지 모르겠다. 경제적으로 봐도, 정치나 문화 수준으로 봐도 한일 관계는 완전히 대등한 것이 되어가고 있다. 그러나 대등한 이웃 관계에는 상대에 대한 나름대로의 지식과 이해가 필요하다. 그렇지 않고서야(일본 측의 역사에 관한 무지, 무관심뿐만 아니라 한국 측의 치우친 지식으로 인한 문제도 포함하여) 대등한 이웃 나라 관계를 구축해나가는 데 있어 위험한 부분이 있다. 역사 인식 자체는 어긋날 수도 있겠으나, 서로의 지식이 지나치게 차이가 나는 점을 하루 빨리 개선하지 않으면 안 된다.

「서울시민 1919」는 바로 그런 '어긋남'을 그린 작품입니다. 그리고 올해, 상황은 여러 의미에서 또 바뀌었습니다. 독도 문제와 야스쿠니 참배 문제가 우호 무드에 찬물을 끼얹었고, 혐한 서적이라 불리는 책들이 서점에 나돌기 시작했죠. 물론 그 한편에서는 한류 붐도 사그라들지 않아서, 예전과 같은 반한(反韓) 분위기 일색이 되지는 않는 것 같습니다. 전체적으로 보아 한일 관계는 중일 관계와 비교해서 보면 성숙함을 보이고 있고, 한국 쪽을 보아도 독도, 야스쿠니 문제가 한창 터지던 2005년 봄 시점에서도 서울 거리의 분위기는 평온했습니다. 1980년대 초 교과서 왜곡 문제가 터졌을 때에는 일본인 택시 승차 거부 같은 일도 다반사였다지만, 지금은 정치적인 대립과 문화 및 인물 교류는 별개라는 사고방식이 자리를 잡은 듯합니다.

이번 「서울시민·쇼와 망향 편」을 집필하면서 혐한 서적이라 불리는 유의 책도 가능한 한 구해 읽어봤습니다. 현대를 무대로 한 터무니없는 여러 음모설은 차치하고, 여기에서는 식민지 지배의 역사 문제에 관해 연극을 감상하는 데 방해가 되지 않는 범위에서 내 견해를 조금만 밝혀두고자 합니다.

올해 〈서울시민〉이 프랑스에서 잇달아 공연되었습니다. 프랑스에서는 몇 해 전, 학교 교육에서 '프랑스의 식민지 지배에는 긍정적 부분도 있었다'고 가르칠 것을 의무로 하는 법안이 가결되었습니다(이후 부분적으로 철회됨). 이런 일과 〈서울시민〉의 잇단 공연은 잠재적인 면에서 보아 관계가 없지 않습니다. 실제로 공연과 관련된 심포지엄이나 인터뷰에서는 식민지 문제에 관한 질문이 많이 나왔습니다. 나는 그 질문에 대해 아래와 같이 답했습니다.

> 무릇 어느 정부든 자국의 식민지 지배 역사를 정당화하고 싶어 하는 법이다. 그 경우 반드시 제시되는 게 '다른 나라보다는 나았다'는 논리다. 프랑스나 영국은 늘 '그러니까 우리들의 방식은 스페인이나 포르투갈보다는 나았다'고 말한다. 그 논리대로라면 확실히 일본의 방식은 유럽의 어느 나라보다 '나았다'. 그러나 그렇게 말하는 건 지배당한 쪽에서 봤을 때 어떤 의미가 있는 걸까. 그건 '지금 범죄자를 그쪽으로 보낼 건데, 강도범하고 강간범하고 방화범 중에 누가 낫겠어?'라고 묻는 것과 마찬가지 일이다. 당연히 다 싫은 것이다.

세키카와 나쓰오 씨와 한 대담에서도 다뤘지만,[2] 식민지 지배의 문제를 생각할 때 그 질적인 차이를 따져보는 것은 대단히 중요한 요소입니다. 18세기까지 스페인, 포르투갈을 중심으로 한 식민지 지배는 수탈형이라 불리는 가혹하고 잔인한 것이었습니다. 아프리카가 겪고 있는 지금의 빈곤은 그 당시 노예무역에 의해 많은 젊은 노동력을 빼앗기는 바람에 인구 구성비가 절대적으로 조화를 잃었던 것에 큰 원인이 있습니다. 그러나 이 노예무역으로 상징되는 수탈형의 식민지 지배는 영국, 프랑스가 제국주의적인 영토 지배를 시작했을 때에는 수지가 맞지 않는 일이 되었죠. 따라서 19세기 이후 영국, 프랑스 두 나라를 중심으로 식산형의 식민지 정책이 시

---

2 세키카와 나쓰오(関川夏央, 1949~)는 일본의 작가이자 평론가다. 1983년에 한국에 관해 펴낸 논픽션 『서울의 연습 문제』로 유명해졌으며, 메이지유신 이후 근대 일본에 대한 여러 책을 냈다. 한편 이 글이 실린 '서울시민 3부작 연속상연' 프로그램북에 세키카와 나쓰오와 히라타 오리자와의 대담이 실려 있다.

작됩니다. 이것은 인적·물적 자원을 단순히 수탈하는 것으로부터, 현지에서 농업을 중심으로 산업을 일으키고 또 식민지를 잉여물자의 소비 대상으로 함으로써 그 토지의 사람들을 경제적으로도 지배하는 것입니다.

식산형 쪽이 수탈형보다 '나았다'고 할 수 있는지 어떤지는 쉽게 말할 수 없습니다. 인도에서는 싼 면 제품에 의해 농촌 경제가 붕괴했고, 풍부했던 아시아 대륙은 빈곤의 나락으로 빠져들어 갔습니다. 중국에서는 아편 밀매에 의해 중국 사회 자체가 그 왕조와 함께 부패했고, 끝내 붕괴하는 데까지 이르고 맙니다. 20세기에 들어와 식민지 경영은 더더욱 복잡한 것이 되어갔습니다. 독립운동의 격화·조직화, 그리고 본국에서 높아지는 인권 사상으로 인해 강권에 의해 단순한 억압을 허락하지 않게 된 것이죠. 그러한 시대에 뒤늦게, 그것도 이미 고도로 문명화되고 완성된 통치 기구를 갖추고 있던 조선반도를 식민지화하는 어리석은 짓에 나선 일본은 수탈형도 식산형도 아닌, 동화(同化)형이라 해야 할 새로운 스타일의 식민지 경영을 목표로 했습니다. 특히 1919년의 3·1독립운동 이후에는 '내선일체'의 슬로건하에 문화통치[文治政策]라 불리는 융화형 식민지 행정이 시행되었습니다.

1920년대 후반에 이르면 조선총독부(일본의 조선 식민지 지배를 위한 행정기관)는 조선인 중의 신흥자본가 계급을 적극적으로 보호하기 시작합니다. 또 경성제국대학을 설립하여 조선인 관리의 육성에도 나서게 됩니다. 그러니까 1910년대의 독립운동을 담당했던 지식계급과는 전혀 다른, 식민지 지배에 협력하는 계층을 새로이 만들어나가려 했던 거죠. 또한 농촌 지역에서도 반강제적으로 토지를 수탈하고 식민지 지배에 협조적인 지주들을 중심으로 농촌 사회를 재편성하려는 시책이 펼쳐졌습니다. 이렇게 해서 조선인 사회는 식민지 지배에 대한 협력자, 일반 대중, 비

협력자로 나뉘어 분석되었고, 식민지 지배의 고착화가 꾀해집니다. 물론 '동화형'에 있어서도 반대자와 저항자는 '수탈형'이나 '식산형'과 마찬가지로, 혹은 그 이상으로 가혹한 탄압을 받았던 것도 사실입니다.

「서울시민·쇼와 망향 편」에 그려진 1929년대 말은 실로 그러한 분리식의 통치가 완성을 향해 가던 시대였습니다. 그 후에 만주사변과 만주국 건국에 의해 그 중계 지점인 조선에서도 이른바 '만주 경기(景氣)'가 일어나, 일본의 조선 지배는 말하자면 열매를 맺는 시기를 맞이합니다.

혐한 서적에는 거의 대부분 '일본의 조선 지배에는 좋은 점도 있었다', '일본인으로부터 험한 짓을 당한 적은 없었다'는 식으로 말하는 한국인의 증언이 나옵니다. 그러나 이것을 면밀하게 살펴보면, 그 대부분이 1930년 전반에 지배자, 협력자의 가정에 있었던 사람들의 증언이었다는 것을 알 수 있습니다. 물론 혐한 서적이 지적하는 모든 얘기가 잘못된 것은 아닙니다. 예를 들어, 한국에서 지금도 유포되고 있듯이 식민지 지배에 가담한 모든 일본인이 극악한 사람들이고 한민족의 모두가 저항운동을 했다는 식의 주장은 명백하게 역사를 왜곡하고 있다고 느낍니다. 하지만 지난 20년 사이 이런저런 곡절 속에 한국 쪽에서도 꽤 냉정하고 객관적인 시점에서 말하는 이야기가 늘어났습니다.

나는 제아무리 '좋은 일본인도 있었다', '식민지 지배에 협력한 조선인도 있었다'는 지적을 한들 그것이 일본의 식민지 지배를 정당화할 수는 없다고 생각하고 있습니다. 오히려 '좋은 일본인도 있었다. 그렇기에 동화형의 식민지 지배는 가혹한 것', '식민지 지배에 협력을 한 조선인도 있었다. 그렇기에 동화형의 식민지 지배는 슬픈 것'이라고 인식하는 것이야말로 인간적 시점임이 틀림없으리라 생각합니다. 그리고 이 '동화형'의 식민지 지배가 불러온 슬픔과 추함, 인간관계의 왜곡 등 통계 수치로는 나타낼 수 없는 애매모호함까지 담아내는 것이 다름 아닌 작가 혹은 예술가가 주제로 삼아야 할 바라고 여기고 있습니다.

식민지 지배는 괴물이 한 것도 악마가 한 것도 아닙니다. 보통의 인간이 별생각 없이 거기에 가담하게 된다는 것에 식민지주의의 무서움이 있습니다. 아주 초기에 이루어지는 완전한 수탈형의 시대를 제외하면, 지배하는 쪽도 거기에 살며 가족을 이루고 학교며 오락시설을 만들어갑니다. 당연히 거기에는 인간적인 생활이 생겨납니다. 그렇게 해서 만들어진 생활공간에서는 전쟁이나 내란 같은 일시적인 혼란과는 질적으로 다른, 어떤 특수한 슬픔과 부패가 빚어질 테지요.

인간은 약한 존재입니다. 지배당하는 사람들 중에서도 다양한 이유로 지배자에 협조적인 사람이 나타나게 마련일 겁니다. 1930년대 조선어 신문 기사나 풍자 만화를 보면 풍속의 흐트러짐, 젊은이들의 향락주의 등을 탄식하는 논조가 눈에 띕니다. 도박으로 번 돈은 저축하게 되는 것이 아니라 유흥비로 탕진하게 되는 법이듯이, 식민지 협력자의 자식들은 부패하고 침체하며 염세적이 되어갑니다. 「서울시민·쇼와 망향 편」은 그러한 시대 배경을 바탕으로 쓴 작품입니다.

일본의 조선 지배는 세계사상 그 어떤 식민지 지배에서도 비슷한 예를 찾아볼 수 없는 형태의 것이었습니다. 다만 가장 그와 유사한 형태를 하나만 들라 한다면 영국의 아일랜드 통치가 아무래도 가장 가까운 유형이 아닐까 싶습니다. 북아일랜드 문제가 아직까지도 해결되지 않은 채 영국 정부에 힘든 과제로 남아 있는 것을 보면 동화형의 식민지 정책이 초래하는 화근을 이해할 수 있을 겁니다. 「서울시민」은 애초에 제임스 조이스의 『더블린 시민』에서 그 제목의 착상을 얻었습니다.[3] 그런 뜻에서 신작 「서울시민·쇼와 망향 편」에서 식민지 지배의 수확과 타락을 그림으로

써 이 3부작은 본래의 의도에 한 걸음 더 가까이 다가갔다고 생각합니다.

글이 길어졌지만 마지막으로 하나만 더. 2002년 월드컵대회의 기념사업이었던 〈강 건너 저편에〉의 한국 공연을 마치고[4] 귀국한 후, 당시 연재했던 《도쿄신문》 칼럼에 다음과 같은 글을 썼습니다. (부분 발췌)

> 일본에 돌아와 뜻밖이었던 것은 한국의 월드컵 4강 진출을 축하하는 분위기의 한구석에서 거의 시샘이라고밖에 생각할 수 없는 발언들이 들리는 것이었다. 물론 심판의 오심이야 있었던 것 같지만 그건 한국의 잘못은 아니다. 이웃 사람이 좋은 차를 사는 걸 부러워하는 건 당연한 마음으로 이해할 수 있다. 그러나 거기서 더 나아가 질투하고 곡해하고 심지어 부정이 있었다고 험담을 해대는 건 인간으로서 부끄러운 일이다.

이 칼럼을 쓴 후 내게도 극단에도 익명의 사람들로부터 비방중상의 메일이 날아들었습니다. 식민지 지배하의 분명히 드러나는 폭력보다도 눈에 보이지 않는 공포가 사람들을 억압하는 법입니다. 요사이 또다시 인터넷이란 새로운 매개체를 통해 조금씩 무형의 폭력과 공포가 몰아치기 시작하여 우리 글쟁이들의 마음을 무겁게 하고 있습니다. 혹시라도 몇 년 후, 내가 네 번째 '서울시민'을 쓰게 된다면, 그리고 그것이 1939년을 배경으로 하게 된다면, 아마도 그때는 이 눈에 안 보이는 폭력을 주제로 삼게 될지 모르겠네요. 그런 시대가 오지 않기를 간절히 바라지만요.

---

3 제임스 조이스가 1914년에 발표한 소설집 『Dubliners』은 한국에서는 『더블린 사람들』이란 제목으로 번역되어 알려져 있으나, 일본어로는 '더블린 시민(ダブリン市民)'으로 번역되었다.

4 히라타 오리자가 공동 극본, 공동 연출로 참여한 한일 합작 연극. 한국에서는 한국연극평론가협회 선정 '올해의 연극 베스트 3'에 선정되었고, 일본에서는 제2회 아사히 무대예술상 대상을 수상했다.

부록 2

'서울시민 3부작 연속 상연'을 올리며[1]

1908년에 씌어진 소설 『산시로』[2]의 첫머리에는 기차 안에서 오가는 다음과 같은 대화가 나옵니다.

"이런 얼굴에 이렇게 허약해서야, 아무리 러일전쟁에서 이겨 일등국가가 되었다고 해도 틀려먹은 거지. (중략) 자네, 도쿄가 처음이라면 후지 산을 본 적이 없겠군. 곧 보일 테니까 잘 봐두게. 그게 일본 제일의 명물이니까. 그것 외에 자랑할 만한 것은 하나도 없지. 그런데 그 후지 산은 옛날부터 있던 천연의 자연이라 어쩔 수 없는 거지. 우리가 만든 게 아니니까."

사내는 이렇게 말하고 다시 실실 웃고 있다. 산시로는 러일전쟁 이후에

---

1 이 글은 세이넨단 제52회 공연 '서울시민 3부작 연속 상연'의 프로그램북에 실린 히라타 오리자의 글을 옮긴 것이다.

2 『산시로(三四郎)』는 나쓰메 소세키의 장편소설이다. 규슈의 구마모토에서 고등학교를 졸업하고 도쿄로 올라온 대학 신입생 오가와 산시로가 1년 동안 겪는 일을 담은 일종의 청춘소설로, 근대화를 겪는 메이지 시대 말기 도쿄의 풍속과 그 시절 지식인 청년들의 내면이 잘 드러나는 작품이다. 히라타 오리자는 이 『산시로』를 가장 좋아하는 책으로 꼽는다.

이런 사람을 만나게 될 줄은 생각도 하지 못했다. 아무래도 일본인이 아닌 것 같다.

"하지만 일본도 앞으로 점점 발전해나가겠지요."

산시로는 이렇게 변호했다. 그러자 사내는 점잔을 빼며 이렇게 말했다.

"망하겠지."

구마모토에서는 이런 말을 입에 담으면 당장 몰매를 맞는다. 잘못하면 국적(國賊) 취급을 당한다.[3]

1989년 버블경제의 한가운데에서 〈서울시민〉은 초연되었습니다. 그때 코마바아고라 극장에 모인 관객의 수는 500명 정도였을 겁니다.

나는 그즈음 늘 "망하겠지"라고 내뱉듯 중얼거리며 희곡을 쓰고 있었던 것으로 기억됩니다. 당시 일본은 가파르게 올라가는 주가와 땅값에 농락당해 많은 사람들이 그 번영이 영원히 이어지리라 믿던 시대였습니다. 버블경제에서 어떤 혜택도 받지 못했던 나는 그런 세상에 대해 원망에 가까운 감정을 품고 있었죠. 「서울시민」에 그려진 1909년은 러일전쟁에서 가까스로 이긴 일본과 일본인이 한껏 거만해져서 그 기세를 몰아 한반도를 집어삼키려 하던 시대입니다. 나는 그 시대의 일본인의 모습을 묘사하는 것을 통해 1980년대 말의 세태를 그리고 싶었던 것 같습니다.

하나 더 「서울시민」을 집필하던 때 생각했던 것은 새로운 방식의 식민지 문학 작품을 쓸 수 없을까 하는 것이었습니다. 일본의 문학 작품, 그중에서도 희곡에서 식민지 지배를 다루게 되면 대개는 스테레오 타입이 되고 마는 인상이 있습니다. 물론 모든 작품이 그런 것은 아니기에 그건

3 이 인용 부분은 송태욱의 번역(《나쓰메 소세키 소설 전집 (7) 산시로》, 현암사, 2014, 33~34쪽)을 그대로 따랐다.

사실 내가 지닌 '인상'에 불과하겠지만요. 악한 군인과 정치가, 재벌이 등장하고, 서민들은 언제나 괴롭힘을 당합니다. 식민지 지배는 지극히 가혹하고 반대하는 자는 철저한 탄압을 받죠. 물론 거기에도 진실은 있을 겁니다. 그러나 학생 시절 1년 동안 한국에서 공부했던 내게는 무언가 그게 다가 아니라는 감각이 있었습니다. 더군다나 그런 작품으로는 현대를 살아가는 젊은 관객들에게 호소력을 가질 수 없지 않을까 싶은 생각이 들었습니다. 그런 스테레오 타입의 작품을 보고는 '아, 옛날에 일본 군대는 나쁜 일을 했구나', '옛날 한국 사람들은 불쌍했구나' 하는 정도의 '감상'밖에 못 느끼게 되지 않을까요.

식민지 문제란 결코 과거에 있었던 '어떤 일'이 아닙니다. 인간이 인간을 지배한다는 것. 그로부터 생겨나는 이런저런 인간관계의 왜곡. 뒤틀린 기억. 작가의 일이란 그것들을 정면으로 주시하여 현재까지도 이어지고 있는 문제로 다루는 일이라고 생각합니다.

『산시로』의 문장은 다음과 같이 이어집니다.

"구마모토보다 도쿄가 넓네. 도쿄보다는 일본이 넓고. 일본보다……"

사내가 여기서 잠깐 말을 끊고 산시로의 얼굴을 보니 산시로는 귀를 기울이고 있다.

"일본보다 머릿속이 넓겠지." 사내가 말을 이었다. "얽매이면 안 되네. 아무리 일본을 위한다고 해도 지나친 편애는 도리어 손해를 끼칠 뿐이니까."

나는 언제나 이 소세키의 말을 상기하면서 '서울시민 3부작'을 써왔습니다. 덧붙여 당시 우리 극단의 사정 같은 걸 더 알고 싶은 분은 졸저 『지도를 만드는 여행』(하쿠슈이샤)[4]를 읽어봐 주시면 감사하겠습니다.

"무대에서 자연주의적으로 말하려는 시도는 꽤 있었지요. 늘 시도돼왔고 늘 실패해왔습니다. 그걸 또다시 이 극단이 되풀이하여 주장하고 있어요. 역시 결과는 너무나 지리했습니다. 하물며 배우의 기초 훈련이 안 돼 있습니다. 주장은 좋지만 방법은 명백히 잘못돼 있어요." (《비극희극》 1989년 11월호)

이렇게 초연 때엔 혹평을 받았던 이 작품은 그 후 큰 진화를 이루어 올해는 아비뇽연극제에 정식 초청을 받았고,[5] 또 프랑스 제2의 국립극장인 샤이요국립극장의 시즌 오프닝 작품 중 하나로 선정되기에 이르렀습니다.[6] 이 17년의 세월을 생각하면 역시 어떤 감회를 느낍니다.

1999년 말부터 2000년 초에 걸쳐 두 번의 일시 귀국을 포함해 석 달 정도 동안 나는 프랑스어판 〈도쿄노트〉를 연출하기 위해 프랑스에 체류했습니다. 「서울시민 1919」는 그 체류 중에 쓴 작품입니다.

이 작품은 〈서울시민〉으로부터 딱 10년 후, 1919년 3월 1일의 '3·1독립운동' 바로 그날 오전의 한 단면을 그립니다. 물론 〈서울시민〉을 초연할 때에는 이런 생각은 미처 못 했었죠. 그저 어느 날 문득 '아, 〈서울시민〉으로부터 10년 후는 딱 '3·1독립운동'의 해가 되는구나' 하고 깨달았고, 그 후 5년 정도 걸려서 조금씩 자료를 모으다가 무르익었을 때 집필하

---

4 『지도를 만드는 여행 : 세이넨단과 나의 이력서』(地図を創る旅–青年団と私の履歴書, 白水社, 2004)는 히라타 오리자가 극단 동료들과 함께 새로운 연극의 스타일을 발견해나갔던 1982년부터 10년 동안의 고투를 담은 자전적 기록이다(한국어로는 미번역). 한편 『히라타 오리자의 현대구어 연극론』(성기웅·이성곤 편역, 연극과인간, 2012)의 p.214~240에는 히라타 오리자와 세이넨단이 1993년에 〈서울시민〉의 한국 공연을 감행했던 기록이 실려 있다.

5 [원주] 2006년 7월, 프레데릭 피스바크(Frederic Fisbach) 연출. 프랑스어 자막을 통한 일본어 상연. 세타가야 퍼블릭시어터 제작, 2005년 12월에 도쿄 시어터트램에서 초연.

6 [원주] 2006년 10월, 마르노 뫼니에(Arnaud Meunier) 연출. 프랑스어 상연.

게 됐습니다.

「서울시민 1919」를 쓸 때 생각했던 것은 '3·1 독립운동'이란 중요한 소재를 다루면서 가능한 한 웃음의 요소와 음악을 많이 넣어 시끌시끌한 연극이 되게 하겠다는 것이었습니다. 시끄럽게 떠들면 떠들수록 식민지 지배자의 골계적인 고독을 부조(浮彫)해낼 수 있지 않을까 싶었던 것이죠.

그러나 그건 역시 긴장을 풀 수 없는 작업이었습니다. 3·1 독립운동일은 현재 한국에서는 국경일이 되어 있을 정도로 한민족에게는 중요한, 그리고 신성한 날입니다. 그런 날에 벌어지는 일을 일본인인 내가 코믹 터치로 그리는 게 어디까지 허용될 것인가.

이 작품은 도야마(富山)현 도가무라(利賀村)의 신록페스티벌에서 초연되었는데요, 그때 오래 알고 지낸 한국의 연출가 이윤택 씨가 연극제에 와 있었기에 그에게 털어놓고 물어봤습니다. "3·1 독립운동에 관한 연극인데 이렇게 웃음이 많아도 괜찮을까요?" 그의 대답은 "뭘요. 더 웃겨도 돼요. 부담 갖지 마요." 이랬습니다. 실제로 초연으로부터 3년 후, 이윤택 씨는 그의 극단 연희단거리패의 본거지 밀양과 수도 서울에서 잇달아 한국어판 〈서울시민 1919〉를 공연하여 호평을 얻었습니다. 서울 공연 때에도 이윤택 씨는 관객들에게 '이 작품은 한국인 작가에 의해 씌어졌어야 하는 내용'이라고 말했습니다.

〈서울시민 1919〉를 공연했던 때부터 나는 막연하게나마 세 번째 작품을 쓰겠다고 마음먹었습니다. 그리고 당연히도 그건 1929년 대공황이 배경이 되리라는 예감이 들어서, 마찬가지로 5년 정도 세월을 들여서 조금씩 구상을 가다듬었고 이 「서울시민·쇼와 망향 편」이 태어났습니다.

이 작품, 혹은 3부작 전체에 대한 생각은 다른 글 「역사를, 어떻게 다시 쓸까」를 읽어주시면 고맙겠습니다. 여기에서는 연극을 보시는 데 있어 몇 가지 부탁 말씀을 마지막으로 적어둡니다.

이 3부작은 서울(당시 명칭은 한성 혹은 경성)에 산 문구점 상인 시노자키 일가의 1909~1929년에 걸친 이야기를 그리고 있습니다. 그러나 하나하나의 작품은 연극 작품으로서 독립해 있습니다. 단독으로 공연하고 관람하는 것을 전제로 쓴 것이죠. 그렇기에 나이 설정 등이 약간 어긋나는 등 세 작품을 엄밀하게 대조해보면 아귀가 안 맞는 부분이 있습니다. 물론 무대를 감상하는 데 신경이 쓰일 만한 점들은 아니리라 생각합니다만. 그리고 같은 인물을 모두 같은 배우가 연기하는 게 아니라는 점에 유의해주십시오. 각기 별개의 작품을 공연한다고 생각하고 있기에, 어떤 인물이 성장한 것을 그린다 했을 때 얼굴이 닮은 배우를 기용한다거나 하는 건 전혀 고려하지 않았습니다. 그런 점에 정합성을 바라며 공연을 보신다면 오히려 혼란스러울 것 같습니다.

〈서울시민·쇼와 망향 편〉은 비교적 젊은 배우 중심으로 출연진이 짜였습니다. 3부작 공연에 극단원 전원이 출연하다 보니(일부 단원은 스케줄상 빠지게 되었지만) 〈서울시민〉, 〈서울시민 1919〉에 베테랑 배우들이 몰리게 된 사정이 있었던 것도 사실이지만, 그게 이유의 전부는 아닙니다. 이 작품의 희곡을 쓰면서 나는 쇼와[7] 초기 일본의 '젊음'을 쓰고 싶다고 생각했습니다. 젊음의 공과 죄(그 대부분은 '죄'겠습니다만), 파멸을 향해 질주해가는 젊은이들의 군상을 그려내고 싶었습니다. '쇼와 망향 편'이란 건 거의 무심결에 지은 제목이지만, 고향을 잃은 젊은이들의 갈 곳 모르는 음습한 에너지를 느껴주신다면 좋겠습니다.

---

7 '쇼와(昭和)'는 일왕 히로히토가 재위했던 1926년부터 1989년 사이의 일본 연호다.

부록 3

〈서울시민 1939 · 연애의 2중주〉 공연을 올리며[1]

신작입니다!

극단 공연을 위해 새로 희곡을 쓴 것은 2008년 「잠 못 드는 밤은 없다」 이후 3년 만의 일입니다. 당연히 긴장이 됩니다.

블로그 등에도 썼습니다만, 1939년을 무대로 '서울시민'을 쓰는 것에 대해서 제 안에서 몹시도 주저하는 마음이 있었습니다. 정말 쓸 수 있을까 싶은 머뭇거림 말입니다.

우선, 연극은 〈리어왕〉으로 상징되듯이 보통 사람이 미쳐가는 과정을 담는 데에는 뛰어난 표현 수단이지만 미친 사람이 미친 짓을 하는 걸 담으면 그닥 재미가 없어지는 법입니다.

그런데 세밀하게 이 시대를 조사해나가는 가운데, 1939년의 특수성 같은 것, 즉 이 해에 있었던 일종의 정체감에 주목하게 되면서 그걸로 한

1 이 글은 2011년에 도쿄의 키치조지시어터에서 상연한 세이넨단 제64회 공연 '서울시민 5부작 연속 상연' 중 〈서울시민 1939 · 연애의 2중주〉 공연의 관객용 전단에 실린 히라타 오리자의 글을 옮긴 것이다.

편의 희곡을 쓸 수 있으리란 생각에 이르게 됐습니다.

이 해의 전반에는 '노몬한 사건'[2]이 있었고 후반에는 독일의 폴란드 침공으로부터 제2차 세계대전 발발이란 큰 사건이 일어납니다. 반면 일본 국내에서는 혼돈에 빠진 중일전쟁을 배경으로 애타는 초조감 같은 게 흘러넘쳐 갑니다. 이것이 그 이듬해 이후 '잘못하다간 버스를 놓치겠다!' 하는 국민 의식으로 이어져 일본을 태평양전쟁으로 내몰게 되지요.

만주사변 이후 일본은 다른 선진국보다도 재빠르게 불황으로부터 벗어나 군수산업의 호경기를 타고 호황에 취해갑니다. 이미 1938년이면 취소가 결정되긴 하지만, 1940년에 올림픽과 만국박람회를 동시 개최할 예정이었고요. 마치 오늘날의 중국과도 같이 신흥강국으로서 고양감 같은 게 있었다 하겠습니다.

이 시기면 국가총동원법이 선포되고 조금씩 전쟁의 그림자가 짙어져 갑니다만, 그래도 아직 서민의 생활에는 풍요롭고 다채로운 면이 있었습니다.

이 불가사의한 정신의 혼재, 조바심과 퇴폐, 그리고 마비감을 정면으로 그릴 수는 없을까? 일상생활 속에서 무언가가 이미 무너지기 시작해 가는 과정, 그런 것을 그릴 수는 없을까 생각하며 집필을 해나갔습니다.

하나 더 신경 쓰였던 건 당시 조선 사람들의 전쟁 협력에 관해 어떻게 그릴 것이냐는 문제였습니다. 이것을 피해간다면 리얼리티가 없어집니다. 하지만 나는 과연 그걸 어떤 식으로 그리면 좋을 것인가?

---

2 '노몬한 사건'에 관해서는 본문 중 〈서울시민 1939 · 연애의 2중주〉 편에 덧붙인 주석을 참고하기 바란다.

1938년부터 조선인을 대상으로 한 지원병 제도가 시작됩니다. 이런저런 배경이 있긴 했지만 이 모집에 경쟁률이 20 대 1, 40 대 1에 이르렀던 것도 사실입니다.

'대일본제국은 강제적으로 반도의 젊은이들을 전쟁터로 내몰았다'는 주장. '지원병 제도에는 20 대 1을 넘는 응모자가 몰렸으며 결코 강제는 없었다'는 주장.

나는 이 두 가지 주장 모두에 약간씩 무리가 있다고 생각합니다. 그리고 내가 할 일은 '당시 지원병 제도에는 20 대 1도 넘는 지원자가 있었다 … 그러니까 식민지 지배는 서글프다'는 걸 그려가는 것이라고 생각합니다. 과연 그것이 잘되었는지 아닌지는 솔직히 모르겠습니다. 이 점, 관객 여러분의 판단을 바랄 뿐입니다.

부록 4

'서울시민' 시리즈를 쓰기 위한 역사 연표[1]

1854 일본, 미·일화친조약으로 쇄국을 풀다.

1867 에도막부가 천황에게 국가 통치권을 돌려줌으로써 막번체제 해체, 메이지(明治)천황 즉위: 중앙집권 국가 건설을 지향.

1873 사이고 타카모리(西郷隆盛) 등이 정한론(征韓論)을 주장하나 오쿠보 토시미치(大久保利通) 등의 반대로 실현되지 않음.

1874 타이완 출병: 메이지 정부 최초의 출병.

1875 강화도 사건: 일본 군함이 조선군으로부터 포격을 받은 것을 구실로 강화도에 상륙하여 약탈.

1876 조·일(朝日)수호조규: 불평등 조약.

1882 임오군란: 한성(서울)의 일본공사관이 반일 세력의 공격을 받아 불타다.

1 이 글은 세이넨단 제64회 공연 '서울시민 5부작 연속 상연'의 공연 전단에 수록된 내용을 옮긴 것이다. 일본을 중심으로 정리한 연표이기에 한국인의 역사 인식에 어긋나는 점이 있을 수 있겠지만, 작가 히라타 오리자가 희곡을 집필하는 데 작용한 배경지식을 한국 독자들에게 제공한다는 취지에서 원문의 내용을 거의 그대로 옮겨 싣는다.

1884 갑신정변: 청·불전쟁이 일어난 가운데 일본을 등에 업은 세력이 새 정권 수립을 꾀하다.

니치렌(日蓮)종의 승려였던 다나카 치가쿠(田中智学)가 새 종교 국주회(国柱会)를 설립: 대중 집회와 연극 등 비밀결사적 분위기가 일부 지식인과 작가들에게 일정 정도의 영향을 끼침.

1889 대일본제국 헌법 공포.

1894 갑오농민전쟁이 일어나고 일본과 청나라가 진압을 위해 조선에 출병 → **청일전쟁 개전.**

1895 청일전쟁 끝 → 시노모세키조약으로 청나라는 조선에 대한 간섭권을 잃음.

3국간섭: 일본의 대륙 진출에 대해 러시아·독일·프랑스가 압력을 가함.

1896 최초의 반일 의병투쟁이 일어남.

1897 조선이 국호를 '대한제국'으로 개칭(이하 '한국'이라 칭함).

1900 청나라에서 의화단 사건이 일어남.

한국과 중국 동북 지방의 지배권을 둘러싼 러시아·일본의 대립.

1904 **러일전쟁 개전.**

제1차 한일협약으로 한국의 외교와 재정에 일본의 고문 사절이 간섭.

1905 러일전쟁 끝 → 포츠머스조약으로 러시아는 일본의 한국 보호권을 인정.

제2차 한일협약(을사보호조약).

1906 한국통감부 설치.

1907 헤이그 밀사 파견 실패 → 고종 퇴위.

제3차 한일협약 → 일본이 한국의 내정을 장악.

1909 초대 한국통감 이토 히로부미(伊藤博文)가 조선의 애국자 안중근에 의해 암살당함.

1910 한일합방조약(일본에 의한 한국 병합) → 조선총독부 설치.

1911 조선토지수용령 공포 → 조선인 농민의 몰락, 인구의 도시 집중이 시작됨.

1912 중화민국 성립(1911년의 신해혁명으로 청나라 황제가 퇴위).

1914 **제1차 세계대전 발발.**

일본, 독일에 대해 선전포고를 하고 독일령이었던 남양(南洋) 제도 등을 점령.

1917 러시아 혁명: 사회주의 정권 수립.

일본 현대 무용의 창시자 이시이 바쿠(石井漠)와 작곡가 삿사 코카(佐々紅華)가 도쿄가극좌(東京歌劇座)를 결성.

1918 일본군, 시베리아 출병.

1919 파리강화회의: 베르사유조약 체결(제1차 세계대전 끝).

3·1 독립운동: 일본 정부는 이후 한국에서 문화통치[文治] 정책을 취함.

관동군(関東軍) 설치.

1920 조선 왕세자 이은과 일본 귀족 나시모토노미야 마사코(梨本宮芳子) 결혼: 이른바 '내선일체'를 위한 정략 결혼.

미야자와 켄지(宮沢賢治), 국주회에 가입.

1922 제1회 조선미술전람회(약칭 '鮮展') 개최.

일본 공산당 결성.

소비에트 연방 성립.

1923 **간토(関東)대지진:** 혼란의 와중에 재일 조선인이 다수 학살됨.

고베(神戸)에서 일본 최초의 전문 재즈 밴드 결성.

1924 경성제국대학 설치.

몽골 인민공화국 성립: 소련에 이은 세계에서 두 번째 사회주의 국가.

미야자와 켄지, 『봄과 수라(春と修羅)』 간행.

1925 치안유지법 제정: 조선에서도 시행됨.

1926 조선키네마 제작 영화 〈아리랑〉 공개.

1927 일본군 산둥(山東) 출병 → 중국인의 일본에 대한 감정 악화.

쇼와(昭和) 금융공황.

한국에서 라디오 방송 개시.

1928 이시와라 칸지(石原莞爾)가 관동군 작전주임 참모로 취임.

암스테르담올림픽에서 히토미 키누에(人見絹枝)가 여자 육상 800미터에서 은메달 획득.

1929 뉴욕 주식시장의 주가 대폭락을 시작으로 **세계경제 대공황 발생.**

하마구치 오사치(浜口雄幸) 내각이 금(金) 해제를 결정.

1930 미쓰코시백화점 경성지점 신축 개점.

하마구치 오사치 수상이 도쿄역 구내에서 우익 청년에게 저격당함.

1931 만주사변: 관동군이 류탸오후(柳條湖)에서 남만주 철도를 폭파하는 자작극을 벌이고, 그 구실로 군사 행동을 개시.

금 해제 정지.

1932 관동군에 의해 괴뢰국가 만주국 건국.

5·15 사건: 이누카이 쓰요시(犬養毅) 수상이 청년 장교에게 암살당함.

1933 리턴(Lytton) 조사단이 일본의 중국 동북 지방 침략 행위를 보고 →

일본은 불복하여 국제연맹 탈퇴를 표명.

나치스 히틀러 내각 성립.

1934 만주국 황제 푸이(溥儀) 즉위.

일본이 워싱턴 해군 군축조약을 파기.

1935 나치스 독일이 뉘른베르크 법 제정 → 유대인의 공민권 정지.

1936 일본이 런던 해군 군축조약을 파기.

베를린올림픽 남자 마라톤에서 일본 대표로 출전한 조선 선수 손기정이 금메달 획득.

일·독 방공협정 체결.

1937 루거우차오(盧溝橋, 노구교) 사건 → **중일전쟁 개전.**

히노 아시헤이(火野葦平), 『분뇨담(糞尿譚)』으로 아쿠타가와상 수상: 시상식이 전쟁터에서 열림.

1938 히틀러 청소년단이 일본을 방문.

조선교육령 개정에 의해 조선어 교육 폐지.

조선인에 대한 육군 특별지원병 제도 시행.

1939 **제2차 세계대전 개전.**

스모 선수 후타바야마(双葉山)의 연승이 69승에서 멈춤.

만주-몽골 국경에서 노몬한 사건 발생.

독·소 불가침 조약.

1940 조선 민족 고유의 성(姓)을 일본식으로 바꾸게 하는 창씨개명 시행.

일·독·이탈리아 3국동맹 성립.

1941 일본, 진주만 공격 → **태평양전쟁 개전.**

1942 미드웨이 해전으로 일본 해군 대패 → 이후 미국이 전쟁의 주도권을 쥠.

1943 조선인 징병제 실시.

1945 미군, 오키나와 상륙.

히로시마와 나가사키에 원자폭탄 투하 → 일본이 포츠담선언을 수락하고 제2차 세계대전이 끝남. → 한국 해방, 조선총독부 해체.

작품 해설

일본인 극작가가 그려가는 조선 식민 지배의 문제

히라타 오리자의 연극 수업과 한국

일본의 극작가가 일제강점기의 서울을 배경으로 거기에 사는 일본 사람들을 그리는 희곡을 썼다는 건 이래저래 뜻밖의 일이다. 더구나 제2차 세계대전 이후에 태어나 일본의 아시아 침략사 같은 건 제대로 교육받지 않았을 1962년생 작가가 여러 편에 이르는 연작 형태로 그런 연극들을 만들어나갔다면. 또 그게 많은 일본 사람들이 한국에 별 관심을 보이지 않던 20~30년 전부터 시작된 일이라면. 대학생 시절에 한국의 서울에서 1년 동안 공부를 했다는 그 작가의 독특한 이력을 듣고서야 그 의아함은 조금 가시기 시작할 것이다.

극작가 겸 연출가인 히라타 오리자는 고등학교를 중퇴하고 세계 일주 자전거 여행을 떠났던 별난 경험을 뒤로하고 1982년에 국제기독교대학(ICU) 교양학부 인문학과에 입학한다. 그리고 세이넨단(青年団)이란 이름의 대학 내 연극동아리(학생극단)를 만들어 연극 활동을 시작한다. 한편으로 1984년부터 1년 동안은 서울의 연세대학교에서 한국말을 배우며 교환학생 생활을 했고, 일본의 근대 사상사에 관한 졸업논문을 쓰고 1986년에 대학을 졸업했다. 그즈음부터 그는 부친이 도쿄의 자택 자리에 지은 소극장의 운영을 맡게 되고 그곳을 거점으로 세이넨단의 활동을 이어나간다.

1989년에 '서울시민' 연작의 첫 작품 「서울시민」을 발표하기 전에 히라타 오리자는 한국을 배경으로 한국 사람들이 등장인물로 나오는 희곡 세 편을 연이어 썼다고 한다. 「빛의 도시」(光の都), 「한강의 호랑이」(漢江の虎), 「화랑」(花郎) 이렇게 세 편의 희곡은 서울올림픽이 열리던 1988년에 아직은 아마추어 성격을 띠고 있던 극단 세이넨단의 공연으로 잇달아 무대에 올랐다.[1]

이즈음의 시기는 히라타 오리자가 희곡 습작과 연극 수업에 한창 매진했던 때라고 할 수 있다. 특히 자신만의 독특한 연극 스타일을 만들어내기 위해 히라타는 세이넨단의 동료들과 더불어 일본어의 일상 언어를 재료로 종래의 연극적 관습들을 하나씩 뒤집어보는 실험을 해나갔다.[2]

> 그렇지만 연습장에는 활기가 흘렀다. 거기엔 하루하루 발견이 있고 혁신이 있었다. 우리들은 확실히 새로운 방법론을 손에 넣었고, 그리고 첨단을 걸어나가는 자만이 맛볼 수 있는 두려움과 황홀 속에 있었다.
>
> (중략)
>
> 89년 초여름, 「서울시민」은 그런 상황 속에서 쓴 작품이다.

1 이 중 「빛의 도시」(光の都)란 희곡은 2002년에 한국과 일본이 공동 제작한 연극 〈강 건너 저편에〉(히라타 오리자 · 김명화 공동 극본)의 모태가 되었다 한다.

2 그렇게 해서 얻어진 히라타 오리자와 세이넨단의 독특한 연극 스타일에 관해서는 이 희곡집 시리즈 제1권의 작품 해설 "생생한 구어체로 그려가는 현대 일본인의 초상" 중 p.465~469를 참고해주기 바란다.

> 귀국 후 몇 주 동안 나는 한달음에 「서울시민」을 써냈다. 다 쓴 순간에 '아, 이 작품으로 나는 일본 연극사에 이름을 남기겠구나' 하고 생각했다. 불손한 말로 들리겠지만 정말로 그렇게 생각했으니 어쩔 수 없다. 그건 아마도 내 안에서 쓰고 싶었던 것과 쓰는 방법이 서로 만난 순간이었던 것 같다. 일본과 한국의 역사적 관계나 장편소설처럼 쓰여진 한 가족의 장대한 이야기 같은 거대한 세계를 단숨에 무대에 드러내는 방법을 나는 손에 넣었다고 생각했다.[3]

그가 왜 한동안 한국을 소재로 한 희곡을 쓰는 데 골몰했는지를 분명하게 밝혀 말하기는 어렵다. 다만 20대 초반의 젊디젊은 대학생 히라타 오리자에게 한국에서 보낸 1년 동안의 경험이 무언가 강렬한 자극이 되었으리라는 것은 짐작해볼 수 있다.

애초에 한국어에 흥미를 느끼고 한국으로 짧은 유학을 온 이유에 대해서 그는 일본어와 친족 관계인 한국어의 시점을 통해 모국어와 자국 문화를 바라보고 싶었기 때문이었다고 말한다. 그리고 서울에서 실제로 한국어와 한국 문화를 공부했던 경험은 그가 새로운 연극 작법(혹은 연극 스타일)을 찾아나가는 데 결정적인 실마리들을 안겨주었다고 한다. 서로 닮아 있는 언어 및 문화에 대고 세밀하게 견주어보는 일을 통해 모국어와 자국 문화의 속성을 파고들어 갈 수 있는 도구를 얻은 것이라고 이해할 수 있다.[4] 그리고 그 실마리들은 오래전 서울에 살았던 일본 사람들을 그리는 〈서울시민〉이란 작품의 작업에 이르러 위와 같이 결실을 맺게

---

3 히라타 오리자의 글 "「서울시민」으로부터 「서울시민 1919」로"(『ソウル市民』から『ソウル市民1919』へ) 잡지《비극 희극》(悲劇喜劇) 2000년 7월호 중에서 번역 인용.

4 히라타 오리자, 성기웅·이성곤 편역, 『히라타 오리자의 현대구어 연극론』(연극과인간, 2012)에 그런 탐구의 과정과 결과가 담겨있다.

되는 것이다.

그런데 연극적 탐구와 관련된 그런 스스로의 논리정연한 설명 말고도 히라타 오리자가 한국에서 느꼈을 문화적, 정서적 충격 같은 것이 더 있었을 것이다. 그가 더러 꺼내놓는 서울 생활에 관한 기술을 살펴보면, 우선은 군사정권 아래의 통제된 문화라든가 학생들의 반정부 시위와 최루탄 가스 살포 같은 일들이 그에게 낯선 체험이었다는 것을 알 수 있다. 그리고 또 한 가지, 지하철이나 버스에서 일본말을 소리 내어 말하기가 조심스러울 정도로 1980년대 당시는 한국 사람들의 반일감정이 심한 시절이었다. 이를테면 히라타는 교환유학 생활 이후 3년 만에 다시 한국을 찾아 천안의 독립기념관을 둘러보게 되는데, 일본 관헌이 끔찍한 고문을 하는 장면이 전시된 것을 보며 무서워 우는 어린이들 옆에서 자신이 일본 사람이라는 걸 들키면 어쩌나 하는 긴장감을 맛보았다고 한다.[5]

앞서 언급했듯이 히라타 오리자는 만 열여섯 살의 나이에 다니던 고등학교를 중퇴하고 세계 일주 여행을 떠난 바 있다. 그 여행의 경유지는 유럽과 아메리카 대륙에 집중되어 있었고 한국은 거치지 않았었다. 그때 방문했던 세계 어느 나라의 도시에서도 그는 일본 사람이란 이유 때문에 어깨가 움츠러드는 경험은 하지 않았을 것 같다. 그런데 한국에서만큼은, 외모상으로는 한국 사람들과 거의 아무런 차이가 나지 않는데도 불구하고 때때로 자신이 일본 사람이라는 것을 불편하게 의식해야 했을 것이다. 일본인이라는 이유로 한국 사람들이 그를 미움과 원망의 시선을 던지고 있음을 느꼈던 순간이 있었을지도 모른다.

일본의 근대화 문제와 근대 사상을 전공하던 청년 히라타 오리자에

5 히라타 오리자, 『지도를 만드는 여행-세이넨단과 나의 이력서』(地図を創る旅- 青年団と私の履歴書, 白水社, 2004, 한국어 미번역) p.148~149.

게 그런 체험은 어떻게 받아들여졌을까? 아니, 거꾸로 그는 바로 그런 체험을 얻기 위해 한국으로 건너왔던 것일지도 모른다. 그리고 세 편의 한국 관련 희곡을 거친 끝에 자기의 대표작 목록 첫머리에 그 제목을 올리게 될 「서울시민」을 창작해내게 된다. 또 그 「서울시민」을 시발로 이후 22~23년이란 긴 세월 동안 그 후속 편들을 써나가게 된다.

히라타 오리자 연극 세계의 원형, 「서울시민」

우리가 만약 히라타 오리자를 일본 연극사의 새로운 장을 만들어내고 세계 연극사에 일정한 기여를 한 중요한 극작가이자 연출가로 인정한다면, 「서울시민」은 히라타 스스로의 탄생처럼 연극사적으로 무척 중요한 작품으로 기억해야 할 것이다. 이 작품으로 히라타 오리자 특유의 극작술과 연극 스타일이 정립되기 때문이다. 이 「서울시민」 이후로 그는, 나중에 '현대구어 연극'이란 이름표를 붙이게 되는 이 연극 창작 방법론에 따라 속속 문제작을 발표해나간다.

「서울시민」은 히라타 오리자 표 연극의 기본 구조를 잘 드러내준다. 다만 이 작품은 기존의 연극 감상법에 의하자면 무슨 이야기를 들려주려는 건지 감을 잡기 어려운 심심하고 지루한 연극으로 여겨질 수도 있다. 어떤 큰 문제적인 상황이 있고 등장인물들이 그 문제를 해결해내려는 '목적'을 향해 '행동'하는 고전적인 연극적 스토리텔링의 중요한 법칙을 위반하고 있기 때문이다.

그러나 그 위배는 의도적인 것이다. 많은 현대의 연극인들이 그렇듯 히라타 오리자 역시 아리스토텔레스의 『시학』으로 대변되는 이야기 중심의 연극에 반감을 품는다. 어떤 영웅적인 주인공이 난관을 물리치고 어떤 뜻을 이루는 식의 이야기를 통해 관객의 로망을 만족시켜주는 연극이란 전근대의 세계에나 어울리는 것이며, 현대의 연극이라면 평범한 사람들 사이의 복잡한 인간관계와 다양한 가치관의 양상을 드러내야 하는 것이라고 그는 믿는다.[6] 그리고 불교 혹은 도교의 철학을 빌려 현대의 연극은 인간의 행위(行爲)가 아니라 세계의 '무'(無)를 담을 수 있다는 논리를 펼치기까지 한다.

> '무'란 어떤 하나의 상태로, 따라서 그 상태만을 그리는 것(기술하는 것)이 가능하다면 그것으로 족하다. 행위를 그리는 연극으로부터 상태를 그리는 연극으로. 바로 여기에서 발상의 전환이 일어난다.[7]

「서울시민」을 히라타 오리자 연극 세계의 원형이라 말할 수 있는 또 하나의 이유는 이 희곡에 담겨 있는 묘한 부조리성의 징후에 있다.

연극의 시작 부분에서 이 집의 막내딸 유키코의 펜팔 친구 타노 쿠라라는 사람이 곧 이 집을 찾아올 것이란 얘기가 전해진다. 하지만 결국 그 사람은 오지 않고 뜻밖의 방문자들만이 속속 이 집의 응접실에 나타난다. 오기로 되어 있던 사람은 오지 않고 엉뚱한 사람들만이 찾아오고 떠나가는 것, 곧 무슨 큰일이 일어날 것이라 예상하는 관객들의 기대와는 달리 결국 치명적인 사건이라곤 하나도 일어나지 않은 채 연극이 끝나버리는 것. 이렇게 본다면 이건 부조리극의 대명사로 불리는 사뮈엘 베케트 작 〈고도를 기다리며〉의 구조와 다르지 않다.

---

6 히라타 오리자, 성기웅 · 이성곤 편역, 『히라타 오리자의 현대구어 연극론』 중 제2부 "새로운 도시의 연극을 위하여" 참고.

7 히라타 오리자, 성기웅 · 이성곤 편역, 『히라타 오리자의 현대구어 연극론』 p. 37.에서 인용.

뜻밖의 방문자 중 한 사람인 마술사 야나기하라는 어느 순간 슬쩍 무대에서 사라져 실종된다. 현관에 신발은 남아 있지만 사람은 보이지 않는 이 수수께끼는 그 실종자가 마술사이기에 더더욱 큰 혼돈을 불러일으킨다. 그런 와중에 마술사의 조수임을 자처하는 여인이 이 집을 찾아오는데, 그녀는 갑자기 울음을 떠뜨리는 등의 영문 모를 기행을 한다.

다른 히라타의 희곡들에서도 우리는 이렇게 레코드판의 바늘이 튀는 듯한 부조리한 언행에 맞닥뜨리게 된다. 「서울시민」에서는 그런 부조리함이 상식적인 일상의 세계로부터 돌출되는 방식으로 제시되지만, 비교적 최근의 몇몇 작품은 아예 부조리극풍이라 불러도 좋을 만큼 비일상적이고 불합리한 설정이 연극의 밑바탕을 이루기도 한다. 어떻게 보면 히라타 오리자의 연극 세계는 그동안 사실적인 일상 묘사로부터 점차 부조리성이 짙어지는 방향으로 중심을 옮겨왔다고 말할 수도 있을 것 같다. 그런데 히라타 자신은 이렇게 말한다. 자기는 늘 '현실에서 3센티미터 어긋나 있는 세계'를 만들어내려고 해왔다고.[8]

그런데 우리는 이 희미하고 기묘한 무(無) 혹은 무위(無爲)의 세계가 전하는 의미에 관해 따져보지 않을 수 없다. 일본 제국주의가 한국을 침략하고 고통을 가했던 역사가 제대로 반성되고 청산되지 않은 마당에 이 연극이 역사에 대한 허무주의를 조장하고 엄중한 책임을 무화시켜버리는 것은 아닐까 하는 의심도 들지 않을 수 없다.

작가 히라타 오리자는 곧잘 '내 연극에서 전하고자 하는 주제 의식 따위는 없다'는 것을 자신의 연극관으로 내세워 말한다. 하지만 이 「서울시민」에 관해서만큼은 거의 선언적으로 그 주제를 스스로 밝혀왔다. 즉,

8 히라타 오리자, 성기웅·이성곤 편역, 《히라타 오리자의 현대구어 연극론》 p.325. 참고.

'일상 속에 스며들어 있는 차별 의식'을 그리는 작품이며 '악의 없는 소시민들의 죄'를 말하기 위한 작품이라는 것이다.[9] '소시민의 죄'란 말을 좀 더 조금 풀어보자면, 일본의 한국 강제 병합 직전 해인 1909년에 서울에 진출하여 상업에 종사하던 소시민 상인들 역시 일본의 제국주의가 저질렀던 한국 침략에 동참하고 있었다는 뜻이 되겠다.

일제강점기의 역사를 그리는 데 있어 단순한 선악 구도를 벗어나 부르주아 소시민들의 일상에 초점을 맞춰보겠다는 작가의 발상은 무척 설득력이 있다. 또한 그들이 품고 있는 한국(조선)에 대한 몰이해와 편견을 감각적으로 포착해내는 히라타 오리자의 촉수는 무척 예민하고 신선하다. 그러나 과연 이렇게 역사의 미시적인 편린만을 다루는 것이 거대한 역사에 관한 전망(Perspective)으로 이어질 수 있을까?

만약 일본의 조선 식민 지배 문제를 연극으로써 다루는 히라타 오리자의 작업이 이 「서울시민」만으로 그쳤더라면 일본인 작가일 수밖에 없는 그에 대해 우리는 아직도 이런저런 혐의를 씌우고 있었을지 모른다. 그런데 그는 11년 후 이 작품의 후속작을 내놓으며 이 문제적 연극을 일련의 시리즈로 만들어나가기 시작한다.

「서울시민」의 후속작들, 그리고 일제강점기의 역사 문제

2000년 봄에 발표한 「서울시민」의 속편 「서울시민 1919」는 기미년 3월 1일, 즉 삼일절 오전의 시노자키 일가를 그림으로써 일제강점기의 한가운데로 뛰어든다. 이제 대를 이어 서울(경성)에서 살아가는 시노자키

9 히라타 오리자의 글 "「서울시민」으로부터 「서울시민 1919」로"(『ソウル市民』から『ソウル市民１９１９』へ) 등 참고.

가(家)의 사람들은 더 이상 이 땅의 이방인이 아니다. 서울에서 태어나 일본 본토에는 한 번도 가본 적이 없는 인물들도 적지 않게 나온다. 그런 한편으로 지배자인 그들이 피지배자인 조선 사람들에 대해 가지는 몰이해와 편견은 한층 깊어져 있다.

그들은 조선 사람들이 스스로 원해서 일본과 이른바 합방을 했다고 믿고 있다. 따라서 왜 아침부터 거리에 조선 사람들이 쏟아져 나와 만세를 부르는지 도저히 이해하지 못한다. 3·1운동의 전단에 쓰여 있는 한글은 그들에게 요령부득의 기호일 뿐이어서, 어떤 등장인물은 그걸 "조선은 독립 안 하고 일본이 되어서 좋다, 만세다 그런 뜻 아닐까요?"라고 천진한 짐작을 내놓을 정도다.

이 「서울시민 1919」는 히라타 오리자의 극작술이 완숙한 경지에 다다랐음을 드러내는 명작이다. 3·1 독립운동 날이라는 문제적인 상황을 연극 무대의 외부에 배치함으로써 무대 위 세계의 '무(無)'를 부조(浮彫)시켜내는 연극 미학은 빛을 발한다. 거구의 스모 선수를 방문자로 등장시켜 유머와 아이러니를 자아내는 솜씨도 무릎을 치게 한다.

6년 후인 2006년에 발표한 제3편 「서울시민·쇼와 망향 편」은 또다시 그 10년 후의 세계를 다룸으로써 일본의 조선 지배를 통시적으로 추적하기 시작한다. 전편인 〈서울시민 1919〉가 3·1 독립운동이라는 문제적 사건을 보이지 않는 배경으로 삼고 있다면, 이 희곡은 세계 경제 대공황의 그림자를 그 배후에 두고 있다.

우리는 1919년의 3·1운동이 일제의 무단 통치를 이른바 문화 통치로 바꾸어놓았으며 그 은근하고도 교묘한 지배가 10여 년 동안 이어졌다는 식으로 일제강점기의 역사를 배웠다. 하지만 그 한 줄로 1920년대 즈음의 역사를 정리하고 넘어가서는 곤란할 것이다. 다이쇼(大正) 데모크라시, 간토대지진, 쇼와 일왕의 즉위, 쇼와 금융공황으로 이어지는 복잡한 사정과 혼란은 이후 일본이 파시즘과 전쟁으로 치달아가는 데 있어 중요한 맥락을 이룬다. 일제의 조선 지배가 공고해지는 한편으로 특히 경제 수탈을 둘러싸고 그 식민주의의 중요한 본질이 드러나는 시기이기도 하다.

이 「서울시민·쇼와 망향 편」에 등장하는 방문자는 '만·몽 문화교류 청년회'의 회원 4명이다. 「서울시민」과 「서울시민 1919」의 방문자들이 아직 사실적인 감각 안에서 등장한다면, 이들 방문자는 거의 노골적인 코미디로 그려진다. 그러나 그 이면에는 국가주의와 종교 사상이 결합되어 파시즘과 전쟁으로 치달았던 파국의 씨앗이 자리잡고 있다.

'서울시민' 연작의 네 번째 희곡 「서울시민 1939·연애의 2중주」의 시간은 드디어 일본 제국주의의 종말을 고하게 되는 태평양전쟁의 직전으로 치닫는다.

작가 히라타 오리자는 이 1939년의 시간을 제국주의 일본이 정치, 경제, 사상적으로 궁지에 몰려 출구가 없는 초조감에 휩싸여 있던 답보의 시간으로 파악한다. 그러면서 그즈음의 중요한 사건 중 하나로 1938년 10월에 독일의 히틀러 청소년단(히틀러유겐트)이 일본을 방문하여 전 국민적인 환영을 받았던 일에 주목한다. 오늘날 대부분의 일본인들은 독일의 나치스와 일본의 제국주의는 그 성격이 퍽 다른 것이었다고 생각한다. 하지만 히라타 오리자는 일본이 독일과 동맹국이 되었던 사실, 그리고 히틀러 청소년단에 열광했던 당시 일본 국민들의 정서를 새삼 환기시키고 있다. 이 연작 희곡의 첫 편이었던 「서울시민」에서 그가 언급했던 '소시민의 역사에 대한 죄'라는 주제 의식이 구체적인 맥락을 띠는 대목이다.

히틀러 청소년단 단원(희곡 지문상으로는 '가짜' 단원)이 심하게 희화화되어 등장하는 것 외에 이 연극의 또 다른 방문자로는 조선 사람 신고철이 있다. 이 집안의 서생 출신이기에 낯선 방문자는 아니지만 오늘 그의 방문이 특별한 이유는 이틀 후면 그가 조선인 지원병으로서 출정을 떠나기 때문이다.

네 편의 '서울시민' 연작이 문제적일 수밖에 없는 이유 중 하나는 이 연극들에 나오는 한국인(조선인)의 존재들 때문이다. 앞선 두 편의 희곡에 등장하는 조선인들이 그저 고용인이고 단지 가끔씩 속을 알 수 없는 타인(혹은 그들보다 하등한 존재들)에 불과했다면, 세 번째 이야기 「서울시민·쇼와 망향 편」의 시점에서부터는 이 집에서 자라나서 조선총독부 관리가 되고 일본 국가대표로 올림픽에 출전할 것을 꿈꾸는, 때로는 이 집안의 여인과 결혼을 할 수도 있는 조선인들이 나온다. 1939년 즈음부터 일본은 전쟁 수행을 위해 일본인과 조선인 사이에 두었던 차등정책을 완전히 포기하고 내선일체(內鮮一體)와 황국신민화 정책을 표방하던 시기다. 그런 가운데 일본인과 다를 바 없는, 아니 일본인보다도 더 훌륭한 조선인으로 치켜세워지며 전쟁터로 떠나는 조선 청년 신고철은, 징병이 되어 중국 전선으로 떠났다가 피폐한 채 돌아온 데릴사위 아키오와 대비되며 '2중주'의 한쪽 선율을 이룬다.

한편, 과연 일제강점기 후반에 이르러 일본의 조선 동화 정책은 성과를 보여가고 있었던 것인지, 그래서 적어도 조선 땅 안에 살고 있던 조선 민중들의 저항 의식은 이미 약화되어 있었던 것인지는 역사가들 사이에 관점의 차이가 있는 논란거리일 수 있다. 그런 만큼 이 「서울시민 1939·연애의 2중주」의 조선인 지원병 신고철은 그 존재 자체로 문제적 인물이라 하겠다. 과연 그는 그 어떤 심정으로 일본 군인이 되어 전쟁터로 떠나려는 것일까? 한국의 독자들에게 그의 문제는 일제강점기 역사에 관한 우리 내부의 문제, 즉 친일 행위에 관한 성찰의 문제로 이어지기에 무척 중요하다. 하지만 히라타 오리자의 연극이 그리는 일본인들과 마찬가지로 신고철 역시 해석의 여지를 남기는 애매한 태도를 내비칠 뿐 속 시원하게 자기의 진정을 털어놓지 않는다. 그리고 그를 사랑하는 조선 여인 미순과 함께 산책을 하기 위해 무대를 떠나간다.